# Erik Axl Sund

# TRAUMA

Z języka szwedzkiego przełożył
Wojciech Łygaś

WYDAWNICTWO
SONIA DRAGA

Tytuł oryginału:
HUNGERELDEN

Copyright © Erik Axl Sund 2011.
Published by agreement with Salomonsson Agency
Copyright © 2014 for the Polish edition by Wydawnictwo Sonia Draga
Copyright © 2014 for the Polish translation by Wydawnictwo Sonia Draga

Projekt graficzny okładki: Mariusz Banachowicz
Zdjęcie autorów: © Sandy Haggart

Redakcja: Bożena Sęk
Korekta: Aneta Iwan, Iwona Wyrwisz

ISBN: 978-83-7508-934-9

Sprzedaż wysyłkowa:
www.merlin.pl
www.empik.com
www.soniadraga.pl

WYDAWNICTWO SONIA DRAGA Sp. z o. o.
Pl. Grunwaldzki 8-10, 40-127 Katowice
tel. 32 782 64 77, fax 32 253 77 28
e-mail: info@soniadraga.pl
www.soniadraga.pl
www.facebook.com/wydawnictwoSoniaDraga

Skład i łamanie:
Wydawnictwo Sonia Draga

Katowice 2014. Wydanie I

Druk:
Drukarnia POZKAL Spółka z o.o.
Spółka komandytowa, Inowroclaw

*Pamięci nas, którzy zawiedliśmy*

*Często tak siedzi zapatrzona przed siebie, a potem zmieniają się jej piękne oczy. Nabierają zagadkowego nieodgadnionego blasku. Tęczówki napełniają się smutnymi ognikami, wewnętrznym żarem, który poszukuje paliwa dla światła duszy, żeby to światło nie zgasło. Pewnie bardzo by chciała, żebyśmy wzięli do ładnej ręki łyżkę śmierci, zjedli pożegnalną kolację i odeszli.*

Harry Martinson, *Aniara*

# Wieża swobodnego spadania

Koszmar nawiedza Sztokholm w kurtce barwy kobaltowego błękitu, która jest trochę ciemniejsza niż wieczorne niebo nad dzielnicą Djurgården i zatoką Ladugårdslandsviken. Ma jasne włosy, niebieskie oczy i niesie niewielką torebkę przewieszoną przez ramię. Ciasne czerwone buty obcierają jej pięty, ale jest do tego przyzwyczajona, bo rany po otarciach nie są dla niej niczym nowym. Ból sprawia, że jest czujna.

Wie, że jeśli tylko będzie potrafiła wybaczyć, wyzwolenia dozna zarówno ona, jak i ci, którym wybaczy. Przez wiele lat próbowała zapomnieć, lecz nigdy jej się to nie udawało.

Nie wie, że jej zemsta wywołuje reakcję łańcuchową.

Jakieś ćwierć życia temu, w drewnianej szopie na narzędzia koło wydziału humanistycznego szkoły w Sigtunie, zaczęła się toczyć śnieżna kula. Porwała ją i dopiero potem potoczyła się w stronę tego, co nieuniknione.

Można sobie zadać pytanie, co ci, którzy mieli tę śnieżną kulę w dłoniach, wiedzą o jej dalszym biegu. Prawdopodobnie nic. Pewnie po prostu poszli dalej. Zapomnieli o tym zdarzeniu, jakby to była niewinna zabawa, która zaczęła się i zakończyła w tamtej szopie na narzędzia.

Tymczasem kula jest w ciągłym ruchu. Czas jest dla niej nieistotny, nie ma efektu leczniczego.

Nienawiść nie słabnie. Przeciwnie, staje się coraz mocniejsza, aż w końcu zamienia się w ostre kryształki lodu, które oblepiają całą jej istotę.

Ranek jest dosyć chłodny, powietrze wilgotne od deszczu, który padał po południu. Z kolejki górskiej dobiegają krzyki. Wstaje, czesze się i rozgląda wokół siebie. Na chwilę staje w bezruchu, nabiera głęboko powietrza i stopniowo sobie przypomina, dlaczego tu jest.

Ma tu sprawę do załatwienia i wie, co ma zrobić.

Stojąc pod wysoką, niedawno przebudowaną wieżą widokową, obserwuje zamieszanie, do którego doszło na dole. Dwaj ochroniarze odprowadzają mężczyznę, obok nich biegnie płacząca dziewczynka. To chyba jego córka.

Na ziemi obok rozbitej butelki leży kobieta, nad którą pochyla się grupa ludzi. Ktoś woła o pomoc.

Okruchy szkła iskrzą się na mokrym od deszczu asfalcie.

Rozumie, że chwila, w której będzie musiała to zrobić, jest blisko, chociaż nie tak sobie wszystko zaplanowała. Przypadek sprawił, że uda jej się to załatwić o wiele łatwiej. Nikt nawet nie zauważy, co się stało.

Chłopiec znajduje się w pewnej odległości od niej. Stoi sam za bramą, za którą znajduje się wieża swobodnego spadania.

Pomyślała, że wybaczenie czegoś, co można wybaczyć, właściwie żadnym wybaczeniem nie jest. Szczere wybaczenie ma miejsce wtedy, gdy wybaczamy coś niewybaczalnego. Ale taką umiejętność posiada tylko Bóg.

Chłopiec wygląda na zmieszanego. Rusza w jego stronę, lecz w tym samym momencie on odwraca się od niej.

Dzięki temu może się do niego podkraść bez problemu. To dziecinnie proste. Już jest kilka metrów za nim. Chłopiec nadal stoi tyłem do niej i zachowuje się tak, jakby kogoś wypatrywał.

Prawdziwe wybaczenie jest niemożliwe, szalone i nieświadome. A ponieważ winni muszą okazać żal, nie da się nikomu wybaczyć do końca. Wspomnienia są niczym rana, która nigdy nie chce się zagoić.

Chwyta chłopca mocno za ramię.

A on się wzdryga i odwraca do niej. W tej samej chwili w górną część lewego ramienia wbija mu igłę strzykawki.

Przez dwie sekundy chłopiec wpatruje się zdumiony w jej oczy, po czym nogi uginają się pod nim. Obejmuje go i sadza ostrożnie na stojącej obok ławce.

Nikt niczego nie zauważył.

Wszystko jest normalne, jak przed chwilą.

Kiedy widzi, że kobieta leżąca na ziemi zaczyna się ruszać, wyciąga coś z torebki i naciąga chłopcu ostrożnie na głowę. To maska. Jest wykonana z różowej gumy i przedstawia świński ryj.

# Wesołe miasteczko Gröna Lund

Komisarz policji kryminalnej Jeanette Kihlberg bardzo dobrze pamięta, gdzie znajdowała się w chwili, gdy na ulicy Sveavägen zamordowano premiera Olofa Palmego.

Jechała wtedy samochodem i była mniej więcej w połowie drogi do Farsty. Siedzący obok niej mężczyzna palił papierosy mentolowe. Na dworze padał deszcz, a jej było niedobrze, bo wypiła za dużo piwa.

Kiedy w 1994 roku podczas mistrzostw świata w piłce nożnej Thomas Ravelli bronił karnego w meczu z Rumunią, siedziała w barze na placu Kornhamnstorg i oglądała mecz na czarno-białym ekranie. Barman postawił jej piwo.

Kiedy zatonął prom „Estonia", leżała chora na grypę i oglądała „Ojca chrzestnego".

Jej wcześniejsze wspomnienia obejmują koncert zespołu The Clash w Sztokholmie, pocałunek na imprezie w trzeciej klasie i dzień, gdy w Gamla Enskede pierwszy raz otworzyła drzwi nowej willi, którą w końcu mogła nazwać swoim domem.

Nigdy jednak nie mogła sobie przypomnieć chwili, w której zniknął Johan.

Dla niej ten moment już na zawsze pozostanie tajemnicą. Dziesięć minut, które straciła przez jakiegoś pijaka w wesołym miasteczku Gröna Lund. Później okazało się, że to nadpobudliwy hydraulik z Flenu, który przyjechał na wycieczkę do stolicy.

Wzrok skierowany w górę, gdy Johan i Sofia zawiśli w unoszącej się gondoli. Czuje, jak kręci jej się w głowie, chociaż stoi na dole i nic jej nie grozi. To taka odmienna postać zawrotów głowy: z dołu do góry, nie odwrotnie. Wieża wygląda, jakby zaraz miała się zawalić, siedzenia są bardzo proste. Aż strach pomyśleć, jak katastrofalne skutki miałaby poważniejsza awaria.

Nagle słyszy trzask rozbijanego szkła.

Potem pełne przerażenia krzyki.

Ktoś płacze, a ona nadal patrzy, jak gondola unosi się w górę.

Jakiś mężczyzna pędzi na nią na rowerze, więc uskakuje w bok. Johan z czegoś się śmieje.

Chwilę później gondola, w której siedzi Johan, zatrzymuje się na maksymalnej wysokości.

– Zabiję cię, bydlaku!

Ktoś popycha ją od tyłu. Jeanette widzi, że mężczyzna nie panuje nad swymi ruchami. Alkohol sprawił, że z trudem się porusza. Kończyny odmawiają mu posłuszeństwa, układ nerwowy działa z opóźnieniem.

Mężczyzna potyka się i pada bezwładnie na ziemię.

Jeanette zerka w górę. Widzi, jak Johan i Sofia machają nogami. Gondola się zatrzymała.

Mężczyzna podnosi się z ziemi, ma podrapaną twarz. Słychać płacz dzieci.

– Tato!

To mała dziewczynka, ma nie więcej niż sześć lat. W ręku trzyma różową watę cukrową.

– Chcę do domu!

Mężczyzna nie odpowiada, tylko rozgląda się wokół siebie. Szuka kogoś, na kim mógłby wyładować złość.

Jeanette reaguje odruchowo, jak na policjantkę przystało, nawet przez chwilę się nie waha. Chwyta mężczyznę za rękę.

– Proszę pana – zaczyna ostrożnie – niech się pan uspokoi.

Słowa te wypowiada w taki sposób, aby mężczyzna nie poczuł, że chce go do czegoś zmusić. Mężczyzna odwraca się do niej. Ma zamglone, nabiegłe krwią oczy. Są też smutne i rozczarowane, prawie zawstydzone.

– Tato... – powtarza dziewczynka, ale mężczyzna nie reaguje, tylko wpatruje się pustym wzrokiem w jakiś punkt.

– Ktoś ty? – pyta, wyrywając się z uchwytu Jeanette. – Spierdalaj!

Ma ostry oddech, wargi pokrywa mu cienka warstwa śliny.

– Chcę tylko... – zaczyna Jeanette, lecz nie kończy zdania, bo w tym samym momencie gondola, w której siedzi Johan i Sofia, zaczyna opadać gwałtownie. Jeanette słyszy pełne zachwytu okrzyki, które każą jej skupić uwagę na tym, co się dzieje na górze.

Widzi, jak Johan otwiera usta, żeby wydać z siebie głośny okrzyk. Włosy ma rozwichrzone.

Widzi także Sofię.

Nagle stojąca obok dziewczynka woła:

– Nie, tato, nie!

Jeanette nie zauważa, że pijany mężczyzna unosi rękę. Butelka, którą trzyma w ręce, trafia ją w skroń. Przed oczami robi jej się ciemno.

# Prins Eugens Waldemarsudde

Są ludzie, którym przez całe życie nie dopisuje szczęście, a mimo to potrafią się chwytać kurczowo nadziei. Jeanette w swoim życiu zawodowym miała zdecydowanie negatywny stosunek do ludzi, od których bił skrajny pesymizm.

To dlatego nigdy się nie poddaje, dlatego reaguje, gdy aspirant Schwarz skarży się na złą pogodę, zmęczenie i brak postępów w poszukiwaniu Johana.

Jeanette aż poczerwieniała na twarzy.

– Do jasnej cholery! To wracaj do domu, bo i tak nie mamy tu z ciebie żadnego pożytku!

Jej reakcja odnosi skutek. Schwarz kuli się jak zbity pies, a Åhlund stoi obok z tępą miną. Jeanette jest tak naładowana złością, że znowu odczuwa silny ból w ranie pod opatrunkiem.

W końcu trochę się uspokaja, wzdycha i wykonuje gest w stronę Schwarza.

– Nie rozumiesz, co powiedziałam? Zwalniam cię z obowiązków do odwołania.

– Chodźmy – mówi Åhlund. Bierze Schwarza za ramię i razem idą w stronę drzwi. Po kilku krokach odwraca się i próbuje zrobić dobrą minę. – Dołączymy do chłopaków na Beckholmen, może tam się bardziej przydamy?

– Ty, nie wy. Schwarz może jechać do domu. Zrozumiano?

Åhlund kiwa głową i chwilę potem Jeanette zostaje w pokoju sama.

Ma głęboko zapadnięte oczy, jest przemarznięta do szpiku kości. Stoi na tyłach muzeum, gdzie prezentowany jest słynny okręt wojenny „Vasa", i czeka na Jensa Hurtiga, który dowiedziawszy się o zaginięciu Johana, postanowił przerwać urlop, żeby pomóc jej w poszukiwaniach.

Chwilę później Jeanette widzi, jak od strony Galärparken nadjeżdża radiowóz. Wie, że jedzie w nim Hurtig i że towarzyszy mu jeszcze jedna osoba. To świadek, kobieta, która twierdzi, że tego samego wieczoru widziała nad wodą samotnego chłopca. Hurtig przez radio już poinformował o tym Jeanette, która jednak wie, że nie ma co liczyć na to, iż od kobiety usłyszy coś więcej. Mimo to jak zwykle wmawia sobie, że zawsze trzeba mieć nadzieję.

Próbuje zebrać myśli i odtworzyć przebieg wydarzeń z ostatnich godzin.

Johan i Sofia zniknęli. Tak po prostu. Pół godziny później zaczęła działać zgodnie z przepisami: kazała szukać Johana przez głośniki ustawione na terenie wesołego miasteczka i czekała w napięciu przy stanowisku, z którego ogłaszano komunikat o jego zaginięciu. Reagowała na najdrobniejszą informację, która mogła pomóc w odnalezieniu jej syna, ale za każdym razem wracała na miejsce. Zanim straciła ostatnią nadzieję, razem z grupą ochroniarzy ruszyła na poszukiwania na terenie parku. Wkrótce znaleźli Sofię leżącą na jednej z piaszczystych alejek spacerowych. Otaczał ją tłum ludzi, więc Jeanette musiała się przebić łokciami, żeby się do niej dostać. Twarz, na której do niedawna utrzymywał się wyraz niewinności, teraz wyrażała niepokój i niepewność. Sofia wyglądała, jakby straciła zmysły. Jeanette nie była nawet pewna, czy ją pozna. Nie potrafiła też powiedzieć, gdzie jest Johan. Jeanette nie mogła zostać z nią dłużej, musiała kontynuować poszukiwania.

Dopiero pół godziny później skontaktowała się z centralą. Niestety, dwudziestu kilku policjantom też nie udało się odnaleźć Johana, chociaż szukali w wodzie przy placu zabaw i kontynuowali poszukiwania w Djurgården. Johana nie znaleźli też policjanci z radiowozów, którzy mieli jego rysopis i przeczesywali centrum miasta.

Żadnego rezultatu nie dały apele powtarzane przez radio.

Jeanette wiedziała, że postępuje jak należy, ale zachowywała się jak robot, na dodatek sparaliżowany strachem. Była zaprzeczeniem siebie. Z pozoru wyglądała na twardą, zimną i racjonalną, choć tak naprawdę targały nią niekontrolowane impulsy. Złość, irytacja, strach, przerażenie, mętlik w głowie i poczucie rezygnacji – wszystko, co odczuwała nocą, splotło się nagle ze sobą, tworząc jedną mętną masę.

Jedyne, czego jeszcze doświadcza, to poczucie, że nie zrobiła wszystkiego.

Nie tylko wobec Johana.

Pomyślała o Sofii.

Ciekawe, jak się czuje.

Kilka razy do niej dzwoniła, lecz bez rezultatu. Ale gdyby Sofia wiedziała cokolwiek o Johanie, na pewno by do niej zatelefonowała. A może wie o czymś, do czego musi się przygotować? Zebrać się na odwagę?

Nieważne. Trzeba się skupić na konkretach.

Radiowóz się zatrzymuje, wysiada z niego Hurtig.

– Niech to szlag!– mówi, wskazując na jej zabandażowaną głowę. – Nie wygląda to dobrze.

Jeanette wie, że jest jeszcze gorzej. Ranę po uderzeniu butelką zszyto jej na miejscu. Bandaż, kurtka i koszula są poplamione krwią.

– Spokojnie – mówi. – Nie musiałeś ze względu na mnie wyjeżdżać z Kvikkjokk.

– Przestań wygadywać bzdury – odpowiada Hurtig, wzruszając ramionami. – A co ja bym tam robił? Lepił bałwany?

Po raz pierwszy od ponad dwunastu godzin Jeanette się uśmiecha.

– Dokąd zdążyłeś dojechać? – pyta.

– Do Långsele. Wyskoczyłem na peron i wsiadłem do pierwszego autobusu jadącego na południe.

Szybki uścisk dłoni. Jeanette nie musi nic mówić. Wie, że Hurtig się domyśla, jak bardzo jest mu wdzięczna, że jest tu teraz razem z nią.

Otwiera drzwi radiowozu i pomaga wysiąść starszej pani. Hurtig pokazał jej zdjęcie Johana, co oznacza, że zeznanie nie będzie miało większego znaczenia. Kobieta nie potrafiła nawet określić koloru koszuli chłopca.

– Czy to tam go pani widziała? – pyta Jeanette, wskazując

kamienisty brzeg rzeki koło pomostu, gdzie cumuje latarniowiec „Finngrund".

Kobieta potwierdza skinieniem głowy. Cała aż drży z zimna.

– Leżał na kamieniach i spał, a ja nim potrząsałam, próbując go obudzić. Jak tak można, powiedziałam do niego. Taki młody i już pijany...

– Rozumiem – przerywa jej niecierpliwie Jeanette. – Czy coś mówił?

– Nie, coś tam mruczał. A jeśli coś powiedział, to i tak nie słyszałam.

Hurtig bierze zdjęcie Johana i ponownie pokazuje kobiecie.

– Czy jest pani pewna, że właśnie tego chłopca pani widziała? – pyta.

– No cóż... ten sam kolor włosów, jak już mówiłam, ale twarz... Trudno powiedzieć. Przecież był pijany.

Jeanette wydaje z siebie głębokie westchnienie. Idzie przed kobietą alejką, która prowadzi wzdłuż brzegu rzeki. Pijany? Johan? Co za brednie.

Spogląda nad Skeppsholm zatopiony w szarej mgle.

Dlaczego jest tak cholernie zimno?

Schodzi na brzeg i staje na kamieniach.

– Czy tutaj leżał? Jest pani pewna?

– Tak – odpowiada zdecydowanym tonem kobieta. – Mniej więcej tutaj.

Mniej więcej, powtarza w myślach Jeanette i czuje, że ogarnia ją rezygnacja. Obserwuje, jak starsza pani wyciera okulary z grubymi szkłami o rękaw płaszcza.

Zaczyna wpadać w rozpacz. Nie mają niczego z wyjątkiem starszej kobiety ze słabym wzrokiem. Bardzo chciałaby jej wierzyć, ale to kiepski świadek.

Kuca i rozgląda się, jakby chciała znaleźć coś na potwierdzenie tego, że Johan rzeczywiście tu był. Na przykład ubranie, torbę, klucze do domu. Cokolwiek.

Niestety, wszędzie widzi tylko kamienie wygładzone falami i deszczem.

Odwraca się w stronę kobiety.

– Potem pani stąd poszła? Na Junibacken?

– Nie – odpowiada kobieta. Wyjmuje z torebki chusteczkę i głośno wyciera nos. – Ten chłopak stąd odszedł, bardzo się zataczał. Był tak pijany, że nie mógł się wyprostować...

Jeanette jest już naprawdę poirytowana.

– Ale poszedł w tamtą stronę, tak? W stronę Junibacken?

Starsza pani kiwa głową i znowu wyciera nos w chusteczkę. W tej samej chwili ulicą Djurgårdsvägen przejeżdża na sygnale jakiś pojazd.

– Znowu fałszywy alarm? – pyta Hurtig, patrząc na Jeanette, która pełnym rezygnacji skinieniem głowy potwierdza jego słowa.

To już trzecia karetka pogotowia na sygnale, żadna jednak nie jechała po Johana.

– Zadzwonię do Mikkelsena – mówi Jeanette.

– Do Centralnego Urzędu Śledczego? – dziwi się Hurtig.

– Tak. Moim zdaniem Mikkelsen najlepiej się nadaje do takich spraw.

Jeanette wstaje i szybkim krokiem rusza w stronę alejki.

– Myślisz, że chodzi o przestępstwo? – pyta Hurtig i od razu robi taką minę, jakby pożałował tych słów. – To znaczy chciałem powiedzieć, że nadal nie wiemy, o co chodzi.

– Może nie, ale byłoby błędem odrzucić taką hipotezę. To Mikkelsen koordynuje poszukiwania w Beckholmen, Gröna Lund i Waldemarsudde.

Hurtig kiwa głową i patrzy na Jeanette z żalem.

Daj sobie spokój, myśli Jeanette, odwracając głowę. Nie użalaj się nad sobą, bo pękniesz.

– Zadzwonię do niego – mówi.

Wyjmuje telefon, lecz okazuje się, że jest rozładowany. W tej samej chwili w radiowozie Hurtiga słuchać trzaski. Ktoś mówi przez policyjne radio.

To, co Jeanette słyszy, sprawia, że włosy jeżą jej się na głowie. Czuje się tak, jakby cała krew spłynęła jej nagle w dół i ciągnęła ją do ziemi.

Znaleziono Johana.

# Szpital Karolinska

Na początku obsługa karetki sądziła, że chłopiec jest martwy.

Znaleziono go przy starym młynie w Waldemarsudde. Oddech i praca serca były prawie niewyczuwalne.

Chłopiec był wyziębiony. Sanitariusze zauważyli też, że nocą – która jak na późne lato była niezwykle zimna – kilka razy wymiotował.

Lekarz obawiał się, że uszkodzony został układ oddechowy. Podejrzewał, że żrące kwasy żołądkowe przeniknęły do płuc.

Tuż po dziesiątej Jeanette wsiadła do karetki, która miała ją zawieźć na oddział intensywnej terapii w szpitalu Karolinska w Solnie.

Pokój jest zaciemniony, ale blask słabego popołudniowego słońca przebija się przez żaluzje. Ogniste paski tworzą dziwny wzór na nagiej klatce piersiowej Johana. Nad jego łóżkiem pulsuje sztuczne światło, odblask bijący od urządzeń podtrzymujących pracę serca i płuc. Jeanette ma wrażenie, że to sen.

Głaszcze Johana po dłoni i zerka na odczyty aparatury pomiarowej stojącej obok łóżka.

Temperatura ciała Johana jest bliska normalnej, osiągnęła prawie trzydzieści sześć stopni.

Jeanette wie, że w jego organizmie wykryto dużą dawkę alkoholu. Wyniki badań przeprowadzonych w szpitalu pokazały, że miał prawie trzy promile we krwi.

Ani na chwilę nie zmrużyła oka, jest całkowicie rozbita i nawet nie potrafi określić, czy serce, które jej bije w piersiach jak oszalałe, uderza w tym samym rytmie co puls. Po głowie krążą myśli, których nie rozumie. Sprawiają, że czuje się jednocześnie zrozpaczona, zła, przestraszona, zagubiona i bezradna.

A przecież zawsze zachowywała się racjonalnie. Do teraz.

Patrzy na Johana, który leży nieruchomo na łóżku. Pierwszy raz w życiu trafił do szpitala. A właściwie drugi. Po raz pierwszy znalazł się tu w dniu, w którym się urodził. Była wtedy całkiem spokojna i przygotowana. Przewidziała nawet cesarskie cięcie, jeszcze zanim zdecydowali się na nie lekarze.

Tym razem żadnych przygotowań nie było.

Mocniej ściska Johana za rękę. Dłoń jest nadal zimna, ale widać, że Johan jest rozluźniony, oddycha regularnie i spokojnie. W pokoju panuje cisza. Słuchać tylko szum aparatury.

– Johan... – szepcze Jeanette. Wie, że ludzie słyszą głos swoich bliskich, nawet jeśli są nieprzytomni. – Lekarze wierzą, że wszystko będzie dobrze.

Nagle milknie. Po co zaszczepiać w nim nadzieję?

Wierzą? Chyba raczej nie wiedzą.

Kiedy tu przyszła, wszędzie panował chaos. Położyli Johana na szpitalnym łóżku głową niżej, żeby oczyścić drogi oddechowe.

Przydech. Być może ma uszkodzoną tkankę płucną.

W najgorszym wypadku.

I te jej chaotyczne pytania, na które lekarze odpowiadali rzeczowo. Niestety, ich wyjaśnienia były pozbawione konkretnej treści.

Jej złość i frustracja osiągnęły w końcu taki poziom, że nie mogła się już dłużej powstrzymać i spytała: „Dlaczego, do cholery, nic nie wiecie?".

Odpowiedzieli jej, że robią Johanowi EKG; przypomnieli o podłączeniu tlenu i o kroplówce; wyjaśnili, w jaki sposób sonda wpuszczona przez przełyk kontroluje temperaturę ciała i jak urządzenie do podtrzymywania pracy serca i płuc steruje pracą układu oddechowego.

Opowiedzieli jej o dolnej granicy wyziębienia i o tym, jak długi pobyt w zimnej wodzie w czasie deszczowej nocy i przy silnym wietrze wpływa na organizm.

Wyjaśnili jej też, że alkohol rozszerza naczynia krwionośne i przyspiesza spadek temperatury, a gdy następuje obniżenie poziomu cukru we krwi, może dojść do uszkodzenia mózgu.

Ciągle jej coś wyjaśniali.

Stwierdzili, że z pierwszych obserwacji wynika, iż zagrożenie raczej minęło, a gazometria krwi i rentgen płuc napawają optymizmem.

Tylko co to znaczy?

Gazometria krwi?... Z pierwszych obserwacji?... Zagrożenie raczej minęło?...

Ich zdaniem. Tak sądzą. Uważają. Wierzą.

Ale przecież tak naprawdę nic nie wiedzą.

Jeśli Johan słyszy, dotarło do niego wszystko to, o czym lekarze mówili jej w tym pokoju. Nie może go okłamywać. Kładzie dłoń na jego policzku. Nie wolno jej kłamać.

Do pokoju wchodzi Hurtig.

– Co z nim? – pyta.

– Żyje i będzie żył. Niebezpieczeństwo minęło. Możesz wracać do domu.

# Dzielnica Bandhagen

Błyskawice pojawiają się na niebie średnio sto razy na sekundę, to znaczy mniej więcej osiem milionów razy dziennie. Nad Sztokholmem przeciąga najbardziej gwałtowna burza tego roku. Dwadzieścia dwie minuty po dziesiątej pioruny uderzają w dwa miejsca jednocześnie: w dzielnicy Bandhagen na południu miasta i koło szpitala Karolinska w Solnie.

Hurtig stoi na szpitalnym parkingu. Właśnie chce jechać do domu, gdy nagle dzwoni jego telefon. Zanim odbierze, otwiera drzwi samochodu i siada za kierownicą. Na wyświetlaczu pokazuje mu się numer komendanta policji. Domyśla się, że Dennis Billing dzwoni do niego, by spytać, co się stało.

Hurtig wkłada słuchawki do uszu i melduje się:

– Mówi Hurtig, słucham.

– Słyszałem, że znaleźliście syna Jeanette. W jakim jest stanie? – pyta niespokojnym głosem komendant.

– Chłopiec leży pod narkozą, a Jeanette jest przy nim – odpowiada Hurtig. Wkłada klucz do stacyjki i uruchamia silnik. – Na szczęście jego życiu nic zagraża niebezpieczeństwo.

– To dobrze, bardzo dobrze. Rozumiem więc, że Jeanette wróci do pracy za kilka dni? A co u ciebie?

– Co pan ma na myśli?

– Jesteś zmęczony? Czy mógłbyś coś załatwić w Bandhagen?

– A o co chodzi?

– Ponieważ Kihlberg ma teraz co innego na głowie, trafiła ci się szansa, żeby się wykazać. To zawsze ładnie wygląda w papierach. Chyba wiesz, co mam na myśli.

– Bardzo dobrze pana rozumiem – odpowiada Hurtig, skręcając w ulicę Norra Länken. – Czego dotyczy sprawa?

– Znaleziono tam martwą kobietę. Możliwe, że wcześniej została zgwałcona.

– Okej, już tam jadę.

– To mi się podoba. Porządny z ciebie policjant. W takim razie widzimy się jutro.

– Oczywiście.

– Aha... jeszcze jedna sprawa... – zaczyna z wahaniem Billing.

– Przekaż Jeanette, że jeśli będzie chciała, może wziąć kilka dni urlopu i zająć się synem. Szczerze mówiąc, uważam, że powinna się bardziej zatroszczyć o rodzinę. Dotarły do mnie pogłoski, że Åke ją zostawił.

– O co panu chodzi? – pyta Hurtig. Jest już naprawdę zniecierpliwiony aluzjami szefa. – Chce pan, żebym do niej pojechał i przekazał jej, że pana zdaniem kobiety nie powinny pracować zawodowo, tylko siedzieć w domu i zajmować się mężem i dziećmi?

– Jens, do cholery, daj spokój. Myślałem, że się rozumiemy i...

– To, że jesteśmy facetami, nie oznacza, że musimy mieć takie same poglądy – przerywa mu Hurtig.

– Jasne, że nie – wzdycha Billing. – Sądziłem tylko, że...

– Zdzwonimy się – rzuca Hurtig i rozłącza się, zanim Billing zdąży znowu powiedzieć coś niemądrego.

Kiedy dociera do wyjazdu z Solnej, spogląda na marinę i ustawione w niej żaglówki.

Łódź, myśli. Muszę sobie kupić łódź.


Krople deszczu bębnią o asfalt boiska gimnazjum w Bandhagen. Hurtig naciąga na głowę kaptur, zatrzaskuje drzwi samochodu. Rozgląda się i od razu rozpoznaje to miejsce.

Był tu kilka razy jako kibic na meczach mieszanych drużyn policyjnych. W jednej z nich grała Jeanette. Jej umiejętności naprawdę go zadziwiły. Była dobra, o wiele lepsza od innych policjantów. Grała na pozycji środkowego pomocnika i wyróżniała się pomysłowością. To ona wykonywała podania otwierające drogę na bramkę przeciwnika, to ona widziała luki w obronie, których nie zauważył żaden inny gracz.

Dziwne, ale jej cechy przywódcze, którymi wykazywała się

w pracy, znajdywały też odbicie w grze na boisku. Cieszyła się ogólnym szacunkiem, chociaż nie dominowała nad innymi graczami.

Jeśli koledzy z drużyny krytykowali decyzje sędziego, wkraczała energicznie, aby rozładować sytuację. Nawet sędzia był jej posłuszny.

Ciekawe, jak się teraz czuje. On nie ma dzieci i nie zamierza ich mieć, rozumie jednak, że to dla niej trudny okres. Kto się nią teraz zajmie, gdy Åke się wyprowadził?

Sprawą zamordowanych chłopców ogromnie się przejmowała. Teraz nieszczęście spotkało jej syna. On, Hurtig, chciałby być dla niej kimś więcej niż tylko kolegą z policji. Może nawet przyjacielem?

Nienawidzi struktur hierarchicznych, chociaż przez całe życie musiał się im podporządkowywać. Ludzie nie mają takiej samej wartości, bo ostatecznie wszystko zależy tylko od pieniędzy.

Myśli o bezimiennych chłopcach. W szwedzkim społeczeństwie nic nie znaczą. Stoją poza systemem. Jeśli jednak istnieją ludzie, których ktoś szuka, to muszą być i tacy, którzy szukają i tęsknią.

Społeczeństwo klasowe nadal istnieje. Różnica polega na tym, że poszczególne klasy używają dzisiaj innych nazw. Szlachta, księża, mieszczanie i chłopi, to znaczy klasa nadrzędna i podrzędna. Robotnicy albo właściciele kapitału.

Mężczyźni albo kobiety. To bez znaczenia.

Partia Centrum zaczęła się od niedawna nazywać partią robotniczą, chociaż akurat jej członkowie pilnują interesów tych, którzy mają najgrubsze portfele. Na samym dole struktury społecznej znajdują się ci, którzy nie mają ani portfela, ani dokumentów.

Hurtig idzie w stronę zabudowań i czuje, jak ogarnia go zły nastrój.

Schwarz i Åhlund czekają na niego pod dachem przy wejściu do szatni. Dają mu znak, żeby do nich przyszedł.

– Cholera, co za pogoda! – mówi Hurtig i wyciera dłonią krople deszczu z oczu. Niebo rozjaśnia blask błyskawicy. Aż się wzdrygnął.

– Boisz się burzy? – pyta Schwarz, uderzając go z uśmiechem w ramię.

– Co tu się stało?

– Martwa kobieta – odpowiada Åhlund, wzruszając ramionami. – Przed śmiercią została prawdopodobnie zgwałcona. Teraz trudno to zauważyć, ale chłopaki właśnie rozkładają namiot. Musimy trochę poczekać.

Hurtig kiwa głową i szczelniej otula się kurtką. Patrzy na wielkie reflektory stojące wzdłuż długich boków boiska i zastanawia się, czy nie poprosić woźnego, żeby je włączył. Chyba lepiej nie, zaraz zrobi się zamieszanie. Dziennikarze już pewnie wiedzą o wszystkim z rozmów podsłuchanych na policyjnym radiu i niedługo się zjawią na miejscu zbrodni. Rozwrzeszczany tłum gapiów z okolicy to coś, czego mu teraz najmniej potrzeba. Najlepiej będzie, jak wszystkie czynności przeprowadzi jak najdyskretniej.

– Kto jeszcze przyjedzie? Chyba nie Ryden?

– Nie – odpowiada Åhlund, kręcąc głową. – Billing wspominał, że przyśle Iva Andricia, bo już z nim współpracowaliśmy.

– Myślałem, że jest na urlopie.

Andrić jest lekarzem medycyny sądowej, pochodzi z Bośni. Podczas ostatniej rozmowy Hurtig usłyszał od niego, że po zakończeniu śledztwa w sprawie zamordowanych chłopców wybiera się na zasłużony długi urlop.

Kiedy policja podjęła decyzję o umorzeniu śledztwa, Andrić uznał to za swoją osobistą porażkę.

– Nie sądzę – odpowiada Åhlund, wyjmując z kieszeni paczkę gumy do żucia. – Słyszałem, że zrezygnował, gdy postanowiono umorzyć śledztwo. Cholera, może my też powinniśmy to zrobić? Poczęstujcie się – dodaje, podsuwając kolegom gumę.

Hurtig też odnosi wrażenie, że ogarnia go poczucie rezygnacji.

Polecenie o umorzeniu śledztwa przyszło z góry. Odgadł, że na tę decyzję wpłynął fakt, iż wszyscy zamordowani chłopcy byli nielegalnymi imigrantami, dziećmi bez tożsamości. Nikt ich nie szukał, dlatego nie byli aż tak ważni jak jasnowłose niebieskookie dzieci z Mörby albo z Brommy. Co za potwory, myśli Hurtig. Kompletnie pozbawione ludzkich uczuć.

Wprawdzie nie udało im się ustalić sprawcy, ale dzięki śledztwu chłopcy odzyskali tożsamość. Przywrócono im imiona i nazwiska. Niestety, za wszystko trzeba płacić, a przecież nie są dla nikogo ważni.

*Persona non grata.*

Równość ludzi to nie do końca prawda.

Hurtig zwraca się w stronę niewielkiego białego namiotu techników policyjnych i pyta ich o aktualną sytuację. Potem wraca na poprzednie miejsce. W tym samym momencie włączają się reflektory, boisko zalewa strumień białego światła.

Hurtig marszczy brwi na znak, że niezbyt mu się to wszystko podoba.

– Andrić niedługo tu będzie. Technicy twierdzą, że sprawa jest prosta. Panują nad wszystkim. Za kilka godzin przedstawią nam pierwsze wyniki.

– Co to znaczy, że sprawa jest prosta? – pyta Schwarz.

– Kobietę udało się już zidentyfikować. Obok niej leżała torebka i portfel. Z prawa jazdy wynika, że nazywa się Elisabeth Karlsson. Wszystko wskazuje na to, że ją zgwałcono i zamordowano. Jednak o wszystkim opowie nam Andrić, gdy zbada ciało. Technicy wykonują swoją robotę, dwa patrole z psami przeczesują okolicę, a na komendzie szukają krewnych ofiary. Co więcej możemy zrobić?

– Może napijemy się kawy? – proponuje Schwarz i rusza w stronę radiowozu.

Deszczówka spływa z rynien, tworząc na piasku duże kałuże.

Jak on się zachowuje?, myśli Hurtig, ale rusza za nim.

# Dzielnica Bandhagen

Wjeżdżając na szkolny parking, Andrić widzi Hurtiga, Schwarza i Åhlunda. Właśnie radiowozem opuszczają parking. Hurtig unosi rękę, żeby go pozdrowić. Andrić skręca przed szkołę i parkuje wóz obok ceglanego budynku.

Przez chwilę siedzi w samochodzie wpatrzony w nasiąknięte wodą, ciemne boisko. W jednym rogu stoi namiot techników, w drugim stara zniszczona bramka do gry w piłkę z porozrywaną siatką. Nadal pada deszcz i wygląda na to, że szybko nie przestanie. Andrić postanawia, że będzie siedział w samochodzie dopóty, dopóki będzie to możliwe. Czuje zmęczenie i zastanawia się, po co go tu właściwie ściągnięto. Wie, że cieszy się opinią jednego z najlepszych patologów w kraju i posiada wiedzę, której brakuje wielu innym lekarzom. Poza tym pracował za granicą i chociażby z tego względu powinni go przydzielać do innych spraw.

Za granicą. Dla niego słowo to oznacza Bośnię, którą kiedyś nazywał swoim domem.

Teraz siedzi w samochodzie, jest zmęczony, oczy mu się kleją. Myśli o tym, co się ostatnio wydarzyło, zwłaszcza o śledztwie w sprawie zamordowanych chłopców. Pierwszego znaleziono w krzakach przy wejściu do stacji metra Thorildsplan. Był prawie zmumifikowany. Na kolejnego – chłopca z Białorusi – natknięto się w okolicach Svartsjö. Następne zmumifikowane zwłoki odkryto koło placu do gry w kule w Danvikstull. Wszyscy trzej zostali przed śmiercią ciężko pobici.

Ostatnia ofiara to Samuel Bai, który kiedyś był dzieckiem-żołnierzem w Afryce. Zabójca powiesił go na strychu na osiedlu Monumentet w dzielnicy Skanstull.

Te zbrodnie zabrały mu kilka tygodni życia. Nadal jest przekonany, że we wszystkich tych przypadkach sprawcą była jedna i ta sama osoba.

Śledztwo prowadziła Jeanette Kihlberg, ale akurat do niej nie ma żadnych zastrzeżeń. Wykonała solidną robotę, za to w całym śledztwie pełno było błędów i zaniedbań. Po kilku tygodniach utknęło w martwym punkcie.

Ani komendant policji, ani prokurator nie zachowali się jak należy. Niektóre osoby składały fałszywe zeznania w sprawie alibi. Brak zaangażowania ze strony śledczych i niechęć do wykorzystania dostępnych metod sprawiły, że Andrić całkowicie pozbył się wszelkich iluzji. Już wcześniej jego wiara w system sprawiedliwości utrzymywała się na niskim poziomie. Jednakże po tych doświadczeniach stracił resztę nadziei. A gdy jeszcze prokurator umorzył śledztwo, uszła z niego reszta pary.

Czując, jak przenika go chłód, otula się szczelniej kurtką, nakłada czapkę bejsbolówkę. Wysiada z samochodu i smagany deszczem rusza szybkim krokiem w stronę policyjnych barierek.

Ofiara leży na boku. Lewą rękę ma skręconą pod nienaturalnym kątem – jest bez wątpienia złamana. Poza tym na ciele nie widać żadnych innych obrażeń.

Andrić dochodzi do wniosku, że wie, co się tutaj rozegrało. Kobieta została zgwałcona, ale przyczyny śmierci nie da się na razie określić. Trzeba z tym poczekać, aż zwłoki trafią na patologię w Solnie. Każe je zabrać. Kilku sanitariuszy wkłada ciało do szarego plastikowego worka.

Andrić wraca do swojego samochodu trochę szybszym krokiem.

To, co zobaczył, nasunęło mu pewną myśl. Będzie to musiał szybko sprawdzić.

# Park Vita Bergen

Sofia Zetterlund ma spore luki w pamięci. Czarne dziury, przez które przechodzi w swoich snach i niekończących się spacerach. Czasem, gdy czuje jakiś zapach albo gdy ktoś patrzy na nią w określony sposób, te dziury się pogłębiają. Obrazy ożywają, kiedy słyszy kroki na piasku albo widzi czyjeś plecy na ulicy. W takich sytuacjach czuje się, jakby przez punkt, który ona nazywa JA, przeleciał nagle tańczący wiatr.

Wie, że przeżyła coś, czego nie da się opisać.

Pewnego razu żyła sobie dziewczynka o imieniu Victoria. Kiedy miała trzy lata, jej tata zbudował w niej pokój. Był zupełnie pusty, a jedynymi uczuciami, jakich w nim doświadczała, był ból i zimna obojętność. Z czasem pokój zamienił się na stałe w ściany smutku, podłogę zemsty i dach nienawiści. Był tak odizolowany i zamknięty, że nie potrafiła się z niego wydostać.

Właśnie w tym pokoju przebywa teraz.

To nie byłam ja, myśli. To nie był mój błąd. Kiedy się budzi, ogarnia ją poczucie winy. Wszystkie mechanizmy działające w jej organizmie szykują się do ucieczki, chcą się bronić.

Wstaje z łóżka, sięga po opakowanie paroksetyny, zbiera ślinę i połyka dwie tabletki. Odchyla głowę i czeka, aż głos Victorii ucichnie. Nie do końca, bo nigdy nie cichnie do końca, ale przynajmniej na tyle, żeby mogła słyszeć samą siebie.

Chce usłyszeć, czego chce Sofia.

Co się niedawno stało?

Wspomnienie różnych zapachów. Popcornu, mokrego od deszczu piasku, ziemi.

Ktoś chciał ją zawieźć do szpitala, nie zgodziła się jednak.

A potem nastała pustka i zapadła ciemność. Nie pamięta,

jak dotarła do swojego mieszkania, a tym bardziej jak tam trafiła z Gröna Lund.

Która to już godzina?

Telefon komórkowy leży na nocnej szafce. Nokia, stary model. To komórka Victorii Bergman. Musi się jej pozbyć.

Na wyświetlaczu widać godzinę 07.33. Widać też jedno nie-odebrane połączenie. Naciska klawisz, żeby sprawdzić numer, i spogląda na wyświetlacz.

Numer nieznany.

Dziesięć minut później jest już na tyle spokojna, że może wstać. Powietrze w mieszkaniu jest trochę nieświeże, więc otwiera okno w salonie. Ulica Borgmästargatan jest cicha i mokra od deszczu. Na lewo widać majestatyczną wieżę kościoła Świętej Zofii. Od strony Nytorget dochodzi zapach spalin i świeżo upieczonego chleba.

Kilka zaparkowanych samochodów.

Jeden z dwunastu rowerów przymocowanych do stojaków po drugiej stronie ulicy ma uszkodzoną oponę. Jeszcze wczoraj była w porządku. To szczegóły, które zakotwiczają się w pamięci bez jej wiedzy.

Gdyby ktoś ją zapytał, potrafiłaby opisać po kolei kolor każdego z rowerów. Od prawej do lewej albo odwrotnie.

Nie musiałaby się nawet zastanawiać.

Jednak pod wpływem paroksetyny czuje się trochę wyciszona, jej mózg się uspokaja, dzięki czemu łatwiej będzie przeżyć kolejny dzień.

Postanawia, że weźmie prysznic, ale w tej samej chwili dzwoni telefon. Tym razem służbowy.

Wchodzi pod prysznic, a telefon nadal dzwoni.

Gorąca woda działa na nią orzeźwiająco. Kiedy się wyciera, przychodzi jej na myśl, że już wkrótce będzie zupełnie sama. Będzie mogła robić, co tylko jej się spodoba.

Trzy tygodnie temu jej rodzice zginęli w pożarze domu. Siedzieli wtedy w saunie. Z ekspertyzy wynika, że do pożaru doszło na skutek zwarcia instalacji elektrycznej w agregacie ogrzewającym saunę.

Jej rodzinny dom w Värmdö zamienił się w zgliszcza, a wszystko, co się w nim znajdowało, spaliło się na popiół.

Oprócz ubezpieczenia za dom, które wyniosło około czterech milionów koron, jej rodzice mieli oszczędności w kwocie dziewięciuset tysięcy koron, jak również pakiet akcji, które po sprzedaniu przyniosą jej dalsze pięć milionów.

Adwokatowi rodziny, którym jest Viggo Dürer, poleciła, aby jak najszybciej wszystkie akcje sprzedał, a pieniądze przelał na jej prywatne konto. Już wkrótce będzie miała do dyspozycji prawie dziesięć milionów koron.

Do końca życia nie zazna biedy. Zamknie prywatną praktykę. Przeprowadzi się w inne miejsce. Wszystko zacznie od nowa. Stanie się kimś innym.

Ale to później. Może wkrótce, lecz jeszcze nie teraz. Teraz potrzebne są jej stałe rutynowe czynności wynikające z codziennej pracy. Chwile, gdy nie musi o niczym myśleć, gdy będzie mogła funkcjonować na zwolnionych obrotach. Robienie tego, czego inni od niej oczekują, jest dla niej źródłem spokoju. Potrzebuje go po to, żeby trzymać Victorię na dystans.

Wytarła się i przeszła do kuchni.

Wsypuje kawę do automatu, przynosi laptop, rozkłada go na kuchennym stole i włącza.

Ze strony internetowej firmy ENIRO dowiaduje się, że numer telefonu, którego nie odebrała, należy do policji w Värmdö. Czuje, jak ogarnia ją nagły strach. Czyżby coś na nią znaleźli? A jeśli tak, to co?

Wstaje i przynosi filiżankę z kawą. Postanawia, że zachowa spokój i będzie po prostu czekać.

Siada przy komputerze, odszukuje folder, który nazwała VICTORIA BERGMAN, i patrzy na dwadzieścia pięć plików.

Wszystkie mają tę samą nazwę: DZIEWRONA.

Jej wspomnienia.

Wie, że była chora, dlatego postanowiła spisać wszystkie wspomnienia. Przez wiele lat prowadziła ze sobą rozmowy, nagrywała własne monologi, a potem je analizowała. Dzięki tej pracy poznała Victorię, aż w końcu pogodziła się z myślą, że już na zawsze będą ze sobą związane.

Teraz jednak, gdy już wie, do czego Victoria jest zdolna, nie pozwoli sobą manipulować.

Zaznacza myszką wszystkie pliki umieszczone w folderze, nabiera głęboko powietrza i wciska klawisz „usuń".

Na ekranie pojawia się okienko z zapytaniem, czy rzeczywiście jest pewna, że chce usunąć zawartość folderu.

Zastanawia się.

Już kiedyś kilka razy podejmowała decyzję o usunięciu zapisanych rozmów, które ze sobą przeprowadziła. Ale za każdym razem brakowało jej odwagi, żeby to uczynić.

– Nie, nie jestem pewna – mówi głośno i wciska polecenie „nie".

Natychmiast odczuwa ulgę.

Zaczyna się za to niepokoić o Gao. Chłopca bez przeszłości, który przez przypadek stał się częścią jej życia. A może to nie był przypadek?

Spotkała go w kolejce podmiejskiej w stanie pełnej świadomości, widziała, że jest całkowicie bezbronny. Kiedy pociąg zatrzymał się na stacji w Karlbergu, wzięli się za ręce i zawarli milczącą umowę.

Od tamtej pory Gao mieszka u niej w pokoju ukrytym za regałem.

Ich codzienne ćwiczenia wzmocniły go fizycznie, stał się bardziej wytrzymały. Zdołał też rozwinąć niesamowitą siłę mentalną.

Zastanawiając się nad tym wszystkim, Sofia miesza w garnku kleik i napełnia termos, który mu zaraz zaniesie. Gao leży nago na miękkim łóżku w ciemnym pokoju. Po oczach widać, że myślami jest gdzieś daleko.

Jest z nią na zawsze, całkowicie oddany i absolutnie bezkompromisowy, dzięki czemu stał się jej posłusznym narzędziem.

Są jak dwie obce sobie części ciała, które w niej zaimplantowano. Jej organizm zaakceptował Victorię, ale odrzucił Gao.

Co ma z nim zrobić? Stał się dla niej bardziej obciążeniem niż pomocą.

Chociaż sprzątała przez kilka godzin i użyła różnych środków chemicznych, smród moczu nadal utrzymuje się w pomieszczeniu.

Na podłodze leży stos jego rysunków.

Stawia termos na podłodze obok łóżka. Gao może korzystać z wody w niewielkiej toalecie.

Kiedy od niego wychodzi, zasuwa regał zasłaniający drzwi do jego pokoju i zakłada haczyk. Gao musi sobie jakoś zagospodarować czas do wieczora.

# Język

kłamie i obmawia. Dlatego on, Gao Lian z Wuhanu, musi uważać na to, co ludzie mówią.

Nic nie jest w stanie go zaskoczyć, bo nie jest zwierzęciem i wszystko kontroluje.

Wie, że zwierzęta nie potrafią planować odstępstw od normy. Wiewiórki gromadzą orzechy przed nadejściem zimy w dziuplach drzew, ale jeśli te otwory zamarzają, wiewiórki niczego nie rozumieją. Orzechy przestają dla nich istnieć, bo nie można się do nich dostać. Wiewiórki rezygnują więc z wydobycia ich i giną.

Gao Lian wie, że musi być przygotowany na to, iż kiedyś może się zdarzyć jakieś odstępstwo od normy.

oczy

widzą to, co zabronione. Gao musi je zamknąć, by odczekać, aż obraz zniknie.

Czas to czekanie, czyli nic.

Czas to w ogóle nic. Darmocha. Zero. Pustka.

To, co się potem zdarzy, będzie absolutnym przeciwieństwem czasu.

Kiedy napną się mięśnie i skurczy żołądek, kiedy oddech stanie się krótki, ale za to bogaty w tlen, on, Gao, złączy się z otoczeniem, staną się jednością. Puls, który przedtem uderzał powoli, przyspieszy, aż zamieni się w ogłuszający huk. Wszystko wydarzy się jednocześnie.

W tym momencie czas przestanie być śmieszny, będzie wszystkim.

Każda sekunda żyje własnym życiem, snuje własną opowieść mającą początek i koniec. Jedna setna sekundy zwątpienia będzie miała złowieszcze konsekwencje. Będzie stanowić różnicę między życiem a śmiercią.

Czas to przyjaciel kogoś, kto ma słabą wolę i jest niezdolny do działania.

Biała kobieta przyniosła mu papier i ołówek, więc teraz siedzi godzinami w ciemnościach i rysuje. Motywy czerpie z głębi własnej pamięci. Rysuje poznanych ludzi, przedmioty, których mu brakuje, i uczucia, które kiedyś miał, ale teraz całkiem o nich zapomniał. Jest jak ptak w swoim gnieździe razem z pisklętami.

Kiedy kończy, odkłada kartkę, bierze nową i znowu zaczyna rysować.

Nigdy nie przestaje i nigdy nie ogląda tego, co narysował.

Kobieta, która go karmi, nie jest ani prawdziwa, ani fałszywa. Dla niego nie istnieje już czas, który istniał przed spotkaniem z nią i będzie istniał po niej. Czas jest niczym.

Wszystko wewnątrz niego jest zwrócone ku własnej mechanice wspomnień.

# Bistro „Amica"

Jeanette opuszcza pokój Johana i idzie do kawiarni, która mieści się przy głównym wejściu do szpitala. Jest nie tylko kobietą i matką, ale także policjantką, co oznacza, że spraw zawodowych nie może odłożyć na bok, nawet w tak trudnych dla niej okolicznościach. Wie, że kiedyś może to być użyte przeciwko niej.

Kiedy winda staje na parterze i drzwi się otwierają, Jeanette miesza się z tłumem ludzi. Uniósłszy wzrok, widzi ich ruchy i uśmiech na twarzy. Nabiera powietrza i obserwuje, jak wokół niej tętni życie. Czuje, że potrzebuje chwili oddechu po niespokojnym czuwaniu przy łóżku syna w pokoju wypełnionym gęstym powietrzem.

Hurtig przynosi tacę z dwiema filiżankami parującej kawy i dwoma ciastkami z cynamonowym nadzieniem. Stawia je na stoliku, siada. Jeanette bierze jedną z filiżanek i pije gorący napój. Kawa rozgrzewa jej żołądek. Jeanette nabiera ochoty na papierosa.

Hurtig sięga po drugą filiżankę, patrząc badawczo na Jeanette. Nie podoba jej się krytycyzm zawarty w jego spojrzeniu.

– Co z nim? – pyta Hurtig.

– Sytuacja jest pod kontrolą. W tej chwili najgorsze, że nie wiadomo, co mu się przytrafiło.

Podobnie się czuła, gdy Johan był małym chłopcem. Wiele razy przybiegał do niej zapłakany i niepocieszony, niezdolny opowiedzieć, co się stało. Brakowało mu słów. Myślała, że to już należy do przeszłości.

A teraz?

Nawet Sofia nie potrafiła wyjaśnić, co się stało. Jak zatem zrobi to Johan?

– Rozumiem, ale przecież będziecie o czymś rozmawiać, gdy Johan wyzdrowieje i wrócicie do domu. Prawda?

– Jasne – odpowiada z westchnieniem Jeanette. – Siedzenie w tym cichym pokoju doprowadza mnie do szaleństwa.

– Czy Åke już go odwiedził? A twoi rodzice?

Jeanette wzrusza ramionami.

– Åke ma teraz wystawę w Polsce i chciał wracać do domu, ale kiedy znaleziono Johana... – Jeanette nie kończy, tylko znowu wzrusza ramionami. – Właściwie niewiele może zrobić. Moi rodzice są na wycieczce w Chinach. Nie będzie ich przez dwa miesiące.

Hurtig chciał coś powiedzieć, lecz w ostatniej chwili się rozmyślił.

– A jak wam poszło w Bandhagen? – pyta Jeanette.

Hurtig wkłada kostkę cukru do kawy, miesza.

– Ivo przeprowadza sekcję, ciągle czekamy.

– A co mówi Billing?

– Uważa, że powinnaś zostać z Johanem w domu i że to przez ciebie Åke chce się rozwieść – mówi z westchnieniem Hurtig, popijając kawę.

– Ten podstępny wąż naprawdę tak powiedział?

– Tak. Wprost i bez ogródek – odpowiada Hurtig, unosząc wzrok.

Jeanette czuje nagle, że jest potwornie wyczerpana i nikomu niepotrzebna.

– Niech go szlag trafi – mruczy, rozglądając się po kawiarni.

Hurtig siedzi w milczeniu. Bierze z talerza ciasto, odłamuje kawałek i wsuwa do ust. Jeanette widzi, że coś go trapi.

– Co cię gryzie? O czym myślisz?

– Nie odpuściłaś sobie tamtej sprawy, prawda? – pyta badawczo Hurtig. – Widać to po tobie. Jesteś wkurzona, że cię odsunęli.

Usuwa sobie kilka okruszków z brody.

– Co masz na myśli? – pyta Jeanette, budząc się z odrętwienia.

– Uważasz mnie za głupka? Wiesz, o co pytam. Lundström to prawdziwe bydlę, ale to nie on...

– Daj spokój! – przerywa mu Jeanette.

– Przecież... – zaczyna Hurtig. Rozkłada przy tym ręce i rozlewa kawę.

Jeanette sięga odruchowo po serwetkę, wyciera plamę. Broni się przed myślą, że w przyszłości sama będzie musiała po tym

38

wszystkim posprzątać. Wyparła ją, jeszcze zanim zagnieździła jej się w głowie. Na jej twarzy pojawia się wyraz skupienia.

– Jens, posłuchaj – zaczyna w zamyśleniu. – Tak jak ty jestem sfrustrowana tym, co się stało. Uważam, że to okropne. Z drugiej strony nie jestem aż taka głupia i rozumiem, że nie ma żadnego uzasadnienia finansowego...

– Dzieci, które są nielegalnymi imigrantami... uzasadnienie finansowe... rzygać mi się chce, jak to słyszę.

Hurtig zrywa się z krzesła. Jest bardzo wzburzony.

– Siadaj, jeszcze nie skończyłam – mówi Jeanette. Sama jest zdziwiona, że zachowuje taką stanowczość, chociaż czuje się kompletnie wykończona.

Hurtig wzdycha głośno i siada na krześle.

– Zrobimy tak: ja muszę się zaopiekować Johanem, nie wiem jednak, ile czasu mi to zabierze. Ty masz do wyjaśnienia sprawę kobiety znalezionej w Bandhagen i w tej chwili to dla ciebie najważniejsze. Ale wiesz tak jak ja, że zostanie nam trochę czasu na inne sprawy... Chyba rozumiesz, co chcę powiedzieć?

Jeanette widzi, że oczy Hurtiga nagle rozbłysły. Sama też czuje, że i w niej rozgorzało uczucie, które już prawie zapomniała. Entuzjazm.

– Chcesz powiedzieć, że powinniśmy tę sprawę ciągnąć dalej, ale w tajemnicy przed wszystkimi?

– Właśnie. Tylko musi to zostać między nami. Jeśli ktoś się dowie, będziemy skończeni.

– Ja już właściwie wysłałem kilka pytań w różne miejsca i mam nadzieję, że w tym tygodniu dostanę odpowiedź – odpowiada z uśmiechem Hurtig.

– Świetnie! – mówi Jeanette i też się uśmiecha. – Podoba mi się to, ale musimy działać w rękawiczkach. Z kim się kontaktowałeś?

– Ivo Andrić twierdzi, że chłopak znaleziony na Thorildsplan miał ślady penicyliny w organizmie, nie licząc innych prochów i środków znieczulających.

– Penicyliny? Co to może znaczyć?

– Że miał jakiś kontakt ze służbą zdrowia. Prawdopodobnie z lekarzem, który pomaga nielegalnym imigrantom bez dokumentów. Znam pewną kobietę, która pracuje w jednej z organizacji przykościelnych. Obiecała, że mi poda kilka nazwisk.

– Super! A ja jestem w stałym kontakcie z UNHCR w Genewie – mówi Jeanette. Czuje, jak powoli wracają do niej wyobrażenia o przyszłości. A więc istnieje jakieś „potem", a nie tylko bezdenna teraźniejszość. – Mam też pewien pomysł – zdradza. Hurtig czeka cierpliwie na jej dalsze słowa. – Co byś powiedział, gdybyśmy sporządzili profil sprawcy?

Hurtig patrzy na nią zdumionym wzrokiem.

– Zgoda, ale gdzie znajdziemy psychologa, który zechce wziąć udział w nieoficjalnym... – Hurtig waha się przez chwilę. – Czyżbyś myślała o Sofii Zetterlund?

– Tak – potwierdza Jeanette. – Chociaż jeszcze jej nie pytałam. Chciałam to najpierw skonsultować z tobą.

– Cholera, dziewczyno – mówi Hurtig z szerokim uśmiechem na twarzy. – Jesteś najlepszym szefem, jakiego kiedykolwiek miałem.

Widać po nim, że jest szczery.

– Miło, że tak mówisz. Nie wiem, co odpowiedzieć.

Myśli o Johanie i o rozwodzie z Åkem, i o wszystkim, co to dla niej oznacza. Na razie jeszcze nie wie, co się zdarzy w jej prywatnym życiu później. Czy obecne czuwanie przy Johanie to zwiastun tego, co czeka ją w przyszłości? Całkowita samotność? Åke wyprowadził się do swojej nowej kobiety. To właścicielka galerii, Alexandra Kowalska. Na jej wizytówce znajduje się słowo „konserwator". Czy to nie ktoś, kto zajmuje się wypychaniem zwierząt, kto tworzy pozorne życie z czegoś, co jest już martwe?

– Może wyjdziemy zapalić? – pyta Hurtig. Wyciąga paczkę papierosów i częstuje Jeanette. – Nie znam się na fajkach, ale kupiłem je tu dla ciebie.

Jeanette patrzy na nie i wybucha śmiechem.

– Mentolowe?

Zabierają okrycia i wychodzą przed główne wejście. Deszcz jest coraz słabszy, na horyzoncie widać skrawek czystego nieba zwiastujący poprawę pogody. Hurtig zapala papierosa, podaje go Jeanette, potem zapala drugiego dla siebie. Głęboko się zaciąga, kaszle i wypuszcza dym nosem.

– Nadal zamierzasz mieszkać w swoim domu? – pyta. – Stać cię na to?

– Nie wiem. Ale ze względu na Johana będę musiała jakoś wiązać koniec z końcem. Poza tym Åke zaczął sprzedawać obrazy, jego sytuacja finansowa też uległa poprawie.

– Wiem, czytałem recenzje w „Dagens Nyheter". Jego obrazy są takie liryczne.

– Szkoda tylko, że przez dwadzieścia lat sponsorowałam jego pracę, a teraz nie będę mogła zebrać jej owoców.

Kowalska nawiązała kontakt z Åkem w lecie i sprawy od razu potoczyły się w szybkim tempie. Jej mąż stał się jedną z najjaśniejszych gwiazd szwedzkiego malarstwa i zostawił ją dla młodszej i ładniejszej Alexandry.

Nigdy nawet nie sądziła, że razem z Johanem tak niewiele dla niego znaczą. Nie przypuszczała, że pewnego dnia Åke nagle odwróci się do nich plecami i odejdzie.

Hurtig patrzy na nią, gasi papierosa i otwiera drzwi.

– Uśmiechnij się – mówi.

Obejmuje ją, a ona czuje, że właśnie tego w tej chwili potrzebowała. Wie jednak, że czułe słowa mogą być puste jak pnie martwych drzew. A przecież nie potrafi odróżnić tego, co żywe, od tego, co martwe. Przez chwilę o tym myśli, a potem utwierdza się w przekonaniu, że powinna wrócić do Johana i do ciszy panującej w jego pokoju.

# Instytut Patologii

Każdy czyn dokonany tworzy tysiące możliwych rozwiązań, które kiedyś, w przyszłości, zbiegają się w jednym punkcie, tworząc nowe możliwe rozwiązania.

Dla Andricia śmierć wyglądała zawsze tak samo, chociaż powody, z których do niej dochodziło, były zawsze różne.

Po dokonaniu wstępnych oględzin odjeżdża z Bandhagen do Solny. Zastanawia się nad tym, co przed chwilą widział. Przyczyna śmierci mieści się często poza linią oddzielającą zdrowy rozsądek od fantazji. W takich przypadkach granicę stanowi tylko mózg chorej osoby.

Na podstawie tego, co stwierdził na miejscu znalezienia zwłok, doszedł do wniosku, że wie, jaki los spotkał martwą kobietę. Świadomość tego przynosi mu ulgę. Mogło być o wiele gorzej.

Kiedy dociera na miejsce, od razu kieruje się na oddział patologii. Chce oficjalnie potwierdzić swoją teorię, ale potrzebuje do tego trochę lepszego oświetlenia. Ogląda nagie ciało Elisabeth Karlsson leżące na blacie z nierdzewnej stali i już po minucie wie, co było przyczyną śmierci. Jego przypuszczenia były słuszne.

Wzdłuż brzucha i piersi ofiary ciągnie się wzór przypominający paproć. Na jej lewym nadgarstku zauważa głębokie znamię od oparzenia wielkości jednokoronówki. Wszystko staje się od razu jasne.

Można powiedzieć, że to szkolny przykład.

Elisabeth Karlsson miała ogromnego pecha.

# Park Vita Bergen

Sofia Zetterlund wyłącza i składa laptop. Po tym, jak postanowiła nie kasować plików dotyczących Victorii, poczuła coś w rodzaju ulgi. Czy odczuwa także szczęście? Sama nie wie.

Jeszcze niecały rok temu była szczęśliwą kobietą. Przynajmniej tak jej się wydawało. I chyba to się liczyło.

Fakt, że wszystko, co wydarzyło się potem, okazało się tłem, nie czyni tego, co wtedy czuła, nieprawdziwym. Zachowywała się uczciwie, a dla Larsa, z którym wtedy żyła, gotowa była zrobić wszystko. Niestety, Lars krok po kroku demontował ich wspólne życie, a jej nie pozostało nic innego, jak tylko obserwować, co się dzieje. Nie była zdolna do działania.

Wszystko zostało wykasowane i zbrukane.

Ma wiele mglistych wspomnień, a gdy cofa się myślami o pół roku, widzi tylko niewyraźne zarysy. Zamazane fotografie bez ostrych konturów.

Wstaje z krzesła, podchodzi do zlewozmywaka i napełnia jedną z przegród wodą.

Lars Pettersson był jej partnerem życiowym przez ponad dziesięć lat, najlepszym przyjacielem i mężczyzną, z którym związała wszystkie swoje marzenia. Pracował jako przedstawiciel handlowy, jeden tydzień spędzał w Niemczech, drugi w domu. W pełni mu ufała i chciała mieć z nim dziecko. Zawsze przynosił jej kwiaty.

Woda jest tak gorąca, że skóra na dłoniach robi się czerwona. Czuje silne pieczenie. Mimo to zmusza się, by trzymać ręce w wodzie. To taka próba, musi ją znieść.

Potem okazało się, że Lars jest żonaty, w Saltsjöbaden ma dom i rodzinę. Co dwa tygodnie wyjeżdżał, ale nie do Niemiec, tylko do nich. Nigdy nie miał czasu, żeby wyjechać na urlop z nią.

Lars był ojcem Mikaela.

Romans z Mikaelem nawiązała wyłącznie dlatego, że chciała się zemścić na Larsie. Teraz wydaje jej się to zupełnie pozbawione sensu. Puste i prymitywne. Lars nie żyje, a Mikael przestał się nią z czasem interesować, chociaż przez pewien czas ją kusiło, żeby mu wyjawić, kim jest naprawdę.

Przez ostatnie miesiące widywali się sporadycznie, ponieważ Mikael miał dużo pracy i na długie tygodnie wyjeżdżał. Kiedy wracał, często się okazywało, że z kolei ona jest bardzo zajęta. Rzadko wtedy ze sobą rozmawiali, a jeśli już, to w niezbyt przyjemnej atmosferze. Skłoniło ją to do przypuszczeń, że Mikael spotyka się z inną kobietą.

Postanowiła z tym skończyć. Wyciąga dłonie z wrzątku, odkręca kran i wkłada je pod strumień zimnej wody. Z początku sprawia jej to przyjemność, ale dłonie szybko marzną. Mimo to nadal trzyma je pod wodą. Ból należy pokonać.

Im większy odczuwa ból, tym mniej tęskni za Mikaelem. Jest jego macochą i kochanką. Nie, nie wolno jej wyjawić prawdy.

Wypuszcza wodę ze zlewozmywaka i po chwili jej dłonie odzyskują naturalny kolor. Kiedy ból ustępuje, znowu siada przy kuchennym stole.

Wie, że powinna zadzwonić do Jeanette, lecz coś ją powstrzymuje. Nie wie, co powiedzieć.

Nagle dopada ją silny ból żołądka. Chwyta się za brzuch, cała się trzęsie, serce mocno jej bije. Odnosi wrażenie, jakby siły z niej uchodziły albo jakby ktoś przeciął jej tętnicę. Głowa ją pali i Sofia czuje, że traci nad sobą kontrolę. Nie ma pojęcia, co organizm każe jej za chwilę zrobić.

Uderzyć głową o ścianę? Wyskoczyć przez okno? Krzyknąć?

Nie, musi usłyszeć prawdziwy głos, bo tylko to będzie dla niej dowodem, że nadal żyje i naprawdę istnieje. Jedynie to może uciszyć dźwięki dochodzące z jej wnętrza. Sięga po telefon leżący na stole. Jeanette odpowiada dopiero po kilkunastu sygnałach.

Na linii występują jakieś zakłócenia, słychać szum przerywany pojedynczymi dźwiękami.

– Co z Johanem? – pyta Sofia. Tylko tyle może z siebie wydobyć.

– Znaleźliśmy go – odpowiada zmęczonym głosem Jeanette. – Żyje i teraz leży obok mnie. To mi na razie wystarczy.

Twoje dziecko leży obok ciebie, myśli Sofia. A ja mam swojego Gao.

– Mogę cię dzisiaj odwiedzić – słyszy swój głos.

– Świetnie. Wpadnij za godzinę.

– Mogę cię dzisiaj odwiedzić.

Jej głos odbija się echem od ścian kuchni. Czyżby się powtarzała?

– Mogę cię dzisiaj odwiedzić. Mogę...

Johan zaginął w dniu, kiedy była z Gao. Spali. Nic więcej. A może?

– Mogę cię dzisiaj odwiedzić.

Czuje, że ogarnia ją coraz większa niepewność. Nagle zdaje sobie sprawę, że nie wie, co się stało po tym, jak razem z Johanem wsiadła do gondoli, by wjechać na wieżę swobodnego spadania.

Głos Jeanette dociera do niej jakby z daleka.

– Super. W takim razie do zobaczenia. Tęsknię za tobą.

– Mogę cię dzisiaj odwiedzić.

W słuchawce zapada cisza. Na wyświetlaczu widać, że rozmowa trwała dwadzieścia trzy sekundy.

Idzie do przedpokoju, żeby się ubrać do wyjścia. Wyjmuje buty z szafki, zauważa, że są wilgotne, jakby przed chwilą w nich chodziła.

Ogląda je z bliska. Do obcasa lewego buta przykleił się pożółkły liść, w sznurówkach pełno jest igliwia i ziaren trawy, zelówki są zabłocone.

Tylko spokojnie, myśli. Padał rzęsisty deszcz. Ile potrzeba czasu, żeby wyschła para skórzanych butów?

Sięga po kurtkę. Ona też jest wilgotna, więc ogląda ją z bliska.

Rozdarcie na rękawie, długie na pięć centymetrów. W środku, w wypełnieniu, znajduje kilka ziaren piasku.

Coś wystaje z kieszeni. Co to może być?

Aha, zdjęcie zrobione polaroidem.

Patrzy na nie i nie wie, co powiedzieć.

Na zdjęciu widzi siebie. Ma może dziesięć lat i stoi na pustej plaży. Wieje tak silny wiatr, że jej długie jasne włosy sterczą prawie pionowo na głowie. Z piasku wystaje kilka drewnianych pali, w tle widać niewysoką latarnię pomalowaną w biało-czerwone paski i mewy krążące na tle nieba.

Serce jej bije coraz mocniej. Zdjęcie nic jej nie mówi, nigdy nie widziała miejsca, w którym je zrobiono.

# Dawniej

*Nie mogąc zasnąć, nasłuchiwała jego kroków i udawała, że jest zegarem. Kiedy leżała na brzuchu, była godzina szósta; gdy się kładła na lewy bok, godzina dziewiąta, a gdy układała się na plecach, północ. Kiedy kładła się na prawym boku, oznaczało to, że jest godzina trzecia, a gdy przewracała się z powrotem na brzuch, godzina szósta. Na lewy bok – dziewiąta; na plecy – północ. Gdyby mogła sterować zegarem, oszukiwałaby go i wtedy zostawiałby ją w spokoju.*

Jest ciężki, plecy ma owłosione, poci się i śmierdzi amoniakiem, bo przez dwie godziny pracował na maszynie do rozrzucania nawozów. Przekleństwa w szopie dobiegały aż do jej pokoju.

Kości jego bioder ocierają się o jej brzuch, a ona wpatruje się w jakiś punkt ponad jego ramionami, które unoszą się nad nią rytmicznie.

Duńska flaga zdobiąca sufit wygląda jak diabelski krzyż: czerwień ma barwę krwi, biel barwę szkieletu.

Najprościej jest robić to, co jej każe. Pieścić go po plecach i jęczeć mu wprost do ucha. Dzięki temu wszystko trwa krócej, najwyżej pięć minut.

Kiedy trzeszczenie starych sprężyn ustaje, a jego już nie ma, wstaje i idzie do toalety. Musi się pozbyć zapachu nawozów.

Jest mechanikiem i mieszka w Holstebro. Ona nazywa go Świnią z Holstebro. Tak miejscowi mówią na rasę świń, które najlepiej nadają się do uboju.

Jego imię i nazwisko wpisuje do swojego dziennika obok innych. Na samej górze listy widnieje nazwisko bydlaka, któremu ma okazać wdzięczność za to, że u niego mieszka.

Ten drugi ma wyższe wykształcenie, jest chyba prawnikiem czy kimś takim. Kiedy nie przebywa w swoim gospodarstwie i nie zabija świń, pracuje gdzieś w Szwecji. Nazywa go Niemieckim Bękartem, ale nigdy nie mówi tego na głos.

Niemiecki Bękart jest dumny, że pracuje według starych wypróbowanych metod. Uważa, że aby usunąć sierść, świnie należy opalać, a nie obdzierać ze skóry.

Odkręca kran i obmywa dłonie pod wodą. Przez pracę przy świniach ma opuchnięte czubki palców. Świńska sierść dostaje się pod paznokcie i wywołuje stany zapalne. Nie pomagają nawet rękawice ochronne.

Świnia z Holstebro zabija świnie. Ogłusza je prądem i topi we krwi, potem sprząta po sobie, zmywa kałuże z podłogi i usuwa odpady. Pewnego razu pozwolił jej zastrzelić jedną ze świń specjalnym pistoletem bolcowym. Mało brakowało, a użyłaby go przeciwko niemu. Chciała tylko sprawdzić, czy jego oczy będą potem równie martwe jak oczy świń.

Po pobieżnym umyciu rąk wyciera się ręcznikiem i wraca do pokoju.

Nie wytrzymam tego dłużej. Muszę stąd uciec.

Ubierając się, słyszy, jak Świnia z Holstebro uruchamia silnik swojego starego samochodu. Rozchyla firanki i wygląda przez okno. Auto wyjeżdża z podwórka. Niemiecki Bękart będzie dalej rozrzucał nawóz.

Postanawia iść na cypel Grisetåudden, a może nawet do mostu przy cieśninie Oddesund.


Wiatr wdziera się pod ubranie i chociaż ma na sobie kamizelkę i anorak, już za domem dostaje dreszczy.

Kieruje się do torów kolejowych, wchodzi na nasyp i idzie nim aż do cypla. Co pewien czas mija resztki stanowisk strzeleckich i betonowych bunkrów z okresu drugiej wojny światowej.

Cypel zwęża się i już wkrótce po obu stronach nasypu zaczyna się woda. Jakieś czterysta metrów dalej tory skręcają w lewo, w stronę mostu. Widać stąd latarnię morską.

Schodzi na brzeg i uświadamia sobie, że jest tu zupełnie sama.

Po dojściu do biało-czerwonej latarni kładzie się w trawie i patrzy w błękitne niebo. Przypomina sobie, że kiedyś, gdy słyszała głosy w lesie, też tak się kładła.

Tak jak wtedy wieje silny wiatr, tak jak wtedy słyszy paplaninę Martina.

Dlaczego zniknął?

Nie bardzo wie, ale chyba ktoś go utopił. Zniknął koło pomostu dokładnie wtedy, gdy zjawiła się tam Dziewrona.

Niestety, jej wspomnienia są mgliste. W głowie ma czarną dziurę.

Powoli zwija w palcach źdźbło trawy i obserwuje, jak zmienia swój kolor pod wpływem promieni słonecznych. Na samym koniuszku widzi kropelkę rosy, tuż pod nią siedzi nieruchomo mrówka. Brakuje jej jednej z tylnych nóżek.

– O czym ty sobie tak myślisz, mróweczko? – szepcze i dmucha lekko na źdźbło.

Przewraca się na bok i ostrożnie kładzie źdźbło na kamieniu. Mrówka wchodzi na kamień. Brak nogi najwyraźniej wcale jej nie przeszkadza.

– Co ty tu robisz?

To on. Stoi obok i patrzy na nią z góry. Na jej twarz pada cień. Wstaje i idzie z nim do okopu strzeleckiego. Zabiera im to około dziesięciu minut, bo on nie jest zbyt wytrzymały.

Opowiada jej o wojnie, o cierpieniach, które Duńczycy musieli znosić w czasie niemieckiej okupacji, i o tym, jak Niemcy gwałcili i hańbili duńskie kobiety.

– Niemieckie kochanice... – wzdycha. – Zwykłe kurwy. Pieprzyły się z Niemcami i potem urodziły im pięć tysięcy bękartów.

Wiele razy opowiadał jej o duńskich kobietach, które romansowały z niemieckimi żołnierzami. Już dawno temu zrozumiała, że on też jest takim niemieckim bękartem.

W drodze powrotnej trzyma się kilka kroków za nim. Otrzepuje zabrudzone ubranie. Koszula jest potargana, lepiej, żeby nikogo nie spotkali. Ma obolałe ciało, bo tym razem potraktował ją trochę bardziej brutalnie niż zwykle, a teren jest tutaj kamienisty.

Dania to piekło na ziemi.

# Komenda policji w Kronobergu

O wpół do dziesiątej dzwoni telefon Hurtiga. To Ivo Andrić z Instytutu Patologii w Solnie.

– Cześć, Ivo! Masz coś dla mnie? – pyta Hurtig. Na chwilę wciela się w rolę własnego przełożonego.

– Dzwonię w sprawie Elisabeth Karlsson. Czy to ty prowadzisz tę sprawę?

– Dopóki Jeanette jest na zwolnieniu, śledztwo prowadzę ja. Czego się dowiedziałeś?

W słuchawce słychać głośny oddech Andricia.

– Po kolei. Po pierwsze: tuż przed śmiercią odbyła stosunek płciowy.

– Chcesz powiedzieć: zanim została zamordowana?

– To nie takie proste – wzdycha Andrić. – Sprawa wygląda na bardziej skomplikowaną.

– No to słucham.

Hurtig wie, że Andriciowi można ufać. Sądząc po głosie, sprawa naprawdę jest poważna.

– Jak wspomniałem, mamy tu do czynienia z seksem. Nie wiem, czy zrobiła to z własnej woli, czy nie. W tym momencie nie wiem, czy...

– Ale przecież miała porozrywane ubranie?

– Spokojnie. Daj mi wyjaśnić.

Hurtig żałuje, że mu przerwał. Wiadomo, że Andrić pracuje bardzo powoli, za to jest niezwykle dokładny.

– Przepraszam. Mów dalej.

– Na czym skończyłem?... Aha. Uprawiała z kimś seks, być może pod przymusem. Ma czerwone ślady na pośladkach, jakby dostała od kogoś parę mocnych klapsów. Nie potrafię jednak ustalić, czy została zgwałcona. Ludzie mają mnóstwo dziwnych pomysłów w tym względzie. Sądząc po zadrapaniach na jej plecach i udach, uważam, że do stosunku doszło na dworze. Zabezpieczyliśmy ślady igliwia i piasku. A teraz powiem coś, co zabrzmi nieprawdopodobnie.

– Co takiego? Że została zamordowana?

– Nie, nie. Chodzi o coś zupełnie innego. O coś niezwykłego. To dość osobliwa historia.

– Osobliwa?

– Tak jest. Znasz się na elektryczności?

– Przyznam, że nie za bardzo.

– Ale wiesz, że piorunochron ściąga uderzenie pioruna do ziemi i rozprowadza ładunek po podłożu?

– Po podłożu? Aha... – mruczy Hurtig, bębniąc niecierpliwie palcami po biurku.

– O wiele groźniej jest wtedy, gdy piorun uderza bezpośrednio w podłoże. Krowy, które pasą się na łące, mają przez nogi bezpośredni kontakt z ziemią, dlatego wyładowania są dla nich bardzo niebezpieczne.

O co mu chodzi?, zastanawia się Hurtig. Dopiero po chwili zaczyna rozumieć, co Andrić chce mu powiedzieć.

– Człowiek może przeżyć uderzenie pioruna w ziemię, jeśli stoi na niej na dwóch nogach. Niestety, w tym przypadku było inaczej: ofiara albo miała kontakt z podłożem poprzez wszystkie cztery kończyny, albo leżała na ziemi na plecach. W tej sytuacji praca serca natychmiast ustała.

– Co takiego? – Hurtig nie wierzył własnym uszom. – Została zgwałcona, a potem trafił ją piorun?

– Na to wygląda. Dość osobliwa historia, jak już wspomniałem. Miała strasznego pecha, ale nie udało mi się jeszcze ustalić, czy faktycznie ją zgwałcono. Wiem za to, że nie została zamordowana.

– W takim razie będziemy musieli poczekać na wyniki twoich ustaleń. Skontaktuję się z tobą albo ty do mnie zadzwoń, jeśli znajdziesz coś nowego. Okej?

– Jasne. Powodzenia – mówi Andrić i odkłada słuchawkę.

Hurtig siada na krześle i patrząc w sufit, zaczyna się zastanawiać.

Jeśli zgwałcona kobieta zostaje zamordowana, można podejrzewać, że znała sprawcę i dlatego musiała umrzeć.

Dzwoni do Åhlunda.

– Kto przesłuchiwał męża Elisabeth Karlsson? – pyta.

– Schwarz. Są jakieś nowe informacje?

– Tak, w pewnym sensie. Później ci opowiem. Teraz chciałbym, żebyśmy się z nim znowu spotkali. Chcę z nim sam porozmawiać.

– Okej. Zajmę się tym.

# Szpital Karolinska

— Co za paskudna pogoda — mówi Sofia Zetterlund, wchodząc do szpitalnej sali. Na jej ustach czai się niepewny uśmiech. Jeanette kiwa jej głową. Naprawdę się cieszy, że znowu ją widzi, ale twarz Sofii jest jakaś inna. Jest w niej coś nowego, czego nie potrafi bliżej określić.

Krople deszczu uderzają o szyby, od czasu do czasu pokój rozjaśnia błyskawica. Sofia i Jeanette stoją, patrząc na siebie. Sofia pochyla się z troską nad Johanem. Jeanette podchodzi do niej i głaszcze ją po plecach.

— Cześć, super, że cię znowu widzę — szepcze.

Sofia ją obejmuje.

— Jakie są rokowania? — pyta.

— Jeśli masz na myśli pogodę, to niespecjalne — odpowiada z uśmiechem Jeanette. Mówi to lekkim tonem, który przychodzi jej sam z siebie. — Za to jeśli chodzi o Johana, rokowania są dobre. Zaczyna się wybudzać. Widać już ruchy gałek ocznych pod powiekami.

Twarz jej syna nie jest już taka blada. Jeanette głaszcze go po ramieniu.

Lekarze zdecydowali się w końcu wydać pozytywną opinię co do jego stanu. Poza tym miło pobyć przez chwilę w towarzystwie kogoś, kto nie jest policjantem. Nie musi zachowywać się jak przełożona.

Sofia rozluźnia się trochę. Znowu jest sobą.

— Nie możesz się za to wszystko obwiniać — mówi Jeanette. — To nie twoja wina, że doszło do wypadku.

Sofia spogląda na nią poważnym wzrokiem.

— Być może. Wstyd mi tylko, że wpadłam w panikę. Chciałabym, żeby ludzie mi ufali, ale najwyraźniej nie potrafię o to zadbać.

Jeanette zastanawia się nad jej reakcją. Kiedy ją znalazła, Sofia była całkowicie rozbita. Płakała z twarzą przy ziemi. Była zrozpaczona.

– Mam nadzieję, że mi wybaczysz, że cię tam zostawiłam. Ale przecież Johan zaginął i...

– Nie ma sprawy – przerywa jej Sofia, patrząc jej głęboko w oczy. – Ja zawsze sobie jakoś poradzę. Zapamiętaj: zawsze. Bez względu na to, co się stanie, nie musisz się o mnie martwić.

Jeanette jest prawie zawstydzona, że Sofia ma tak poważny głos i spojrzenie.

– Skoro umiem sobie radzić z upierdliwym szefem, poradzę sobie z własnymi problemami.

Widząc, że Sofia się uśmiecha, Jeanette zaczyna odczuwać ulgę.

– Za to ja nie radzę sobie w sytuacji, gdy za dużo wypiję – odpowiada z uśmiechem, wskazując na bandaż na czole.

– W takim razie jakie są rokowania dla ciebie? – pyta Sofia. Teraz śmieją się także jej oczy.

– Butelką w głowę i cztery szwy, które mi zdejmą za dwa tygodnie.

Pokój ponownie rozjaśnia błyskawica. Dzwonią szyby, silny blask oślepia Jeanette. Białe ściany, biały sufit i podłoga, biała pościel. Blada twarz Johana. Oczy mu pulsują.

– A właściwie co tobie się przydarzyło? – pyta Jeanette.

Zadając to pytanie, nie ma odwagi na nią spojrzeć. Czerwone pulsujące kontrolki aparatury do podtrzymywania pracy serca i płuc; cień Johana leżącego przed nią w łóżku; czarny zarys sylwetki Sofii na tle okna. Jeanette przeciera oczy tak silnie, aż jej wzrok znowu nabiera ostrości i ponownie rozróżnia barwy. Wreszcie widzi twarz Sofii wyraźniej.

– No cóż – wzdycha Sofia i patrzy w sufit, jakby szukała odpowiednich słów. – Okazało się, że bałam się o wiele bardziej, niż kiedykolwiek sądziłam. Po prostu.

– Chcesz powiedzieć, że wcześniej się nie bałaś? – pyta Jeanette. Spogląda na nią pytającym wzrokiem i natychmiast zaczyna odczuwać własny strach przed tym, co ostateczne.

– Wprost przeciwnie, ale nie w taki sposób. Strach nie był aż tak silny. Odnoszę wrażenie, że myśl o śmierci jawi nam się w niejasnych barwach, póki nie urodzą nam się dzieci. A wtedy, gdy Johan siedział w gondoli na samym szczycie... – Sofia przerywa i kładzie dłoń na nodze Johana. – Życie nabrało nagle nowego sensu, a ja nie byłam przygotowana, że tak to można odczuwać – wyjaśnia, uśmiechając się do Jeanette. – Może zaskakujące jest to, że w końcu dostrzegłam w życiu to, co ma sens?

Jeanette po raz pierwszy uświadamia sobie, że Sofia jest nie tylko psychologiem, z którym się łatwo rozmawia. Ma też w sobie coś innego: tęsknotę, jakieś pragnienie, może smutek...

Dźwiga także jakieś doświadczenia z przeszłości, z którymi musi sobie radzić; czarne dziury, które musi czymś zapełnić.

Jeanette wstydzi się, że wcześniej tego nie zauważała. Przecież Sofia nie może tylko ciągle dawać.

– Jeśli ktoś przez cały czas jest silny, oznacza to, że tak naprawdę jest martwy – mówi po dłuższej chwili Jeanette.

Sofia od dłuższej chwili ją obejmuje. Jeanette czuje, jak coraz mocniej ją przyciska, jakby chciała jej dać do zrozumienia, że pojęła, iż te słowa miały być pocieszeniem.

Nagle Johan wydaje z siebie jakiś dźwięk. Sofia i Jeanette przez ułamek sekundy patrzą na siebie i dopiero po chwili dociera do nich, co się właśnie stało. Jeanette czuje, jak kamień spada jej z serca. Pochyla się nad synem.

– Kochanie – mówi, głaszcząc go po rękach. – Witaj w naszym świecie. Mama już tu jest i czeka na ciebie.

Wzywa lekarza, który wyjaśnia, że to, co się właśnie stało, to naturalny element wybudzenia. Niestety, kontakt z Johanem uda się nawiązać dopiero za kilka godzin albo jeszcze później.

– Życie wstępuje powoli w nas wszystkich – mówi Sofia po wyjściu lekarza z pokoju.

– Być może – odpowiada Jeanette i w tej samej chwili postanawia opowiedzieć Sofii o tym, co wie. – A czy wiesz, kto leży w śpiączce na sąsiednim oddziale?

– Nie mam pojęcia. Ktoś, kogo znam?

– Karl Lundström. Dzisiaj przechodziłam obok jego pokoju.

Wiesz, właściwie to dość dziwne. Dwa korytarze dalej leży Lundström owinięty w takie samo prześcieradło jak Johan, personel tak samo dba o nich obu. Ludzkie życie jest zawsze cenne bez względu na to, kim się jest.

– Chcesz powiedzieć, że ktoś może być bydlakiem, a mimo to zasługuje na to, żeby żyć? – pyta z lekkim uśmiechem Sofia.

– Tak, mniej więcej – przyznaje Jeanette i natychmiast sobie uświadamia, że to wielce kontrowersyjny pogląd. Zabrzmiało to tak, jakby nie ufała wymiarowi sprawiedliwości.

– Żyjemy w męskim świecie – stwierdza Sofia. – Johan nie jest w nim wart więcej niż na przykład pedofil. W takim świecie żaden człowiek nie jest wart więcej niż pedofil czy gwałciciel. Może być tylko wart mniej.

– Co masz na myśli? – pyta Jeanette ze śmiechem.

– Że jeśli ktoś jest ofiarą, jest wart mniej niż pedofil. Państwo bardziej broni domniemanych sprawców niż domniemanych ofiar. To świat mężczyzn.

Jeanette przytakuje, ale nie jest pewna, czy ją rozumie. Patrzy na Johana. Ofiara? Nawet nie ma odwagi o nim tak myśleć. Ofiara czego? Przypomina jej się Lundström. Nie, to niemożliwe. Od razu odrzuca tę myśl.

– Jakie są twoje doświadczenia z facetami? – pyta ostrożnie.

– Chyba ich nienawidzę – odpowiada Sofia. Jej wzrok robi się nagle, pusty. – Oczywiście zbiorowo – dodaje, patrząc znowu na Jeanette. – A twoje?

Jeanette nie ma gotowej odpowiedzi na takie pytanie. Spoglądając na Johana, myśli o Åkem, o swoich przełożonych i kolegach z pracy. Pewnie, są wśród nich łobuzy, ale taka ocena nie dotyczy wszystkich. Sofia mówi o doświadczeniach z innego świata niż ten, w którym żyje ona, Jeanette. Każdy odczuwa coś takiego.

To taka mroczna strona Sofii. Co się w niej kryje?

– Weźmy dla przykładu facetów i pieniądze – wtrąca szybko Sofia, jeszcze zanim Jeanette zdąży sformułować odpowiedź. – Przypomnij sobie, jak to jest, kiedy podróżujesz. Sięgasz do portfela po banknoty i znajdujesz na nich wizerunek jakiegoś króla.

– A może Jenny Lind? Albo Selmy Lagerlöf? – sugeruje Jeanette.

– Tandetne banknoty. Zagraniczni turyści myślą, że Lagerlöf była mężczyzną. Zastanawiają się, do jakiej dynastii należała... Pytają, czy to nie któryś z Bernadotte'ów.

– Chyba żartujesz? – Jeanette wybucha śmiechem.

– Wcale nie. Jestem po prostu wojowniczą babą.

Jeanette patrzy jej w oczy. Trudno z nich coś wyczytać. Nienawiść, może ironię, szaleństwo albo mądrość. Zresztą czy te pojęcia aż tak się różnią?

– Mam ochotę na papierosa. Zapalisz ze mną? – pyta Sofia, przerywając jej tok myślenia.

W każdym razie na pewno jej nigdy nie znudzi. Tak jak Åke.

– Nie... Idź już. Posiedzę jeszcze z Johanem.

Sofia wkłada płaszcz i wychodzi.

# Dawniej

*W dniu jej urodzin rodzice posadzili jarzębinę. Kiedyś próbowała ją podpalić, ale drzewo nie chciało się zająć ogniem.*

W przedziale jest ciepło, pachnie w nim ludźmi, którzy siedzieli tu przed nią. Victoria otwiera okno i próbuje wywietrzyć wnętrze, lecz zapachy jakby wgryzły się w pluszowe obicia.

Ból głowy dolega jej coraz słabiej. Utrzymywał się od momentu, gdy obudziła się z pętlą na szyi na podłodze łazienki w jednym z hoteli w Kopenhadze. Niestety, nadal bolą ją usta, a w miejscu, gdzie nadłamała przedni ząb, czuje rwanie. Przesuwa językiem po górnym rzędzie. Wie, że po powrocie do domu będzie musiała iść do dentysty.

Pociąg powoli opuszcza stację. Zaczyna padać deszcz.

Mogę zrobić, co tylko chcę, myśli Victoria. Zostawić wszystko za sobą i nigdy do tego nie wracać. Czy on mi na to pozwoli? Sama nie wie. On potrzebuje jej, a ona jego.

Na pewno potrzebują się teraz.

Tydzień temu ona, Hannah i Jessica razem popłynęły promem z Korfu do Brindisi. Później wsiadły do pociągu i pojechały najpierw do Rzymu, a potem do Paryża. Przez całą drogę padał deszcz. Lipiec przypominał listopad. W Paryżu spędziły dwa bezsensowne dni. Obie jej kumpele z Sigtuny tęskniły już do domu. Kiedy na Gare du Nord wsiadały do pociągu, były przemarznięte i przemoczone.

Victoria kuli się w rogu przedziału i naciąga kurtkę na głowę. Przez miesiąc włóczyła się pociągami po całej Europie, teraz do pokonania pozostał jej ostatni odcinek.

Przez całą podróż Hannah i Jessica zachowywały się jak szmaciane lalki. Jak bezwolne martwe przedmioty uszyte przez kogoś, jak zwykła powłoka z materiału wypchanego puszystą watą. Znudziły ją, więc gdy pociąg zatrzymał się na stacji w Lille, postanowiła wysiąść. Duński kierowca tira zaproponował, że ją podwiezie. Dotarła z nim aż do Danii. W Kopenhadze zrealizowała ostatnie czeki podróżne i wynajęła pokój w hotelu.

Głos podpowiedział jej, co powinna zrobić, ale nie miał racji. Przeżyła.

Pociąg zbliża się do Helsingøru, a ona zastanawia się, czy jej życie mogło się potoczyć inaczej. Prawdopodobnie nie. Teraz to i tak bez znaczenia. Tak jak błyskawica kojarzy się z grzmotem, a pięść z ciosem, tak nieodłącznym składnikiem Victorii stała się nienawiść.

Ojciec wbił nóż w jej dzieciństwo. Po tym ciosie ostrze nadal drży. Uśmiech nie rozjaśnia już ani jej twarzy, ani wnętrza.

Podróż powrotna do Sztokholmu trwa całą noc. Przez całą drogę Victoria śpi. Konduktor budzi ją tuż przed stacją końcową. Jest w fatalnym nastroju, ma zawroty głowy. Coś jej się śniło, ale nie pamięta co. Pozostało tylko nieprzyjemne uczucie w całym ciele.

Jest wczesny ranek, powietrze chłodne i rześkie. Zabiera plecak, wysiada z pociągu i idzie do wielkiej poczekalni. Nikt na nią nie czeka, lecz wcale na to nie liczyła. Ruchomymi schodami zjeżdża do metra.

Podróż autobusem ze Slussen do Värmdö i Grisslinge trwa pół godziny. Victoria poświęca ten czas na spisanie różnych zdarzeń z podróży. Wie, że on będzie chciał poznać każdy szczegół i nie zadowoli go ogólna opowieść.

Wysiada z autobusu, idzie powoli ulicą. Po drodze widzi osiedla Klätterträdet i Trappstenen, a dalej niewielkie wzgórze, które kiedyś nazywała Górą. Mały strumyk był dla niej rzeką.

W tym momencie są w niej dwie Victorie: jedna ma siedemnaście lat, druga zaledwie dwa.

Na podjeździe stoi białe volvo. Rodzice są w ogrodzie. Widzi ich.

On stoi obrócony do niej plecami, jest czymś zajęty. Mama pieli chwasty na grządce. Victoria zdejmuje plecak i stawia go na ganku.

Dopiero w tym momencie ją zauważa i odwraca się do niej.

Victoria uśmiecha się do niego i macha mu ręką, ale on patrzy na nią obojętnie. Potem odwraca się do niej tyłem, żeby zająć się swoją pracą.

Mama unosi głowę znad grządki, wita ją nieśmiałym skinieniem. Victoria też ją pozdrawia, bierze plecak i wchodzi do domu.

W piwnicy wypakowuje brudne rzeczy, wkłada je do kosza, po czym rozbiera się i wchodzi pod prysznic.

Nagle porusza się zasłona pod prysznicem. Przeciąg, chyba ktoś otworzył drzwi. Już wie, że to on tu wszedł.

– Fajnie było? – pyta.

Jego cień pada na zasłonę, a ona od razu czuje ucisk w żołądku. Nie ma ochoty z nim rozmawiać, ale mimo upokorzeń, na które ją narażał, nie może go zbyć milczeniem, bo to by go zachęciło, żeby się obnażyć.

– Jasne. Bardzo fajnie – odpowiada Victoria. Bardzo się przy tym stara, aby jej głos nabrał radosnego brzmienia. Chce pokazać, że jest na luzie i nie zwraca uwagi, iż dzieli ich zaledwie kilkadziesiąt centymetrów.

– Wystarczyło ci pieniędzy na podróż?

– Tak. Nawet trochę zostało. Dostałam przecież stypendium, więc...

– To dobrze, Victorio. Jesteś... – Victoria słyszy nagle coś, co przypomina łkanie. Czyżby płakał? – Tęskniłem za tobą. W domu było bez ciebie pusto. Chciałem powiedzieć, że oboje z mamą tęskniliśmy za tobą.

– Już wróciłam. – Victoria znowu próbuje mówić radosnym głosem, chociaż nadal czuje ucisk w żołądku. Wie, czym się to wszystko może skończyć.

– To bardzo dobrze. Umyj się i ubierz. Chcielibyśmy z tobą porozmawiać. Mama wstawiła wodę na herbatę.

Pociąga nosem i wyciera go chusteczką.

Tak, on naprawdę płacze.

– Zaraz będę gotowa.

Victoria czeka, aż zostanie sama, i dopiero wtedy zakręca wodę, wychodzi spod prysznica i wyciera się. Wie, że może się go spodziewać w każdej chwili, dlatego szybko się ubiera. Nawet nie szuka czystych majtek, tylko wkłada te, które miała na sobie w Danii.

Rodzice siedzą już przy kuchennym stole, czekając na nią w milczeniu. Słychać jedynie radio na parapecie okna. Na stole jest dzbanek z herbatą i półmisek migdałowych ciasteczek. Mama nalewa herbaty do filiżanki. W kuchni rozchodzi się silny zapach miodu i mięty.

– Witaj w domu, Victorio – mówi mama. Opuszcza wzrok i podsuwa jej talerz z ciasteczkami.

Victoria stara się spojrzeć jej w oczy.

Nie poznaje mnie.

– Pewnie brakowało ci prawdziwych... – zaczyna mama. Odstawia półmisek i zbiera ze stołu kilka niewidocznych okruchów. – Albo różnych dziwnych, które...

– Wszystko będzie dobrze – przerywa jej Victoria. Rozgląda się po kuchni i w końcu zatrzymuje wzrok na nim. – Podobno chcieliście mi coś powiedzieć – mówi, maczając ciasteczko w herbacie. W pewnej chwili duży kawałek ciastka odłamuje się i wpada do filiżanki. Victoria obserwuje, jak ciastko rozpływa się na drobne okruszki, które osiadają na dnie.

– Podczas twojej nieobecności ja i mama zastanawialiśmy się nad pewną sprawą. Doszliśmy do wniosku, że na pewien czas się stąd wyprowadzimy.

Pochyla się nad stołem, a mama kiwa głową, jakby chciała potwierdzić jego słowa.

– Wyprowadzimy się? Dokąd?

– Powierzono mi nadzór nad pewnym projektem w Sierra Leone. Spędzimy tam sześć miesięcy, a potem będziemy mogli zostać na kolejne pół roku.

Splata swoje chude palce. Victoria zauważa, że są stare i pomarszczone, a zarazem twarde i niespokojne. Palące.

Aż się wzdryga na myśl o tym, że mógłby jej nimi dotykać.

– Ale przecież ja złożyłam papiery na uczelnię w Uppsali... – zaczyna. Łzy płyną jej po policzkach, woli jednak nie okazywać słabości, bo mógłby to uznać za pretekst, żeby ją pocieszać. Spuszcza oczy, porusza łyżeczką w filiżance i miesza okruszki, aż w końcu robi się z tego ciapa. – A tamto miejsce leży daleko stąd, w Afryce, i...

Już wie, że będzie tam zdana na jego łaskę. Nie znając w tym kraju nikogo, nie będzie miała dokąd uciec, jeśli przyjdzie jej szukać pomocy.

– Załatwimy to tak, że będziesz mogła się zapisać na studia zaoczne. Poza tym kilka razy w tygodniu dostaniesz kogoś do pomocy.

Patrzy na nią swoimi wodnistymi szaroniebieskimi oczami. Już podjął decyzję, ona nie ma nic do powiedzenia.

– Na jakie studia? – pyta Victoria. Czuje silne rwanie w zębie. Dotyka dłonią brody. Nawet jej o ten ząb nie spytali.

– Podstawy psychologii. Uważamy, że dla ciebie to najlepszy wybór.

Splata dłonie i czeka na jej odpowiedź.

Mama wstaje z krzesła, wkłada swoją filiżankę do zlewozmywaka. Płucze ją bez słowa, dokładnie wyciera i wstawia do szafki.

Victoria milczy. Wie, że protesty na nic się nie zdadzą.

Lepiej ukryć złość, niech w niej narasta. Któregoś dnia da jej upust, a wtedy rozgorzeje w niej ogień. Będzie bezlitosna i nikomu niczego nie wybaczy.

Uśmiecha się do niego.

– Zgoda. W końcu to tylko kilka miesięcy. Fajnie będzie poznać nowe miejsca.

On kiwa głową i wstaje z krzesła, jakby chciał podkreślić, że rozmowa dobiegła końca.

– Teraz niech każdy zajmie się swoimi sprawami – mówi. – Victoria musi pewnie odpocząć. Ja popracuję jeszcze w ogrodzie. O szóstej sauna będzie nagrzana i wtedy możemy wrócić do tej rozmowy. Zgoda?

Patrzy wyzywająco na Victorię, a potem na jej mamę.

Obie kiwają głową.

Wieczorem Victoria nie może zasnąć. Przewraca się z boku na bok.

Znowu potraktował ją brutalnie. Boli ją podbrzusze, od gorącej wody piecze skóra. Wie, że nocą ból minie. Pod warunkiem, że on będzie zadowolony i zaśnie.

Kicha głośno podrażniona zapachem króliczej skóry.

W notesie zapisuje wszystkie doznane cierpienia. Czeka niecierpliwie na dzień, gdy on i wszyscy inni będą pełzać u jej stóp, błagając o łaskę.

# Szpital Karolinska

Zabicie człowieka jest dość łatwe. Związane z tym problemy mają raczej charakter psychiczny, a ich wyleczenie zależy od różnych okoliczności. Żeby zabić, większość ludzi musi pokonać liczne bariery. Empatia, sumienie i refleksja to główne przeszkody w posługiwaniu się brutalną przemocą i chęcią zabijania.

Jednak dla niektórych ludzi zabicie człowieka to żaden problem.

Jest akurat czas odwiedzin, po szpitalu kręci się wiele osób. Za oknami pada deszcz, wiatr uderza o szyby z wielką siłą. Co jakiś czas czarne niebo rozświetlają błyskawice i chwilę później rozlega się grzmot.

Idzie burza.

Na ścianie windy wisi plan budynku. Wolałaby nie pytać nikogo o drogę, więc patrzy na szkic i sprawdza, czy kieruje się we właściwą stronę.

Podłoga lśni, w całym korytarzu czuć zapach środków dezynfekujących. W jednej ręce trzyma kurczowo bukiet żółtych tulipanów. Kiedy kogoś mija, spuszcza wzrok, by uniknąć kontaktu wzrokowego.

Jest ubrana w zwykły płaszcz, zwykłe spodnie i białe buty z miękką gumową podeszwą. Nikt nie zwraca na nią uwagi, ale nawet jeśli później ktoś sobie o niej przypomni, nie będzie potrafił opisać żadnego szczegółu związanego z jej wyglądem.

Jest zwykłą osobą przyzwyczajoną, że nie jest zauważana. W tym momencie jej to nie przeszkadza, ale kiedyś taki brak zainteresowania był przykry.

Dawno temu była samotna. Teraz już nie jest.

W każdym razie nie tak jak kiedyś.

W końcu dociera do oddziału intensywnej terapii. Rozgląda się wokół i siada na kanapie tuż przy wejściu. Słucha i obserwuje.

Pogoda robi się coraz brzydsza, na parkingu włączyło się kilka alarmów. Ostrożnie otwiera torebkę i sprawdza, czy czegoś nie zapomniała. Na szczęście jest wszystko.

Wstaje z krzesła i zdecydowanym krokiem rusza do wejścia na oddział. Otwiera drzwi, wchodzi do środka. Dzięki gumowym podeszwom porusza się prawie bezszelestnie. Z daleka słychać głosy, jakiś program w telewizorze, szum wentylatorów, nieregularne brzęczenie rtęciówek.

Rozgląda się wokół. Korytarz jest pusty.

Jego pokój znajduje się za drugimi drzwiami po lewej stronie. Wchodzi do środka szybkim krokiem, zamyka za sobą drzwi, staje w miejscu i nasłuchuje. Nic nie wzbudza jej niepokoju.

Wszędzie panuje cisza, a on leży w pomieszczeniu sam. Wszystko jest tak, jak się spodziewała.

Na oknie stoi niewielka lampka. Jej słabe żółte światło wypełnia pokój jasnym blaskiem. Wydaje się przez to jeszcze mniejszy, niż jest.

Na poręczy łóżka wisi jego karta chorobowa. Zdejmuje ją i czyta.

Karl Lundström.

Obok łóżka stoi aparatura medyczna i dwie kroplówki. Lundström ma rurki przymocowane do szyi, tuż przy obojczyku. Z nosa wystają mu dwie przezroczyste sondy, w ustach tkwi kolejna rurka, zielona i trochę grubsza niż rurka w nosie.

Teraz to tylko kupa mięsa.

Jedno z urządzeń podtrzymujących funkcje życiowe wydaje piskliwe tony. Wie, że nie wystarczy odłączyć ich od prądu, bo uruchomi to alarm i natychmiast ktoś się zjawi.

To samo się stanie, jeśli spróbuje go udusić.

Jego gałki oczne poruszają się niespokojnie pod spuszczonymi powiekami. Może czuje jej obecność? Może rozumie, dlaczego tu przyszła, i że i tak nie będzie mógł nic zrobić?

Kładzie torbę w nogach, otwiera ją i zanim podejdzie do stojaka z kroplówką, wyjmuje niewielką strzykawkę.

Nagle na korytarzu słychać jakieś trzaski. Zamiera i nasłuchuje. Jeśli ktoś wejdzie do pokoju, zdąży schować strzykawkę. Na szczęście pół minuty później znowu zapada cisza.

Słychać tylko deszcz za oknem i szum respiratora.

Czyta, co jest napisane na butelkach z kroplówką.

Morfina i odżywki.

Wkłuwa strzykawkę w górną część plastikowej torebki z odżywką i wpuszcza do roztworu jej zawartość. Wyciąga igłę z torebki, którą ostrożnie potrząsa, dzięki czemu morfina miesza się z glukozą.

Rozwija papier, wstawia tulipany do wazonu.

Przed wyjściem z pokoju wyjmuje jeszcze polaroid.

Błysk aparatu rozjaśnia pomieszczenie dokładnie w tej samej chwili, w której niebo za oknem rozświetla kolejna błyskawica. Zdjęcie wysuwa się z aparatu i powoli zaczyna nabierać konkretnych barw.

Ogląda je spokojnie.

Błysk flesza sprawił, że zarówno ściany, jak i pościel są prawie niewidoczne, podczas gdy ciało Lundströma i wazon z żółtymi kwiatami zostały bardzo wyraźnie wyeksponowane.

Karl Lundström. Przez wiele lat wykorzystywał seksualnie swoją córkę. Nigdy nie wyraził z tego powodu skruchy.

Potem postanowił odebrać sobie życie i w patetyczny sposób próbował się powiesić.

Nie udało mu się, choć każdy inny człowiek umiałby zrobić to bez trudu.

To proste jak drut.

Ale ona pomoże mu dokończyć dzieła. Zakończy je i postawi kropkę nad „i".

Kiedy otwiera drzwi, słyszy, że Lundström zaczyna oddychać wolniej.

Już wkrótce w ogóle przestanie oddychać i zostawi mnóstwo powietrza dla innych.

# Gamla Enskede

Siedzą w samochodzie w milczeniu. Słychać tylko pracujące wycieraczki i trzaski w policyjnym radiu. Hurtig prowadzi, a Jeanette siedzi z tyłu razem z Johanem. Obserwuje, jak ze szpary w bocznej szybie, tuż koło lusterka, cieknie woda.

Hurtig skręca w Enskedevägen i zerka na Johana.

– Widzę, że u ciebie wszystko w porządku – mówi z uśmiechem, spoglądając w lusterko wsteczne.

Johan kiwa w milczeniu głową, odwraca się i patrzy przez okno.

Jeanette obserwuje go, zastanawiając się, co mu się stało. Otwiera usta, żeby go o to spytać, ale rozmyśla się w ostatniej chwili. Lepiej nie wywierać na niego presji. Jeśli będzie zbyt natrętna, nie skłoni go do wyznań. Wie, że w takiej sytuacji pierwszy krok należy do niego. Johan potrzebuje trochę więcej czasu. Może nie wie, co mu się przytrafiło? Jednak instynkt jej podpowiada, że jest coś, czego syn nie chce jej wyjawić.

Cisza w samochodzie staje się powoli męcząca. W końcu Hurtig wjeżdża na podjazd przed willą.

– Rano dzwonił Mikkelsen – mówi, wyłączając silnik. – Tej nocy zmarł Lundström. Chciałem ci o tym powiedzieć, zanim przeczytasz o sprawie w gazetach.

Jeanette czuje, jakby nagle się skurczyła. Krople deszczu uderzają o szybę z taką siłą, że przez chwilę ma wrażenie, iż samochód ciągle jest w ruchu, chociaż przed chwilą zaparkowali przed jej domem. Śmierć Lundströma oznacza, że właśnie straciła jedyny ślad prowadzący do zabójcy chłopców.

Gwałtowne uderzenie wiatru sprawia, że woda w jednej chwili spływa z przedniej szyby. Jeanette czuje silny ucisk w głowie. Ziewa, żeby się go pozbyć. Deszcz słabnie i wrażenie, iż samochód jest w ruchu, znika. Woda spływa ciurkiem po bocznych szybach.

– Poczekaj tu na mnie, zaraz wrócę – mówi Jeanette do Hurtiga. – Chodź, kochanie. Pójdziemy do domu.

Johan idzie przed nią przez ogród, po schodach do przedpokoju. Bez słowa zdejmuje buty, zostawia mokrą kurtkę na wieszaku i kieruje się do swojego pokoju.

Jeanette stoi przez chwilę w milczeniu, obserwując go.

Kiedy wraca do samochodu, deszcz nie jest już tak intensywny. Przez te kilka minut przeszedł w mżawkę. Hurtig stoi obok samochodu, paląc papierosa. Na jej widok szeroko się uśmiecha i częstuje ją.

– A więc Lundström nie żyje? – pyta Jeanette.

– Wygląda na to, że nerki w końcu nie wytrzymały.

Dwa korytarze dalej. Tej samej nocy Johan wrócił do przytomności.

– Znaczy, że nie ma w tym nic niezwykłego?

– Raczej nie. To bardziej efekt tych wszystkich lekarstw, którymi go szprycowali. Mikkelsen obiecał mi raport w tej sprawie na jutro rano. Chciałem, żebyś wiedziała.

– Coś jeszcze?

– Nie, nic specjalnego. Tuż przed śmiercią ktoś go odwiedził. Pielęgniarka, która znalazła go martwego, powiedziała, że poprzedniego wieczoru przyniesiono mu kwiaty. Żółte tulipany. Pewnie od żony albo od adwokata.

– Od Annette Lundström? Chcesz powiedzieć, że jej nie zamknęli?

– Nie, nie trafiła do zamkniętej kliniki dla psychicznie chorych. Jest tylko izolowana. Mikkelsen twierdzi, że w ciągu kilku ostatnich tygodni opuszczała willę w Danderydzie tylko po to, żeby odwiedzić męża. Pojechali do niej dziś rano, by poinformować ją o tym, co się z nim stało, i... jak by to powiedzieć... zapach w środku nie należał do najprzyjemniejszych.

Ktoś mu przyniósł żółte tulipany. Żółty kolor symbolizuje zdradę.

– Jak się czujesz? – pyta Hurtig. – Fajnie jest być z powrotem w domu, prawda?

– Wspaniale – odpowiada Jeanette. Przez chwilę milczy, myśli o Johanie. – Czy ja jestem złą matką?

– Ależ nie – odpowiada Hurtig i wybucha śmiechem. – Johan jest już nastolatkiem. Urwał się na chwilę ze smyczy i spotkał kogoś, kto poczęstował go alkoholem. Upił się, a teraz mu wstyd.

Tylko mnie tak pocieszasz, myśli Jeanette. Ale coś mi tu nie gra.

– Żartujesz sobie ze mnie? – pyta, lecz od razu sobie uświadamia, że Hurtig mówił poważnie.

– Nie. Johan się wstydzi i wyraźnie to po nim widać.

Jeanette opiera się o pokrywę maski. Może faktycznie tak jest? Hurtig bębni palcami po dachu samochodu.

– A jak wygląda sprawa tej kobiety z Bandhagen? – pyta Jeanette. Dopiero po chwili sobie uświadamia, że tym pytaniem wróciła do roli policjantki. To dobrze, że może się skoncentrować na czymś innym niż rodzinne kłopoty.

– Schwarz przesłuchiwał jej męża, ale myślę, że ja też z nim pomówię.

– Chciałabym przy tym być.

– Jasne, ale przecież nie zajmujesz się tą sprawą?

– W takim razie prześlij mi mailem wszystko, co macie. Przestudiuję to wieczorem.

Żegnają się, po czym Jeanette wraca do domu, wchodzi do kuchni, nalewa wody do szklanki i idzie do Johana. Chłopiec już śpi, więc odstawia szklankę na szafkę nocną i głaszcze go po policzku.

Potem schodzi do piwnicy i wkłada do pralki jego brudną odzież. Koszulkę treningową, skarpety piłkarskie i koszule, których zapomniał zabrać Åke.

Wsypuje do pralki resztki proszku do prania, zamyka pokrywę i siada przed obracającym się bębnem. Obserwuje, jak ślady dawnego życia wirują jej przed oczami.

Myśli o Johanie. Przez całą drogę do domu nie odezwał się ani słowem. Nawet na nią nie spojrzał. Pewnie uznał, że już dla niego nie istnieje. Świadomie ją odtrącił.

Coś takiego sprawia ból.

# Park Vita Bergen

Sofia posprzątała całe mieszkanie, popłaciła rachunki i postanowiła załatwić kilka praktycznych spraw.

Około południa dzwoni do Mikaela.

– Widzę, że żyjesz? – mówi kwaśnym głosem Mikael.

– Musimy porozmawiać...

– Teraz nie mogę. Idę zaraz na biznesowy lunch. Może zadzwonisz wieczorem? Wiesz, jak wyglądają moje dni.

– Wieczorami też bywasz dość zajęty. Nagrałam ci się kilka razy na sekretarkę...

– Wiesz co? – wzdycha Mikael. – Zastanawiam się, jak to między nami jest. Może lepiej damy sobie spokój?

Sofia nie wie, co powiedzieć. Kilka razy przełyka ślinę.

– Co masz na myśli?

– Wygląda na to, że żadne z nas nie ma czasu na spotkania. A skoro tak, to po co dalej to ciągnąć?

Kiedy w końcu do niej dociera, o co mu chodzi, odczuwa wielką ulgę. Uprzedził ją o kilka sekund. Chce to skończyć. Tak po prostu. Bez owijania w bawełnę.

Sofia wybucha krótkim śmiechem.

– Właśnie dlatego chciałam z tobą porozmawiać. Może znajdziesz chwilkę za pięć minut?

Po rozmowie z Mikaelem siada na kanapie.

Posprzątać. Zrobić pranie i popłacić rachunki. Podlać kwiaty. Zakończyć ten związek. Praktyczne działania o porównywalnej randze.

Chyba nie będzie za nim tęsknić.

Na stole leży zdjęcie z polaroidu. Znalazła je w kieszeni kurtki. Co z nim zrobić?

Na zdjęciu jest ona, a zarazem nie ona. Nic z tego nie rozumie.

Z jednej strony nie powinna ufać wspomnieniom, bo dzieciństwo Victorii Bergman jest nadal pełne luk. Z drugiej strony czuje się dobrze, ponieważ wie, że szczegóły widoczne na fotografii na pewno obudzą w niej jakieś wspomnienia.

Na zdjęciu ma na sobie czerwony płaszcz z białym wzorkiem, białe gumowce i czerwone spodnie. Ona, Sofia, nigdy by się tak nie ubrała. Wygląda, jakby ktoś ją w to przebrał.

Latarnia morska widoczna w tle też jest biało-czerwona. Dlatego całe zdjęcie sprawia wrażenie, jakby ktoś je ustawił, chcąc uchwycić kolory.

Przyrody jest na nim niewiele, tylko plaża i połamane drewniane pale. Krajobraz jest surowy: niskie wzgórza, pożółkła trawa.

Może to Gotlandia? Albo południowe wybrzeże Anglii? Dania? Skania? Północne Niemcy?

Miejsce, w którym kiedyś była, ale nie jako mała dziewczynka.

Zdjęcie zrobiono chyba późnym latem, może nawet jesienią. Świadczy o tym ubranie. Musiał wiać silny wiatr i było zimno.

Dziewczynka – to faktycznie ona – ma na ustach uśmiech, lecz jej oczy wcale się nie śmieją. Przyjrzawszy im się z bliska, Sofia odnosi wrażenie, że czai się w nich rozpacz.

Zastanawia się, w jaki sposób zdjęcie znalazło się w jej kieszeni. Czy leżało w niej przez cały miniony czas? Może sama je tam włożyła, zanim dom w Värmdö całkowicie spłonął?

Nie, wtedy nie miała na sobie tej kurtki.

Victorio, przypomnij mi to, czego nie pamiętam.

Zero reakcji.

Niczego nie czuje. Zupełnie niczego.

# Komenda policji w Kronobergu

Zabójstwo należy do kategorii przestępstw, które w Szwecji występują dość rzadko. Jednak jego charakter sprawia, że z wiadomych względów bywa nazywane przestępstwem symbolicznym, co z kolei oznacza, że z punktu widzenia kryminologii należy je dokładne zbadać. Chodzi też o to, by wykrywalność takich przestępstw była wysoka.

W Szwecji popełnia się każdego roku około dwustu zabójstw. Prawie w każdym z nich sprawca jest blisko związany z ofiarą.

Leif Karlsson ze zrozumiałych względów robi smutną minę, gdy Jeanette i Hurtig wchodzą do pokoju przesłuchań i siadają na krzesłach naprzeciwko niego.

Karlsson nie jest na razie formalnie o nic oskarżony, co najwyżej „może być podejrzany". Jednak Jeanette wie, że w praktyce takie określenie może oznaczać cokolwiek.

Odkręca butelkę wody stołowej, przysuwa magnetofon i przerzuca notatki. Zrobiła je wieczorem, kiedy Johan zasnął.

Cała trójka obserwuje się w milczeniu.

Leif Karlsson ma czterdzieści lat i jest mniej więcej średniego wzrostu. Ma na sobie czarną kurtkę i niedopasowane wytarte dżinsy. Pod koszulą widać piwny brzuch.

Karlsson jest nauczycielem angielskiego i francuskiego w ostatnich klasach szkoły podstawowej. Jeanette dochodzi do wniosku, że przyczyną tak dużego brzucha jest siedzący tryb życia w połączeniu ze zbyt dużym zamiłowaniem do tłustych sosów i dobrych win. Na pierwszy rzut oka Karlsson sprawia wrażenie osoby całkowicie niewinnej.

Przypomina raczej kogoś, kto woli otworzyć okno i wypuścić natrętną muchę na dwór, niż zabić ją gazetą.

Ma hardy wzrok, lecz nie wydaje się agresywny. Jeanette wie z doświadczenia, że ludzie, którzy czują się zagrożeni albo się boją, że ktoś ich rozgryzie, często przyjmują agresywną postawę. Atak jest najlepszą obroną, gdy nie można się posłużyć inną metodą.

Ale Karlsson nie wygląda na kogoś, kto ma coś do ukrycia. Sam pierwszy się odzywa.

– Czy będę potrzebował adwokata? – pyta.

Jeanette patrzy na Hurtiga, który wzrusza ramionami.

– A dlaczego pan sądzi, że będzie potrzebował adwokata? – dziwi się Jeanette.

– Domyślam się, że wezwano mnie tu ze względu na Elisabeth, ale nie rozumiem dlaczego. Jeden z waszych, chyba miał na nazwisko Schwarz, już mnie raz przesłuchiwał i nie wiem... – Rozkłada ręce w pełnym zdziwienia geście. Jeanette zauważa, że oczy mu błyszczą. – Nigdy nie byłem zamieszany w żadną sprawę kryminalną i nie wyobrażam sobie, że mogłoby do czegoś takiego dojść.

– Pojawiły się nowe okoliczności, o których pan Schwarz wcześniej nie wiedział – wyjaśnia Hurtig.

Jeanette udaje, że czyta swoje notatki. Kiwa głową i czeka na reakcję Karlssona, który jednak siedzi w milczeniu i też czeka. Hurtig zaczyna się niecierpliwić. W końcu Jeanette unosi głowę.

– Jak wyglądało wasze małżeństwo? – pyta

– O co pani chodzi? – Karlsson mierzy ją wzrokiem. – Nie ma tego w notatkach? – Wskazuje palcem plik papierów.

– Oczywiście, że jest, ale wolałabym, żeby pan o tym opowiedział. – Jeanette przez chwilę się zastanawia, a potem inaczej formułuje pytanie: – Jak wyglądało wasze życie intymne?

Karlsson kręci głową, wznosi oczy do nieba i uśmiecha się z rezygnacją.

– Chce pani wiedzieć, czy sypialiśmy ze sobą?

– Właśnie. No więc? Sypialiście ze sobą?

– Tak.

– Często?

– Pani wybaczy, ale co to ma wspólnego z... – woła Karlsson. W końcu wzdycha głęboko i kontynuuje: – Tak, sypialiśmy ze sobą tak często, jak ludzie, którzy razem żyją od piętnastu lat.

To dość względne określenie, myśli Jeanette. Ona i Åke kochali się przez ostatni rok najwyżej raz na miesiąc.

Czasem nawet rzadziej.

Dobrze pamięta, jak to wyglądało, gdy się poznali. Większość dnia spędzali w łóżku, jedli byle co. No tak, ale to było kiedyś.

Potem urodził się Johan, zaczęła pracować, pojawiły się problemy dnia codziennego i zaczęło im brakować czasu na seks. Na myśl o tym, jak łatwo bliski związek może się zamienić w rutynę, zrobiło jej się przykro.

Pochyla się i próbuje zajrzeć Karlssonowi prosto w oczy. Gdy jej się to w końcu udaje, nabiera głęboko powietrza.

– Zrobimy tak – mówi. – Albo przedstawię swoją wersję wydarzeń, albo sam pan nam o wszystkim opowie i będziemy to mieli za sobą.

– Co pani chce przez to powiedzieć?

Widać po Karlssonie, że z trudem stara się zapanować nad rozbieganym wzrokiem. Nad górną wargą zaczynają mu się gromadzić krople potu.

– Jeśli powiem: oddział dla zgwałconych kobiet szpitala w Södermalmie... początek maja... czy coś to panu mówi?

Karlsson walczy ze sobą. Jeanette już wie, że to był strzał w dziesiątkę.

– Albo dom opieki dla kobiet na ulicy Blekingegatan? To było w marcu, prawda?

Karlsson wpatruje się w nią pustym wzrokiem.

– Straż miejska w kwietniu, a potem znowu Blekingegatan. Dwie kolejne wizyty w szpitalu w Södermalmie... Czy pan chce, żebym...

– Proszę przestać! – przerywa jej Karlsson. Ukrywa twarz w dłoniach i szlocha.

Hurtig spogląda na Jeanette, z zaskoczoną miną kręci głową. Jeanette odsuwa krzesło, wstaje i zaczyna zbierać notatki.

– Myślę, że to wystarczy – mówi, patrząc na Hurtiga. – Prześlij tu Schwarza, niech skończy to, co zaczął. Teraz wygląda to już lepiej.

# Ulica Kungsgatan

W listopadzie 1911 roku, po trwających wiele lat pracach ziemnych związanych z przekopem przez Brunkeberg, nastąpiło uroczyste otwarcie ulicy Kungsgatan w Sztokholmie. W trakcie robót odkryto resztki wioski wikingów, która kiedyś znajdowała się w pobliżu dzisiejszego placu Hötorget.

Ulicę, która na początku nazywała się Helsingegathun, przemianowano na początku XVIII wieku na Luttnersgatan. Była nędzna i obskurna, zabudowana szopami i starymi drewnianymi domami.

Pisał o niej Ivar Lo-Johansson. Opisywał miejscową bohemę i prostytutki, które tam mieszkały, świadcząc usługi dla klientów.

W latach 60. XX wieku, gdy centrum Sztokholmu przesunęło się na południe, ulica zaczęła umierać. Dzięki przeprowadzonym w latach 80. remontom odzyskała część dawnej świetności.

Prokurator Kenneth von Kwist wychodzi ze stacji metra Hötorget i jak zwykle trudno mu się połapać. Jest tu zbyt wiele podejść i schodów, a jego zmysł orientacji przestaje pod ziemią funkcjonować.

Kilka minut później zatrzymuje się przed domem kultury. Pada deszcz, więc rozkłada parasol i wolnym krokiem, bez pośpiechu, rusza w stronę ulicy Kungsgatan. Nie chce mu się wracać do biura w siedzibie prokuratury.

Tak się bowiem składa, że ma duży kłopot. Bez względu na to, jak próbuje go rozwiązywać, zawsze coś wychodzi nie tak. Choćby nie wiadomo jak bardzo się starał, na ręce i tak mu zostaje Czarny Piotruś.

Przecina ulice Drottninggatan, Målargatan i Klara Norra Kyrkogata.

Co się stanie, jeśli nie podejmie żadnych działań, a akta śledztwa wrzuci na samo dno szuflady biurka?

Pojawi się szansa, że nikt jej nigdy nie przesłucha. Z czasem pojawią się nowe sprawy, a stare odejdą w zapomnienie.

Jeśli zaś chodzi o Jeanette Kihlberg, to wątpi, czy uda jej się osiągnąć jakiś postęp w śledztwie. Jest zbyt uparta i zbyt oddana swojej pracy. Za bardzo zaangażowała się w sprawę zamordowanych chłopców.

Szukał obciążających ją faktów, ale niczego nie znalazł. Żadnej nagany czy upomnienia za zaniedbania służbowe.

Kihlberg jest policjantką w trzecim pokoleniu. Jej dziadek i ojciec byli policjantami w Västerort. W ich aktach też nie znalazł niczego, co by któregoś mogło obciążać.

Mija Oscarsteatern i Casino Kosmopol, które powstało w dawnej restauracji Bal Palais.

Zrobił się niezły bigos i tylko on może zapobiec nieszczęściu.

Może coś przeoczył?

Kihlberg jest teraz całkowicie pochłonięta opieką nad synem, ale kiedy chłopak dojdzie do siebie, ona wróci do pracy i wcześniej czy później dowie się o nowych faktach.

Nie będzie mógł temu przeszkodzić. A może jednak?

# Komenda policji w Kronobergu

Jeanette po przesłuchaniu Karlssona wraca do swojego pokoju i czeka na Hurtiga. Jest zadowolona, odzyskała kontrolę nad ekipą śledczą, ale najważniejsze jest to, że miała rację. Wewnętrzny kompas wskazał jej właściwą drogę.

Zdziwiło ją, że Karlsson nawet nie skomentował całego wydarzenia. Jego żona, nad którą przez lata się znęcał, zginęła całkiem przypadkowo, od uderzenia piorunem. Gdyby nie to, nadal by ją bił i pewnie nigdy by to nie wyszło na jaw. Rano Jeanette na szybko podzwoniła w parę miejsc: najpierw do szpitala w Södermalmie, potem do domu opieki dla kobiet. Nie było to wcale takie trudne.

Łatwo jej zrozumieć, że mógł o tym nie pomyśleć ktoś taki jak Schwarz. Ale Hurtig powinien był sprawdzić, czy w przeszłości Elisabeth Karlsson nie znajdą się jakieś niepokojące wątki.

Pociesza się myślą, że każdy człowiek ma prawo do złego dnia. Ona też miała ich wiele. Przecież śledztwo w sprawie zamordowanych chłopców to cały ciąg takich złych dni.

Słychać pukanie do drzwi i do pokoju wchodzi komendant Dennis Billing. Widać, że jest opalony.

– A więc wróciłaś? – pyta zasapany. Przysuwa sobie krzesło i siada na nim. – Jak się czujesz?

Jeanette domyśla się, że to drugie pytanie kryje w sobie coś więcej niż tylko troskę o jej zdrowie.

– Wszystko pod kontrolą. Czekam właśnie na Hurtiga i raport Schwarza z przesłuchania Karlssona.

– Czy to mąż tej kobiety z Bandhagen? Uważasz, że ma z tą sprawą coś wspólnego?

– Ja to wiem. Właśnie teraz opowiada Schwarzowi, jak ją zgwałcił w zagajniku koło boiska szkolnego, gdzie została znaleziona. Pewnie chciała się z nim rozstać albo kogoś poznała. Facet za nią idzie, bije ją i gwałci. Na końcu ofiara ginie od uderzenia piorunem.

– Niewiarygodne – mówi zafrasowanym głosem Billing. Wstaje z krzesła i rusza w stronę drzwi. – I co zamierzasz teraz zrobić? – Otwiera drzwi i widzi Hurtiga, który właśnie chciał wejść do pokoju. – Świetna robota, Jens – mówi. Odwraca się plecami do Jeanette i klepie zdumionego Hurtiga po ramieniu. – Szybko i sprawnie. Tak właśnie należy takie sprawy załatwiać.

– Ma pan dla nas coś nowego? – pyta Jeanette. Odchyla się i patrzy na szerokie plecy Billinga. Na jego koszuli widać dużą plamę potu. To dowód, że zbyt długo siedzi za biurkiem.

– Właściwie nie – odpowiada Billing. – Na razie panuje spokój, więc może chcielibyście iść na urlop?

Oboje kręcą przecząco głowami, ale na propozycję Billinga odpowiada tylko Hurtig.

– Ja nie. Wolę urlop zimą.

– Ja też – dodaje Jeanette. – Te kilka dni, które spędziłam w domu, były bardzo pracowite.

Billing odwraca się i patrzy na nią.

– W porządku – mówi. – W takim razie w oczekiwaniu, aż coś się zdarzy, możecie przez kilka dni kłaść pasjansa, przerzucać papiery, przeinstalować Windowsa. Zrelaksować się. Na razie.

Nie czekając na odpowiedź, mija Hurtiga i wychodzi z pokoju.

– Przyznał się? – pyta Jeanette, przeciągając się na krześle. Prostuje plecy i zakłada ręce za głowę.

– *Case closed.* – Hurtig siada na krześle i zaczyna opowiadać: – Facet zostanie oskarżony o wielokrotny gwałt na własnej żonie, znęcanie się nad nią i jeśli podtrzyma swoje zeznania w sądzie, o pozbawienie jej wolności. – Na chwilę przerywa i robi taką minę, jakby się nad czymś zastanawiał. – Myślę, że opowiadanie o tym sprawiało mu przyjemność – dodaje.

Jeanette nie odczuwa wobec takich Karlssonów żadnego współczucia. To, że żona nim pogardzała, nie może być usprawiedliwieniem. Oczami wyobraźni widzi Alexandrę i swojego byłego męża. Cóż, takie jest życie.

– Okej, w takim razie możemy tę sprawę zakończyć i zająć się śledztwem w sprawie chłopców.

Wysuwa szufladę i wyjmuje z niej różową teczkę. Na jej widok Hurtig wybucha śmiechem.

– Nauczyłam się, co należy zrobić, żeby to, na czym nam zależy, nie wzbudzało niczyjego zainteresowania – mówi z uśmiechem Jeanette, przerzucając papiery. – Nikomu by do głowy nie przyszło, żeby do niej zajrzeć... Jest kilka spraw, które musimy pociągnąć. Annette i Linnea Lundström, Ulrika Wendin, Kenneth von Kwist.

– Ulrika Wendin? – dziwi się Hurtig.

– Tak. Myślę, że nie opowiedziała nam wszystkiego.

Jeanette spotkała ją dwa razy i za każdym razem dotyczyło to skarg na Lundströma, które dziewczyna złożyła na policji.

Kiedy Ulrika miała czternaście lat, poznała go w Internecie. Razem z koleżanką zaprosiły go do restauracji. Koleżanka szybko się zmyła, a ona poszła z nim do hotelu, gdzie czekało na nich kilku innych mężczyzn. Nafaszerowali ją narkotykami i zgwałcili. Ulrika podejrzewała, że wszystko nagrywali.

Prokurator umorzył postępowanie, ponieważ żona Lundströma, Annette, zapewniła mu na ten czas alibi. Prokurator nazywał się Kenneth von Kwist.

– Może Ulrika opowie nam coś więcej o von Kwiście i Lundströmie? – zastanawia się Jeanette. – Musimy się zdać na instynkt.

– A von Kwist? – pyta Hurtig, rozkładając ramiona.

Prokurator był wielkim hamulcowym w śledztwie dotyczącym zamordowanych chłopców. Na samo wspomnienie jego nazwiska Jeanette robi skrzywioną minę.

– W powiązaniach von Kwista z rodziną Lundströmów kryje się coś niejasnego. Jeszcze nie wiem co, ale... – urywa, nabiera głęboko powietrza i kontynuuje: – Jest jeszcze jedno nazwisko, które musimy sprawdzić.

– Jakie?

– Victoria Bergman.

– Victoria Bergman? – powtarza zdumiony Hurtig.

– Tak. Jakiś czas przed zaginięciem Johana odwiedził mnie Göran Andersson z policji w Värmdö. Z powodu zamieszania z Johanem nie zdążyłam przejrzeć informacji, które mi przekazał, Andersson jednak twierdzi, że taka osoba nie istnieje.

– Nie istnieje? Przecież rozmawialiśmy z nią.

– Oczywiście, ale jeszcze raz sprawdziłam numer telefonu i okazało się, że jest nieaktualny. Bergman żyje, tyle że pod innym nazwiskiem. Dwadzieścia lat temu coś się wydarzyło i potem znikła ze wszystkich baz danych. Z jakichś powodów postanowiła się ukryć.

– Może z powodu ojca? Bengt Bergman wykorzystywał ją seksualnie.

– Tak, prawdopodobnie dlatego. Instynkt mi podpowiada, że ten wątek znowu się pojawi.

– Jaki to ma związek z naszymi śledztwami?

– Znowu muszę się zdać na instynkt. Możesz mnie nazywać fatalistką, ale zauważ, że ciągle natykamy się na te dwa nazwiska. Los? Przypadek? To bez znaczenia. Związek między naszymi śledztwami a rodzinami Bergmanów i Lundströmów istnieje. Czy wiesz, że przez długie lata korzystali z usług tego samego adwokata? Nazywa się Viggo Dürer. To raczej nie przypadek.

Hurtig się śmieje, lecz widać, że dostrzega powagę kryjącą się w jej słowach.

– Zarówno Bergman, jak i Lundström wykorzystywali nie tylko własne dzieci, ale także cudze. Czy pamiętasz zgłoszenie, które złożyło na policji przeciwko Bergmanowi rodzeństwo z Erytrei? Dziewczynka miała dwanaście lat, chłopiec dziesięć. Birgitta Bergman zapewniła mężowi alibi. To samo odnosi się do Annette Lundström, która zawsze broniła męża, chociaż Lundström sam przyznawał, że był zamieszany w handel dziećmi z krajów Trzeciego Świata.

– Rozumiem. Istnieją nitki, które dokądś prowadzą. Jedyna różnica polega na tym, że Lundström się przyznał, a Bergman zaprzeczył.

– Tak. To prawdziwa plątanina tropów, ale myślę, że wszystkie zbiegają się w pewnym punkcie i mają jakiś związek ze sprawami, które prowadzimy. Czuję w tym jakąś grubszą tajemnicę. Mamy do czynienia z ludźmi sukcesu. Bergman pracuje w SIDA,

Lundström w Skanska. Obaj zarabiają mnóstwo kasy. Gdyby coś wyszło na jaw, ich rodziny zostałyby wystawione na wielki wstyd. Obawiam się, że mamy do czynienia ze śledztwami, w których dopuszczono się zaniedbań, a może nawet pojawił się świadomy brak kompetencji.

Hurtig kiwa głową.

– W kręgu tych rodzin pojawiają się ludzie, którzy nie istnieją – kontynuuje Jeanette. – Na przykład Victoria Bergman. Nie istnieją też dzieci, które można kupić w Internecie, wykastrować i porzucić w krzakach.

– Czyżbyś wyznawała teorię spiskową?

Jeśli nawet Hurtig wypowiedział te słowa z ironią, Jeanette i tak nie zwróciła na nią uwagi.

– Nie, nie wyznaję. Bliżej mi do holizmu.

– Do czego?

– Do holizmu. Uważam, że całości nie da się sprowadzić do sumy jej składników. Jeśli nie rozumiemy kontekstu, nigdy nie zrozumiemy szczegółów. Zgadasz się z takim podejściem?

Hurtig robi zafrasowaną minę.

– Ulrika Wendin. Annette i Linnea Lundström. Viggo Dürer. Victoria Bergman. Od kogo zaczniemy?

– Proponuję od Wendin. Od razu do niej zadzwonię.

Przemoc wobec dziecka. Od samego początku chodzi tylko o to. Dwójka dzieci bez tożsamości – Jurij Kryłow z Białorusi i Samuel Bai, który kiedyś był dzieckiem-żołnierzem w Sierra Leone. Do tego dochodzą trzy kobiety, które w dzieciństwie padły ofiarą przemocy na tle seksualnym: Victoria Bergman, Ulrika Wendin i Linnea Lundström.

# Restauracja Zinkens Krog

Ostatni raz Jeanette była w tej osiedlowej restauracyjce położonej przy kompleksie sportowym w dzielnicy Zinkensdamm w meczu bandy. Miała się tam spotkać z Åkem. Stojący przy wejściu rosły ochroniarz poinformował ich, że z powodu bójki lokal został zamknięty.

Pewien gość, który tego wieczoru zbyt dużo wypił, zasnął z drinkiem w ręce. Nagle upadł bezwładnie na podłogę. Kiedy oprzytomniał, był przekonany, że ktoś go uderzył, dlatego zaatakował pierwszego człowieka, który stanął mu na drodze. Po trzydziestu sekundach podłoga była zalana krwią i pokryta okruchami szkła.

Teraz lokal jest już otwarty, znudzona kelnerka prowadzi ją do niewielkiego stolika przy oknie.

Do przyjścia Ulriki Wendin pozostało czterdzieści pięć minut. Kiedy się zjawia, Jeanette od razu widzi, że dziewczyna bardzo schudła. Ma na sobie ten sam sweter co ostatnio. Wygląda w nim tak, jakby był na nią o kilka numerów za duży.

– Czego się napijesz? – pyta Jeanette, składając gazetę leżącą na stoliku. – Ja zamówię ciastko. Dla ciebie też? Ja płacę.

Dziewczyna się uśmiecha, ale na jej twarzy rysuje się napięcie. Oczy ma rozbiegane, język ciała sygnalizuje, że jest czymś podekscytowana.

– Poproszę o to samo co pani.

Widać po niej, że nie czuje się najlepiej, chociaż próbuje nadrabiać miną.

– A co tam u was, gliniarzy? Jak pani się czuje? – pyta Ulrika.

Jeanette zatrzymuje kelnerkę i prosi ją o kartę.

– Dzięki, świetnie. Nie narzekam. Jestem w trakcie sprawy rozwodowej i w moim życiu panuje lekki chaos. Poza tym wszystko okej.

Ulrika patrzy na menu nieobecnym wzrokiem.

– Wezmę frytki z sosem *béarnaise* – mówi.

Obie składają zamówienia i po odejściu kelnerki Jeanette rozsiada się wygodniej na kanapie.

– Czy mogę zapalić, zanim przyniosą jedzenie? – pyta Ulrika i nie czekając na odpowiedź, wstaje. Nadal zachowuje się tak, jakby była czymś nakręcona.

– Jasne, nie ma sprawy.

Obie wychodzą na ulicę. Ulrika siada na gzymsie okiennym, Jeanette częstuje ją papierosem.

– Wiem, że to może być dla ciebie trudne, ale chciałabym porozmawiać z tobą o Karlu Lundströmie. Mówiłaś, że chcesz o wszystkim opowiedzieć. Zrobiłaś to już?

Ulrika zapala papierosa, zaciąga się i patrzy na nią lekceważącym wzrokiem.

– A jakie to ma teraz znaczenie? On i tak nie żyje.

– Ale nic nie stoi na przeszkodzie, żebyśmy posunęły się w jego sprawie dalej. Czy rozmawiałaś już z kimś o tym, co się stało?

Dziewczyna znowu się zaciąga i wzdycha.

– Nie, przecież śledztwo zostało umorzone. Nikt mi nie uwierzył. Nawet matka. Prokurator bredził coś o tym, że dla takich jak ja istnieje system opieki społecznej, a potem się okazało, że chodziło mu o pomoc psychologiczną ze względu na moje zbyt impulsywne zachowanie. W jego oczach byłam tylko zwykłą kurwą. A ten pierdolony adwokat...

– Co takiego?

– Czytałam streszczenie sprawy, które przygotował. Von Kwist nazwał je dokumentem obrony.

Jeanette kiwa głową. Czasem się zdarza, że obrońca włącza się do śledztwa już w dochodzeniu wstępnym, chociaż nie jest to zbyt powszechna praktyka.

– Wiem, mowa obrońcy. Mów dalej.

– Napisał, że nie jestem wiarygodna, że mam problemy... Opisał wszystko, od lat szkolnych aż do problemów z alkoholem. Chociaż nigdy wcześniej mnie nie spotkał, po prostu mnie obsmarował. Że niby gówno jestem warta. Tak mnie tym zranił, że już nigdy nie zapomnę, jak się nazywa.

Viggo Dürer i Kenneth von Kwist. Umorzone dochodzenia.

Może było ich więcej? Jeanette dochodzi do wniosku, że musi dokładnie sprawdzić przeszłość adwokata i prokuratora.

Ulrika gasi papierosa na parapecie.

– Wracamy?

Ich zamówienie stoi już na stoliku. Jeanette zabiera się za jedzenie, podczas gdy Ulrika nawet nie patrzy na swoje frytki. Wygląda przez okno, zastanawia się nad czymś i bębni nerwowo palcami po blacie stolika.

Jeanette milczy. Czeka na to, co powie Ulrika.

– Oni się znają – mówi po chwili dziewczyna.

Jeanette odkłada sztućce i spoziera na nią zachęcająco.

– Co masz na myśli? Kto kogo zna?

Z początku Ulrika się waha, lecz po chwili wyciąga telefon komórkowy. Jeden z najnowszych modeli, właściwie to palmtop.

Ciekawe, skąd miała na to pieniądze.

Ulrika naciska kilka klawiszy i odwraca się do Jeanette.

– Znalazłam to na Flashbacku. Niech pani czyta.

– Na Flashbacku?

– Tak, niech pani po prostu przeczyta. Od razu pani zrozumie.

Na wyświetlaczu widać stronę internetową z dużą liczbą komentarzy.

Jeden z linków zawiera listę Szwedów, którzy finansują działalność fundacji o nazwie „Sihtunum i Diasporan".

Na liście jest dwadzieścia kilka nazwisk. Po ich przeczytaniu Jeanette od razu się domyśla, co Ulrika ma na myśli.

Oprócz dwóch wymienionych przez nią nazwisk rozpoznaje jeszcze jedno.

# Park Vita Bergen

Sofia Zetterlund siedzi na kanapie w swoim salonie i wpatruje się w ciemność. Po przyjściu do domu nawet nie zapaliła światła. W mieszkaniu jest prawie zupełnie ciemno. Pokój rozjaśnia tylko słaby blask bijący od ulicznych latarni.

Czuje, że dłużej już tego nie wytrzyma. Wie też, że próba powstrzymywania tego procesu nie ma sensu. Ona i Victoria muszą ze sobą współpracować, bo inaczej będzie jeszcze gorzej.

Wie, że jest chora. Wie też, co powinna zrobić.

Ona i Victoria są skomplikowanym produktem wspólnej przeszłości, ale mają dwie różne osobowości, które rozpaczliwie próbują stawić czoło brutalnej rzeczywistości.

Bronią się przed nią na dwa różne sposoby. Wybrały dwie odrębne strategie, które mają im pomóc zaleczyć rany. Sofia trzyma chorobę na dystans, wykonując zwykłe codzienne czynności. Praca w gabinecie wprowadza w jej życiu porządek, który tłumi chaos panujący wewnątrz niej.

Victorią sterują inne uczucia: nienawiść i złość. To proste rozwiązania oparte na postrzeganiu świata w czarno-białych kolorach. W najgorszym razie wszystko można z niego wyciąć i wyrzucić.

Victoria nienawidzi słabości Sofii, jej chęci wtopienia się w otoczenie i dopasowania się do niego. Nienawidzi jej upartego dążenia do wyparcia z pamięci dawnych krzywd i obojętnego pogodzenia się z rolą ofiary.

Od powrotu Victorii Sofia jest pełna pogardy dla siebie. Traci zdolność znalezienia prostej drogi wyjścia z tej trudnej sytuacji. Wszystko to przypomina jej jedno wielkie bagno.

Nic nie jest już oczywiste.

Dwie różne wizje mają być zredukowane do jednej. Uważa, że to beznadziejna sprawa.

Niektórzy twierdzą, że człowiek kształtuje się pod wpływem swoich obaw. Sofia rozwinęła własną osobowość ze strachu przed Victorią. Victoria ukrywa się w Sofii, jest dla niej czymś w rodzaju trampoliny, przeciwnym biegunem.

Bez cech, które posiada Victoria, Sofia nie istnieje. Jest tylko pustą skorupą pozbawioną zawartości.

Skąd w ogóle wzięła się Sofia Zetterlund? Nie pamięta.

Sofia Zetterlund... Rozkoszuje się w myślach tym imieniem i nazwiskiem. Nagle uświadamia sobie, że jest tworem kogoś innego.

Wszystko zaczęło się od Victorii.

Jest tworem innego człowieka. Innego JA. Myśl ta wywołuje w niej tak silny zawrót głowy, że z trudem oddycha.

Czy łączy je jakiś wspólny punkt? Czy Victoria posiada potrzeby, które może zaspokoić Sofia? Musi ten punkt znaleźć, ale żeby to uczynić, powinna przestać się bać myśli Victorii, oczyścić umysł i odważnie spojrzeć jej w oczy. Musi stać się wrażliwa na to, przed czym przez całe życie starała się uciec.

Na początku trzeba ustalić konkretny moment w przeszłości, gdy jej wspomnienia są jeszcze jej wspomnieniami, a nie są już wspomnieniami Victorii.

Przypomina jej się zdjęcie zrobione polaroidem. Ma na nim około dziesięciu lat, jest w brzydkim biało-czerwonym ubraniu i stoi na jakiejś plaży. To oczywiste, że nie pamięta tej sytuacji. Tamte czasy i sekwencje należą do Victorii.

Przesuwa dłonią po ramieniu. Jasne blizny to blizny Victorii. Czasami kaleczyła sobie ramię brzytwą i kawałkami szkła. Robiła to za domem cioci Elsy w Dala-Flodzie.

Kiedy narodziła się Sofia? W Sigtunie? A może podczas wspólnego wyjazdu z Jessicą i Hannah? To dość zamglone wspomnienia. Sofia uświadamia sobie, że jej wspomnienia stają się logiczne i nabierają konkretnych kształtów dopiero podczas studiów na uniwersytecie, gdy miała dwadzieścia lat.

Przez pięć lat mieszkała w akademiku w Uppsali. Potem przeprowadziła się do Sztokholmu. Praktyka w szpitalu w Nacce, dwa lata pracy w klinice psychiatrycznej w Huddinge.

W końcu poznała Larsa i otworzyła prywatny gabinet.

Co jeszcze? Sierra Leone. To oczywiste.

Życie wydaje jej się nagle rozpaczliwie krótkie i pozbawione treści, chociaż wie, że winę za to ponosi ktoś inny. Ojciec, Bengt Bergman, ukradł jej połowę życia. Dlatego przez jego drugą połowę prześlizgnęła się jako więzień codziennych rutynowych czynności. Praca, pieniądze, wysokie ambicje, nieporadne próby prowadzenia życia uczuciowego na marginesie życia zawodowego. Taka obrona przed wspomnieniami poprzez zajmowanie się wszystkim, czym tylko się dało.

W wieku dwudziestu lat była już na tyle silna, że mogła przejąć życie Victorii, zostawić je za sobą i zacząć własne.

Oznacza to, że punkt oparcia musiała mieć dużo wcześniej.

Na uniwersytecie istniała już tylko jedna osoba – Sofia Zetterlund. Ukrywała Victorię, tak samo jak Victoria ukrywała przemoc, której dopuszczał się kiedyś wobec niej ojciec. Położyła kres istnieniu Victorii, a zarazem straciła nad nią kontrolę.

# Restauracja Zinkens Krog

Trzy nazwiska. Trzej mężczyźni.

Przede wszystkim Karl Lundström i Viggo Dürer. Ich losy splotły się ze sobą w dziwny sposób. Z drugiej strony to wcale nie takie dziwne. Obaj są członkami tej samej fundacji, spotykają się na jej posiedzeniach i wspólnych kolacjach. Kiedy Lundström ma kłopoty, kontaktuje się z jedynym adwokatem, jakiego zna – z Viggiem Dürerem. Tak to chyba funkcjonuje. Przysługa za przysługę.

Na liście osób, które finansują fundację „Sihtunum i Diasporan", znajduje się też Bengt Bergman. Ojciec zaginionej Victorii Bergman.

Jeanette czuje nagle, że sala restauracyjna się kurczy.

– Jak na to trafiłaś? – pyta, patrząc na Ulrikę.

– To nie było takie trudne – odpowiada z uśmiechem dziewczyna. – Sprawdziłam w Google'u.

Jestem jednak złą policjantką, myśli Jeanette.

– Flashback? Czy można mu ufać? – pyta.

Ulrika wybucha śmiechem.

– Jest tam mnóstwo bzdetów, ale czasem można trafić na prawdziwe fakty. Zawiera głównie plotki na temat celebrytów, którzy się czymś ośmieszyli. Są tam wymieniani z nazwiska, a gdy później popołudniówki robią to samo, podają, że pozyskały te informacje z sieci. Czasem się zastanawiam, czy tych wszystkich bredni nie wymyślają ci sami dziennikarze.

Jeanette dochodzi do wniosku, że Ulrika ma rację.

– „Sihtunum i Diasporan"... Co to za organizacja?

Ulrika sięga po widelec i zaczyna grzebać nim we frytkach.

– To jakaś fundacja czy coś tam... Nie znalazłam zbyt wielu informacji na ten temat...

Coś jednak musi być, myśli Jeanette. Hurtig się tym zajmie.

Patrzy na wychudzoną dziewczynę: matowe spojrzenie, jakby przewiercała wzrokiem talerz, dłoń wykonuje widelcem dziwne zygzaki w sosie na talerzu. Widać, że Ulrika potrzebuje pomocy.

– Powiedz... czy nie zastanawiałaś się nad udziałem w terapii?

Ulrika zerka na nią krótko i wzrusza ramionami.

– W terapii? Nie, raczej nie.

– Moja przyjaciółka jest psychologiem i zna się na pracy z dziewczynami w twoim wieku. Domyślam się, że masz wiele problemów. Widać to po tobie. Ile ty właściwie ważysz? Czterdzieści pięć kilo?

Znowu lekceważące wzruszenie ramion.

– Czterdzieści osiem – odpowiada Ulrika i uśmiecha się krzywo do Jeanette. Jeanette czuje, jak robi jej się ciepło na sercu. – Nie wiem, czy terapia to dla mnie właściwe rozwiązanie. Jestem chyba za głupia, żeby mi pomagano w ten sposób.

Mylisz się, myśli Jeanette. Cholernie się mylisz.

Chociaż dziewczyna wygląda dość marnie, Jeanette dostrzega drzemiącą w niej siłę. Jakoś się z tej pułapki wykaraska, tylko ktoś musi jej podać pomocną dłoń.

– Ta psycholog nazywa się Sofia Zetterlund. Jeśli chcesz, załatwię ci spotkanie już w przyszłym tygodniu.

Jeanette wie, że to tylko obietnica, ale zna Sofię na tyle dobrze, że wie, iż zgodzi się na to. Byle tylko Ulrika się zgodziła.

– Zgodzisz się, żebym dała jej twój numer telefonu?

Ulrika wierci się niespokojnie.

– Chyba tak... Tylko bez żadnych sztuczek, jasne?

Jeanette wybucha śmiechem.

– Obiecuję. To poważna osoba.

# Park Vita Bergen

Sofia wstaje z kanapy, podchodzi do lustra w przedpokoju i uśmiecha się do swojego odbicia. Patrzy na ząb, który Victoria nadłamała w hotelu w Kopenhadze, i na szyję, na którą założyła pętlę sznura. Ma naprawdę wytrzymałą, mocną szyję.

Rozpina bluzkę i wsuwa pod nią dłoń. Czuje dojrzałe kobiece ciało, przypomina sobie pieszczoty Larsa, Mikaela i Jeanette.

Przeciąga dłonią po skórze. Zamyka oczy i próbuje zajrzeć w swoje wnętrze, ale znajduje tylko pustkę. Zdejmuje bluzkę, patrzy w lustro. Ocenia swoje kształty.

Wszystko to, co jest w środku, jest mną.

Mną.

Krzyżuje ręce na piersi, dłonie kładzie na barkach, jakby chciała się objąć. Przesuwa dłońmi po policzkach, wargach. Zamyka oczy. Czuje się tak, jakby się dusiła, jakby usta wypełniał jej jakiś dziwny smak.

To uczucie jest jej zarazem znane i obce.

Powoli zdejmuje spodnie i majtki. Przegląda się w lustrze. Sofio Zetterlund, skąd się wzięłaś? Kiedy Victoria stała się tobą?

Patrzy na skórę i odczytuje widoczne na niej znaki. To mapa ich wspólnego życia, jej i Victorii.

Dotyka stóp i bolących pięt. Wyczuwa stwardnienia, ale nigdy nie są na tyle grube, żeby nie można ich zetrzeć.

Te pięty należą do Sofii.

Przeciąga dłońmi po zgięciach stawów, zatrzymuje je na kolanach. Dotyka blizny, pamiątki po jednym z tamtych zdarzeń. Bengt wziął ją wtedy od tyłu. Był tak ciężki, że przewrócił ją na ziemię, a ona pojechała kolanami po piasku.

To kolana Victorii.

Uda. Kiedy dotyka ich dłonią, są takie miękkie. Zamyka oczy i przypomina sobie, co było później. Pojawiły się sińce, które próbowała ukrywać. Czuje ból ścięgien od wewnętrznej strony, jak wtedy, gdy ją chwycił za nogi.

To uda Victorii.

Przesuwa dłonie w górę, w stronę pleców, i nagle wyczuwa nierówność, której przedtem nie zauważyła.

Zamyka oczy i natychmiast spływa na nią zapach ciepłej ziemi. To zapach szczególnego rodzaju. Tylko ona go zna, bo to zapach czerwonej ziemi w Sierra Leone.

Bardzo dobrze pamięta ten kraj, ale nie wie, skąd wzięła się blizna na plecach, nie dostrzega związku, który próbuje jej pokazać Victoria. Czasem trzeba się zadowolić symboliką. Przypomina sobie, jak się ocknęła w zakrytej jamie wykopanej w ziemi. Była już pewna, że dzieci-żołnierze pogrzebią ją tam żywcem. Czuje ciężar swego ciała, groźną ciemność, zapach stęchłego materiału. Udało jej się stamtąd uciec.

Dzisiaj uważa to za nadludzki wyczyn, lecz wtedy nawet nie zdawała sobie sprawy, że to, co uczyniła, było właściwie niemożliwe.

Tylko ona z całej grupy przeżyła.

Była jedyną osobą, której udało się pokonać przepaść dzielącą rzeczywistość od fantazji.

# Dawniej

*Kiedy wybierali się rowerami na plażę, spytali ją, na czyim bagażniku wolałaby jechać: jego czy jej? Nie chciała nikogo urazić i rozpłakała się.*

– Jedz, Victorio – powiedział w czasie śniadania, świdrując ją wzrokiem. – Potem wrzuć do basenu pastylkę chloru. Po rannym spotkaniu chciałbym się wykąpać.

Na dworze jest ponad trzydzieści pięć stopni. On ociera czoło z potu, a ona kiwa w odpowiedzi głową i zaczyna grzebać widelcem w parującej ohydnej kaszy. Każda porcja rośnie jej w ustach, nienawidzi cynamonu, którym kazał posypać kaszę. Już niedługo przyjdą jego koledzy z firmy, a wtedy wstanie od stołu i zostawi ją w spokoju. Będzie mogła wyrzucić resztę śniadania do śmieci.

– Jak tam twoja nauka?

Victoria nie patrzy mu w oczy, ale czuje na sobie jego wzrok.

– W porządku – odpowiada monotonnym tonem. – Studiujemy teraz Masłowa, który pisał o potrzebach i motywacji.

Jest pewna, że nigdy nie słyszał o Masłowie, i ma nadzieję, że ta niewiedza zmusi go do milczenia.

I rzeczywiście tak jest.

– Motywacja – mruczy. – Tak, to ci się może przydać.

Unika jej wzroku, patrzy na talerz.

Potrzeby.

Najpierw trzeba zaspokoić potrzeby podstawowe. Dopiero potem człowiek może zacząć się spełniać.

Brzmi to jak oczywistość, ale sama nie wie, jaki postawić sobie cel. Wie jednak, czemu tego nie rozumie. To przez niego.

Udaje, że je kaszę, a jednocześnie próbuje sobie przypomnieć, co czytała na temat hierarchii potrzeb. Ich podstawę stanowią potrzeby ciała: jedzenie, sen. A on systematycznie tych potrzeb nie pozwala jej zaspokajać. Jest też potrzeba bezpieczeństwa, miłości i przynależności, a także szacunku. Tego wszystkiego ją pozbawił i nadal pozbawia.

Na samym szczycie hierarchii potrzeb znajduje się potrzeba samorealizacji. Niestety, Victoria nawet nie wie, co to słowo oznacza. Nie wie, kim jest i czego chce, jej samorealizacja jest niemożliwa, bo znajduje się poza nią, z dala od niej. To on pozbawił ją możliwości zaspokajania każdej z potrzeb.

Otwierają się drzwi ganku i w progu staje dziewczynka kilka lat młodsza od Victorii.

– Tutaj jesteś!

Na jego ustach pojawia się uśmiech. Patrzy na dziewczynkę, która pomaga im w domu. Victoria od razu ją polubiła.

Bengt też polubił drobną radosną dziewczynkę. Obsypuje ją komplementami i pochwałami.

Już pierwszego wieczoru podczas kolacji postanowił, że ze względów praktycznych dziewczynka powinna się przenieść ze służbówki do ich dużego domu. Od tej pory Victoria sypiała spokojniej. Nawet mama wydawała się zadowolona z tego rozwiązania.

Ty ślepa krowo, myśli Victoria. Któregoś dnia cała przeszłość cię dopadnie i zapłacisz za to, że przymykasz na wszystko oczy.

Dziewczynka wchodzi do kuchni. Z początku wygląda na wystraszoną, ale gdy widzi Victorię i Birgittę, trochę się uspokaja.

– Posprzątaj, jak zjemy – mówi Bengt. Jest odwrócony do niej plecami. Nagle za oknami słychać silnik samochodowy i chrzęst opon na piasku. – Cholera, już są.

Wstaje od stołu, podchodzi do dziewczynki i czochra jej włosy.

– Dobrze spałaś? – pyta. Victoria widzi, że dziewczynka na pewno nie spała. Oczy ma napuchnięte i zaczerwienione. Widać po niej, że gdy Bengt jej dotyka, nie czuje się zbyt pewnie. – Usiądź i zjedz.

Patrzy na dziewczynkę i podaje jej banknot, który mała natychmiast chowa, po czym siada przy stole obok Victorii.

– No proszę – mówi Bengt. – Mogłabyś nauczyć Victorię, co to jest prawdziwy apetyt.

Wskazuje głową na talerz i z głośnym śmiechem wychodzi do przedpokoju.

Victoria wie, że czeka ją trudny wieczór. Jeśli rano Bengt jest w tak dobrym humorze, noc rysuje się dla niej w najczarniejszych barwach.

Victoria uważa, że Bengt zachowuje się jak pieprzony kolonialista. SIDA i prawa człowieka? To tylko przykrywka, bo w rzeczywistości traktują ludzi jak niewolników.

Patrzy na dziewczynkę, która jest pochłonięta śniadaniem. Co on jej zrobił? Ma opuchniętą szyję i drobną ranę na płatku ucha.

– W takim razie zabieram się za pranie – mówi z westchnieniem mama. – Poradzicie sobie?

Victoria nie odpowiada. Nigdy nic nie mówi. Siedzi cicho jak bezkształtny cień.

Dziewczynka skończyła jeść, więc Victoria podsuwa jej swój talerz. Na małej buzi pojawia się radosny uśmiech. Victoria też się do niej uśmiecha. Dziewczynka zabiera się za szarą breję polaną ciepłym mlekiem.

– Może mi pomożesz posprzątać basen? – proponuje Victoria, gdy dziewczynka kończy jeść.

Mała patrzy na nią znad talerza i potakuje głową między kęsami.

Po śniadaniu wychodzą do ogrodu. Victoria pokazuje dziewczynce, gdzie znajdują się pastylki chloru.

Szwedzka organizacja charytatywna dysponuje wieloma domami na przedmieściach Freetown. Oni mieszkają w największym. Jest położony z dala od innych. Biały trzykondygnacyjny budynek otoczony wysokim murem. Bramy strzegą uzbrojeni strażnicy w mundurach.

Za murem rozciąga się wielki ogród. Rosną w nim wysokie palmy i gęste rododendrony. Przed dużą, wykładaną kamieniem werandą jest basen w kształcie nerki.

Do południowo-zachodniego narożnika posiadłości prowadzi wąska ścieżka. Stoją tam dwa mniejsze budynki, które pełnią rolę mieszkań służbowych dla personelu: kucharza, sprzątaczki i ogrodnika.

Victoria słyszy męskie głosy dobiegające z domu. Mężczyźni postanowili się spotkać właśnie tutaj, bo we Freetown nie jest teraz zbyt bezpiecznie.

– Oderwij róg tego opakowania – pokazuje Victoria. – Potem ostrożnie włóż pastylkę do wody.

Victoria widzi w oczach dziewczynki wahanie i przypomina sobie, że służbę obowiązuje surowy zakaz korzystania z basenu.

– Tak, wolno ci to zrobić, bo ja tak mówię – upiera się Victoria. – To także mój basen. Ja też mogę decydować, dlatego mówię, że wolno ci to zrobić.

Na twarzy dziewczynki pojawia się triumfalny uśmiech typowy dla ludzi, którym na krótką chwilę pozwolono zająć miejsce wśród tych, którzy w hierarchii stoją wyżej od nich. Zamaszystym gestem wkłada rękę do wody. Porusza nią kilka razy w różnych kierunkach, obserwując, jak pastylka opada powoli na dno. Unosi wilgotną dłoń i patrzy na nią.

– Miło było? – pyta Victoria. Dziewczynka potakuje ostrożnie skinieniem głowy. – To może się wykąpiemy, zanim on wróci?

Dziewczynka się waha. Drapie się po głowie i mówi, że to zabronione. Victoria nadal ma problemy ze zrozumieniem jej języka. To angielski wymieszany z lokalnym narzeczem.

– Ja ci pozwalam – mówi Victoria. Patrzy na dom i zaczyna się rozbierać. – Mam ich w nosie, przecież usłyszymy, jak skończą.

Wskakuje do basenu i pokonuje pod wodą dwie długości.

Czuje się tam bezpiecznie, brzuchem prawie dotyka dna. Wypuszcza powietrze z płuc i opada niżej.

Wyobraża sobie, że znajduje się w żelaznym dzwonie nurkowym opuszczanym w dół, póki nie osiądzie na samym dnie. W dzwonie jest bańka powietrzna, która umożliwia oddychanie pod wodą.

Przez chwilę Victoria unosi się spokojnie nad samym dnem, rozkoszując się ciśnieniem w uszach. Woda między nią a światem zewnętrznym stanowi doskonałą osłonę.

Kiedy kończy jej się tlen, wypływa na powierzchnię. Zbliża się do brzegu basenu i widzi, że dziewczynka wsunęła nogi do wody. Victoria wynurza się koło niej, na chwilę przymyka oczy oślepiona słońcem. Dziewczynka siedzi na pomoście, uśmiechając się do niej.

– *Like fish* – mówi, wskazując na Victorię, która wybucha śmiechem.

– Ty też wskakuj. Powiemy, że cię zmusiłam – mówi Victoria. Opiera się nogami o brzeg basenu i mocno odbija. – No chodź!

Dziewczynka schodzi o jeden szczebel niżej, ale nadal wzbrania się przed wejściem do wody.

– *Cannot swim* – wyjaśnia z zawstydzoną miną.

Victoria zawraca i płynie w jej stronę.

– Nie umiesz pływać? W takim razie muszę cię nauczyć.

W końcu dziewczynka daje się namówić, lecz nie chce się kąpać w samych majtkach i biustonoszu, jak Victoria.

– Sandały musisz zdjąć, a nałóż to – mówi Victoria i rzuca jej białą cienką sukienkę, którą przed chwilą miała na sobie.

Dziewczynka rozbiera się i szybko wkłada sukienkę. Victoria zdąży zauważyć kilka dużych siniaków na jej brzuchu i plecach. Na ich widok opanowuje ją dziwne uczucie.

Najpierw złość, bo domyśliła się, że to sprawka Bengta. Potem ulgę, że to nie ją pobił.

W końcu pojawia się strach i uczucie, którego nigdy wcześniej nie doznała. Czuje wstyd, że jest córką swojego ojca. Coś w niej pęka, nie ma już ochoty na naukę pływania.

Patrzy na chude ciało dziewczynki, która stoi z uśmiechem na twarzy na skraju basenu ubrana w zbyt luźną sukienkę. To sukienka Victorii z kolorowym logo szkoły w Sigtunie.

Nagle robi jej się niedobrze na widok dziewczynki w jej sukience wchodzącej do basenu od płytkiej strony. Spogląda na nią i zastanawia się, co Bengt w niej widzi. Jest ładna i niezniszczona pracą, młodsza od Victorii i najwidoczniej wcale mu się nie opiera w przeciwieństwie do niej.

Kim ty jesteś, by sobie wyobrażać, że możesz zająć moje miejsce?, zastanawia się Victoria.

Dziewczynka porusza się już trochę pewniej, woda sięga jej prawie do piersi, zbyt luźna sukienka leży na powierzchni wody.

Dziewczynka śmieje się zawstydzona i bez powodzenia próbuje się nią szczelniej owinąć.

– Wracaj – mówi Victoria. Chciała to powiedzieć grzecznym tonem, ale sama słyszy, że użyła trybu rozkazującego.

Nagle nachodzi ją dawne wspomnienie. Mały chłopiec. Kochała go, lecz on ją zawiódł, a potem się utopił. Jakie to proste, myśli.

– Połóż się na wodzie, będę cię podtrzymywać od spodu – mówi.

Staje obok dziewczynki, która jednak z początku się waha.

– No już, nie bądź tchórzem. Będę cię trzymać.

Dziewczynka opada powoli na wodę.

W objęciach Victorii czuje się jak małe dziecko.

Porusza rękami i nogami według jej wskazówek, ale gdy Victoria ją puszcza, natychmiast przestaje pływać i zaczyna się miotać. Victoria jest tym poirytowana, lecz cierpliwie znosi jej zachowanie i stopniowo zaciąga ją na coraz głębszą wodę.

Dochodzi do wniosku, że w tym miejscu dziewczynka nie dosięgnie dna. Victoria utrzymuje się na wodzie, poruszając nogami.

W pewnej chwili po prostu ją puszcza.

# Komenda policji w Kronobergu

– „Sihtunum i Diasporan"? Co to znaczy? – pyta Hurtig, patrząc na Jeanette zdziwionym wzrokiem.

– To połączenie dawnego runicznego określenia miasta Sigtuna z klasyczną greką, co w tłumaczeniu na nasz język oznacza „Sigtuna na wygnaniu". To fundacja założona przez ludzi urodzonych w Sigtunie, którzy się z niej wyprowadzili. Wspólnym mianownikiem, który łączy członków fundacji, jest to, że mają albo mieli jakiś związek z tamtejszym internatem szkolnym.

– Z internatem szkolnym? Czy chodzi o tę samą szkołę, do której uczęszczał Jan Guillou?

– Nie, o inną. To dawna szkoła królewska. Wyższa Szkoła Humanistyczna w Sigtunie to największa i najznamienitsza tego typu uczelnia w Szwecji. Uczęszczały do niej tak znane osoby, jak Olof Palme, Povel Ramel czy Marcus i Peter Wallenbergowie. Te nazwiska chyba są ci znane?

Jeanette uśmiecha się szeroko do Hurtiga, który odwzajemnia jej uśmiech, zamyka w końcu drzwi i siada po drugiej stronie biurka.

– Jak myślisz, czy król wspiera tę fundację?

– Nie. Nazwiska jej członków nie są aż tak znane, ale jestem pewna, że trzy z nich na pewno rozpoznasz.

Hurtig czyta listę darczyńców i kwituje lekturę głośnym gwizdnięciem.

– Dürer, Lundström i Bergman – wymienia Jeanette. – W połowie lat siedemdziesiątych przekazali duże kwoty na rzecz fundacji. Ale fundacja nie figuruje w rejestrze wojewódzkim. To dość dziwne, bo prowadzi działalność na terenie Szwecji.

– Skąd to wiesz?

– Głównie dzięki Ulrice Wendin. Czy wiesz, co to jest Flash-back?

– Tak – potwierdza skinieniem głowy Hurtig. – Dostarczyciel spamu internetowego.

– Ulrika też to tak określiła. Jeśli ciekawi cię, kto z twoich sąsiadów jest pedofilem albo który celebryta ma długiego członka, to istnieje duża szansa, że właśnie tam się tego dowiesz. Co cię tak śmieszy? – pyta Jeanette, widząc, że Hurtig śmieje się na cały głos.

– Liam Neeson. On ma dużego penisa. Za to Brad Pitt ma krótkiego. Już to sprawdzałem.

– Ależ z ciebie dzieciuch. – Jeanette też nie może się powstrzymać od śmiechu. Przecież ten przykład wzięła z powietrza. – Teraz już wiemy, że interesują cię plotki i podejrzenia, ale na Flashbacku można też znaleźć prawdziwe informacje. Użytkownicy portalu umieszczają na nim niepublikowane dane o przestępcach, przeciwko którym toczy się śledztwo. Nawet protokoły przesłuchań, których nie powinno tam być. Jeden z użytkowników był szczególnie zainteresowany Lundströmem. W czasie prowadzonego przeciwko niemu śledztwa pojawiło się na portalu wiele różnych wpisów. Między innymi lista darczyńców fundacji i opis jej działalności. Użytkownik, który tę listę opublikował, oburzał się na to, że w fundacji działają tacy ludzie jak pedofil Lundström.

Jeanette bierze do ręki kartkę i czyta głośno:

– „Celem fundacji jest zwalczanie ubóstwa i polepszanie warunków życiowych dzieci na całym świecie". Czyli mamy tu do czynienia z pedofilem, który chce pomagać dzieciom, tak?

– Przynajmniej z dwoma pedofilami. Lista zawiera dwadzieścia nazwisk. Z całą pewnością wiemy, że co najmniej dwie osoby to pedofile: Bergman i Lundström. Czyli dziesięć procent darczyńców. Pozostałych nazwisk nie znam z wyjątkiem Dürera, który jest adwokatem rodziny. Może są tu jeszcze jakieś inne ciekawe nazwiska? Rozumiesz, co mam na myśli?

– Kapuję. Coś jeszcze?

– Nic, o czym już nie wiemy. – Jeanette pochyla się nad biurkiem i dodaje ściszonym głosem: – Widzę, że znasz ten portal, poza tym jesteś ode mnie lepszy w posługiwaniu się komputerem. Jak myślisz, dałoby się dowiedzieć, kim jest ten użytkownik? Potrafiłbyś go znaleźć?

Hurtig się uśmiecha.

– Z tego, że jestem facetem, nie wynika, że muszę być lepszy w obsłudze komputerów.

W ciągu kilku ostatnich lat Hurtig zwrócił uwagę Jeanette na rolę, jaką w społeczeństwie odgrywają kobiety i mężczyźni. Dlaczego zatem neguje teraz jej twierdzenie?

– Nie dlatego, że jesteś facetem – odpowiada. – Po prostu jesteś młodszy i nadal poświęcasz dużo czasu grom komputerowym.

Hurtig robi zdziwioną minę.

– Grom? Nieee...

– Nie wykręcaj się. Kiedy jesteśmy gdzieś na mieście, zatrzymujesz się przy wystawach sklepów z grami komputerowymi. Poza tym masz stwardniałe opuszki palców, czasem nawet bąble. Kiedyś na lunchu powiedziałeś, że właściciel pizzerii przypomina ci jednego z bohaterów gry o nazwie GTA. Wnioskuję z tego, że jesteś zagorzałym graczem..

Hurtig znowu wybucha śmiechem, lecz tym razem jest już całkiem rozluźniony.

– No cóż, to w końcu moje prywatne życie. Ale granie na komputerze to nie to samo co dobra znajomość jego obsługi...

– Przecież siedzisz przy nim codziennie – przerywa mu Jeanette.

– A skąd wiesz? – dziwi się Hurtig.

– Domyślam się. – Jeanette wzrusza ramionami. – Zawodowy nos. Słyszałam, jak rozmawiacie ze Schwarzem o komputerach. Powiedziałeś między innymi, że nasz system zapisywania nadgodzin pochodzi chyba z epoki kamienia łupanego.

– No dobrze, ale szukanie w sieci użytkownika? – odpowiada Hurtig z wahaniem w głosie. – Czy to nie włamanie do cudzego komputera?

– Nikt nie musi o tym wiedzieć. Jeśli znajdziemy adres IP, być może dotrzemy do właściciela komputera, który umieścił w sieci listę darczyńców fundacji. To nas może zaprowadzić dalej. Nie musimy robić z tego wielkiej sprawy. Nie zamierzamy nikogo prześladować, szpiegować ani rejestrować niczyich poglądów. Chcę tylko wiedzieć, jak się nazywa.

– Działasz niekonwencjonalnie.

I łamię prawo, myśli Jeanette. Ale cóż, cel uświęca środki.

– Okej, spróbuję – mówi Hurtig. – Jeśli mi się nie uda, poszukam kogoś, kto nam pomoże.

– Wspaniale. Druga sprawa to lista darczyńców. Sprawdź te nazwiska, a ja zajmę się Victorią Bergman.

Po wyjściu Hurtiga z pokoju Jeanette wpisuje dane Victorii Bergman w policyjną bazę. Tak jak się spodziewała, nie uzyskuje ani jednego wyniku.

Wprawdzie komputer pokazuje dane dwóch innych kobiet o tym samym imieniu i nazwisku, żadna jednak nie odpowiada wiekiem Victorii Bergman, która chodziła do szkoły w Sigtunie.

Kolejny krok to przejrzenie baz państwowych. Wpisuje swój login w bazie urzędu skarbowego zawierającej dane wszystkich obywateli szwedzkich.

Komputer pokazuje wyniki. Baza zawiera dane trzydziestu dwóch osób, które nazywają się Victoria Bergman. W większości przypadków imię pisane jest przez „k", ale Jeanette uznaje, że nie powinna ich pomijać. Pisownia mogła z czasem ulec zmianie. Kiedyś sama miała w klasie koleżankę, w której imieniu jednym pociągnięciem pióra literę „S" zamieniono na „Z", a tym samym imię Susanne zamieniono na Zuzanne. Kilka lat później Zuzanne zmarła na skutek przedawkowania heroiny.

Poszerza pole poszukiwań o deklaracje podatkowe tych trzydziestu dwóch osób.

Znajduje wszystkie z wyjątkiem jednej.

Pod numerem 22 na liście figuruje Victoria Bergman zameldowana w Värmdö.

Córka gwałciciela Bengta Bergmana.

Jeanette znowu zmienia parametry wyszukiwania w taki sposób, aby komputer pokazał deklaracje podatkowe złożone w poprzednim roku. Niestety, z tym samym wynikiem co przedtem. Victoria Bergman z Värmdö najwidoczniej olewa obowiązek złożenia deklaracji podatkowej z wpisanymi do niej przychodami i ewentualnymi odpisami.

Jeanette cofa się w swoich poszukiwaniach o dziesięć lat, ale rezultat jest taki sam.

Danych brak.

Jest tylko imię i nazwisko, numer osobowy i adres zamieszkania w Värmdö.

W tej sytuacji postanawia przeszukać wszystkie inne bazy i rejestry, do których ma dostęp. Jednakże za każdym razem potwierdza się to, co powiedział jej Göran Andersson z policji w Värmdö.

Victoria Bergman mieszka pod tym adresem od dzieciństwa. Nigdy nie zarobiła ani jednej korony i nie miała żadnych wydatków. Za nic nie płaciła, nie jest notowana u komornika i przez prawie dwadzieścia lat ani razu nie była w szpitalu.

Jeanette decyduje się skontaktować ze skarbówką telefonicznie, aby sprawdzić, czy w systemie nie ma jakiegoś błędu.

Potem przypomina sobie, że w rozmowie z Hurtigiem postanowili zamówić profil sprawcy. Od razu przychodzi jej na myśl Sofia.

Może trzeba w końcu przejść do bardziej zdecydowanych działań?

To, co kiedyś wydawało się fanaberią, w praktyce okazało się pomocnym narzędziem w ściganiu przestępców. Z tego, co Jeanette wie, Sofia posiada wystarczającą wiedzę na ten temat i będzie mogła sporządzić przybliżony profil sprawcy.

Z drugiej strony absolutnie nie powinna bazować tylko na nim, a tym bardziej na opinii tylko jednego psychologa.

Już się zdarzało, że śledztwo zbaczało w niewłaściwym kierunku ze względu na błędnie sporządzony profil sprawcy. Od razu przypomniał jej się w tym kontekście Niklas Lindgren, zwany Człowiekiem z Hagi. W jego przypadku profil był wzięty z sufitu.

Wielu specjalistów z dziedziny psychiatrii uważało wtedy, że sprawcą jest zboczeniec, który nie posiada bliskich przyjaciół ani nie jest z nikim związany uczuciem miłości.

Później, kiedy go w końcu schwytano i oskarżono o całą serię groźnych przestępstw, takich jak napaść, gwałty i próby zabójstw, okazało się, że jest z pozoru łagodnym ojcem dwojga dzieci, pozostającym od lat w tym samym związku małżeńskim i pracującym w tej samej firmie.

Dlatego ona też powinna być czujna. Nie może pozwolić, by Sofia Zetterlund ją zwiodła albo zmyliła.

Wóz albo przewóz, tyle że i tak nie ma nic do stracenia. Poza tym musi z nią porozmawiać o Ulrice Wendin. Podnosi słuchawkę, wykręca numer gabinetu przy placu Mariatorget i podchodzi do okna.

Park przy komendzie jest pusty. Tylko jakiś mężczyzna idący z psem rozmawia przez telefon komórkowy. Jeanette obojętnie obserwuje, jak smycz co chwilę zaplątuje się wokół koszów na śmieci. Pies zatrzymuje się wtedy i patrzy z wyrzutem na swojego nieobecnego myślami pana.

W końcu zgłasza się Ann-Britt i od razu przełącza ją do Sofii.

– Sofia Zetterlund, słucham...

Jeanette czuje radość, słysząc jej głos. Lubi ten miękki mroczny ton.

– Halo?

– Cześć, to tylko ja – śmieje się Jeanette. – Czy robiłaś kiedyś profil sprawcy przestępstwa?

– Słucham? – dziwi się Sofia, wybuchając śmiechem. Jeanette wydaje się, że Sofia jest spokojna i rozluźniona. – Czy to ty, Jeanette?

– Tak, a kto inny?

– Powinnam się od razu domyślić. Jak zwykle przechodzisz zaraz do rzeczy – mówi Sofia. – Pytasz, co wiem na temat profilów sprawców przestępstw? Szczerze mówiąc niewiele, ale domyślam się, że polega to na ustaleniu najbardziej prawdopodobnych cech człowieka: demograficznych, społecznych, psychicznych... Potem powinniśmy rozpocząć poszukiwania w grupie, w której prawdopodobieństwo znalezienia go jest najwyższe. Jeśli będziemy mieć trochę szczęścia...

– Trafiłaś w dziesiątkę! – przerywa jej Jeanette. Jest zadowolona, że Sofia od razu zaczęła snuć rozważania. – Prawda jest taka, że my nazywamy to „analizą sprawy". Brzmi to dość sucho, ale takie podejście nie rokuje wygórowanych oczekiwań czy nadziei. Jak już sama wspomniałaś, celem takiej analizy jest wyeliminowanie ze śledztwa osób, które powinniśmy podejrzewać w najmniejszym stopniu, a następnie objęcie dokładniejszym śledztwem jednej konkretnej osoby.

– Czy ty nigdy nie odpoczywasz? – dziwi się Sofia.

Johan wrócił ze szpitala do domu zaledwie kilka dni temu. Mimo to Jeanette od razu rzuciła się w wir pracy. Czy Sofia właśnie to ma na myśli? Że ona, Jeanette, nie ma ludzkich uczuć i zachowuje się racjonalnie? A co innego jej pozostało?

– Dobrze wiesz, że moje siły nie są niewyczerpane – odpowiada Jeanette. Sama nie wie, czy pytanie Sofii było komplementem, czy raczej powinna się za nie obrazić. – Po prostu potrzebuję twojej pomocy. Z różnych powodów nie mam się do kogo zwrócić.

Jeanette wie, że musi być wobec niej szczera. Jeśli Sofia nie podejmie się tego zadania, nie będzie miała kogo poprosić o pomoc.

– Okej – zgadza się Sofia po chwili wahania. – Zakładam, że cały ten pomysł oparty jest na teorii, według której to, co ludzie robią w życiu, wynika z pewnych cech osobowości. Na przykład kto cierpi na zaburzenia obsesyjno-kompulsyjne, z reguły ma porządek na biurku i rzadko wkłada niewyprasowane koszule.

– No właśnie – przyznaje Jeanette. – Na podstawie rekonstrukcji przebiegu przestępstwa można wyciągnąć wnioski dotyczące sprawcy. Okazuje się, że osoby z odchyłami dopuszczają się zbrodni w sposób, który wynika z ich osobowości.

– Domyślam się, że korzystacie też z osiągnięć statystyki?

Jeanette jest wprost zafascynowana zdolnościami intelektualnymi Sofii i jej umiejętnością przeprowadzania analizy.

– Oczywiście.

– A teraz chcesz, żebym ci pomogła?

– Chodzi o domniemanego seryjnego mordercę. Mamy kilka nazwisk, które musimy sprawdzić. – Jeanette robi krótką pauzę, aby podkreślić wagę słów, które za chwilę wypowie. – Osoba, która będzie taką analizę wykonywać, nie może niczego wiedzieć o podejrzanych, bo mogłoby to zniekształcić ogólny obraz i stać się filtrem, który utrudni jej wgląd w sprawę.

Sofia milczy. Jeanette słyszy jej coraz szybszy oddech.

– Czy mogłybyśmy się spotkać u mnie dziś wieczorem, żeby

dokończyć tę rozmowę? – pyta Jeanette. Chce w ten sposób zachęcić Sofię, na wypadek gdyby nadal miała jakieś wątpliwości.

– Słucham?

– Porozmawiajmy o tym dziś wieczorem, jeśli masz czas.

– Jasne. Przyjdę – odpowiada Sofia tonem pozbawionym entuzjazmu.

Rozmowa dobiegła końca. Jeanette po raz kolejny dochodzi do wniosku, że niczego nie wie o Sofii.

Te jej nagłe zmiany humoru.

Przez telefon jeszcze trudniej ją rozgryźć.

Polubienie drugiego człowieka to kwestia chwili. Za to dokładne poznanie go zabiera wiele lat.

Jeanette czuje jednak, że pragnienie przebywania z Sofią jest zbyt przemożne. To jakby patrzyła w niebo i stopniowo uczyła się rozpoznawać gwiazdy, uczyła ich nazw i historii.

Dopiero wtedy poczuje się bezpiecznie. Nie może rezygnować. Chce przynajmniej spróbować.

Postanawia zadzwonić do teściowej i spytać ją, czy Johan mógłby u niej zostać na weekend. Będzie tam bezpieczny, poza tym taka odmiana na pewno mu się przyda. Dziadkowie będą go rozpieszczać i poświęcą mu dużo uwagi. Właśnie tego nie może teraz zaoferować swojemu synowi.

Matka Åkego cieszy się, że może pomóc. Uzgadniają, że odbierze Johana wieczorem.

Teraz Jeanette musi jeszcze zadzwonić do urzędu skarbowego w sprawie Victorii Bergman.

Kolejka dzwoniących jest długa, a automatyczna centrala nie rozróżnia między zwykłym petentem a policjantką. Jeanette musi cierpliwie czekać.

Metaliczny głos komputera informuje grzecznie, że zgłoszenia telefoniczne przyjmuje trzydziestu siedmiu konsultantów i że jej rozmowa jest na dwudziestym dziewiątym miejscu wśród rozmów oczekujących. Orientacyjny czas oczekiwania: do czternastu minut.

Jeanette włącza funkcję głośnego mówienia i korzysta z chwili przerwy, żeby podlać kwiatki i opróżnić kosz na śmieci. Tymczasem głos w słuchawce monotonnie odlicza upływające minuty.

Miejsce w kolejce: dwudzieste drugie. Czas oczekiwania: jedenaście minut.

Nagle ktoś puka do drzwi. Hurtig.

Słysząc głos z telefonu, robi taką minę, jakby chciał się wycofać, ale Jeanette daje mu znak, by został.

– Zaraz idę do domu. Chciałem tylko sprawdzić, jak wygląda sytuacja – szepcze Hurtig.

– Poczekaj. Wieczorem będzie u mnie Sofia Zetterlund. Obiecała nam pomóc w sporządzeniu profilu sprawcy.

– Czy to zgodne z prawem?

– Nie, zrobi go z mojej inicjatywy, więc niech to zostanie między nami.

– Nie wiem, o czym mówisz. – Hurtig się uśmiecha. – Podoba mi się twój sposób myślenia. Mam nadzieję, że coś nam to da.

– Zobaczymy. To jej pierwszy profil, ale ufam jej i uważam, że dostarczy nam nowego natchnienia.

W tym momencie w telefonie słychać pikanie i trzaski.

– Urząd skarbowy, słucham? – pyta głos.

Hurtig macha ręką, kłania się i ostrożnie zamyka za sobą drzwi.

Jeanette się przedstawia. Konsultant przeprasza za długi czas oczekiwania i od razu pyta, dlaczego Jeanette nie zadzwoniła na bezpośredni numer. Jeanette wyjaśnia, że go nie znała, lecz dzięki temu zyskała trochę czasu na różne przemyślenia. Konsultant śmieje się głośno i pyta, w jakiej sprawie dzwoni. Jeanette wyjaśnia, że chce się dowiedzieć jak najwięcej na temat Victorii Bergman urodzonej w 1970 roku, zameldowanej na stałe w Värmdö. Konsultant prosi ją, aby chwilę poczekała.

Dwie minuty później odpowiada zdumionym głosem:

– Rozumiem, że pyta pani o Victorię Bergman numer osobowy 700605?

– Możliwe. Mam nadzieję.

– W takim razie będziemy mieć mały problem.

– Jaki?

– Mam tu tylko adnotację Sądu Rejonowego w Nacce. Poza tym żadnych innych danych.

– A jak dokładnie brzmi ta adnotacja?

Konsultant chrząka do słuchawki.

– Przeczytam na głos: „Zgodnie z postanowieniem Sądu Rejonowego w Nacce dane osobowe zostały utajnione. Wszystkie pytania dotyczące tej osoby należy kierować do wyżej wymienionego urzędu".

– Czy to wszystko?

– Tak – odpowiada z westchnieniem konsultant.

Jeanette dziękuje mu za pomoc, odkłada słuchawkę, dzwoni na centralę i prosi o połączenie z Sądem Rejonowym w Nacce. Najchętniej z jakimś bezpośrednim numerem.

Pracownik kancelarii sądowej nie jest tak usłużny jak konsultant z urzędu skarbowego, ale obiecuje, że postara się jak najszybciej przesłać jej wszystkie informacje na temat Victorii Bergman, jakimi dysponuje.

Pieprzony biurokrata, myśli Jeanette. Mimo to na koniec rozmowy życzy swemu rozmówcy miłego wieczoru i odkłada słuchawkę.

Dwadzieścia po czwartej dociera do niej e-mail z sądu.

Jeanette otwiera załącznik. Ku swemu rozczarowaniu widzi, że cała wiedza na temat Victorii Bergman zawarta jest w dwóch linijkach tekstu o następującym brzmieniu:

*Victoria Bergman, 1970-xx-xx-xxxx*
*Dane osobowe zostały utajnione.*

# Gamla Enskede

Sporządzenie profilu sprawcy jest niezbędne w śledztwach, w których istnieje domniemanie, iż policja ma do czynienia z seryjnym mordercą. Cały zamysł polega na tym, aby na bazie wiedzy o ofiarach sprawcy i danych zebranych na miejscu zbrodni ustalić szczególne cechy zabójcy.

Trzeba więc odpowiedzieć na takie na przykład pytania: jak doszło do zabójstwa? Jak sprawca potraktował ofiarę przed śmiercią i później? Czy ślady wskazują na zabójstwo na tle seksualnym albo rytualne? Czy sprawca znał ofiarę?

Na podstawie materiału zabezpieczonego przez policyjnych techników sporządzana jest szczegółowa analiza, w której wykorzystuje się wiedzę z zakresu psychologii i psychiatrii, aby stworzyć portret zabójcy mogący się przydać w dalszej fazie śledztwa.

W Szwecji utworzono specjalną grupę, która zajmuje się sporządzaniem takich profilów. Działa ona w ramach Centralnego Urzędu Śledczego i była między innymi konsultowana w sprawie śmierci Catrine da Costy. Sprawca ją zabił, a ciało poćwiartował.

Nagle Jeanette widzi, jak na podjazd przed jej garażem wjeżdża samochód i zatrzymuje się za jej audi. Słyszy trzaśnięcie drzwi, kroki w alejce i dźwięk dzwonka w przedpokoju.

Czuje lekki skurcz żołądka, jest trochę podenerwowana.

Zanim otworzy drzwi, przegląda się w lustrze i poprawia włosy.

Może powinna nałożyć szminkę? Nie, nigdy wcześniej tego nie robiła, więc mogłoby się to wydać dziwne i sztuczne. Prawda jest taka, że sama nie wie, co w takich sytuacjach robić. Pewnie poradzi sobie z błyszczykiem i mascarą, ale co potem?

Sofia wchodzi do przedpokoju, zamyka za sobą drzwi.

– Cześć i witam – mówi Jeanette.

Obejmuje Sofię, lecz dość przelotnie. Nie chce jej się narzucać. Narzucać? Niby jak?, zastanawia się, wypuszczając ją z objęć.

– Napijesz się wina? – pyta.

– Chętnie. – Sofia patrzy na nią z lekkim uśmiechem na twarzy. – Stęskniłam się za tobą.

Jeanette uśmiecha się w odpowiedzi, zastanawiając się, dlaczego jest taka podenerwowana. Przygląda się Sofii. Jest dzisiaj niezbyt zadbana i wygląda na wyczerpaną. Trochę ją to niepokoi. Sofia, jaką dotychczas znała, była kobietą pod każdym względem nieskazitelną.

Przechodzą do kuchni.

– Gdzie Johan? – pyta Sofia.

– Wysłałam go na weekend do dziadków. Teściowa właśnie go odebrała. Prawie w ogóle się ze mną nie pożegnał. Wygląda na to, że tylko ze mną nie chce rozmawiać.

– Musisz to przeczekać. Przejdzie mu, uwierz mi. – Sofia rozgląda się po kuchni, jakby nie chciała spojrzeć Jeanette w oczy. – Wiesz coś więcej o tym, co się wydarzyło w Gröna Lund?

Jeanette wzdycha i otwiera butelkę wina.

– Johan mówi, że spotkał kobietę, która poczęstowała go piwem. Potem film mu się urwał. Tak przynajmniej twierdzi.

Podaje Sofii kieliszek z winem.

– Wierzysz mu?

– Sama nie wiem. Ale widać, że czuje się lepiej. Postanowiłam, że nie będę zbyt upierdliwa, bo nic z niego nie wydobędę. Najbardziej cieszę się z tego, że jest już w domu.

– A co na to Åke? – pyta Sofia. Siada przy stole i kładzie ręce na blacie.

– Nic. Uważa, że to pierwszy wybryk nastolatka.

– A co ty o tym sądzisz? – Sofia patrzy Jeanette prosto w oczy.

– Trudno powiedzieć. Wiem jednak, że na razie nie warto się nad tym zbytnio rozwodzić. Johan potrzebuje spokoju.

Sofia robi zamyśloną minę.

– Może chciałabyś, żebym mu załatwiła spotkanie w Biurze Pomocy Psychiatrycznej dla Dzieci i Młodzieży?

– Za żadne skarby! Chybaby mnie zamordował. Johan potrzebuje normalności, na przykład matki, która jest w domu wieczorem, gdy jej syn wraca ze szkoły.

– Czy to znaczy, że oboje z Johanem jesteście zdania, że to wszystko twoja wina?

Jeanette zwleka z odpowiedzią. Mój błąd, myśli, smakując te słowa. Błąd popełniony w wychowaniu własnego dziecka ma gorzki smak. Jest jak brudny zlewozmywak lub ubłocona podłoga, jak zatęchły pot pijanej matki, zapach dymu tlącego się papierosa albo smród niezmienianej pieluchy.

Wpatruje się w Sofię i pyta ją o zdanie. Sofia z uśmiechem kładzie dłoń na jej ręce.

– Tylko spokojnie – mówi pocieszającym tonem. – To, co się stało, może być reakcją na wasz rozwód. Johan obwinia za niego ciebie, bo teraz jesteś dla niego najbliższą osobą.

– Chcesz powiedzieć, że Johan uważa, że go zawiodłam?

– Tak – odpowiada Sofia takim samym jak przedtem łagodnym głosem. – Ale to oczywiście irracjonalna postawa. To Åke was zawiódł. Może Johan postrzega was jako całość? Jako rodziców, którzy go zawiedli? Zdrada twojego męża jest dla niego waszą wspólną zdradą... Wybacz, zabrzmiało to jak żart.

– Nie ma sprawy. Ale jak z tego wyjść? Jak wybaczyć komuś zdradę albo zawód?

Jeanette wypija duży łyk wina i zrezygnowana odstawia kieliszek na stół. Łagodny wyraz znika z twarzy Sofii, głos jej nagle twardnieje.

– Zdrady się nie wybacza. Człowiek uczy się z nią żyć.

Siedzą w milczeniu, Sofia zagląda Jeanette głęboko w oczy.

Jeanette musi z niechęcią przyznać, że wie, co Sofia ma na myśli. Życie jest pełne zdrad, więc jeśli ktoś nie potrafi sobie z nimi poradzić, życie staje się nie do zniesienia.

Jeanette rozsiada się wygodniej w krześle i robi głęboki wydech. Od razu czuje się lepiej. W jednej chwili pozbyła się uczucia niepokoju o Johana i napięcia, które gromadziło się w niej przez cały dzień.

Znowu głęboki oddech i mózg wraca do pracy.

– Chodźmy na górę.

Sofia uśmiecha się do niej.

Po wszystkim łóżko jest ciepłe i wilgotne. Jeanette odsuwa kołdrę, a Sofia pieści jej brzuch długimi delikatnymi ruchami dłoni.

Patrzy na swoje nagie ciało. Wygląda lepiej, gdy leży, niż gdy stoi. Brzuch jest bardziej płaski, blizna po cesarskim cięciu mniej widoczna.

Kiedy mruży oczy, jej ciało wygląda naprawdę ładnie. Za to z bliska zauważa plamy wątrobiane, siateczkę żył i cellulitis.

Brakuje jej słów, by opisać swoje ciało.

Wygląda na zużyte.

Ciało Sofii jest czyste, prawie jak ciało nastolatki. Teraz błyszczy od potu.

– Wiesz co? – odzywa się Jeanette. – Chciałabym, żebyś się spotkała z pewną dziewczyną. Właściwie już jej obiecałam, że się zgodzisz, może nie powinnam była tego robić, ale... – Jeanette przerywa, czekając na gest akceptacji ze strony Sofii. Sofia kiwa potakująco głową. – Jest zniszczona życiem. Myślę, że sama sobie nie poradzi i nie wyjdzie z dołka.

– A na czym polega jej problem? – Sofia przewraca się na drugi bok i chowa ręce pod kołdrę. Zarys jej nagich bioder rozprasza Jeanette.

– Właściwie nie wiem, ale jej pech polegał na tym, że wpadła w łapy Lundströmowi.

– Coś takiego! No, skoro tak, to nie ma sprawy. Sprawdzę jutro, kiedy mam wolne terminy, i odezwę się.

Sofia przybiera zagadkowy wyraz twarzy. Uśmiecha się nieśmiało.

– Naprawdę dobry z ciebie człowiek – mówi Jeanette. Wcale jej nie zdziwiło, że Sofia zgodziła się jej pomóc. Nigdy nie odmawia w potrzebie.

– Rozumiem, że ponieważ chcesz sporządzić profil sprawcy, oznacza to, że Lundström nie jest już podejrzany o popełnienie zbrodni?

Jeanette aż się żachnęła.

– No cóż, Lundström nie żyje. Ale ja i tak uważam, że był tylko kozłem ofiarnym. Co wiesz o seryjnych mordercach?

– Widzę, że znowu przechodzisz do rzeczy bez owijania w bawełnę. – Sofia kładzie się na plecach i przez chwilę się zastanawia. – Istnieją dwa typy takich zabójców: zorganizowani i chaotyczni. Ci pierwsi pochodzą często z normalnych środowisk, przynajmniej z pozoru, i nikomu nie przyszłoby do głowy uważać ich za potencjalnych zbrodniarzy. Swoje czyny dokładnie planują i zostawiają niewiele śladów. Zanim pozbawią ofiary życia, wiążą je i torturują. Ofiar szukają w miejscach, z którymi nikt nie będzie ich wiązał.

– A drugi rodzaj?

– Dokonują zabójstw na tle seksualnym. Są chaotyczni. Często mają za sobą trudne dzieciństwo i zabijają w sposób przypadkowy. Zdarza się, że nawet znają swoje ofiary. Pamiętasz sprawę Wampira?

– Dość słabo.

– Zamordował swoje dwie przyrodnie siostry, a potem wypił ich krew. Myślę, że nawet zjadł ich... – Sofia nie kończy zdania, a na jej twarzy pojawia się obrzydzenie. – Wprawdzie wielu zbrodniarzy ma cechy obu tych typów, ale z doświadczenia wiem, że taki podział jest najwłaściwszy. Domyślam się, że przestępcy o tak różnym charakterze pozostawiają na miejscu zbrodni zupełnie różne ślady?

Jeanette jest wprost oszołomiona tempem rozumowania Sofii.

– Cholera, ty naprawdę jesteś niesamowita! Czy na pewno nigdy nie sporządzałaś profilu sprawcy?

– Nigdy. Ale dużo czytam. Poza tym jestem przecież z wykształcenia psychologiem i miałam do czynienia z psychopatami.

Obie wybuchają śmiechem. Jeanette czuje, że bardzo lubi Sofię. Tak łatwo przechodzi od powagi do żartu. Bierze życie na poważnie, lecz robi to w taki sposób, że umie z niego żartować. Ze wszystkiego.

Od razu przypomina jej się Åke ze swoim ponurym wyglądem i nacechowaną powagą postawą. Nigdy nie potrafiła określić, skąd się to u niego bierze. Przecież nigdy nie ponosił za nic odpowiedzialności.

Przygląda się twarzy Sofii. Wąska szyja, wysokie kości policzkowe. Wargi.

Patrzy na jej dłonie i elegancko pomalowane paznokcie. Lakier w kolorze perłowym. Jest taka czysta. Już dawno to zauważyła.

A teraz leży tuż obok niej. Przyszłość pokaże, co z tego będzie.

– W jaki sposób pracujecie? – przerywa jej rozważania Sofia.

Jeanette czuje, jak twarz oblewa jej rumieniec.

– Ekipa śledcza dokładnie analizuje cały materiał. Ślady z miejsca zbrodni, protokoły z sekcji zwłok, protokoły przesłuchań. Badamy też przeszłość ofiary. Chodzi o to, aby na podstawie wyciągniętych wniosków móc zrekonstruować przebieg przestępstwa, zrozumieć dokładnie, co się stało przed zbrodnią i po niej.

– A co już macie? – pyta Sofia, głaszcząc ją po czole.

Jeanette przez chwilę się zastanawia. Wolałaby porozmawiać o czymś innym, ale wie, że potrzebuje pomocy Sofii.

– Oprócz Samuela sprawca zamordował jeszcze trzech innych chłopców. Pierwszego znaleziono w pobliżu Wyższej Szkoły Nauczycielskiej. Był zmumifikowany.

– To oznacza, że był trzymany w zamknięciu.

– Tak. Drugiego znaleźliśmy w okolicach Svartsjö. Pochodził z Wietnamu. Trzecie zwłoki znaleziono w Danvikstull.

– Nielegalni imigranci? Oczywiście oprócz Samuela.

Jeanette jest zdziwiona opanowaniem Sofii. Samuela znała osobiście, a mimo to nie okazuje na zewnątrz, że jej go żal. Zero smutku, zero niepokoju, żadnych wyrzutów sumienia, że być może powinna była zrobić więcej.

Stara się nie myśleć o tak nieprzyjemnych sprawach, dlatego szybko odpowiada:

– Tak, a wspólną cechą zabójstw jest to, że chłopcy zostali wcześniej ciężko pobici i poddani działaniu środków uśmierzających.

– Co jeszcze?

– Mieli na plecach ślady, które mogą wskazywać na to, że ktoś ich biczował.

# Gamla Enskede

Wieczór spędzony z Jeanette był pełen niespodzianek. I nie chodzi tylko o to, że zwróciła się do niej jako do biegłej w psychologii sądowej z prośbą o sporządzenie profilu sprawcy. Dzięki temu zyska pełen dostęp do akt śledztwa prowadzonego w sprawie zamordowanych chłopców.

Jeanette coraz bardziej ją fascynuje i nawet wie dlaczego. Jest po prostu atrakcyjna pod względem fizycznym. To sprzeczność sama w sobie. Za to Jeanette w niej widzi coś mrocznego.

Sofia siedzi na kanapie obok kogoś, kogo polubiła. Czuje się bezpiecznie, bo wie, że pod cienką bluzką Jeanette bije serce. Na razie jeszcze nie do końca ją rozgryzła. Nie wie, kim Jeanette jest i czego pragnie. Zadziwia ją i stanowi wyzwanie, a jednocześnie wzbudza respekt. Właśnie dlatego jest taka atrakcyjna.

Nabiera głęboko powietrza i czuje, jak jej płuca wypełniają różne zapachy. Słyszy oddech Jeanette i krople deszczu uderzające o parapet.

Odruchowo zgodziła się jej pomóc, lecz teraz tego żałuje.

Instynkt jej podpowiada, że propozycja Jeanette powinna wzbudzić w niej czujność. Ale będzie też mogła wykorzystać tę sytuację dla siebie. Dowie się wszystkiego o śledztwie i skieruje policję na fałszywy trop.

Jeanette opowiada jej spokojnie i rzeczowo o różnych szczegółach zbrodni na chłopcach.

W Sofii rodzi się także świadomość tego, kim sama jest i kim nie powinna być.

Zwłaszcza zaś kim n i e c h c e być.

– Na plecach mieli ślady wskazujące na to, że przed śmiercią byli biczowani.

W głębi jej świadomości z hukiem otwierają się nagle jakieś drzwi. Przypomina sobie takie ślady na swoim ciele.

Chce zostawić za sobą wszystkie „ja", chce się obnażyć aż do kości.

Bardzo dobrze wie, że nigdy nie będzie mogła w pełni zintegrować się z Victorią, jeśli nie zaakceptuje tego, co Victoria zrobiła. Musi zrozumieć, musi uznać jej uczynki za własne.

– Poza tym zostali w szczególny sposób okaleczeni. Mieli odcięte genitalia.

Sofia czuje, że chciałaby uciec w prostotę, znowu zamknąć przed Victorią drzwi, zamknąć ją głęboko w sobie na klucz z nadzieją, że stopniowo zmarnieje i zniknie.

Jednak teraz musi się zachowywać jak aktorka, która czyta scenariusz, a potem od podstaw buduje graną przez siebie postać. Potrzeba na to czegoś więcej niż samej empatii. Chodzi o to, aby stać się innym człowiekiem.

– Zwłoki jednego z chłopców były zasuszone, drugie zabalsamowane prawie profesjonalnie. Z ciała spuszczono krew i zastąpiono ją formaldehydem.

Przez chwilę siedzą w milczeniu. Sofia czuje, jak bardzo pocą jej się ręce. Ociera je o nogę i zaczyna mówić. Słowa płyną same. Kłamstwo staje się czymś automatycznym.

– Muszę najpierw dokładnie przestudiować materiał, który mi przekazałaś, ale moja wstępna ocena jest taka, że mamy do czynienia z mężczyzną w wieku od trzydziestu do czterdziestu lat. Dostęp do środków uśmierzających może świadczyć o tym, że pracuje w służbie zdrowia. Może być lekarzem, pielęgniarzem, weterynarzem... Muszę jednak przyjrzeć się bliżej wszystkim faktom. Zadzwonię, jak coś ustalę.

Jeanette patrzy na nią z wdzięcznością.

# Tvålpalatset

Sofia Zetterlund, siedząc przy biurku w swoim gabinecie, je lunch. Dzisiejszy plan pracy stał się nagle dość napięty. To dlatego, że na prośbę Jeanette zgodziła się przyjąć Ulrikę Wendin. W chwili, gdy wrzuca do kosza resztki jedzenia, na ekranie monitora pojawia się komunikat, że dostała mail.

Wśród nieotwartych mailów są też pozdrowienia od Mikaela, a na samej górze list, który sprawia, że serce zaczyna jej bić w przyspieszonym rytmie.

Annette Lundström?

Otwiera list i czyta.

*Witam, wiem, że kilka razy spotkała się Pani z moim mężem. Muszę porozmawiać z Panią o nim i o Linnei. Byłabym wdzięczna, gdyby zechciała Pani jak najszybciej skontaktować się ze mną pod poniższym numerem telefonu.*
*Pozdrawiam*
*Annette Lundström.*

Na kanapie siedzi młoda chuda kobieta, czytając magazyn „Illustrerad Vetenskap".

– Ulrika?

Dziewczyna potwierdza skinieniem głowy, odkłada gazetę na stolik i wstaje z kanapy.

Sofia patrzy na jej drobne ciało i niepewny chód. Od razu zauważa, że gdy dziewczyna ją mija i wchodzi do gabinetu, nie ma odwagi unieść wzroku.

Zamyka drzwi.

Ulrika siada w fotelu i zakłada nogę na nogę. Łokcie opiera

o poręcze fotela, dłonie splata na kolanach. Sofia siada w takiej samej pozycji.

To tak zwana zasada lustrzanego odbicia. Chodzi w niej o kopiowanie fizycznych sygnałów, takich jak wzorce ruchowe i wyraz twarzy. Ulrika powinna się odnaleźć w Sofii, uwierzyć, że ma do czynienia z kimś, kto stoi po jej stronie. Jeśli się uda, sama zacznie być lustrzanym odbiciem Sofii, a wtedy Sofia za pomocą drobnych, ledwo zauważalnych zmian w języku ciała pokieruje nią w taki sposób, żeby jeszcze bardziej się rozluźniła.

W tym momencie jej ręce i nogi są zamknięte, łokcie skierowane ostro w stronę pokoju jak kolce.

Całe jej ciało emanuje brakiem pewności siebie.

Już bardziej nie można się chronić, myśli Sofia. Zdejmuje jedną nogę z drugiej i pochyla się w stronę Ulriki.

– Dzień dobry – mówi. – Witaj.

Celem ich pierwszego spotkania jest zdobycie zaufania Ulriki. Musi się pojawić natychmiast. Dzięki temu Ulrika będzie mogła skierować rozmowę na tematy, w których czuje się bezpiecznie.

Sofia słucha jej słów uważnie i z zainteresowaniem.

Ulrika zaczyna od tego, że prawie nigdy nie spotyka się z innymi ludźmi. Brakuje jej takich kontaktów, ale ilekroć jest w czyimś towarzystwie, wpada w panikę. Kiedyś zapisała się na kurs. W dniu, w którym miały się zacząć zajęcia, poszła tam z nadzieją, że pozna nowych ludzi i czegoś się nauczy. Niestety, przed wejściem do budynku jej ciało nagle odmówiło posłuszeństwa. Nie odważyła się wejść do środka. Ani wtedy, ani nigdy później.

– Sama nie rozumiem, jak w ogóle odważyłam się tam pójść – chichocze nerwowo Ulrika.

Sofia domyśla się, że dziewczyna reaguje śmiechem, by ukryć powagę swoich słów.

– Czy pamiętasz, co czułaś, otwierając drzwi budynku? – pyta.

Ulrika bardzo poważnie podchodzi do tego pytania – przez pewien czas zastanawia się nad odpowiedzią.

– Pomyślałam: teraz albo nigdy – stwierdza ze zdziwieniem. – W tej chwili brzmi to dość dziwnie, bo niby dlaczego miałabym tak pomyśleć?

– Sama wiesz o tym najlepiej – odpowiada z uśmiechem Sofia.

Już wie, że siedzi przed nią dziewczyna, która się zdecydowała. Jedna z tych, które już nie chcą być ofiarami.

Z jej słów wynika, że cierpi na kilka różnych dolegliwości. Koszmary nocne, mania prześladowcza, nagłe zawroty głowy, sztywność ciała, problemy ze snem, obrzydzenie do jedzenia i picia.

Tylko piwo nie stanowi dla niej żadnego problemu.

Sofia dochodzi do wniosku, że dziewczyna potrzebuje regularnego wsparcia i kogoś, kto będzie sprawował nad nią opiekę.

Ktoś musi jej otworzyć oczy i wskazać drogę ku innemu życiu, które nadal na nią czeka.

Proponuje spotkania dwa razy w tygodniu, jeśli bowiem przerwy między poszczególnymi sesjami będą zbyt długie, istnieje ryzyko, że Ulrika zacznie kwestionować terapię, będzie się wahać, pojawią się wątpliwości, a to znacznie utrudni całą kurację.

Niestety, Ulrika nie chce się zgodzić.

Sofii udaje się ją w końcu namówić na jedno spotkanie co dwa tygodnie. Od razu ją też zapewnia, że nie będzie musiała za nie płacić.

Wychodząc z gabinetu, Ulrika mówi coś, co w Sofii wzbudza niepokój.

– Jest jeszcze jedna sprawa... – zaczyna.

Sofia unosi wzrok znad notatek.

– Co takiego?

– Sama nie wiem... – Ulrika wydaje się taka mała. – Czasem sama już nie wiem, co tak naprawdę się zdarzyło.

Sofia prosi ją, żeby zamknęła drzwi i z powrotem usiadła na kanapie.

– Opowiedz mi o tym – zachęca łagodnym tonem.

– Ja... czasem mi się wydaje, że sama go zachęcałam, żeby mnie poniżał i gwałcił. Wiem, że tak nie jest, ale kiedy czasem budzę się rano, jestem pewna, że tak właśnie było. Tak bardzo się wtedy wstydzę... Potem znowu rozumiem, że to tylko mój wymysł.

Sofia patrzy na nią zdecydowanym wzrokiem.

– Dobrze, że mi o tym mówisz. To, co czujesz, jest typowe dla osób, które doświadczyły tego co ty. Bierzesz na siebie część winy.

Wiem, że moje słowa nie mogą być dla ciebie żadnym pocieszeniem, ale możesz mi zaufać. Powinnaś mi ufać przede wszystkim wtedy, gdy mówię, że nie zrobiłaś nic złego.

Sofia czeka na jakąś reakcję Ulriki, lecz dziewczyna siedzi w milczeniu na kanapie i tylko kiwa obojętnie głową.

– Jesteś pewna, że nie chcesz do mnie przyjść w następnym tygodniu? – pyta ponownie Sofia. – Mam dwa wolne terminy, w środę i czwartek.

Ulrika wstaje z kanapy. Patrzy zmieszana w podłogę, jakby nie miała nic do powiedzenia.

– Nie – mówi w końcu. – Nie sądzę. Muszę już iść.

Sofia z trudem się powstrzymuje, by nie chwycić jej za rękę. Tak bardzo chciałaby jej powiedzieć, że sytuacja jest naprawdę poważna. Jednakże na takie gesty jest jeszcze za wcześnie. Bierze więc głęboki oddech, żeby się opanować.

– Okej, nie ma sprawy. Zadzwoń, jeśli zmienisz zdanie. Rezerwuję dla ciebie oba terminy.

– Do widzenia – odpowiada Ulrika, otwierając drzwi. – I dziękuję.

Po jej wyjściu Sofia siedzi jeszcze przez jakiś czas przy biurku. Słyszy, jak Ulrika wchodzi do windy i zjeżdża na parter.

To, że Ulrika podziękowała za spotkanie, rodzi w niej przekonanie, że przemówiła jej do rozsądku. Na podstawie tego jednego słowa dochodzi do wniosku, że Ulrika nie jest przyzwyczajona do tego, iż ktoś postrzega ją taką, jaka jest.

Postanawia zadzwonić do niej następnego dnia, by sprawdzić, czy przemyślała swoją decyzję i czy mimo wszystko nie zechciałaby spotkać się z nią w następnym tygodniu. Nie może jej zostawić samej sobie.

Chce jej pomóc w odrodzeniu się z popiołów.

Sofia obejmuje się rękami i wyczuwa drobną nierówność na plecach.

To blizna Victorii.

# Dawniej

*Chwyciła chłopca za włosy z taką siłą, że wydarła mu ich prawie całą garść. W jej dłoni wyglądały jak małe pnie drzew. Biła go po głowie, po twarzy, po całym ciele, bardzo długo. W końcu nie wiedząc, co robi, wstała, zeszła z pomostu i przyniosła z brzegu duży kamień. To nie ja, powiedziała, patrząc, jak jego ciało znika w wodzie. Musisz teraz popływać...*

Dziewczynka od razu zaczyna bić rękami i nogami w wodę. W pewnej chwili zachłystuje się i opada na dno.

Victoria utrzymuje się na wodzie metr od niej, obserwując jej zachowanie.

Dziewczynka, krztusząc się, dwa razy wypływa na powierzchnię i opada, bo nie udaje jej się dostać do brzegu basenu. Zaplątała się w sukienkę, która teraz ją opina, tak że ma trudności z wydostaniem się na powierzchnię.

W końcu Victoria spokojnie do niej podpływa, chwyta ją pod pachy i wyciąga spod wody. Dziewczynka zaczyna gwałtownie kaszleć. Victoria domyśla się, że opiła się wody, dlatego chce jak najszybciej wyprowadzić ją z basenu.

Dziewczynka nie może się utrzymać na nogach, upada na kamienny brzeg. Odwraca się na bok i zaczyna gwałtownie wymiotować. Najpierw pojawia się chlorowana woda, potem szara masa niestrawionego śniadania.

Victoria kładzie jej dłoń na czoło.

– Spokojnie, nic się nie stało. Przecież cię wyciągnęłam.

Po kilku minutach dziewczynka się uspokaja. Victoria kołysze ją lekko na rękach.

– Sama rozumiesz – mówi. – Kopnęłaś mnie tak, że prawie zemdlałam.

Dziewczynka zaczyna płakać, po chwili jednak wypowiada ciche „przepraszam".

– Nie ma za co. – Victoria mocno ją obejmuje. – Ale lepiej będzie, jeśli nikomu o tym nie powiemy.

Dziewczynka drapie się po głowie.

– Przepraszam – mówi.

Victoria od razu przestaje czuć do niej niechęć.

Dziesięć minut później kamienną okładzinę przy basenie płucze gumowym wężem ogrodowym. Dziewczynka ubrana leży na werandzie na leżaku pod parasolem. Jej krótkie włosy zdążyły już wyschnąć, a kiedy uśmiecha się do Victorii, ma taką minę, jak gdyby się wstydziła. Uśmiecha się przepraszająco, jakby zrobiła coś niemądrego.

Bić i pieścić na zmianę. Najpierw chronić, a potem zniszczyć. To on mnie tego nauczył, myśli Victoria.

Rozmowy w salonie ucichły, okna są pozamykane. Victoria ma nadzieję, że nikt niczego nie widział ani nie słyszał. Brama znowu zostaje zamknięta na klucz, a czterej mężczyźni wsiadają do dużego czarnego mercedesa zaparkowanego na podjeździe. Jej ojciec stoi na podeście i przygląda się, jak samochód opuszcza teren posiadłości. Ze spuszczoną głową, z rękami w kieszeniach schodzi po stopniach, po czym kieruje się w stronę basenu. Victoria widzi po jego minie, że jest niezadowolony.

Zakręca wodę, odwiesza wąż na metalowy bęben zamocowany na ścianie werandy.

– Jak poszło spotkanie? – pyta. Wie, że pytanie zabrzmiało prowokująco.

Nie odpowiada jej, tylko w milczeniu zaczyna się rozbierać. Dziewczynka odwraca wzrok, gdy stojący niedaleko niej mężczyzna zdejmuje majtki i wkłada kąpielówki. Victoria nie może się powstrzymać od śmiechu na widok staromodnych majtek w kwiatki z lat siedemdziesiątych, których jej ojciec nie chce się pozbyć.

Nagle odwraca się i robi dwa kroki w jej stronę.

Victoria widzi w jego oczach, co się zaraz stanie.

Już kiedyś próbował ją uderzyć, ale wtedy zdążyła się uchylić. Chwyciła wtedy garnek i rąbnęła go nim w głowę. Potem już nigdy więcej nie próbował jej bić.

Aż do teraz.

Tylko nie w twarz! Chwilę później świat wokół przybiera czerwoną barwę, a ją siła ciosu rzuca na ścianę werandy. Kolejne uderzenie trafia ją w czoło, następne w brzuch. Aż jej ciemnieje w oczach. Zgina się w pół.

Leżąc na ziemi, słyszy, jak obraca się bęben, na który nawinięty jest wąż ogrodowy. Potem czuje pieczenie w plecach i zaczyna głośno krzyczeć. On stoi nad nią w milczeniu, a ona nie ma odwagi otworzyć oczu. Czuje, jak po całym ciele rozlewa jej się fala ciepła.

W końcu ją zostawia. Victoria słyszy jego ciężkie kroki, gdy schodzi do wody. Zawsze bał się skakać z brzegu basenu, dlatego korzysta z drabinki. Jak zwykle przepłynie dziesięć długości, ani mniej, ani więcej. Victoria liczy w myślach kolejne nawroty i głuche jęki, które ojciec wydaje podczas pływania. Po przepłynięciu ostatniej długości wychodzi z wody i zbliża się do niej.

– Popatrz na mnie – mówi.

Victoria otwiera oczy i odwraca głowę. Woda kapie z niego na jej plecy. Jest tak gorąco, że sprawia jej to przyjemność. Bengt kuca przy niej, bierze ją delikatnie za głowę.

Wzdycha i kładzie jej rękę na plecach. Victoria czuje, że końcówka węża zraniła ją mocno pod lewą łopatką.

– Fatalnie wyglądasz – mówi Bengt. Prostuje się i wyciąga do niej rękę. – Chodź, musimy to opatrzyć.

Po założeniu opatrunku Victoria siedzi na kanapie owinięta w ręcznik, który skrywa jej uśmiech. Bić i pieścić, chronić i niszczyć, powtarza w myślach. Słucha jego opowieści o tym, że negocjacje się nie powiodły, dlatego już wkrótce będą musieli wrócić do Szwecji.

Cieszy ją, że projekt we Freetown zakończył się fiaskiem.

Wszystko poszło nie tak.

Bengt wyjaśnia, że to wina ogromnej inflacji i malejącego eksportu diamentów.

Przemyt twardej waluty w postaci dolarów amerykańskich

podkopuje krajową gospodarkę. Ludzie używają miejscowych banknotów jako papieru toaletowego, bo tak jest taniej.

Znikają pieniądze, znikają ludzie, a hasła mówiące o konstruktywnym nacjonalizmie i New Order są równie puste jak kasa państwowa.

Porażka stworzonego przez SIDA planu sztucznego nawadniania północnych regionów kraju miała symboliczne skutki.

Trzydzieści osób zmarło na skutek zatrucia, pojawiły się też pogłoski o sabotażu i klątwach. Realizację projektu przerwano, a powrót do kraju nastąpi cztery miesiące wcześniej, niż przewidywano.

Po jego wyjściu z pokoju Victoria zostaje jeszcze przez chwilę i ogląda jego kolekcję fetyszy.

Udało mu się zebrać dwadzieścia rzeźb przedstawiających kobiece ciała. Teraz stoją w rzędzie na biurku, czekając na spakowanie.

Kolonista, myśli Victoria. Przyjechał tu, żeby się obłowić.

Wśród figurek jest maska twarzy naturalnej wielkości. Takich masek używa plemię Temne. Akurat ta przypomina Victorii ich służącą.

Dotyka palcami nierównych powierzchni rzeźby i wyobraża sobie, że twarz nagle ożywa. Głaska ją po rzęsach, nosie, ustach. Powierzchnia maski robi się ciepła, drewniane włókna zamieniają się pod jej dotykiem w prawdziwą skórę.

Nie czuje już niechęci do dziewczynki, która jest ich służącą. Zrozumiała w końcu, że nie może być mowy o jakiejkolwiek rywalizacji między nimi.

Uświadomiła to sobie przy basenie, gdy Bengt ją uderzył.

To ona, Victoria, jest dla niego najważniejsza. Ich służąca jest tylko zabawką, drewnianą lalką albo czymś w rodzaju trofeum.

Bengt zamierza zabrać tę maskę do Szwecji. Powiesi ją w widocznym miejscu, na przykład w salonie.

Maska stanie się atrakcją, którą będzie się chwalił przed gośćmi zaproszonymi na kolację.

Jednak dla niej będzie czymś więcej niż tylko dekoracją. Własnymi dłońmi ją ożywi i tchnie w nią duszę.

Jeśli on weźmie do Szwecji maskę, ona weźmie ze sobą dziewczynkę. Przecież ta mała nie ma żadnych praw, jest prawie niewolnicą. Nikt nie będzie jej szukał także dlatego, że nie ma rodziców.

Kiedyś opowiedziała Victorii, że jej matka zmarła przy porodzie. Ojciec stracił życie, gdy skazano go na śmierć za kradzież kury. Posłużono się przy tym pradawną metodą udowadniania winy, którą tutejsi mieszkańcy nazywają „procesem z czerwoną wodą".

Karmią oskarżonego na czczo dużą ilością ryżu, a potem zmuszają do wypicia pół dzbanka wody wymieszanej ze sproszkowaną korą drzewa koli. Jeśli podejrzany ją wypije i zwymiotuje, będzie to dowodem, że jest niewinny. Niestety, ojciec dziewczynki zjadł cały ryż, popił i nie mógł zwymiotować. Zabili go szpadlami.

Victoria dochodzi do wniosku, że dziewczynka jest tu sama i nikt się nią nie zajmuje. Dlatego pojedzie z nią do Szwecji, dostanie imię Solace.

Będzie to dla niej, Victorii, pewnym pocieszeniem. Podzieli się z dziewczynką swoją chorobą.

Wie też, że do Szwecji zabierze stąd jeszcze coś.

Ziarno, które zostało w niej posiane.

# Gamla Enskede

Widząc, że światła w domu są zgaszone, Jeanette się domyśla, że Johana jeszcze nie ma. Wygląda na to, że weekend spędzony u dziadków niczego nie zmienił. Johan jest zamknięty w sobie tak jak przedtem, a ona czuje się zupełnie bezradna. I jakby nie chciała się sama przed sobą przyznać, że ma problem. No bo przecież wiele dzieci przeżywa kłopoty, ale nie jej syn.

Widok zgaszonych świateł wywołuje w niej niepokój, lecz Jeanette przypomina sobie, że Johan wspomniał rano, iż zamierza odebrać od kolegi jakąś grę, którą kiedyś u niego zostawił.

Parkuje na podjeździe, wypuszcza głośno powietrze z płuc i nagle dochodzi do przekonania, że chyba lepiej, że Johana nie ma w domu. Dzięki temu będzie miała trochę czasu dla siebie. Przemyśli to, o czym zamierza z nim porozmawiać.

Już wie, że kiedy będą rozmawiać o rozwodzie i o tym, co mu się przydarzyło, gdy zaginął, powinna ostrożnie dobierać słowa.

Johan przeżywa teraz tak trudne chwile, że wystarczy drobne niedomówienie czy przejęzyczenie, a załamie się do reszty. Prawdopodobnie nie zdaje sobie sprawy, że ona i Åke zamierzają się rozwieść. Przecież zawsze byli razem.

Wyłącza silnik i przez chwilę siedzi w ciszy.

Czy to wszystko jej wina? Czy jest tak, jak powiedział Billing: że za dużo pracuje i nie poświęca rodzinie wystarczająco czasu?

A Åke? Skorzystał z szansy i porzucił szare nudne życie, które wiódł z żoną i synem w domku na przedmieściach.

Nie, to nie moja wina.

Wyjmuje papierosa ze schowka, opuszcza szybę samochodu. Zaciąga się i zaczyna krztusić dymem. Zupełnie jej nie smakuje. Gasi papierosa, jeszcze zanim wypali połowę, wyrzuca go na trawnik.

Na szybę spada kilka kropel deszczu. Pada coraz intensywniej, a ona ciągle myśli o tym, co powie Johanowi.

W końcu wysiada z samochodu, wchodzi do domu, idzie do kuchni i odgrzewa sobie grochówkę, którą ugotowała poprzedniego dnia. Rana na głowie zaczęła się goić, teraz czuje tylko intensywne swędzenie.

Nalewa sobie piwa do szklanki i rozkłada gazetę.

Od razu rzuca jej się w oczy zdjęcie prokuratora von Kwista, który napisał artykuł o braku odpowiednich zabezpieczeń w szwedzkich więzieniach.

Głupi pajac! Jeanette składa gazetę i zaczyna jeść.

Nagle słyszy, że otwierają się drzwi. Johan wrócił do domu.

Odkłada łyżkę i wychodzi do przedpokoju. Johan jest przemoczony do suchej nitki. Zdejmuje mokre tenisówki, w których jest tyle wody, że kiedy idzie po podłodze, plaska skarpetkami o parkiet.

– Synku... zdejmij skarpetki, bo będziemy tu mieć prawdziwe bajoro. – Po co to zrzędzenie?, myśli Jeanette. – Ale to żaden problem – dodaje szybko. – Zaraz tu pościeram. Jadłeś już coś?

Johan kiwa głową, zdejmuje skarpetki, mija ją bez słowa i wchodzi do toalety.

Jeanette otwiera drzwi i na ganku wykręca skarpetki, wiesza je na kaloryferze za szafką na buty, idzie po myjkę do podłogi. Potem wraca do kuchni, drugi raz odgrzewa zupę i znowu siada przy stole, żeby ją zjeść. Żołądek skręca jej się z głodu.

Po dziesięciu minutach zaczyna się zastanawiać, co Johan robi tak długo w toalecie. Nie słychać wody cieknącej z prysznica, nie dobiega stamtąd żaden dźwięk.

W końcu puka do drzwi.

– Johan?

W środku słychać jakieś szmery.

– Co tam robisz? Czy coś się stało?

W końcu Johan odpowiada, ale tak cicho, że nie słychać, co mówi.

– Johan, czy możesz otworzyć? Nie słyszę, co mówisz.

Po chwili klucz w zamku się przekręca, lecz drzwi nadal są zamknięte.

Jeanette stoi przez chwilę wpatrzona w nie. Jak zwykle dzieli ich bariera.

Kiedy w końcu otwiera drzwi, widzi, że Johan siedzi skulony na desce klozetowej. Nadal jest zmarznięty, więc Jeanette bierze ręcznik, żeby go nim owinąć.

– Co mówiłeś? – pyta, siadając na brzegu wanny.

Johan oddycha szybko, Jeanette domyśla się, że przed chwilą płakał.

– Ona jest dziwna – mówi w końcu cicho.

– Dziwna? Kto taki?

– Sofia – odpowiada Johan, odwracając wzrok.

– Sofia? A dlaczego pomyślałeś właśnie o niej?

– Bez powodu, ale zachowywała się dziwnie. Tam na górze, na wieży. Krzyczała na mnie i nazywała mnie Martinem...

Pewnie wpadła w panikę, myśli Jeanette. Co w tym dziwnego? Poprawia ręcznik, który zsunął się z chudych ramion jej syna.

– Co było potem?

– Ostatnie, co pamiętam, to jak tamten facet uderzył cię butelką w głowę, a ty upadłaś na ziemię. Potem Sofia zaczęła biec i chyba też się przewróciła... a potem obudziłem się w szpitalu.

– Bardzo dobrze, że mi o tym opowiedziałeś – mówi Jeanette, patrząc na niego.

Mocno go obejmuje i w tym momencie oboje zaczynają płakać.

# Zatoka Edsviken

Popołudniowe słońce zachodzi powoli za stojącą nad wodą wielką willą z przełomu XIX i XX wieku. Prowadzi do niej żwirowa alejka wysadzana klonami. Sofia Zetterlund parkuje samochód na podwórzu, wyłącza silnik i wygląda przez boczną szybę. Niebo ma stalowoszary kolor, deszcz nie pada już tak intensywnie.

A więc to tutaj mieszka rodzina Lundströmów.

Wielka drewniana willa jest świeżo po remoncie. Ma pomalowane na czerwono ściany, białe narożniki, dwie kondygnacje, szklaną werandę i narożny pokój w wieży we wschodnim skrzydle, gdzie też są drzwi wejściowe. Trochę dalej, wśród drzew, widać szopę na łodzie. Na działce stoi jeszcze jeden budynek, jest też basen ogrodzony wysokim płotem. Dom wygląda na opuszczony, jakby nikt tu nie mieszkał. Sofia patrzy na zegarek, aby się upewnić, czy nie przyjechała za wcześnie. Okazuje się, że jest o dwie minuty spóźniona.

Wysiada z samochodu, idzie alejką w stronę domu, a kiedy wchodzi na szerokie kamienne schody, w przedpokoju w wieży zapala się światło. Potem otwierają się drzwi i w progu staje niewysoka szczupła kobieta owinięta w ciemny koc.

– Proszę wejść i zamknąć za sobą drzwi – mówi Annette Lundström. – Płaszcz może pani powiesić w pokoju po lewej.

Sofia zamyka za sobą drzwi, podczas gdy pani Lundström odwraca się i idzie w prawo. Wszędzie pełno jest kartonów do przeprowadzek. Sofia zdejmuje płaszcz, bierze torebkę pod pachę i idzie za gospodynią do pokoju.

Annette Lundström ma czterdzieści lat, lecz wygląda na prawie sześćdziesiąt. Włosy ma w nieładzie, na twarzy zmęczenie. Jest ciepło ubrana. Z zatroskaną miną siada na kanapie.

– Proszę usiąść – mówi cichym głosem, wskazując Sofii fotel po drugiej stronie stolika. Sofia patrzy pytającym wzrokiem na dużą lampę na fotelu. – Może ją pani zestawić na podłogę. – Annette kaszle głośno. – Przepraszam za bałagan, ale właśnie się wyprowadzam.

W pokoju panuje chłód. Sofia domyśla się zatem, że ogrzewanie jest już wyłączone. Zdejmuje lampę z fotela.

Siedząc, zastanawia się nad sytuacją Lundströmów. Oskarżenie o pedofilię i posiadanie pornografii dziecięcej, później próba samobójcza i kazirodztwo. Karl Lundström powiesił się w celi. Zapadł w śpiączkę i po pewnym czasie zmarł. Krążą pogłoski o lekarskich zaniedbaniach.

Ich córka trafiła pod opiekę wydziału spraw społecznych.

Sofia przygląda się siedzącej przed nią kobiecie. Kiedyś musiała być ładna, lecz było to na długo przed tym, zanim poznała drugą stronę życia.

– Napije się pani kawy? – pyta Annette, sięgając po ekspres stojący na podłodze.

– Chętnie. Dobrze mi zrobi.

– Może pani wyjąć filiżankę z kartonu.

Sofia pochyla się do kartonu pod stołem. Leży w nim byle jak opakowana porcelana. Wyjmuje lekko wyszczerbioną z brzegu filiżankę i podaje ją Annette.

Kawę ledwie da się pić. Jest zupełnie zimna. Sofia udaje, że tego nie zauważa, wypija kilka łyków i odstawia filiżankę na stolik.

– Dlaczego chciała się pani ze mną spotkać? – pyta.

Annette znowu kaszle i otula się kocem.

– Jak już wyjaśniłam przez telefon... chciałabym porozmawiać o Karlu i Linnei. Mam też do pani pewną prośbę.

– Prośbę?

– Tak, później o niej powiem... mleka?

– Nie, dziękuję. Piję czarną.

– Chodzi o to, że... – zaczyna Annette, patrząc na Sofię odważniej. – Wiem, jak funkcjonuje psychiatria sądowa. Nawet śmierć nie upoważnia nikogo do wypytywania o przebieg czyjejś choroby. Karl nie żyje i chyba nie ma sensu pytać, o czym pani z nim rozmawiała. Zastanawiam się nad czymś innym. Po waszym spotkaniu powiedział, że go pani rozumie. Że rozumie pani jego... hm... jego problemy.

Sofia trzęsie się z zimna. W całym domu panuje chłód.

– Nigdy nie rozumiałam jego problemów – kontynuuje Annette. – Teraz już nie żyje, więc nie muszę go więcej bronić. Ale i tak nie rozumiem. Moim zdaniem stało się to tylko raz, w Kristianstadzie, gdy Linnea miała trzy latka. To był błąd i wiem, że Karl pani o tym opowiadał. Miał te wstrętne filmy, jakoś się z tym pogodziłam. Ale nie z tym, co zrobił Linnei... Moja córka go lubiła. Jak to możliwe, że pani zrozumiała jego problem?

Sofia czuje obecność Victorii. Annette Lundström zaczyna ją irytować.

Skoro Karl Lundström i Bengt Bergman są mężczyznami tego samego typu, oznacza to, że Annette Lundström i Birgitta Bergman są kobietami tego samego typu. Różnią się tylko wiekiem.

Wiem, że tu jesteś, Victorio, myśli Sofia. Ale sama to załatwię.

– Już się z czymś takim spotkałam – odpowiada w końcu. – Nieraz. Proszę jednak nie wyciągać zbyt daleko idących wniosków z tego, co powiedział pani mąż. Rozmawiałam z nim tylko dwukrotnie i za każdym razem zachowywał się, jakby był niezrównoważony. Teraz ważniejsza jest Linnea. Co u niej słychać?

Annette robi taką minę, jakby zrobiło jej się słabo.

– Przepraszam – szepcze. Kiedy kaszle, policzki jej się trzęsą. Worki pod oczami mają sine zabarwienie, ciało jest oklapłe.

Jedno zasadniczo różni ją od Birgitty Bergman: matka Victorii była otyła, podczas gdy Annette jest chuda jak patyk. Skórę ma jak przyklejoną do kości i wygląda tak, jakby wkrótce w ogóle miała zniknąć.

Annette Lundström umiera. Sama z siebie.

Jest w niej jednak coś, co wygląda znajomo.

Sofia rzadko zapomina ludzkie twarze, dlatego jest prawie pewna, że kiedyś już ją gdzieś widziała.

– Co słychać u Linnei? – pyta ponownie.

– Właśnie jej dotyczy moja prośba.

– Prośba?

– Tak. – Annette znowu patrzy na Sofię normalnym wzrokiem. – Jeśli rozumiała pani problemy Karla, to może pani też zrozumie, co się dzieje z Linneą. Taką mam w każdym razie nadzieję... Oni mi ją odebrali, jest w tej chwili w Biurze Pomocy Psychiatrycznej dla Dzieci i Młodzieży w Danderydzie. Nie chce mnie znać, a na dodatek nie docierają stamtąd żadne informacje. Dlatego mam taką prośbę: proszę ich spytać, czy mogłabym się z nią spotkać. Przecież ma pani znajomości.

Sofia zastanawia się nad jej prośbą, lecz wie, że da się ją spełnić tylko pod warunkiem, że sama Linnea wyrazi takie życzenie.

Dziewczyna jest pod nadzorem wydziału opieki społecznej. Kiedy psychologowie z Danderydu uznają, że jest już wystarczająco zdrowa, trafi do rodziny zastępczej.

– Nie mogę tam tak po prostu pójść i zażądać rozmowy z nią – odpowiada Sofia. – Byłoby to możliwe, gdyby Linnea wyraziła takie życzenie. Szczerze mówiąc, nie bardzo wiem, jak by to załatwić.

– Mogę porozmawiać z Biurem Pomocy – proponuje Annette. Widać, że mówi poważnie. – I jeszcze jedno. Chciałabym pani coś pokazać. – Wstaje z kanapy. – Proszę poczekać, zaraz wrócę.

Wychodzi z pokoju i chwilę później Sofia słyszy z korytarza odgłos przesuwanych kartonów. Po dwóch minutach Annette wraca z niewielkim pudełkiem, które kładzie na stole.

– Proszę spojrzeć – mówi, wyjmując kilka pożółkłych kartek. – Akurat tego nigdy nie mogłam zrozumieć.

Odsuwa ekspres do kawy i rozkłada na stole trzy rysunki kolorowymi kredkami. Na dole każdego widać napisane dziecięcym charakterem pisma imię „Linnea".

Linnea w wieku pięciu, dziewięciu i dziesięciu lat.

Sofia podziwia bogactwo szczegółów uwidocznionych na rysunkach i dość niezwykłe jak na ten wiek dokładne odwzorowanie motywów.

– Zdolna dziewczyna – zauważa.

– Wiem. Ale nie dlatego pokazuję pani te rysunki. Proszę się im przyjrzeć przez chwilę w spokoju. Ja w tym czasie zaparzę świeżej kawy.

Podnosi się i jęcząc, wychodzi z pokoju.

Sofia bierze do ręki jeden z rysunków.

Linnea narysowała go w wieku pięciu lat. Piątka jest odwrócona w drugą stronę. Obrazek przedstawia jasnowłosą dziewczynkę stojącą na pierwszym planie obok dużego psa. Psu zwisa z pyska długi język, na którym Linnea narysowała mnóstwo kropek. To pewnie kubki smakowe, myśli Sofia. Na drugim planie widać duży dom, a na działce coś, co przypomina niewielką fontannę. Pies ma na szyi długi łańcuch. Sofia zwraca uwagę, jak dokładnie Linnea odwzorowała poszczególne ogniwa. Stają się coraz mniejsze, aż znikają za drzewem rosnącym na działce.

Linnea napisała coś koło drzewa, ale trudno to odszyfrować.

Od liter odchodzi strzałka wskazująca na drzewo, zza którego wyłania się postać uśmiechniętego przygarbionego mężczyzny w okularach.

W oknie domu stoi jakaś postać, która patrzy na działkę. Ma długie włosy, radosną minę i niewielki śliczny nosek. Postać różni się od innych szczegółowo przedstawionych osób tym, że nie ma oczu.

Mając w pamięci ogólny obraz Lundströmów, Sofia domyśla się, że postać w oknie to Annette Lundström, która niczego nie widziała. Nie chciała widzieć.

W tym kontekście scena przedstawiona na działce staje się o wiele ciekawsza. Czego zdaniem Linnei jej matka nie chciała widzieć? Przygarbionego mężczyzny w okularach i psa z długim językiem?

W pewnej chwili Sofia zauważa na rysunku znaki tworzące napis U1660.

U1660?

# Dawniej

*Jeździmy po świecie na rowerze, bawimy się na ulicach i placach. Gramy na wszystkim, co wydaje dźwięk, nawet na naszym rowerze.*

Victoria stoi w salonie willi w Värmdö i przygląda się fetyszom wiszącym na ścianie.

Grisslinge to więzienie.

Nie ma pojęcia, co zrobić z tymi wszystkimi pustymi godzinami. Czas przepływa przez nią jak dziki potok.

W jedne dni nie pamięta, czy się obudziła, w inne nie pamięta, czy zasnęła. Niektórych dni w ogóle nie pamięta.

Codziennie uczy się z podręczników do psychologii, chodzi na długie spacery, spędza czas na plaży albo jedzie samochodem drogą Mormors Väg do drogi Skägårdsvägen, wjeżdża na drogę krajową 222, jedzie w kierunku Värmdöleden i tam na rondzie zawraca do domu. Te spacery i przejażdżki pomagają jej myśleć, a chłodne powietrze przypomina o barierze, która oddziela ją od świata zewnętrznego.

Nie jest pępkiem świata.

Wstaje, zdejmuje ze ściany maskę, która przypomina jej Solace z Sierra Leone, i przykłada ją do twarzy. Maska pachnie drewnem jak perfumy.

W masce kryje się obietnica innego życia w innym miejscu. Życia, którego ona nigdy nie doświadczy. Dobrze o tym wie. Dlaczego? Bo jest związana z nim.

Przez dziurki w masce prawie nic nie widać. Słyszy tylko swój oddech, czuje ciepło bijące od maski, która przylega do jej twarzy jak wilgotna błona. Idzie do przedpokoju i staje przed lustrem. Z powodu maski głowa wydaje jej się trochę mniejsza. Jakby była siedemnastoletnią dziewczyną z twarzą dziesięciolatki.

– Solace – mówi. – Solace Aim Nut. Teraz ty i ja jesteśmy bliźniaczkami.

W tym momencie otwierają się drzwi wejściowe. To on, wrócił z pracy.

Victoria natychmiast zdejmuje maskę i biegnie do salonu. Wie, że nie wolno jej ruszać jego rzeczy.

– Co robisz? – słyszy jego głos.

– Nic – odpowiada i odwiesza maskę na miejsce.

Słyszy skrzypienie szafki na buty, grzechotanie drewnianych wieszaków na ubranie i jego kroki w przedpokoju. Siada na kanapie, bierze gazetę ze stolika.

– Rozmawiałaś z kimś? – pyta ją po wejściu do pokoju. Rozgląda się, a potem siada na fotelu obok kanapy. – Co robisz? – powtarza.

Victoria składa ręce na piersiach i wpatruje się w niego. Wie, że go to denerwuje. Uwielbia patrzeć, jak narasta w nim panika, jak uderza nerwowo dłońmi w poręcze fotela, jak milcząc, co chwilę zmienia pozycję.

Przez pewien czas w pokoju panuje cisza. W pewnej chwili Victoria widzi, że jego niepokój rośnie. Oddech mu przyspiesza. Jego wzrok mówi, że dał za wygraną. Twarz robi mu się blada, policzki się zapadają.

– I co tu z tobą zrobić, Victorio? – pyta zrezygnowanym głosem i ukrywa twarz w dłoniach. – Jeśli psycholog nie przywróci cię szybko do zdrowia, to nie wiem, co z tobą poczniemy – wzdycha.

Victoria nie odpowiada. Widzi, że Solace stoi obok, obserwując ich w milczeniu. Ona i Solace są do siebie bardzo podobne.

– Czy mogłabyś zejść na dół i włączyć saunę? – odzywa się w końcu zdecydowanym tonem. – Mama zaraz wróci do domu i przygotuje kolację.

Victoria dochodzi do wniosku, że musi istnieć jakiś ratunek. Pomocne ramię, które wyciągnie się do niej z nieoczekiwanej strony, chwyci ją i zabierze z tego miejsca. A może jej nogi staną się wy-

starczająco silne, by zabrać ją daleko stąd? Niestety, już zapomniała, co to znaczy odejść, nie pamięta, jak można wyznaczyć sobie cel.

Po kolacji słyszy, jak mama hałasuje w kuchni. To jej ciągłe
sprzątanie, odkurzanie i ustawianie kuchennych sprzętów. Przecież to i tak do niczego nie prowadzi. Obojętne jak często sprząta,
kuchnia zawsze wygląda tak samo.

Victoria wie, że wszystkie te czynności to rodzaj bezpiecznej
bańki, w której jej mama znajduje schronienie. Dzięki temu nie
widzi tego, co się dzieje wokół niej. Garnkami trzaska najgłośniej,
gdy Bengt jest w domu.

Schodzi do piwnicy i widzi, że mama znowu nie wyczyściła
szpar między stopniami schodów. Nadal są zapchane igliwiem ze
świątecznej choinki.

Bengt ściął drzewko w pobliżu rezerwatu przyrody. Powiedział, że to głupi pomysł, żeby tak blisko dużego miasta tworzyć
rezerwat. To wręcz szkodliwe, bo wstrzymuje rozwój infrastruk-
tury i utrudnia uprawę ziemi. Poza tym dużo kosztuje i przeszkadza społeczeństwu w okresie wysokiej koniunktury. Postawienie
choinki w święta było swego rodzaju protestem przeciwko temu
wszystkiemu.

Victoria wchodzi do sauny, rozbiera się i czeka na niego.

Jest luty, na dworze panuje siarczysty mróz, ale tutaj temperatura sięga chyba dziewięćdziesięciu stopni. To dzięki wydajności
nowego agregatu. Bengt chwalił się, że nielegalnie podłączył go
do instalacji elektrycznej. Ma w zakładzie energetycznym znajomego, który mu wytłumaczył, co ma zrobić. Potem Bengt z dumą
się chwalił, jak oszukał komunistów, którzy nie rozumieją, że ceny
prądu należy uwolnić.

Podobnie jak ceny usług w służbie zdrowia i publicznych środ-
kach transportu.

Niestety, jego genialne pomysły mają jeden negatywny skutek: okropny smród. Za sauną znajduje się rura kanalizacyjna pro-
wadząca z kuchni do piwnicy. Żar bijący z sauny nagrzewa rury,
z których wydziela się silny odór.

Czuć zapach cebuli, resztek jedzenia i chleba z żytniej mąki
z domieszką krwi, wieprzowiny, buraków i skwaśniałej śmietany.

Cały ten smród miesza się z zapachem czegoś, co pachnie jak benzyna.

W końcu do niej przychodzi. Ma smutną minę. Przy drugim końcu rury kanalizacyjnej stoi mama i zmywa naczynia, podczas gdy on odwija z siebie ręcznik.

Kiedy Victoria ponownie otwiera oczy, stoi w salonie owinięta ręcznikiem. Domyśla się, że znowu ją to spotkało. Ma lukę w pamięci. Czuje ból w pachwinie, słabość w rękach i jest wdzięczna losowi, że niczego nie pamięta.

Solace wisi na swoim miejscu, to znaczy na ścianie w salonie. Victoria wraca do swojego pokoju. Siada na łóżku, rzuca ręcznik na podłogę i zwija się w kłębek.

Pościel jest chłodna, więc kładzie się na boku i patrzy w okno. W lutym jest tak zimno, że szyby prawie pękają. Słyszy, jak szkło trzeszczy w okowach piętnastostopniowego mrozu.

Okno podzielone jest na sześć kratek. To jakby sześć obrazków w ramkach, w których co jakiś czas odbijają się pory roku. W dwóch górnych kratkach widzi czubki drzew, w środkowych sąsiedni dom, pień drzewa i łańcuch starej huśtawki. W kratkach na samym dole widać białą pokrywę śnieżną i czerwoną huśtawkę, którą kołysze wiatr.

Jesienią widziała przez kratki pożółkłą spaloną trawę, a potem zgniłe opadłe liście. Od połowy listopada ich miejsce zajął śnieg, który codziennie wygląda tak samo.

Tylko huśtawka się nie zmienia. Widać ją przez sześć małych kratek otulonych kryształkami lodu, które przypominają jedną dużą kratownicę.

# Ulica Glasbruksgränd

Jesień rozciąga się nad jeziorem Saltsjön i otula Sztokholm ciężką wilgotną chłodną powłoką.

Ulica Glasbruksgränd biegnie wzgórzem Katarinaberget w dół Mosebacke. W padającym deszczu prawie nie widać z niej Skeppsholmu. Kastellholm leżący na odległym wzgórzu spowija szara mgła. Dochodzi szósta.

Zatrzymuje się przy jednej z latarń, wyciąga z kieszeni kartkę i jeszcze raz sprawdza adres.

Tak, to tutaj. Teraz pozostało jej tylko czekać.

Wie, że ten, na którego czeka, kończy pracę około szóstej i kwadrans później jest już w domu.

Być może będzie miał jeszcze coś do załatwienia i trochę się spóźni, ale jej się nie spieszy. Długo czekała na ten dzień, więc godzina więcej nie gra roli.

A jeśli nie wpuści jej do mieszkania? Cały jej plan oparty jest na założeniu, że zaprosi ją do środka. Na myśl o tym, że wcześniej nie pomyślała o alternatywnym rozwiązaniu, ogarnia ją złość.

Deszcz zacina coraz bardziej, więc otula się szczelniej w kurtkę w kolorze kobaltowego błękitu i przestępuje z nogi na nogę, by nie przemarznąć. Jest tak zdenerwowana, że aż rozbolał ją żołądek.

Co zrobi, jeśli będzie musiała iść do toalety? Rozgląda się dokoła, lecz w pobliżu nie ma ani kawiarni, ani żadnego innego lokalu. Ulica jest pusta, nie licząc kilku zaparkowanych samochodów.

Kiedy po raz trzeci powtarza sobie w myślach swój plan i oczami wyobraźni widzi przyszłe zdarzenia, pod budynek podjeżdża powoli czarny samochód. Szyby ma lekko przyciemnione, ale w środku widać sylwetkę samotnego mężczyzny. Samochód zatrzymuje się po skosie od niej, kierowca cofa i wjeżdża w kopertę zaznaczoną na asfalcie. Pół minuty później otwierają się drzwi i z samochodu wysiada ON.

Od razu go rozpoznaje. To Per-Ola Silfverberg. Zauważa ją dopiero w momencie, gdy podchodzi do niego. Zatrzymuje się i przykłada dłoń do czoła, żeby ją lepiej widzieć.

Jej wcześniejsze obawy okazują się bezpodstawne, bo mężczyzna uśmiecha się do niej. Jego uśmiech budzi do życia nie tylko ją, ale także dawne wspomnienia. Przypomina jej się duży dom w Kopenhadze, gospodarstwo rolne na Jutlandii i firma, w której szlachtowano świnie. Smród amoniaku i wielki nóż – nim właśnie pokazał jej, jak wykonać cięcie, żeby dostać się do serca. Na skos w prawo.

– Kupa czasu! – woła mężczyzna. Podchodzi do niej i mocno, serdecznie ją obejmuje. – Jesteś tu przypadkiem czy już rozmawiałaś z Charlotte?

Słysząc jego słowa, zaczyna się zastanawiać, czy to, co mu powie, będzie miało jakiekolwiek znaczenie. W końcu dochodzi do wniosku, że nie. I tak nie sprawdzi, czy powiedziała prawdę.

– Przypadkiem albo i nie – odpowiada, patrząc mu prosto w oczy. – Byłam w pobliżu i przypomniało mi się, że Charlotte kiedyś mi opowiadała o waszej przeprowadzce. Pomyślałam więc, że wpadnę przy okazji i sprawdzę, czy jesteście w domu.

– I bardzo dobrze zrobiłaś! – odpowiada z głośnym śmiechem Silfverberg. Bierze ją pod ramię i przeprowadza przez ulicę. – Niestety, Charlotte wróci dopiero za kilka godzin, ale zapraszam na górę, napijemy się kawy.

Zbierając o nim informacje, dowiedziała się, że jest prezesem zarządu dużej spółki inwestycyjnej. Od swoich podwładnych wymaga, aby okazywali mu posłuszeństwo, nie znosi, kiedy ktoś kwestionuje jego polecenia. Dlatego z ochotą przystała na jego zaproszenie, bo dzięki temu cały swój plan będzie mogła zrealizować łatwiej, niż przypuszczała.

– Właściwie wcale mi się nie spieszy, więc dlaczego nie? – odpowiada.

Jego dotyk i zapach wody po goleniu wywołują w niej odruch wymiotny. Czuje, jak wszystko się w niej gotuje, i już wie, że po wejściu do mieszkania od razu pójdzie do toalety.

Silfverberg wpisuje kod w domofonie, otwiera jej drzwi i idzie za nią schodami w górę.

Mieszkanie jest ogromne, składa się z siedmiu pokojów. Silfverberg najpierw ją po nim oprowadza, a potem zaprasza do salonu. Pokój urządzony jest ze smakiem, stoją w nim drogie, acz dyskretne meble w jasnym skandynawskim stylu. Z dwóch dużych okien rozciąga się widok na cały Sztokholm, po prawej stronie znajduje się rozległy balkon, który może pomieścić co najmniej piętnaście osób.

– Przepraszam, ale muszę skorzystać z toalety.

– Nie musisz przepraszać. Jest w przedpokoju po prawej. Napijesz się kawy? A może coś mocniejszego? Na przykład lampkę wina? – pyta Silfverberg.

– Lampka wina na pewno mi nie zaszkodzi – odpowiada, wychodząc do przedpokoju. – Pod warunkiem, że i ty się napijesz.

– Jasne, zaraz nam coś przygotuję.

Po wejściu do toalety czuje przyspieszony puls. W lustrze nad umywalką widzi na czole krople potu.

Siada na sedesie i zamyka oczy. Od razu wracają wspomnienia. Widzi jego uśmiechniętą twarz, ale nie jest to typowy grzeczny służbowy uśmiech, którym przed chwilą ją obdarzył. Tamten był pusty i zimny.

Przypomina sobie, jak razem z innymi pracownikami zatrudnionymi w jego dawnym gospodarstwie opróżniała świńskie brzuchy z wnętrzności. Potem przerabiali je na kaszankę, kiełbasę wieprzową i wątrobiankę. Wspomina jego pozbawiony uczuć uśmiech, gdy jej pokazywał, jak z głowizny robi się salceson.

Kiedy się załatwiła i umyła ręce, słyszy, że w mieszkaniu dzwoni telefon.

Trzeba zapamiętać, których miejsc dotykała. Potem będzie musiała wytrzeć wszystkie swoje odciski palców.

Silfverberg stoi na środku pokoju, rozmawiając przez komórkę. Potakuje głową i coś mruczy. Nie patrzy na nią, więc podchodzi do jednego z obrazów olejnych na ścianie i udaje, że go ogląda. Jednocześnie uważnie wsłuchuje się w treść rozmowy.

Jeśli dzwoni Charlotte, cały jej plan szlag trafi.

Po chwili z ulgą stwierdza, że Silfverberg rozmawia z jakimś znajomym o interesach.

Jedyne, co ją niepokoi, to fakt, że w trakcie tej rozmowy wspomniał, iż ma gościa i oddzwoni wieczorem.

W końcu Silfverberg kończy rozmowę, wkłada telefon do kieszeni, otwiera butelkę wina i podaje jej kieliszek.

– A teraz powiedz, po co przyszłaś i co się z tobą działo przez te wszystkie lata.

Bierze kieliszek, podsuwa go pod nos i głęboko wciąga powietrze. Chardonnay.

Mężczyzna, którego tak bardzo nienawidzi, przygląda się jej z ciekawością. Nie unika jego wzroku. Popija wino i patrzy mu prosto w oczy.

– Myślę, że nie bez powodu odwiedzasz nas po tak długim czasie – mówi mężczyzna, który ją skrzywdził.

Ale ona nadal jest zajęta smakowaniem wina. Daje się w nim wyczuć nutkę owocową, melona, brzoskwini, pomarańczy albo cytryny. Wyczuwa też coś jeszcze. Delektuje się nim powoli, bez pośpiechu.

– Od czego mam zacząć? – pyta.

Na skos w prawo, przypomina sobie w myślach.

# Ulica Glasbruksgränd

W komendzie policji na Kungsholmen alarm ogłoszono tuż przed dziewiątą.

Kobieta zadzwoniła na policję i krzycząc do słuchawki, poinformowała, że właśnie wróciła do domu i znalazła martwego męża.

Dyżurny, który odebrał zgłoszenie, powiedział, że opisując widok, jaki zastała w domu, kobieta użyła między innymi słowa „zaszlachtowany". Jej relację przerywały co jakiś czas gwałtowne ataki płaczu.

Hurtig wracał właśnie do domu, ale ponieważ i tak miał wolny wieczór, uznał, że to dobra okazja, by nie spędzić go w samotności.

Dwa tygodnie w jakimś ciepłym kraju będą jak znalazł. Postanowił, że wybierze się na urlop, kiedy pogoda będzie najgorsza.

Chociaż zima w Sztokholmie jest zazwyczaj łagodna i pod żadnym względem nie przypomina surowych zim z jego dzieciństwa, gdy mieszkał jeszcze w Kvikkjokk, to i tak każdego roku pogoda w stolicy Szwecji staje się na kilka tygodni nie do zniesienia.

Kiedyś próbował opisać swoim rodzicom, którzy nigdy nie byli dalej od domu niż w Boden, jaka jest pogoda w Sztokholmie. Użył wtedy określenia, że to „ani pogoda, ani niepogoda".

Nie jest to zima, ale z pewnością nie jest to też żadna inna pora roku.

Dla mieszkańców to po prostu dość nieprzyjemny okres. Zimno, deszczowo, a na dodatek we znaki dają się lodowate wiatry znad Bałtyku.

Jest pięć stopni powyżej zera, lecz chłód taki, jakby było pięć stopni mrozu.

To przez wilgoć. Wszędzie tu pełno wody.

Jedynym miejscem na ziemi, gdzie zima bywa gorsza niż w Sztokholmie, jest chyba Sankt Petersburg. Miasto leży w głębi

Zatoki Fińskiej i zbudowano je na terenie podmokłym. Aczkolwiek wcześniej zjawili się tam Szwedzi i to oni wznieśli w tym miejscu pierwsze miasto. Była to dość masochistyczna decyzja, ale taka już Szwedów natura.

Czasem zachowują się tak, jakby się tym swoim cierpieniem napawali.

Na moście Centralbron jak zwykle utworzył się korek, więc Hurtig musi włączyć syrenę, żeby się przebić. Kierowcy próbują zjechać na bok, lecz niewiele to pomaga, bo miejsca i tak jest niewiele.

Porusza się więc zygzakiem i trwa to aż do zjazdu do Stadsgården. Tam skręca w lewo i wjeżdża na ulicę Katarinavägen. Ruch jest tutaj mniejszy, więc dociska gaz do dechy.

Kiedy przejeżdża koło La Mano, gdzie stoi pomnik ku czci Szwedów poległych w czasie wojny domowej w Hiszpanii, jedzie z prędkością ponad stu czterdziestu kilometrów na godzinę.

Upaja się tą prędkością, traktując to jako przywilej należny z racji wykonywanej pracy.

Obfite opady deszczu sprawiły, że jezdnia jest śliska. Na placu Tjärhovsplan Hurtig wpada w poślizg i traci kontrolę nad pojazdem. Zmienia bieg, a gdy czuje, że koła złapały przyczepność, skręca w prawo, w ulicę Tjärhovsgatan. To ulica jednokierunkowa, tak jak Nytorgsgatan, ale nic na to nie poradzi. Ma tylko nadzieję, że nie natknie się na żaden samochód jadący w przeciwnym kierunku.

W końcu dociera na miejsce i parkuje przed wejściem do budynku, gdzie stoją już dwa radiowozy z włączoną sygnalizacją.

W wejściu mija się z nieznanym mu policjantem, który właśnie wychodzi z budynku. Czapkę trzyma kurczowo w ręce, twarz ma białą jak kreda. Właściwie biało-zieloną. Hurtig przepuszcza go, policjant wychodzi na ulicę i zaczyna wymiotować. Idąc po schodach na górę, Hurtig słyszy, jak policjant szlocha.

Biedak... Pierwszy raz nie jest przyjemny. Zresztą taki widok nigdy nie jest przyjemny. Można się jednak przyzwyczaić. Nie znaczy to, że człowiek obojętnieje, ale też nie staje się lepszym policjantem. Po prostu z czasem łatwiej jest znosić takie obrazki.

142

Rutyna sprawia, że język policjantów może się wydać osobom postronnym pełen ironii i pozbawiony uczuć. Dla nich to rodzaj strategii, dzięki której podchodzą do rzeczy z dystansem.

Kiedy Hurtig wkracza do mieszkania i widzi, jak ono wygląda, odczuwa ulgę, że przywykł do takich scen.

Dziesięć minut później dochodzi do wniosku, że powinien zadzwonić do Jeanette i poprosić ją o pomoc, a gdy Jeanette pyta, co się stało, informuje, że to najpotworniejsza zbrodnia, z jaką się zetknął w czasie całej swojej dotychczasowej kariery.

# Gamla Enskede

Kochany synku, myśli Jeanette. Świat się nie zawali tylko dlatego, że my, dorośli, zachowujemy się czasem źle. Zobaczysz, wszystko będzie dobrze.

– Przepraszam, nie tak miało być – mówi. Pochyla się nad nim i całuje go w policzek. – Chcę, żebyś wiedział, że nigdy cię nie opuszczę. Jestem przy tobie i obiecuję, że tata też będzie u twego boku.

Akurat o tym nie jest do końca przekonana, ale coś jej podpowiada, że Åke nie zawiedzie swojego syna. Po prostu nie może.

Wstaje ostrożnie z łóżka i przed zamknięciem drzwi pokoju odwraca się jeszcze, by spojrzeć na niego.

Johan już zasnął, a gdy się zastanawia, co z nim zrobić, dzwoni telefon.

Jeanette odbiera i ku swemu rozczarowaniu słyszy głos Hurtiga. Przez chwilę miała nadzieję, że to Sofia.

– Co tym razem? Lepiej niech to będzie coś ważnego, bo inaczej...

Hurtig od razu wpada jej w słowo.

– Tak, to poważna sprawa.

Jeanette słyszy w tle wzburzone głosy. Hurtig sugeruje, że powinna natychmiast przyjechać na miejsce zbrodni. To, co tu zastał, przerasta ludzką wyobraźnię.

– Jakiś porąbany zboczeniec zadał facetowi setkę ciosów nożem, potem pociął go na kawałki, a na koniec malarskimi wałkami pomalował całe mieszkanie.

Niech to szlag, myśli Jeanette. Tylko nie teraz.

– Już wyjeżdżam. Daj mi dwadzieścia minut.

Ładnie. Znowu zawiedzie syna.

Odkłada telefon i pisze Johanowi kilka zdań na wypadek, gdyby się obudził wieczorem. A ponieważ jej syn czasem boi się ciemności, przed wyjściem z domu wszędzie zapala światło. Potem wsiada do samochodu i jedzie do Södermalmu.

Poćwiartowane zwłoki. Tego jej jeszcze brakowało. I tak ma już na głowie kłopoty z Johanem, umorzone śledztwo w sprawie śmierci czterech zamordowanych chłopców, Karla Lundströma i Vigga Dürera.

Przede wszystkim jednak Victorię Bergman. Jej sprawa utknęła w Sądzie Rejonowym w Nacce.

Deszcz nie jest już tak intensywny, ale gdzieniegdzie widać jeszcze wielkie kałuże, więc jedzie powoli, by nie wpaść w poślizg. Na dworze jest zimno. Termometr zawieszony na Hammarbyverken pokazuje jedenaście stopni.

Gałęzie drzew w Koleraparken lśnią jesiennymi barwami. Jeanette spogląda z mostu na miasto i dochodzi do wniosku, że jest fantastycznie piękne.

# Zatoka Edsviken

– Napije się pani jeszcze? – pyta Annette Lundström. Kaszle tak mocno, że prawie całą kawę wylewa na podłogę.

– Tak, poproszę.

Annette siada przy stole i nalewa kawy do filiżanek.

– I co pani o tym sądzi? – pyta.

Sofia ogląda pozostałe rysunki. Jeden przedstawia pokój, a w nim trzech mężczyzn, dziewczynkę leżącą na łóżku i jakąś osobę odwróconą tyłem. Drugi jest bardziej abstrakcyjny i trudno go zrozumieć, ale i na nim pojawia się nieznana postać, i to aż dwa razy: w środkowej części obrazka nie ma oczu, otacza ją tłum innych twarzy, natomiast w lewym dolnym rogu została narysowana tak, jakby chciała zniknąć. Widać tylko korpus, twarz jest niewidoczna.

Sofia porównuje drugi rysunek z pierwszym. W oknie stoi ta sama postać bez oczu i obserwuje scenę rozgrywającą się w ogrodzie. Duży pies i mężczyzna za drzewem. U1660?

– Czego pani nie rozumie na tych rysunkach? – pyta Sofia, patrząc na Annette znad filiżanki.

Pani Lundström uśmiecha się niepewnie.

– Chodzi o tę postać bez oczu. Kiedyś pokazałam te obrazki Linnei i powiedziałam, że chyba zapomniała narysować tym ludziom oczy. Ale ona odparła, że tak właśnie miało być. Myślę, że to jej autoportret, że tą postacią jest właśnie ona. Nie rozumiem tylko, co zamierzała przez to powiedzieć. Bo przecież na pewno miała w tym jakiś zamysł? Może dawała do zrozumienia, że nie chciała wiedzieć, co się działo?

Jak można być aż tak ślepym?, zastanawia się Sofia. Kobieta przez całe swoje życie udawała, że niczego nie zauważa, a teraz pewnie chce uspokoić swoje sumienie prostym wyznaniem w obecności psychologa, że w rysunkach swojej córki dostrzega coś dziwnego. Dość słabe potwierdzenie faktu, że ona też to zauważyła, lecz dopiero teraz. Całą winę zwala na męża, a sama umywa od wszystkiego ręce.

– Czy pani wie, co to znaczy? – pyta Sofia, wskazując na napis „U1660" widoczny przy drzewie na pierwszym rysunku.

– Hm... nie wszystko tu rozumiem, ale to akurat tak. Linnea nie potrafiła wtedy pisać, dlatego tak właśnie przedstawiła jego nazwisko. To ta zgarbiona postać za drzewem.

– Kto to jest?

– U1660 oznacza po prostu Viggo – odpowiada Annette, uśmiechając się z wysiłkiem. – Viggo Dürer, mąż mojej przyjaciółki. Dom, który narysowała Linnea, znajduje się w Kristianstadzie. Dürerowie często nas tam odwiedzali, chociaż mieszkali wtedy w Danii.

Sofia aż się wzdryga. Dürer był przecież adwokatem jej rodziców.

Uważaj na niego.

Annette Lundström robi nagle zatroskaną minę.

– Henrietta, jedna z moich najlepszych przyjaciółek, była żoną Vigga. W zeszłym roku zginęła w wypadku. Myślę, że Linnea trochę się go bała i pewnie dlatego nie chciała go widzieć na rysunku. Bała się też psa. To był rottweiler i na rysunku wygląda całkiem realistycznie. A tu jest basen, który mieliśmy na posesji – dodaje, podnosząc rysunek bliżej oczu. Wskazuje przy tym na coś, co Sofia wzięła wcześniej za fontannę. – Tak, Linnea miała talent plastyczny.

– No dobrze. Jeśli pani zdaniem osobą bez oczu stojącą w oknie jest Linnea, to kim jest dziewczynka obok psa?

– To chyba ja – wyjaśnia Annette i uśmiecha się szeroko. – Mam na sobie czerwoną sukienkę – dodaje. Odkłada pierwszy rysunek na stół i bierze drugi. – A tutaj śpię na łóżku, a panowie imprezują.

Na wspomnienie tamtych wydarzeń pani Lundström wybucha wstydliwym chichotem.

Sofia czuje coraz większe obrzydzenie. Annette śmieje się głośno, ale wzrok ma pusty. Jest tak chuda, że przypomina zabiedzonego wróbla albo strusia, który chowa głowę w piasek.

Dla Sofii jest całkowicie jasne, co przedstawiają rysunki Linnei. Annette Lundström uważa, że właśnie ona jest dziewczynką na obrazkach. Natomiast Linneą jest jej zdaniem postać, która nie ma oczu albo stoi tyłem, albo przed czymś ucieka.

Nie jest w stanie pojąć, co się działo w jej najbliższym otoczeniu.

Tymczasem Linnea rozumiała wszystko, odkąd skończyła pięć lat.

Sofia wie, że musi się umówić na spotkanie z Linneą, i zrobi to z pomocą albo bez pomocy jej mamy.

– Czy mogę sfotografować te rysunki? – pyta, sięgając do torebki po telefon komórkowy. – Może później dojdę do jakichś wniosków.

– Oczywiście. Tak będzie najlepiej.

Sofia robi kilka zdjęć i wstaje z fotela.

– Chyba już pójdę. Czy chce pani ze mną jeszcze o czymś porozmawiać?

– Właściwie już nie. Mam tylko nadzieję, że uda się pani spotkać z moją córką.

Sofia zwleka z odpowiedzią.

– Zróbmy tak: pojedziemy razem do Danderydu. Dyrektorka kliniki jest moją znajomą. Wyjaśnimy jej całą sytuację i jeśli rozegramy to dobrze, być może pozwoli nam się spotkać z Linneą.

Kiedy Sofia skręca w ulicę Norrtäljevägen, jest już prawie szósta. Spotkanie z Annette Lundström zabrało jej więcej czasu, niż zakładała, ale w sumie była to owocna rozmowa.

Viggo Dürer? Dlaczego go nie pamięta? Przecież omawiali przez telefon kwestie związane z majątkiem pozostawionym przez jej rodziców. Pamięta jego wodę po goleniu. Old Spice i Eau de Vie. Tylko tyle.

Domyśla się jednak, że Victoria na pewno go znała.

Mija szpital w Danderydzie i wjeżdża na most nad cieśniną

Stocksundet. W Bergshamrze musi gwałtownie zahamować, ponieważ z powodu robót drogowych utworzył się tam korek. Samochody poruszają się w wolnym tempie.

Czuje, jak ogarnia ją poczucie bezradności. Włącza radio. Spokojny kobiecy głos opowiada o problemach osób, które mają kłopoty z jedzeniem. To rodzaj fobii wywołanej jakąś traumą. Osoby takie nie mogą jeść i pić, ponieważ mają problemy z przełykaniem pokarmu. Ich podstawowe odruchy przestały funkcjonować. Tak po prostu.

Sofia myśli o Ulrice Wendin i Linnei Lundström.

Dwie młode dziewczyny. Ich problemy spowodowane są zachowaniem mężczyzny, którego niedawno badała w Huddinge. Karla Lundströma.

Ulrika nie je, Linnea nie mówi.

Ich problemy są konsekwencją zachowań jednego mężczyzny. Już niedługo się z nimi spotka, a wtedy uzupełnią to, czego dowiedziała się od niego.

Kobiecy głos w radiu, blask bijący od samochodów stojących w korku i mgła w powiązaniu z ciemnością sprawiają, że Sofia prawie zapada w stan hipnozy.

Nagle widzi przed sobą dwie postacie z pustymi oczodołami: to wychudzona postać Ulriki zlewa się z postacią Annette.

W tym momencie uświadamia sobie nagle, kim jest – a raczej kim była – Annette Lundström.

Od tamtej pory minęło już dwadzieścia pięć lat. Twarz była bardziej zaokrąglona i wtedy jeszcze uśmiechnięta.

# Uszy

ciągle słyszą jakieś kłamstwa. Nie wolno mu wprowadzać do umysłu nieprawdy, bo trafi do żołądka i zatruje organizm.

Już wcześniej nauczył się nie mówić. Teraz próbuje nauczyć się nie słuchać słów.

Kiedy był mały, chodził do Pagody Żółtego Żurawia w Wuhanie, aby posłuchać pewnego mnicha.

Wszyscy wokoło twierdzili, że starzec jest szaleńcem. Mówił obcym językiem, którego nikt nie rozumiał, śmierdział i był brudny. Mimo to on go lubił, bo słowa mnicha stały się jego słowami. Mnich dał mu dźwięki, które sobie przyswoił, gdy dotarły do jego uszu.

Kiedy biała kobieta nuci ładne melodie, przypomina mu się mnich, a wtedy jego serce wypełnia piękne ciepło, które należy tylko do niego.

Kredkami, które dała mu biała kobieta, Gao rysuje duże czarne serce.

żołądek

trawi kłamstwa, jeśli jest się nieostrożnym. Ale ona go nauczyła, że może się obronić. Wystarczy, że zmiesza kwasy żołądkowe z płynami ustrojowymi.

Gao Lian z Wuhanu próbuje wody, która ma słony smak.

Długo tak siedzą naprzeciwko siebie, aż w końcu daje jej trochę własnej wody.

Po chwili woda się kończy. Teraz z szyi spływa mu krew, która jest czerwona i ma lekko słodki smak.

Gao szuka czegoś kwaśnego, a potem czegoś gorzkiego.

Kiedy kobieta go opuszcza, nadal siedzi na podłodze i bawi się kredką, która zabarwia mu palce na czarno.

Każdego dnia rysuje coś nowego. Zauważa, że jest coraz lepszy w przerzucaniu wewnętrznych obrazów na papier. Dłoń i ręka już mu w niczym nie przeszkadzają. Mózg nie musi podpowiadać dłoni, co ma robić. Jest mu posłuszna i nie kwestionuje jego pomysłów. To takie proste. On tylko przenosi na papier obrazy z pewnego punktu własnej wyobraźni, czyni to za pomocą dłoni i palców.

Uczy się, jak wykorzystywać czarne cienie, aby wzmocnić biel, i w miejscu, gdzie stykają się kontrasty, tworzy nowe efekty.

Rysuje płonący dom.

# Instytut Patologii

Poćwiartowane ciało leży na wózku chirurgicznym z nierdzewnej stali. Głębokie cięcia wzdłuż rąk i nóg wskazują, w którym miejscu Andrić oddzielił kończyny Silfverberga od korpusu, aby dokładniej określić rodzaj obrażeń.

Na palcach i dłoniach ofiary widać głębokie cięcia. Mogą one świadczyć o tym, że mężczyzna się bronił, zasłaniając się przed nożem. Jest oczywiste, że walczył o życie z kimś, kto miał nad nim znaczną przewagę fizyczną.

Sprawca przeciął mu tętnicę na prawym przedramieniu. Na całym ciele jest pełno podobnych cięć, jakby sprawca dźgał go w napadzie szału raz za razem.

Andrić stwierdza też obecność licznych siniaków. Na szyi widać obrażenia powstałe na skutek duszenia.

Potężne uderzenie zgruchotało ofierze stawy w kilku palcach. Liczne krwawe wybroczyny na klatce piersiowej mogą świadczyć o tym, że sprawca przycisnął ofiarę do podłogi ciężarem swojego ciała.

Sposób, w jaki sprawca usunął wnętrzności z jamy brzusznej, dowodzi, że zna się na anatomii. Jest też dowodem na to, że działał z wielkim, choć niezrozumiałym okrucieństwem.

Ciało zostało poćwiartowane ostrym narzędziem, na przykład nożem o pojedynczym ostrzu. Biorąc pod uwagę umiejscowienie cięć, można zaryzykować twierdzenie, że zwłoki poćwiartowały dwie osoby.

Końcowy wniosek jest taki, że tak wielkie okrucieństwo było nieuzasadnione, a wiele czynników wskazuje na to, że sprawca ma skłonności sadystyczne.

W raporcie dla Jeanette Andrić napisał:

*Pod pojęciem sadyzmu rozumiemy w tym kontekście to, że jednostka pobudzana jest zadawaniem innym ludziom bólu lub ich upokarzaniem. Należy dodać, że z doświadczeń psychiatrii sądowej wynika, iż sprawcy w rodzaju tego, który pozbawił Silfverberga życia, mają dużą skłonność do powtarzania takich czynów w bardziej lub mniej podobny sposób, a ich ofiarami padają mniej lub bardziej podobne osoby. Jeśli zaś chodzi o tak trudny i rzadki przypadek jak ten, należałoby przestudiować odpowiednią literaturę fachową, co jednak wymagałoby dużo czasu. Odezwę się jeszcze.*

Andrić przypomina sobie poćwiartowane ciało Catrine da Costy. Jeden z głównych podejrzanych pracował w szpitalu w Solnie i miał nawet zdjęcie dawnego szefa, który był tam ordynatorem oddziału.

Dwie osoby z różną wiedzą na temat anatomii.

# Komenda policji w Kronobergu

Nagłówek gazety brzmiał: „Przemysłowiec brutalnie zamordowany". Jeanette zauważyła, że autor artykułu prześwietlił całe życie prywatne i zawodowe Silfverberga. Wychował się w zamożnej rodzinie, a po liceum studiował ekonomię przemysłową. Uczył się chińskiego, bo dość wcześnie zrozumiał, że przedsiębiorstwa żyjące z eksportu powinny się przestawić na rynki azjatyckie.

Przeprowadził się do Kopenhagi i objął stanowisko naczelnego dyrektora w firmie produkującej zabawki.

Po śledztwie w sprawie zabójstwa, które zostało później umorzone, wrócił z żoną do Szwecji. Było to przed trzynastu laty, ale nie wiadomo, o co go wtedy podejrzewano. W Szwecji zasłynął szybko jako zdolny przedsiębiorca. W miarę upływu lat zarząd firmy stawiał mu coraz wyższe wymagania.

Hurtig wchodzi do pokoju Jeanette w towarzystwie Schwarza i Åhlunda.

– Andrić przysłał mi raport, właśnie się z nim zapoznałem – mówi Hurtig, podając Jeanette dokument.

– To dobrze. Mów, co Andrić pisze.

Schwarz i Åhlund robią zaciekawione miny. Hurtig chrząka i zaczyna streszczać raport. Zdaniem Jeanette robi to zbyt chaotycznie.

– Na początku Andrić opisuje wygląd mieszkania, ale o tym już wiemy, bo tam byliśmy, więc ten fragment pominę. – Robi krótką przerwę, przekłada kartki i po chwili kontynuuje: – Zobaczmy, co mamy dalej. „Podczas uboju zwierząt cięcia dokonuje się pod określonym kątem, żeby dostać się do dużego zbiornika krwi w okolicy serca".

– Wszyscy ludzie to zwierzęta, nie sądzisz? – pyta z szerokim uśmiechem Schwarz.

Hurtig zerka na Jeanette i czeka na jej komentarz.

– Jestem skłonna zgodzić się ze Schwarzem, że to wygląda na zabójstwo symboliczne. Wątpię jednak, czy Silfverberg zasłużył sobie na taką śmierć ze względu na płeć. Przychodzi mi raczej na myśl określenie „kapitalistyczna świnia", ale nie będziemy podążać tym tropem.

Jeanette daje Hurtigowi znak, że może kontynuować.

– Sekcja ciała Silfverberga wskazuje na inny, dość nietypowy rodzaj obrażeń po cięciach zadanych nożem. Chodzi mi o rany na szyi. Nóż został wbity w ciało i obrócony w ranie, tak że skóra pękła od spodu. Ivo nigdy wcześniej nie widział takiej rany. Sposób, w jaki przecięto ofierze tętnicę na ręce, też jest nietypowy. Wskazuje na to, że sprawca mógł posiadać pewną wiedzę anatomiczną.

– A więc nie jest lekarzem, ale na przykład myśliwym, rzeźnikiem lub kimś w tym rodzaju? – pyta Åhlund.

Hurtig wzrusza ramionami.

– Ivo pisze też, że sprawców mogło być więcej. Wskazuje na to liczba cięć zadanych nożem, jak również fakt, że jedne z nich zadała osoba praworęczna, a inne leworęczna.

– A więc możemy mieć do czynienia z dwoma sprawcami, z których jeden posiada wiedzę anatomiczną, a drugi nie? – pyta Åhlund, który zapisuje coś skrupulatnie w leżącym przed nim notesie.

– Niewykluczone – odpowiada z wahaniem w głosie Hurtig. Patrzy na Jeanette, która potwierdza jego słowa skinieniem głowy. Dla niej to tylko luźne wątki, nic innego.

– A co mówi jego żona? Czy słyszała, aby ktoś groził jej mężowi?

– Wczoraj nie udało nam się wydobyć w niej nic sensownego – mówi Hurtig. – Porozmawiamy z nią później.

– W każdym razie klucz tkwił w zamku od wewnątrz, co nasuwa przypuszczenie, że ofiara znała sprawcę – zaczyna Jeanette, ale przerywa jej pukanie do drzwi.

Przez kilka sekund siedzą cicho. Po chwili do pokoju wchodzi Andrić.

Jeanette widzi, jak Hurtig oddycha z ulgą po wysiłku związanym z prezentacją tez raportu. Nigdy wcześniej tego u niego nie zauważyła.

– Akurat tędy przejeżdżałem – mówi Andrić.

– A więc masz dla nas coś nowego? – pyta Jeanette.

– Tak, mam nadzieję, że obraz nam się trochę rozjaśni. – Andrić wzdycha. Zdejmuje z głowy bejsbolówkę i siada na stole obok Jeanette. – Przyjmijmy następujące założenie: Silfverberg spotyka sprawcę na ulicy i razem idą do jego mieszkania. Na ciele nie znalazłem śladów, które mogłyby wskazywać, że został związany, więc uważam, że ich spotkanie toczyło się normalnie do chwili, aż nagle coś się wydarzyło.

– „Wydarzyło" to chyba dość łagodne określenie – wtrąca Schwarz.

Andrić nie odpowiada, tylko kontynuuje swoją wypowiedź.

– Mimo wszystko uważam, że to morderstwo było zaplanowane.

– Na jakiej podstawie wyciągnąłeś taki wniosek? – pyta znad notesu Åhlund.

– Nic nie wskazuje na to, żeby sprawca był pijany, nie widać też po nim symptomów choroby psychicznej. Znaleźliśmy dwa kieliszki, ale oba zostały dokładnie wytarte.

– A co można powiedzieć o samym poćwiartowaniu zwłok? – wypytuje dalej Åhlund.

Jeanette siedzi, w milczeniu obserwując podwładnych.

– To nie jest typowe ćwiartowanie zwane powszechnie „ćwiartowaniem transportowym". Prawdopodobnie doszło do niego w łazience.

Andrić dokładnie opisuje, w jakiej kolejności sprawca przeprowadził ćwiartowanie i w jakim porządku rozłożył odcięte fragmenty ciała w mieszkaniu. Nocą i rano policyjna ekipa dokładnie sprawdziła całe mieszkanie w poszukiwaniu śladów. Technicy badali nawet kurki w łazience, rury kanalizacyjne i kratkę w studzience odpływowej.

– Ciekawe jest to, że uda zostały bardzo fachowo odcięte od stawów biodrowych zaledwie kilkoma cięciami. Z równą fachowością sprawca odciął golenie od stawów kolanowych.

Kiedy Andrić kończy swoje wystąpienie, Jeanette rzuca dwa pytania jakby w powietrze, bez konkretnego adresata:

– Co nam mówi poćwiartowanie ciała o orientacji sprawcy? Czy znowu to zrobi? – Obserwuje reakcję każdego z osobna. Patrzy im uważnie w oczy.

Niestety, na to nikt z obecnych nie potrafi odpowiedzieć.

# Jezioro Klara Sjö

Klara Sjö mimo swojej nazwy – Jasne Jezioro – to brudny zbiornik nie nadający się do połowu ryb ani kąpieli.

Sieć kanalizacyjna jest rozległa, a tutejsze zakłady przemysłowe i ruch samochodowy, który odbywa się biegnącą w pobliżu Klarastrandsleden, doprowadziły do sporych zanieczyszczeń. Ich efektem jest wysoka zawartość azotu, fosforu i wielu innych metali, jak również substancji smolistych. Widoczność w wodzie jest prawie zerowa, podobnie jak w pobliskiej siedzibie prokuratury.

Obowiązuje tu pewna hierarchia. Jest szef, grupa wywiadowców, w każdej sprawie pojawia się prokurator i śledczy. To oni decydują o tym, jak „głęboko" dane śledztwo powinno sięgnąć.

Kenneth von Kwist przegląda zdjęcia, na których jest Per-Ola Silfverberg.

Tego już za wiele, myśli. Dłużej nie wytrzymam.

Gdyby prokurator miał zdolność przetwarzania targających nim uczuć na symboliczny obraz, ujrzałby, jak całe jego ciało rozlatuje się na drobne kawałki. Przypomina to sytuację, gdy pocisk trafia w lustro i żaden z okruchów nie jest większy niż paznokieć. Niestety, von Kwist takiej umiejętności nie posiada, dlatego targa nim niepokój, bo zadawał się kiedyś z niewłaściwymi ludźmi.

Gdyby nie Viggo Dürer, siedziałby tu teraz spokojnie i bezpiecznie i liczyłby dni do emerytury.

Najpierw Lundström, potem Bergman, a teraz jeszcze Silfverberg. Każdego z nich przedstawił mu Dürer, ale żadnego nie uważał nigdy za bliskiego przyjaciela. Znał ich, spotykali się, lecz nic więcej.

Tylko czy to przekona wścibskiego dziennikarza? Albo tak gorliwą śledczą jak na przykład Jeanette Kihlberg?

Z własnego doświadczenia wie, że można ufać wyłącznie samolubom. Działają zawsze według ustalonego wzoru i bardzo dobrze wiadomo, jak się zachowają.

Jeśli się jednak trafi na kogoś takiego jak Kihlberg, która sprawiedliwość traktuje ze śmiertelną powagą, niczego nie da się z góry przewidzieć. Dlatego tylko osoby samolubne można oszukać, ofiarowując im coś w zamian.

Oznacza to, że Kihlberg nie da się uciszyć w typowy sposób. Musi więc dopilnować, aby nie miała dostępu do materiału, którym dysponuje tylko on. Wie też, że to, co zamierza teraz zrobić, będzie miało znamiona przestępstwa.

Z pierwszej szuflady biurka wyjmuje teczkę sprzed trzynastu lat i włącza niszczarkę. Słychać charakterystyczny szelest. Zanim wrzuci zawartość teczki do niszczarki, czyta jeszcze, co napisał duński obrońca Silfverberga.

*Zarzutów jest wiele, są nieprecyzyjne co do czasu oraz miejsca i dlatego trudne do udowodnienia. Wynik sprawy zależy w dużej mierze od zeznań złożonych przez dziewczynę i od wiarygodności jej wypowiedzi.*

Powoli wkłada do niszczarki kolejną kartkę. Słychać głośny szelest i po chwili z drugiej strony wychodzą wąskie skrawki papieru.

Kolejna kartka.

*Reszta materiału dowodowego, na który oskarżenie powoływało się w sprawie, może albo wzmocnić, albo osłabić wiarygodność dziewczyny i złożonych przez nią zeznań. W czasie przesłuchania zeznała o pewnych czynach, których Silfverberg dopuścił się wobec niej. Nie była jednak w stanie złożyć w sądzie wszystkich zeznań. Dlatego niektóre jej wypowiedzi trzeba było przedstawić w formie odtworzenia przesłuchań nagranych przez policję na wideo.*

Kolejne kartki, kolejne skrawki papieru.

*W odpowiedzi na przedstawione nagrania obrona stwier-dziła przede wszystkim, że prowadzący przesłuchanie stawiali jej pytania nakierowujące i w ten sposób wymuszali konkretne odpowiedzi. Poza tym dziewczyna miała powody, aby oskarżać Silfverberga o takie czyny. Gdyby mogła udowodnić, że to on był powodem jej problemów psychicznych, mogłaby opuścić rodzinę zastępczą i przeprowadzić się do Szwecji.*

Do Szwecji, zastanawia się von Kwist, wyłączając niszczarkę.

# Dawniej

*Powiedział, że nie ma żadnego konkretnego powodu, aby zaczynać na nowo. Zawsze należałaś do mnie i zawsze tak będzie, dodał. Poczuła się wtedy jakby złożona z dwóch różnych istot: tej, która go lubi, i drugiej, która go nienawidzi.*

Cisza, która utrzymuje się w pokoju, przypomina próżnię.

Przez całą podróż do Nacki ciężko i głośno oddycha przez nos. Dźwięki, które wydaje, całkowicie pochłaniają jej uwagę.

Zatrzymuje samochód przed szpitalem i wyłącza silnik.

– No i jesteśmy – mówi.

Victoria wysiada z samochodu i zatrzaskuje drzwi. Wie, że on dalej będzie siedział w milczeniu za kierownicą.

Wie też, że nie będzie musiała się odwracać, aby się upewnić, czy dzielący ich dystans rzeczywiście się powiększa. Z każdym pokonanym metrem porusza się coraz lżejszym krokiem. Łatwiej jej się oddycha, płuca wypełniają się coraz większą ilością powietrza. Zupełnie nie przypomina powietrza, które otacza jego. Jest takie świeże.

Bez niego nie byłaby taka chora.

Bez niego byłaby niczym, sama to wie, ale woli nie zagłębiać się za bardzo w takie rozważania.

Terapeutka, z którą się spotyka, przekroczyła już wiek emerytalny, lecz nadal pracuje w swoim zawodzie.

Ma sześćdziesiąt sześć lat i jest bardzo mądra. Na początku szło im jak po grudzie, jednakże już po kilku sesjach Victoria poczuła, że coraz łatwiej jej się przed nią otworzyć.

Kiedy wchodzi do gabinetu, od razu szuka jej oczu.

To za nimi tak bardzo tęskni. To w nich chce się zatopić.

Oczy terapeutki pomagają jej zrozumieć siebie. Są już bardzo stare, wszystko widziały i wzbudzają zaufanie. Nie wpadają w panikę i nie sugerują, że jest szalona, ale nie mówią też, że ona, Victoria, ma rację albo że ją rozumieją.

Oczy terapeutki nie próbują się do niej przymilać.

Dlatego może w nie zaglądać i czuć się bezpiecznie.

– Kiedy ostatni raz czułaś się dobrze? – pyta terapeutka.

Każdą rozmowę zaczyna od pytania, którym posługuje się potem w czasie całej sesji.

Victoria zamyka oczy. Terapeutka kazała jej to robić, jeśli nie zna odpowiedzi na pytanie.

Sięgnij w głąb siebie, powiedz, co czujesz, nie próbuj udzielać prawidłowej odpowiedzi.

Nie ma prawidłowych odpowiedzi. Nie ma też błędnych.

– Ostatnio jak prasowałam tacie koszule, powiedział, że wyglądają doskonale.

Victoria się uśmiecha, bo wie, że nie było na nich ani jednej zmarszczki, a kołnierzyki były w sam raz sztywne.

Oczy poświęcają jej całą uwagę, są tu tylko dla niej.

– Gdybyś mogła wybrać coś, co chciałabyś robić przez resztę życia, czy wybrałabyś prasowanie koszul?

– Ależ skąd! – oburza się Victoria. – Prasowanie koszul jest cholernie nudne – dodaje i od razu sobie uświadamia, co przed chwilą powiedziała, dlaczego to zrobiła i jak powinna brzmieć prawidłowa odpowiedź. – Zazwyczaj układam rzeczy na jego biurku i w szufladach szafy – dodaje z rozpędu – żeby się przekonać, czy po powrocie do domu coś zauważy. Prawie nigdy niczego nie zauważa, nawet gdy poukładam koszule według kolorów. Od białego poprzez różne odcienie szarości aż do czarnego.

Oczy spoglądają na nią z ciekawością.

– Interesujące. W każdym razie pochwalił cię ostatnio, jak wyprasowałaś mu koszule?

– Tak, zrobił to.

– A co z twoimi studiami? – pyta terapeutka, nie komentując jej ostatnich słów.

– Tak sobie. – Victoria wzrusza ramionami.

– Jaką dostałaś ocenę za ostatnią pracę?

Victoria zwleka z odpowiedzią.

Oczywiście pamięta, jak brzmiała treść zadania i jak zostało ocenione, ale nie wie, jak się wykręcić od odpowiedzi.

Śmiesznie to zabrzmi.

Terapeutka czeka, a Victoria oddycha powietrzem wypełniającym pokój. Czuje, jak tlen przenika cały jej organizm i stopniowo pobudza ją do życia.

Zaczyna czuć nogi, ramiona i mięśnie, gdy rusza ręką, żeby odgarnąć włosy z czoła.

– Szóstkę – odpowiada z ironią Victoria. – Uzasadnienie brzmiało: „Masz fenomenalne zrozumienie naturalnych procesów i przytaczasz własne fascynujące rozważania. Chciałabym, żebyś je rozwinęła w ramach jakiegoś bardziej złożonego zadania".

Terapeutka patrzy na nią z dumą i splata dłonie.

– To fantastyczna sprawa – mówi. – Czy nie czułaś satysfakcji, gdy praca wróciła z taką oceną?

– Ale to i tak nie odgrywa żadnej roli – broni się Victoria. – Przecież to było na niby.

– Posłuchaj – odpowiada poważnym tonem pani psycholog. – Wiem, że rozmawiałaś o jednym ze swoich problemów. Polega on na tym, że nie umiesz odróżnić tego, co na niby, od tego, co naprawdę. Tak to zwykle określasz. Mówisz też o tym, co jest dla ciebie ważne i nieważne. Tak to zwykle określam. Jeśli się nad tym zastanowisz, czy to nie będzie właśnie przykład tego? Mówisz, że czujesz się dobrze, prasując koszule, ale tak naprawdę nie chcesz tego robić. A kiedy studiujesz, co sprawia ci przyjemność, osiągasz wspaniałe wyniki, ale... – unosi palec i kieruje wzrok na Victorię – ...nie pozwalasz sobie na zadowolenie, gdy ktoś cię chwali za to, co lubisz robić.

Te jej oczy... zastanawia się Victoria. Widzą wszystko, czego ona nigdy nie widziała, bo tylko przeczuwała, że coś takiego istnieje. Powiększają ją, kiedy próbuje się pomniejszyć, i ostrożnie pokazują jej różnicę między tym, co sobie wmawia, że widzi, słyszy i czuje, a tym, co się dzieje w rzeczywistym świecie innych ludzi.

Żałuje, że tak jak terapeutka nie może widzieć tego wszystkiego starymi mądrymi oczami.

Ulga, którą odczuwa w gabinecie psychologa, po wyjściu trwa zaledwie tyle czasu, ile zajmuje jej pokonanie dwudziestu ośmiu stopni prowadzących do głównych drzwi.

Wychodzi na ulicę i od razu go zauważa. Nadal siedzi w samochodzie, czekając na nią.

Twarz ma niewzruszoną, ciężką. Jej twarz też tężeje.

W drodze do domu w samochodzie panuje cisza.

Mijają kolejne przecznice, dom za domem, rodzinę za rodziną.

Jadą przez Hjortängen i Backaböl.

Przez okno samochodu Victoria widzi ludzi, którzy chodzą po ulicach, jakby mieli do tego prawo należne im z urodzenia.

Dziewczynę w swoim wieku, która idzie razem z mamą.

Obie mają takie beztroskie twarze.

Mogłabym nią być, myśli Victoria.

Uświadamia sobie, że mogłaby być kimkolwiek.

Niestety, jest tylko sobą.

Przeklina panujący porządek rzeczy i przypadek, ale zaciska zęby i stara się nie oddychać tym samym powietrzem co on.

– Wieczorem musimy się nad czymś naradzić – słyszy jego głos, gdy są już na miejscu i Victoria wysiada z samochodu. Widzi, jak chwyta za spodnie i podciąga je powyżej brzucha. Robi to tak, że widać zarysy jego genitaliów. Victoria odwraca wzrok i idzie w stronę domu.

Po lewej rośnie jarzębina, którą rodzice posadzili w dniu jej urodzin. Owoce są już dojrzałe i prowokują czerwienią, jakby chciały zademonstrować, że drzewo jest zwycięzcą, a ona tą przegraną.

Dom jest jak czarna dziura, która unicestwia każdego, kto wchodzi do środka. Victoria otwiera drzwi, żeby ją też pochłonął.

Mama nie reaguje na ich widok, ale kolacja jest już gotowa. Siadają przy stole. Tata, mama, Victoria.

W pewnej chwili Victoria uświadamia sobie, że przypominają rodzinę.

Czuje, jak ciało stopniowo jej drętwieje. Ma nadzieję, że zanim on się odezwie, zdrętwienie dosięgnie jej serca.

– Victorio... – słyszy jego głos. Serce nadal jej bije. Widzi na stole jego splecione żylaste dłonie. Już wie, że to, co usłyszy, nie będzie radą, tylko rozkazem. – Uważamy, że zmiana klimatu dobrze ci zrobi. Razem z mamą doszliśmy do wniosku, że dobrze byłoby połączyć miłe z pożytecznym.

Patrzy wyzywającym wzrokiem na żonę, która kiwa potakująco głową i dokłada mu na talerz ziemniaków.

– Pamiętasz Vigga? – pyta Bengt, patrząc na Victorię.

Tak, pamięta go.

To Duńczyk, który regularnie ich odwiedzał, gdy była mała. Mamy nigdy nie było wtedy w domu.

– Tak, pamiętam. Co u niego? – Victoria sama nie rozumie, jak udaje jej się formułować słowa, a nawet zdania. Coś się w niej jednak budzi.

– Właśnie do tego zmierzam. Viggo ma posiadłość na Jutlandii i potrzebuje kogoś, kto zajmie się domem. To nie będą zbyt liczne obowiązki, zważywszy na twój obecny stan.

– Mój obecny stan? – powtarza Victoria i od razu czuje, jak złość, która w niej kipi, stopniowo wypiera paraliż.

– Wiesz, o co mi chodzi – słyszy jego podniesiony głos. – Wypowiadasz się we własnym imieniu, spotykasz się z jakimiś kolegami, chociaż masz dopiero siedemnaście lat, a na dodatek zdarzają ci się wybuchy złości i zachowujesz się jak małe dziecko!

Victoria zgrzyta zębami i wpatruje się w stół. Nie odpowiada na jego zarzuty, więc wzdycha zrezygnowany.

– No właśnie – mówi. – Winny zawsze milczy. Ale my chcemy twojego dobra. Viggo ma znajomości w Ålborgu i może ci pomóc. Pojedziesz do niego wiosną. Koniec dyskusji.

Victoria kończy posiłek kubkiem herbaty, a on wsuwa między zęby kostkę cukru i popija herbatę, przepuszczając ją przez cukier, aż się rozpuści. Jak zwykle siorbie. Victoria i jej mama siedzą w milczeniu.

– To dla twojego dobra – kończy Bengt, wstając od stołu. Podchodzi do zlewu i spłukuje kubek, stojąc do nich plecami. Mama Victorii kręci się niespokojnie na krześle, odwraca wzrok.

Obie z Victorią obserwują, jak zakręca wodę, wyciera ręce i pochyla się nad zlewozmywakiem.

– Nie jesteś jeszcze pełnoletnia – mówi. – Jesteśmy za ciebie odpowiedzialni. Koniec dyskusji.

O tym akurat wiem, myśli Victoria. Z nim nigdy nie ma dyskusji i nigdy nie było.

# Komenda policji w Kronobergu

Kiedy Andrić, Schwarz i Åhlund wyszli z salki konferencyjnej, Hurtig pochyla się nad stołem i mówi do Jeanette cichym głosem:
– Zanim zajmiemy się sprawą Silfverberga, powiedz, jak stoimy ze starymi śledztwami.
– Kręcę się w miejscu – odpowiada Jeanette. – Tak to przynajmniej widzę. A co u ciebie? Dowiedziałeś się czegoś?
Wydaje jej się, że twarz Hurtiga lekko jaśnieje. Pewnie jest z siebie dumny. Widocznie ma coś nowego.
W jego oczach jest coś, co zdradza udawaną nonszalancję. Ale Jeanette już wie, że w jego przypadku oznacza to niecierpliwość. To kolejne potwierdzenie, że Hurtig jest właściwą osobą na właściwym miejscu.
– Mam dobre i złe wiadomości – mówi. – Od której...
– Nie zaczynaj od oklepanych zwrotów – przerywa mu Jeanette i szeroko się uśmiecha. – Przepraszam, żartowałam. Zacznij od tej złej. Wiesz, że tak wolę.
– Okej. Na początek historia sprawy Dürera i von Kwista. Oprócz tego, że pięć albo sześć spraw, w których obaj reprezentowali swoje strony, zostało umorzonych, nie znalazłem niczego dziwnego. Właściwie nie powinno to dziwić, ponieważ obaj specjalizowali się w tych samych rodzajach przestępstw. Znalazłem wielu adwokatów, którzy byli obrońcami w sprawach, w których oskarżał von Kwist. Możesz to sama sprawdzić, ale nie sądzę, żebyś coś znalazła.
– Mów dalej.
– Lista darczyńców. Fundację „Sihtunum i Diasporan" wspiera grupa absolwentów szkoły w Sigtunie, przedsiębiorców i polityków. To ludzie sukcesu o nieskazitelnej przeszłości. Zaledwie kilku

z nich nie jest bezpośrednio związanych ze szkołą, ale albo osobiście znają kogoś z absolwentów, albo mają inne kontakty, które ich z tą szkołą wiążą.

Jak na razie nic konkretnego, myśli Jeanette. Mimo to daje Hurtigowi znak, by kontynuował.

– Znalezienie numeru IP było trochę skomplikowane. Użytkownik, który opublikował w sieci listę darczyńców, dokonał tylko jednego wpisu i długo musiałem szukać, zanim zidentyfikowałem jego adres. Zgadnij, dokąd mnie doprowadził.

– W ślepą uliczkę?

– Do sklepu sieci Seven Eleven w Malmö – odpowiada Hurtig, rozkładając ręce. – Myślę, że to faktycznie ślepa uliczka. Sama dobrze wiesz, że jeśli nic szczególnego się nie wydarzy, nie przechowują nagrań monitoringu z każdego dnia. Za dwadzieścia dziewięć koron można anonimowo kupić bilet w automacie i przez godzinę korzystać z komputera.

– Za to mamy dokładną datę, gdy ten użytkownik przebywał w Malmö. To już coś, nie sądzisz? Czy to już koniec złych wiadomości?

– Tak.

– Jutro rano chcę mieć na biurku raport w tej sprawie. Na wszelki wypadek sama jeszcze raz wszystko sprawdzę. Nie bierz mi tego za złe, wiesz, że ci ufam, ale co dwie pary oczu, to nie jedna, a dwa mózgi myślą lepiej niż jeden.

– Oczywiście.

– A dobra wiadomość?

Hurtig uśmiecha się szeroko.

– Jednym z darczyńców był Silfverberg.

Przed wyjściem do domu Jeanette informuje Billinga o finansowych uwarunkowaniach śledztwa w sprawie Silfverberga. Kiedy przechodzi obok urzędu miejskiego, zastanawia się nad budżetem, który Billing od razu jej obiecał. Jest dziesięć razy większy niż ten, który przyznał jej na śledztwo w sprawie zamordowanych chłopców.

Martwe dzieci bez dokumentów są warte mniej niż martwy Szwed na wysokim stanowisku i z dużym kontem w banku, stwierdza z rosnącym gniewem.

Zastanawia się, jakie czynniki decydują tak naprawdę o wartości ludzkiego życia.

Liczba żałobników na pogrzebie? Wartość spadku, który pozostał po zmarłym? Medialne zainteresowanie jego śmiercią? Pozycja zmarłego w społeczeństwie? Jego pochodzenie albo kolor skóry?

A może wysokość budżetu na prowadzenie śledztwa?

Koszty śledztwa w sprawie śmierci minister spraw zagranicznych Anny Lindh zamknęły się kwotą piętnastu milionów koron. Wyliczono je po tym, gdy Sąd Apelacyjny skazał jej zabójcę, Mijaila Mijailovicia, na pobyt w zamkniętym zakładzie psychiatrycznym. Wiadomo też, że w policji kwota ta uważana jest za niską w porównaniu z tym, co wydano na śledztwo w sprawie śmierci premiera Olofa Palmego. Do dzisiaj kwota ta sięgnęła trzystu pięćdziesięciu milionów koron.

# Park Vita Bergen

Kiedy Sofia Zetterlund się budzi, boli ją całe ciało, jak gdyby przebiegła we śnie kilkadziesiąt kilometrów. Wstaje z łóżka i idzie do łazienki.

Cholera, ależ ja wyglądam, myśli, patrząc na odbicie w lustrze wiszącym nad umywalką.

Włosy ma potargane, a na twarzy makijaż, który zapomniała zmyć przed snem. Tusz zupełnie się rozmazał i teraz Sofia wygląda, jakby ktoś jej podbił oczy. Szminka przypomina różową błonę, która pokryła całą brodę.

Co tu się wczoraj stało?

Odkręca kran i przez chwilę trzyma dłonie pod wodą. Potem je stula, nabiera wody i myje twarz.

Przypomina sobie, że była w domu i oglądała telewizję. Co jeszcze?

Wyciera twarz, odwraca się, odciąga zasłonę przy prysznicu. Brodzik jest wypełniony po brzegi. Leży w nim pusta butelka po winie, a z napisu na etykiecie, która się odkleiła i pływa w wodzie, wynika, że to droga Rioja, która przez kilka lat stała w barku.

Nie ja wypiłam wino, tylko Victoria.

Co jeszcze oprócz wina i kąpieli pod prysznicem? Czy nocą dokądś wychodziła? Zostawiła puste mieszkanie?

Otwiera drzwi i wygląda na klatkę, ale nic dziwnego tam nie widzi. Za to w kuchni przy szafce pod zlewozmywakiem stoi reklamówka. Od razu się domyśla, że nie ma w niej śmieci.

W środku są mokre ubrania. Wyrzuca je na podłogę.

Czarny sweter z dzianiny, czarna koszula i ciemnoszare spodnie do joggingu. Wzdycha głęboko, rozkłada ubrania na podłodze i zaczyna je dokładnie oglądać.

Nie są brudne, lecz bije od nich zapach stęchlizny. Pewnie dlatego, że przez całą noc leżały w reklamówce, chociaż trudno to ustalić. Śmierdzą mieszanką potu, którym nasiąknięty jest sweter, i słonej wody morskiej.

Sofia dochodzi do wniosku, że na razie nie uda jej się ustalić, co robiła ostatniej nocy. Zbiera ubrania i wiesza je w łazience, aby wyschły. Wypuszcza wodę z brodzika, wyjmuje butelkę po winie.

Potem wraca do sypialni, podciąga żaluzje i patrzy na budzik. Za kwadrans ósma. Nie ma pośpiechu. Dziesięć minut na prysznic, dziesięć przed lustrem i przejazd taksówką do gabinetu. Pierwszego pacjenta ma o dziewiątej.

Przypomniała sobie, że Linnea Lundström jest umówiona na pierwszą. A kto przed nią? Nie pamięta.

Zamyka okno i głęboko oddycha. Tak dalej być nie może.

Nie mogę tak dalej żyć, myśli Sofia. Victoria musi zniknąć.


Pół godziny później siedzi już w taksówce i przegląda się w lusterku wstecznym. Jest zadowolona ze swojego wyglądu.

Maska na jej twarzy wygląda tak jak powinna, ale Sofia jest cała rozdygotana.

Już wie, że nic jej się nie stało. Nic nowego.

Różnica polega tylko na tym, że teraz jest świadoma luk w pamięci.

Wcześniej były tak naturalnym składnikiem jej osobowości, że mózg ich nawet nie rejestrował. Po prostu nie istniały. Teraz się pojawiły i tkwią w jej życiu jak niepokojące czarne dziury.

Wie, że powinna się nauczyć, jak sobie z nimi radzić. Musi zacząć funkcjonować na nowo, poznać Victorię Bergman. Dziecko, którym kiedyś była. Dorosłą kobietę, którą się potem stała, ukrytą przed światem i przed sobą.

Wspomnienia z życia Victorii, młodych lat spędzonych w rodzinie Bergmanów, nie przypominają fotograficznego archiwum, w którym wszystko jest tak poukładane, że wystarczy wyciągnąć odpowiednią szufladę, wyjąć album z właściwą datą lub zdarzeniem i obejrzeć zdjęcia. Wspomnienia z dzieciństwa napływają kapryśnie, wkradają się do jej świadomości w chwilach, kiedy najmniej się tego spodziewa. Czasem pojawiają się bez żadnego zewnętrznego impulsu, innym razem do przeszłości cofa ją jakiś przedmiot albo rozmowa.

Dziesięć minut temu, gdy czekała w domu na taksówkę, poszła do kuchni, by obrać pomarańczę. Zapach owocu przywołał w jej pamięci wspomnienie soku pomarańczowego. To było któregoś lata w ogrodzie w Dala-Flodzie, miała wtedy osiem lat. W Argentynie trwały właśnie mistrzostwa świata w piłce nożnej i tata zostawił ją na ten czas w spokoju. Pewnego dnia Szwecja przegrała decydujący mecz grupowy. Jej tata był tak wkurzony, że musiała go uspokajać rękami. Nagle przypomniała sobie, jak usiadł na niej okrakiem na podłodze w kuchni, a ona tak długo masowała mu tę jego rzecz, aż wytrysnęła z niej ciecz. Miała obrzydliwy smak, prawie jak oliwki.

Taksówka zatrzymuje się na czerwonym świetle na ulicy Folkungagatan. Sofia myśli o Annette Lundström. Kolejne wspomnienie z przeszłości, które przypadkiem jej pamięć przywołuje.

W jej wychudzonej twarzy Sofia ujrzała pewną dziewczynkę ze szkoły w Sigtunie, gdy Victoria chodziła do pierwszej klasy. Dziewczynka była od niej o dwa lata starsza. Plotkowała o niej za plecami i wodziła za nią wzrokiem na szkolnych korytarzach.

Annette na pewno pamięta zdarzenie, do którego doszło w szopie na narzędzia. Annette też tam była i śmiała się z niej. Sofia jest pewna, że Annette nie ma pojęcia, iż psycholog, której zwierza się na sesjach terapeutycznych wraz ze swoją córką, to ta sama dziewczyna, z której się tak kiedyś naśmiewała.

Już wkrótce wyświadczy jej przysługę. Pomoże jej córce przezwyciężyć traumę. To taka sama trauma jak ta, której doświadcza ona, Sofia. Wie, że nie da się jej pozbyć.

Mimo to trzyma się kurczowo nadziei, że uda jej się uniknąć konfrontacji ze wspomnieniami i potraktuje je jako własne. Mózg próbował jej tego oszczędzić, dlatego pozbawił ją wiedzy o ich istnieniu. Niestety, nie pomogło. Bez wspomnień jest tylko pustą skorupą.

Lepiej już nie będzie. Może być tylko gorzej.

Kiedy taksówka skręca w Folkungagatan, Sofia zaczyna się zastanawiać, czy nie nadszedł czas, by posłużyć się bardziej drastycznymi metodami. Regresja, powrót do wczesnych wspomnień pod wpływem narkozy... może to jest jakieś wyjście? Jednak metoda ta wymagałaby udziału drugiego terapeuty, więc Sofia od razu dochodzi do wniosku, że to nie najlepsze rozwiązanie. Ryzyko jest zbyt duże, bo nie wie, jakich czynów Victoria dopuściła się nie tylko w przeszłości, lecz także w ostatnich miesiącach. A przecież Victoria to ona.

Zastanawia się nad wszystkimi rozmowami, które odbyła z Victorią i nagrała na magnetofon. O sesjach, których nie można nazwać inaczej jak terapią z wykorzystaniem autohipnozy. Ale wie bardzo dobrze, że tą metodą nie da się sterować. Monologi Victorii Bergman żyją własnym życiem. Żeby się dowiedzieć, czego Victoria doświadczyła, Sofia musi tymi rozmowami kierować.

Bez względu na to, jaki wariant rozważa, zawsze dochodzi do wniosku, że nie ma innego rozwiązania jak pełna, całkowita integracja Victorii i Sofii w jedną osobę, w jeden umysł z dostępem do myśli obu osobowości i do ich wspomnień.

Zaczyna też rozumieć, że będzie to niemożliwe, dopóki Victoria odrzuca tę część siebie, która jest Sofią Zetterlund, a nawet nią pogardza. Ale i Sofia wzbrania się przed myślą, że mogłaby zaakceptować akty przemocy, których dopuściła się Victoria. Są dwiema różnymi osobami bez żadnego wspólnego mianownika.

Łączy je tylko jedno: dzielą to samo ciało.

# Komenda policji w Kronobergu

— Masz gościa! — woła Hurtig do wychodzącej z windy Jeanette.
— W pokoju czeka na ciebie Charlotte Silfverberg. Chcesz, żebym uczestniczył w rozmowie?

Jeanette była przekonana, że ona pierwsza nawiąże kontakt z panią Silfverberg, a nie odwrotnie. Po śmierci męża pani Silfverberg była w zbyt silnym szoku, żeby można z nią porozmawiać. Widocznie coś jej leży na sercu.

— Nie, sama z nią porozmawiam — mówi Jeanette. Idąc korytarzem, widzi, że drzwi do jej pokoju są otwarte.

Charlotte Silfverberg stoi plecami do nich, wyglądając przez okno.

— Dzień dobry — wita ją Jeanette i siada za biurkiem. — Bardzo dobrze, że pani przyszła. Zamierzałam się z panią skontaktować. Jak się pani czuje?

Kobieta się odwraca, ale nadal w milczeniu stoi przy oknie. Jeanette widzi, że jest niezbyt pewna siebie.

— Proszę usiąść, jeśli pani chce. — Wskazuje krzesło po drugiej stronie biurka.

— Dziękuję, wolę postać. Zaraz i tak muszę iść.

— No dobrze... Czy chce pani porozmawiać o czymś szczególnym? Jeśli nie, zadam kilka pytań.

— Niech pani pyta — odpowiada Charlotte i jednak siada.

— „Sihtunum i Diasporan" — zaczyna Jeanette. — Pani mąż był jednym ze sponsorów. Czy pani coś wie na temat tej fundacji?

Charlotte wierci się na krześle.

— Wiem tylko tyle, że to grupa mężczyzn, którzy spotykają się raz do roku i dyskutują o różnych projektach charytatywnych.

Osobiście uważam, że to pretekst, by napić się drogich alkoholi i powspominać stare czasy w wojsku.

– Nic więcej?

– Nie, raczej nie. Per-Ola nie był tym zbytnio zainteresowany. Wiele razy mówił, że chciałby się z tego wycofać.

Jeanette dochodzi do wniosku, że kobieta nie tylko wygląda na niezorientowaną, ale naprawdę nic nie wie.

– A o czym chciała pani ze mną porozmawiać?

– Muszę pani o czymś powiedzieć. – Charlotte przełyka głośno ślinę i krzyżuje ręce na piersi. – Myślę, że to ważne.

– Okej – mówi Jeanette, przerzucając puste kartki w notesie. – W takim razie słucham.

– No więc... – zaczyna niepewnym głosem pani Silfverberg. – Trzynaście lat temu, na rok przed naszą przeprowadzką do Sztokholmu, Peo został o coś oskarżony, uznano go jednak za niewinnego. Sprawa poszła wprawdzie w niepamięć, ale...

O coś oskarżony, powtarza w myślach Jeanette. Peo – takim zdrobnieniem posługuje się jego żona. Od razu przypomina sobie artykuł, który czytała. A więc to coś kompromitującego? Już chce zapytać o to rozmówczynię, zmienia jednak zdanie i pozwala jej dokończyć.

– Od tamtej pory... To było właściwie przy kilku okazjach. Nie sądzę, żeby Peo coś zauważył. – Charlotte opiera się o krzesło. – Bywały długie okresy, gdy czułam się prześladowana – mówi w końcu. – Dostałam dwa listy.

– Listy? – pyta zniecierpliwiona Jeanette. – Jakie listy?

– Właściwie nie wiem. Dziwna sprawa. Pierwszy przyszedł zaraz po tym, jak wycofano oskarżenie przeciwko mojemu mężowi. Uznaliśmy, że autorką listu była jakaś feministka, którą poirytowało, że mój mąż nie został skazany.

– Co było w tym liście? Ma go pani jeszcze?

– Nie. Zawierał całą masę nieskładnych zdań, więc go wyrzuciłam. Teraz myślę, że to było głupie z mojej strony.

Niech to szlag, myśli Jeanette.

– A dlaczego pani uważa, że napisała go feministka? O co pani mąż był podejrzany?

W zachowaniu Charlotte dokonuje się nagła zmiana. Na pytanie Jeanette odpowiada nieprzyjaznym tonem:

– Przecież sama pani może sprawdzić, prawda? Ja nie chcę o tym rozmawiać. Dla mnie sprawa jest już nieaktualna.

Jeanette zaczyna podejrzewać, że Charlotte uważa ją za swojego wroga. Za osobę, która wprawdzie jest policjantką, ale nie stoi po jej stronie. A może właśnie dlatego?

Wie jednak, że nie może jej rozzłościć.

– A więc pani nie wie, kto ten list napisał? – upewnia się z uśmiechem.

– Nie. Chyba ktoś, komu się nie spodobało, że Peo został oczyszczony z zarzutów – odpowiada z głębokim westchnieniem Charlotte. – Tydzień temu przyszedł drugi list. Mam go ze sobą.

Wyjmuje z torebki kopertę i kładzie ją na biurku.

Jeanette pochyla się, wysuwa dolną szufladę, wyjmuje z niej parę lateksowych rękawiczek i szybko je nakłada. Wie, że pani Silfverberg zostawiła na papierze swoje odciski palców, podobnie jak urzędnicy pocztowi, lecz robi to odruchowo.

Z bijącym sercem bierze list do ręki.

Zwykła biała koperta. Można je kupić w opakowaniach po dziesięć sztuk w ICA albo w Konsumie.

Stempel przystawiono w Sztokholmie, list zaadresowano na nazwisko Per-Ola Silfverberg dziecięcym charakterem pisma. Czarnym atramentem. Jeanette marszczy brwi.

Ostrożnie otwiera list górną powierzchnią wskazującego palca.

List napisano na normalnym białym arkuszu A4. Taki papier sprzedawany jest w ryzach po pięćset sztuk.

Jeanette rozkłada kartkę i czyta. Ten sam charakter pisma, czarny atrament:

PRZESZŁOŚĆ ZAFSZE DOPADA.

No tak, nic oryginalnego, myśli z westchnieniem. Przygląda się swojej rozmówczyni.

– Słowo „zawsze" zostało napisane z błędem – mówi. – Czy to pani coś mówi?

– To niekoniecznie musi być błąd. Po duńsku to słowo pisze się inaczej niż po szwedzku.

– Wie pani, że ten list to dowód w sprawie? Dlaczego przychodzi pani z nim dopiero teraz?

– Sama nie wiem, co się ze mną dzieje. Dopiero teraz odważyłam się wrócić do mieszkania.

Wstyd, myśli Jeanette. Zawsze pojawia się wstyd. Bez względu na to, o co oskarżono jej męża, było to coś, co wywołuje wstyd. Na pewno.

– Rozumiem. Czy przypomniała sobie pani coś jeszcze?

– Nie... przynajmniej nic konkretnego, nic takiego jak ten list. W zeszłym tygodniu odebrałam dwa głuche telefony. Kiedy podniosłam słuchawkę, ten, kto dzwonił, od razu się rozłączył.

– Przepraszam na chwilę. – Jeanette drapiąc się po głowie, sięga po słuchawkę i wybiera numer Hurtiga. – Per-Ola Silfverberg – mówi, gdy rozlega się jego głos. – Dzisiaj rano rozmawiałam z policją w Kopenhadze w sprawie umorzonego przeciwko niemu śledztwa. Sprawdź, czy przyszedł do mnie faks.

Odkłada słuchawkę i siada wygodniej na krześle.

Pani Silfverberg robi się czerwona jak burak.

– Zastanawiam się, czy policja mogłaby mi przydzielić ochronę – odzywa się niepewnym głosem.

– Zrobię, co się da – obiecuje Jeanette. To rzeczywiście będzie konieczne. – Nie jestem tylko pewna, czy uda mi się to załatwić jeszcze dzisiaj.

– Dziękuję – mówi z ulgą w głosie Charlotte. Wstaje i rusza w stronę drzwi.

– Będę musiała z panią jeszcze porozmawiać – informuje Jeanette. – Może nawet jutro.

– Okej – zgadza się Charlotte.

Stoi w progu odwrócona do niej plecami. W tej samej chwili zjawia się Hurtig z brązową teczką. Pozdrawia skinieniem głowy panią Silfverberg, przeciska się obok niej do środka, rzuca teczkę na biurko Jeanette i wraca do swojego pokoju.

Jeanette słyszy, jak kroki wdowy cichną na korytarzu.

Zanim zagłębi się w akta, idzie zrobić sobie kawy.

Akta sprawy Silfverberga liczą wraz z załącznikami siedemnaście stron.

Pierwsze, co ją uderza, to informacja o tym, że Silfverbergowie mają córkę. Charlotte nawet o niej nie wspomniała.

# Tvålpalatset

O dziewiątej pacjent cierpiący na bezsenność, dwie godziny później pacjentka z anoreksją.

Sofia z trudem przypomina sobie ich nazwiska. Siedzi przy biurku w gabinecie i przegląda zapiski z odbytych sesji terapeutycznych.

Po ostatniej nocy jej organizm się rozregulował. Dłonie ma chłodne i spocone, suchość w ustach. Czuje się gorzej, bo wie, że wkrótce ma umówione spotkanie z Linneą Lundström. Za dwie minuty spotka siebie, gdy miała czternaście lat. Gdy odwróciła się do siebie plecami.

Linnea zjawia się w jej gabinecie o pierwszej w towarzystwie opiekunki z Biura Pomocy Psychiatrycznej dla Dzieci i Młodzieży.

Linnea jest młodą dziewczyną, ale jej ciało i twarz mogą wskazywać na to, że ma więcej niż czternaście lat. Zbyt wcześnie zmuszono ją, by stała się osobą dorosłą. Jej ciało kryje w sobie piekło dotychczasowych doświadczeń. Przez resztę życia będzie się z nimi zmagać.

Sofia wita ją najbardziej przyjaznym głosem, na jaki ją stać, i prosi, aby usiadła.

– Proszę sobie usiąść w poczekalni i poczytać w tym czasie – mówi do opiekunki. – Skończymy za czterdzieści pięć minut.

Kobieta uśmiecha się i zamyka za sobą drzwi.

– Na razie – mówi do Linnei, lecz dziewczyna nie odpowiada.

Sofia już po kwadransie wie, że to nie będzie łatwa rozmowa.

Spodziewała się, że Linnea to dziewczyna o mrocznej osobowości, pełna nienawiści uzewnętrznianej milczeniem albo gwałtownymi wybuchami sterowanymi jej wewnętrzną destruktywnością. Gdyby tak było, miałaby się do czego odnieść.

Tymczasem okazuje się, że ma do czynienia z kimś zupełnie innym.

Linnea odpowiada na pytania wymijająco. Język ciała jest odrzucający, brak kontaktu wzrokowego. Siedzi na wpół odwrócona i bawi się breloczkiem od klucza. Sofia jest zdumiona, że naczelnemu lekarzowi kliniki psychiatrycznej w Danderydzie udało się ją nakłonić do tej wizyty.

W chwili, gdy chce ją spytać, czego się spodziewa po ich spotkaniu, dziewczyna zadaje zaskakujące pytanie:

– Co tak naprawdę powiedział pani mój tata?

Jej głos jest zaskakująco jasny i silny, ale wzrok ma nadal skierowany na breloczek. Sofia się nie spodziewała, że Linnea zapyta ją o to wprost, dlatego zwleka z odpowiedzią. Nie potrafi jej udzielić spontanicznie, więc dziewczyna zupełnie się od niej dystansuje.

– Coś mi wyznał – mówi w końcu Sofia. – Część z tego okazała się nieprawdą, reszta w mniejszym lub większym stopniu była prawdziwa.

Przerywa, by poczekać na reakcję dziewczyny, lecz wyraz twarzy Linnei nie ulega zmianie.

– Ale co powiedział o mnie? – pyta po chwili.

Sofia przypomina sobie trzy rysunki, które pokazała jej Annette podczas wizyty w Danderydzie. Trzy sceny narysowane przez Linneę w dzieciństwie, najprawdopodobniej symbolizujące przemoc.

– Opowiedział mi to samo co policji. Nic więcej nie wiem.

– No to po co chciała się pani ze mną spotkać? – Linnea po raz pierwszy zerka ukradkiem na Sofię. – Annette powiedziała, że pani go rozumie... tatę, znaczy. Tak jej powiedział. Że pani go rozumie. Czy to prawda?

I znowu bezpośrednie pytanie. Sofia jest zadowolona, że dziewczyna w końcu okazuje zainteresowanie, toteż na jej pytanie odpowiada swoim. Stara się je zadać spokojnym tonem:

– Skoro uważasz, że poczujesz się lepiej, jeśli go zrozumiesz, to możemy spróbować. Chcesz tego?

Dziewczyna nie odpowiada wprost. Widać, że się waha.

– Czy pani może mi pomóc? – pyta w końcu, chowając breloczek do kieszeni.

– Myślę, że tak. Mam wieloletnie doświadczenie, jeśli chodzi o takich mężczyzn jak twój tata. Ale potrzebuję też twojej pomocy. Czy pomożesz mi pomóc, żebym ja pomogła tobie?

– Być może. To zależy.

Spotkanie przedłuża się o dziesięć minut. Na końcu Sofia czuje dużą ulgę. Linnea znika w windzie i chociaż w chwili, gdy podeszła do niej opiekunka z ośrodka, dziewczyna momentalnie się w sobie zamknęła, Sofia jest zadowolona, że częściowo się przed nią otwarła. Wie, że na jakiekolwiek nadzieje jest jeszcze zbyt wcześnie, ale rozmowa przeszła jej oczekiwania. Dlatego spodziewa się, że w końcu się zbliży do Linnei. Pod jednym wszakże warunkiem: że spotkała się dzisiaj z prawdziwą Linneą, a nie z jej zewnętrzną powłoką.

Zamyka drzwi i siada przy biurku, na którym leżą notatki.

Z doświadczenia wie, że niektórych spraw nigdy nie da się wyprostować. Zawsze jest tak, że coś staje temu na przeszkodzie.

# Komenda policji w Kronobergu

Po długiej rozmowie z Billingiem i równie długich naleganiach Jeanette zdołała w końcu załatwić dwóch policjantów, którzy mieli strzec Charlotte Silfverberg.

Kiedy opuścili komendę i zajęli wyznaczone stanowiska, natychmiast zagłębiła się w lekturę akt śledztwa prowadzonego kiedyś w Danii przeciwko Silfverbergowi.

Oskarżenie przeciwko niemu i jego żonie Charlotte wniosła dziewczyna, dla której oboje byli rodziną zastępczą. W aktach nie było informacji o tym, dlaczego dziewczynę umieszczono w rodzinie zastępczej. Trafiła do nich zaraz po urodzeniu. Silfverbergowie mieszkali wtedy na przedmieściu Kopenhagi.

Akta śledztwa są ogólnie dostępne, dlatego nazwisko powódki zamazano grubą czarną kreską. Mimo to Jeanette wie, że łatwo zdobędzie jej dane osobowe.

Przecież jest policjantką.

Teraz jednak skupia się na czymś innym. Musi się dowiedzieć, kim jest – albo kim był – Per-Ola Silfverberg.

W aktach od razu znajduje liczne błędy, zaniedbania i manipulacje. Ani policjanci, ani śledczy nie spisali się najlepiej. Wpływowe osoby kłamały i przekręcały fakty.

Akta są dowodem braku zaangażowania, dobrej woli i umiejętności dotarcia do prawdy dotyczącej oskarżonego. Wymiar sprawiedliwości z niezwykłą konsekwencją wykorzystywał wszystkie możliwe furtki, aby tej prawdy nie poznać.

Jeanette przegląda kolejne dokumenty. Im bardziej się w nie zagłębia, tym większa ogarnia ją rezygnacja. Pracuje w wydziale zabójstw, ale czuje się tak, jakby nagle znalazła się w otoczeniu przestępców seksualnych.

Martwych i żywych.

Przemoc i seks.

Dwa zjawiska, które nie powinny iść w parze. Mimo to mniej lub bardziej są ze sobą splecione.

Po zapoznaniu się z aktami śledztwa jest kompletnie wyczerpana. Niestety, wie, że musi jeszcze iść do Hurtiga i poinformować go o nowych faktach. Zabiera notatki i zmęczonym krokiem idzie do jego pokoju.

Jens Hurtig siedzi pogrążony w lekturze akt podobnych do tych, którymi przed chwilą sama się zajmowała.

– Co tu masz? – pyta ze zdziwieniem Jeanette, wskazując na dokumenty.

– Duńczycy dosłali nam resztę akt, więc pomyślałem, że sam je przejrzę i wtedy będziemy mieć komplet. Tak będzie szybciej – mówi z uśmiechem. – Chcesz je przeczytać czy ja mam to zrobić?

– Ja się tym zajmę. – Jeanette siada na krześle. – Silfverberg albo Peo, jak nazywa go żona, był przed trzynastu laty podejrzany o to, że molestował swoją prawie siedmioletnią córkę, dla której razem z żoną byli rodziną zastępczą.

– Ona miała już wtedy skończone siedem lat – wtrąca Hurtig.

– Okej. Wiesz, kto ich oskarżył? W moich aktach tego nie znalazłam.

– Ja w moich też nie, ale musiał to być ktoś ze szkoły, do której chodziła.

– Chyba tak – zgadza się Jeanette, zaglądając do swoich notatek. – W każdym razie ze szczegółami opowiedziała o... cytuję: „fizycznych metodach wychowawczych polegających na biciu i innych formach przemocy, jakie wobec niej stosowano; miała jednak problem z opowiedzeniem o przemocy seksualnej". – Odkłada kartkę, bierze głęboki oddech i stwierdza: – Za to dała wyraz silnego obrzydzenia i opisała czyny Silfverberga jako nienormalne.

Hurtig kręci głową.

– Co za świnia! Jeśli siedmiolatka uważa, że jej ojciec...

Nie kończy zdania, więc Jeanette podejmuje wątek:

– Dziewczynka ciągle wraca w zeznaniach do przemocy

fizycznej Silfverberga, mówi o pocałunkach z języczkiem, których się od niej domagał, i o tym, że często mył jej podbrzusze.

– Przestań – mówi prawie błagalnym głosem Hurtig.

Jeanette jednak chce to już mieć za sobą.

– Dziewczynka opowiedziała o kilku konkretnych szczegółach i wyczerpująco opisała swoje uczuciowe reakcje w sytuacji, gdy Silfverberg przychodził nocami do jej łóżka. Opisy jego zachowań w łóżku dowodzą, że odbywał z nią stosunki analne i oralne. Tak to mniej więcej wyglądało – dodaje po krótkiej przerwie.

Hurtig wstaje zza biurka i podchodzi do okna.

– Otworzę okno, muszę zaczerpnąć świeżego powietrza. – Nie czekając na odpowiedź Jeanette, odsuwa doniczki z kwiatkami i otwiera lufcik. – Stosunki analne i oralne? – powtarza. – W przypadku dzieci coś takiego nazywamy chyba gwałtem?

Jeanette nie umie odpowiedzieć na to pytanie.

Podmuchy wiatru przewracają papiery leżące na biurku. Odgłosy dobiegające z parku, gdzie bawią się dzieci, mieszają się ze stukotem komputerowych klawiatur i szumem wentylatorów.

– No to dlaczego sprawa została umorzona? – drąży Hurtig.

Jeanette wzdycha i czyta dalej:

– „Jednak z uwagi na to, że dziewczynki nie można było przebadać, nie da się wykluczyć, że opisane zdarzenia nie miały miejsca".

– Co? Nie da się wykluczyć? – Hurtig wali dłonią o biurko. – Co to za bełkot?

Jeanette śmieje się głośno.

– Oni jej po prostu nie uwierzyli. A gdy obrońcy Silfverberga wykazali, że śledczy w początkowej fazie dochodzenia zadawali dziewczynce pytania, które można określić jako naprowadzające, a czasami nawet sugerujące... – Jeanette wzdycha. – Przestępstwa nie udało się udowodnić, dlatego sprawa została umorzona.

Hurtig otwiera jedną ze swoich teczek i długo w niej czegoś szuka. Po chwili wyjmuje jakiś dokument, kładzie na biurku.

Zaczyna go głośno czytać, gdy nagle jakieś dziecko w parku wybucha głośnym płaczem. Hurtig ma już tego dość. Drapiąc się w ucho, czeka, aż za oknem zrobi się cicho.

– Coś w tych nowych dokumentach znalazłeś? – zagaduje Jeanette. – Czy to faktycznie dalsza część tych, które dostaliśmy wcześniej? – Wyjmuje papierosa i podsuwa krzesło bliżej okna. – Mogę? – pyta, wskazując na papierosa.

Hurtig potwierdza skinieniem głowy, wyjmuje długopisy i ołówki ze stojaczka, który jej podaje.

– Tak, to dalsza część – potwierdza.

– No to posłuchajmy. – Jeanette zapala papierosa i wypuszcza dym przez otwarte okno. Niestety, większa jego część wraca do pokoju.

– Rodzina Silfverbergów, to znaczy Per-Ola i Charlotte, czuje się po tej sprawie napiętnowana i prześladowana. Dlatego nie chcą, żeby dziewczynka dłużej u nich była. Duńska opieka społeczna umieszcza ją więc w innej rodzinie zastępczej, też w okolicach Kopenhagi.

– Co się z nią stało później?

– Nie wiem, ale mam nadzieję, że, jak to mówią, wyszła na ludzi.

– Dziś ma około dwudziestu lat – zauważa Jeanette.

Hurtig potwierdza skinieniem głowy.

– A teraz coś niezwykłego – mówi, prostując się na krześle. – Silfverberg przeprowadza się do Sztokholmu i kupuje mieszkanie na ulicy Glasbruksgränd. Sprawa przycicha, ale...

– Ale?

– Z nieznanego powodu policjanci w Kopenhadze chcieli go dodatkowo przesłuchać, więc skontaktowali się z nami.

– Co takiego?

– A my wezwaliśmy go na przesłuchanie.

– Kto je prowadził?

Hurtig odwraca kartkę, którą trzyma w ręce, i podaje ją Jeanette, wskazując nazwisko widniejące u dołu. „Prowadzący przesłuchanie: Gert Berglind". To śledczy z wydziału, w którym prowadzone są dochodzenia w sprawach o gwałty i kazirodztwo.

W tym momencie Jeanette nie słyszy ani dzieci bawiących się w parku, ani stukania komputerowych klawiatur.

Słyszy tylko szum klimatyzacji i szybki oddech Hurtiga.

Widzi jego wskazujący palec z równo przyciętym paznokciem.

Czyta następne zdanie: „Adwokat: Viggo Dürer".

Jeanette uświadamia sobie, że po drugiej stronie cienkiej błony istnieje inna prawda. Inna rzeczywistość.

„Prokurator: Kenneth von Kwist".

Problem polega na tym, że ta druga rzeczywistość jest o wiele paskudniejsza.

# Dawniej

*Nie lubiła starych, schorowanych, niedołężnych ludzi. Do stoiska z mlekiem podszedł stary mężczyzna i stanął zbyt blisko niej. Bił od niego słodkawy odór moczu, brudu i jedzenia. Poczuła tak duże obrzydzenie, że zwymiotowała całe śniadanie.*

*Sprzątaczka będąca przy stoisku z mięsem przyniosła wiadro z wodą i powiedziała, że nic się nie stało. Wzięła szmatę i wytarła podłogę.*

– Czujesz go? – pyta Szwed, patrząc na nią podnieconym wzrokiem. – Włóż rękę jeszcze głębiej! Nie bądź takim tchórzem!

Victoria waha się, bo maciora głośno kwiczy. Rękę wsunęła w nią prawie do łokcia.

Jeszcze kilka centymetrów i w końcu wyczuwa głowę prosięcia. Kciuk do szczęk, długi i wskazujący palec wokół owalu głowy tuż za uszami. Tak jak ją uczył Viggo. Potem trzeba już tylko ostrożnie ciągnąć.

– Dobrze! Już wychodzi! Ciągnij!

To chyba ostatnie prosię. Na ściółce wokół maciory leży już dziesięcioro żółtawych prosiąt, które walczą o dostęp do wymion. Viggo stał przy nich przez cały czas i obserwował, jak maciora się prosi. Pierwsze trzy prosięta przyjął Szwed, pozostałe siedem przyszło na świat bez niczyjej pomocy.

Victoria czuje, jak maciora zaciska macicę wokół jej ramienia. Przez chwilę odnosi wrażenie, że świnia dostała skurczów. Kiedy jednak zaczyna ciągnąć mocniej, mięśnie jakby wiotczeją i pół sekundy później prosię jest już w połowie na zewnątrz. W następnej chwili leży na brudnej, zalanej krwią ściółce.

Przez chwilę wierzga tylnymi racicami, aż w końcu się uspokaja i leży bez ruchu.

Szwed uśmiecha się z ulgą.

– No proszę! Wcale nie było takie trudne.

Czekają. Viggo pochyla się, głaszcze prosię po grzbiecie.

– Dobra robota – mówi, uśmiechając się krzywo do Victorii.

Prosięta przez pół minuty po urodzeniu leżą nieruchomo. Wyglądają na martwe, lecz potem jakby ożywają. Przez jakiś czas poruszają się na oślep, aż znajdą wymiona maciory. Dziwne, ale ostatnie prosię machało racicami. Tamte tak się nie zachowywały.

Victoria liczy w myślach sekundy i gdy dochodzi do trzydziestu, ogarnia ją niepokój. Może chwyciła za mocno? Może ciągnęła niewłaściwie?

Viggo ogląda pępowinę i nagle uśmiech na jego twarzy gaśnie.

– Cholera. To jest martwe...

Martwe?

Jasne, że martwe, przecież je zadusiła. Inaczej nie mogło być. Viggo zsuwa okulary i patrzy na nią poważnym wzrokiem.

– W porządku. Pępowina była uszkodzona. To nie twoja wina.

Owszem, to moja wina, myśli Victoria. Maciora zaraz pożre martwe prosię. Kiedy stąd wyjdziemy, zje swoje potomstwo. Zje wszystko, co jej się trafi. Nawet własne młode.

Viggo Dürer jest właścicielem dużego gospodarstwa w miejscowości Struer. Gdy maciora się oprosiła, jedynym stałym towarzystwem Victorii – oprócz szkolnych podręczników – są trzydzieści cztery świnie, byk, siedem krów i wychudzony koń. Całe gospodarstwo to zaniedbany dom z pruskiego muru w ponurej płaskiej okolicy, po której hula wiatr. Wygląda jak trochę brzydsza Holandia. Mozaika niegościnnych, targanych wiatrem ponurych pól ciągnie się aż do horyzontu, gdzie widać wąski skrawek wody. To zatoka Venöbukten.

Victoria przebywa tutaj oficjalnie z dwóch powodów. Pierwszym jest nauka, drugim rekreacja.

Prawdziwe przyczyny też są dwie: izolacja i dyscyplina.

On nazywa to rekreacją, myśli Victoria, wstając z łóżka w pokoju gościnnym. Tutaj chodzi o odizolowanie jej od innych ludzi i o to, żeby była zdyscyplinowana. Ma się zachowywać według ściśle określonych ram. Praca w gospodarstwie i nauka. Sprzątanie, gotowanie posiłków, nauka.

Zajmuje się wieprzami i świniami, które regularnie przychodzą do jej pokoju.

Dla niej liczy się tylko nauka. Wybrała studia zaoczne z psychologii na uniwersytecie w Ålborgu. Jedyny kontakt ze światem zewnętrznym ma za pośrednictwem wykładowcy, który co jakiś czas przysyła jej beznamiętne pisemne oceny za prace.

Zbiera książki z biurka i próbuje coś czytać. Niestety, z trudem jej to idzie. Głowę ma pełną myśli, więc zaraz zamyka książkę.

Studia zaoczne. Tkwi w jakimś gospodarstwie nie wiadomo gdzie. Z dala od taty, z dala od ludzi. Jest zamknięta w tym pokoju sama z sobą. Mieszka w domu hodowcy świń z wyższym wykształceniem.

Adwokat Viggo Dürer odebrał ją z Värmdö siedem tygodni wcześniej. Przez prawie tysiąc kilometrów wiózł ją starym citroenem przez pogrążoną w mroku nocy Szwecję. Gdy się obudziła, byli już w Danii.

Przez zabrudzone okno patrzy na podwórko, na którym stoi samochód. Jest taki śmieszny! Kiedy Viggo go parkuje, pojazd wydaje się napuszony, wydaje jęki i kurczy się, jakby się komuś uniżenie kłaniał.

Viggo wzbudza w niej obrzydzenie, ale Victoria wie, że z każdym kolejnym dniem, gdy staje się starsza, jego zainteresowanie dla niej stopniowo maleje. Kazał jej się podgolić, lecz odmówiła.

– Ogol sobie swoje świnie – powiedziała.

Zaciąga firanki. Musi się przespać, chociaż wie, że powinna się zająć nauką. Ma zaległości, choć nie z braku motywacji, tylko dlatego, że studia niemiłosiernie się wloką. Przerabia temat za tematem, wchłania coraz więcej wiedzy, odbywa się to jednak bez głębszej refleksji.

Nie chce wybiegać z nauką do przodu, dlatego dłużej zatrzymuje się na poszczególnych tekstach i zastanawia się nad sobą.

Dlaczego nikt nie rozumie, jakie to ważne? Ludzkiej psychiki nie powinno się omawiać na egzaminie. Dwieście słów na temat schizofrenii i manii prześladowczej to zdecydowanie za mało. Tak nie da się pokazać, że temat jest zrozumiały i opanowany.

Znowu kładzie się na łóżku i myśli o Solace. To dzięki niej wytrzymała jakoś w Värmdö. Solace stała się swego rodzaju surogatem, który jej tata wykorzystywał przez prawie sześć miesięcy. Niestety, od siedmiu tygodni już jej nie ma.

Aż się wzdryga, słysząc, że na dole ktoś trzasnął drzwiami. Słyszy głosy w kuchni i wie, że to Viggo w towarzystwie innego mężczyzny.

Znowu ten Szwed? Tak, to chyba on.

Nie docierają do niej poszczególne słowa, więc nie wie, o czym rozmawiają. Dźwięk zniekształcany jest przez starą drewnianą podłogę, która filtruje wysokie tony i zamienia mowę w przytłumiony dźwięk. Od razu jednak rozpoznaje barwę głosów.

To rzeczywiście Szwed. Już trzeci raz w tym tygodniu.

Wstaje ostrożnie z łóżka, do doniczki z kwiatem wylewa wodę ze szklanki, którą stawia na podłodze. Przykłada do niej ucho.

Najpierw słyszy tylko własne tętno, ale gdy mężczyźni wznawiają rozmowę, wyraźnie rozróżnia słowa.

– Zapomnij o tym! – mówi Viggo.

Szwed mieszka wprawdzie w Danii od wielu lat, ale nadal ma kłopoty z dialektem używanym na Jutlandii. Dlatego Viggo rozmawia z nim zawsze po szwedzku.

Victoria nie znosi akcentu, z którym Viggo mówi po szwedzku. Dla niej brzmi to tak, jak gdyby wypowiadanie się w tym języku sprawiało mu wielką trudność. Mówi powoli, jakby gadał do jakiegoś głupka albo do małego dziecka.

W ciągu pierwszych tygodni jej pobytu rozmawiał z nią po szwedzku, aż w końcu postanowiła przejść na duński. Nigdy jednak nie odzywa się do niego pierwsza.

– A dlaczego nie? – pyta poirytowanym głosem Szwed.

Viggo milczy przez kilka sekund.

– Bo to ryzykowne. Nie rozumiesz?

– Ufam Ruskowi, a Berglind za niego ręczy. Jeśli ty ufasz mnie i Berglindowi, możesz też zaufać Ruskowi. Czego ty się, kurwa, boisz?

Rusek? Berglind? Victoria nie rozumie, o czym rozmawiają.

– Przecież nikt nie będzie szukał jakiegoś gnojka z Rosji – kontynuuje Szwed.

– Wyluzuj, chłopie – odpowiada Viggo. – Na górze jest dzieciak, który może cię usłyszeć.

– À propos... – zaczyna Szwed i wybucha śmiechem. Nie zwracając uwagi na ostrzeżenie, dalej mówi głośno: – Jak poszło w Ålborgu? Wszystko załatwiłeś?

Viggo milczy przez chwilę.

– Ostatnie dokumenty załatwię w tym tygodniu. Możesz być spokojny, dostaniesz swoją dziewczynkę.

Victoria czuje mętlik w głowie. Ålborg? Dwa tygodnie temu? Przecież właśnie wtedy...

Mężczyźni przechodzą do kuchni, słychać trzask zamykanych drzwi. Victoria ostrożnie rozsuwa firankę i widzi, jak idą w stronę szopy.

Bierze z nocnej szafki swój dziennik, kładzie się na łóżku i czeka. Leży w ciemnościach na wpół senna, a obok, przy łóżku, stoi spakowany plecak. Na wszelki wypadek.

Szwed został w gospodarstwie na całą noc. Obaj odjechali o świcie. Odgłos silnika coraz bardziej cichnie. Jest wpół do piątej rano.

Wie, że jadą do Thisted, miejscowości położonej po drugiej stronie Limfjorden. Viggo wróci dopiero za kilka godzin.

Wstaje z łóżka, wkłada dziennik do zewnętrznej kieszeni plecaka, zasuwa zamek i patrzy na zegarek. Za kwadrans piąta. Viggo wróci do domu najwcześniej o dziewiątej, a wtedy ona będzie już daleko stąd.

Przed wyjściem z domu otwiera szafę stojącą w salonie.

Jest w niej stara pozytywka z XVII wieku. Viggo chwali się nią przed swoimi gośćmi. Victoria postanawia sprawdzić, czy rzeczywiście ma taką wartość, jak twierdzi Viggo.

Rusza w stronę Strueru, skąd złapie okazję do Viborga. Chociaż jest jeszcze wczesny ranek, słońce przyświeca dość mocno.

Z Viborga odjedzie o wpół do siódmej pociągiem do Kopenhagi.

# Tvålpalatset

Włącza komputer i już po minucie znajduje w nim zdjęcie Dürera. Patrząc na nie, czuje przyspieszone bicie serca. Domyśla się, że to Victoria próbuje jej coś powiedzieć. Jednak jej problem polega na tym, że widok starego mężczyzny z pociągłą twarzą w okularach nic jej nie mówi. Uciska ją tylko w piersiach, przypomina sobie też zapach wody po goleniu.

Zapisuje fotografię na twardym dysku i drukuje ją w wysokiej rozdzielczości. Przez kolejne dziesięć minut siedzi przy biurku z wydrukiem na blacie, próbując sobie cokolwiek przypomnieć.

Zdjęcie pokazuje Dürera do pasa, więc uważnie studiuje jego rysy twarzy i ubranie. Ma bladą twarz i rzadkie włosy. Na fotografii wygląda na siedemdziesiąt kilka lat, ale twarz nie jest za bardzo pomarszczona. Można wręcz powiedzieć, że jest gładka. Dürer ma pełno starczych plam na skórze, pełne usta, wąski nos i zapadnięte policzki. Ubrany w szary garnitur i białą koszulę. Do kieszeni marynarki z emblematem kancelarii adwokackiej ma przypiętą odznakę.

To wszystko.

Widok ten nie przywołuje w jej pamięci żadnych wspomnień. Victoria nie podsuwa jej żadnych obrazów ani słów. Sofia czuje tylko jakieś drgania.

Odkłada fotografię na segregator leżący na biurku, wzdycha z rezygnacją i patrzy na zegarek. Ulrika Wendin się spóźnia.

Chuda młoda kobieta odpowiada na jej powitanie słabym uśmiechem. Wiesza kurtkę na krześle, siada.

– Przyszłam, jak mogłam najszybciej – mówi. Jej oczy przypominają puste oczodoły.

– Jak się masz? – pyta Sofia.

Ulrika uśmiecha się krzywo, jest chyba trochę zmieszana, ale odpowiada od razu.

– W sobotę byłam w pubie, poznałam chłopaka, który mi się spodobał, więc zaprosiłam go do siebie do domu. Wypiliśmy butelkę rosity, a potem poszliśmy do łóżka.

Sofia jeszcze nie wie, do czego Ulrika zmierza, więc tylko kiwa głową i czeka na dalszą część opowieści.

Ulrika wybucha śmiechem.

– Sama nie wiem, czy faktycznie to zrobiłam. To znaczy nie wiem, czy naprawdę poszłam do pubu i zaprosiłam do siebie tego chłopaka. Czuję się tak, jakby to zrobił ktoś inny. Prawda jest taka, że byłam porządnie nawalona.

Robi krótką przerwę i wyjmuje z kieszeni paczkę gum do żucia. A razem z nią garść banknotów o nominale pięciuset koron każdy.

Szybko chowa je do kieszeni bez żadnego komentarza.

Sofia obserwuje ją w milczeniu.

Wie, że Ulrika nie ma pracy, dlatego widok tak dużej kwoty ją dziwi.

Skąd ona ma tyle pieniędzy?

– Dzięki niemu trochę się zrelaksowałam – kontynuuje Ulrika, nie patrząc na Sofię. – Ale seksu nie uprawialiśmy. Choruję na wulwodynię.

Na wulwodynię? I twierdzi, że to nie ona była z nim w łóżku? Sofia przypomina sobie gwałt, którego na Ulrice dopuścił się Lundström. Wie, że według jednej z teorii przyczyną tej choroby może być zbyt częste mycie krocza. Błony śluzowe wysychają, robią się słabe. Nerwy i mięśnie ulegają uszkodzeniu, przez co kobieta odczuwa ciągły ból.

Przypomina sobie, jak sama szorowała się do czysta, jak spędzała godziny w zaparowanej kabinie prysznica. Wracają wspomnienia szorstkiej gąbki i zapachu mydła. A przecież i tak nigdy nie pozbędzie się jego smrodu.

– Było super – mówi dalej Ulrika. – Rano sobie poszedł. Nawet nie zauważyłam kiedy.

– Dał ci pieniądze? – Sofia wskazuje na kieszeń kurtki. I natychmiast żałuje tego pytania.

– Nie. – Ulrika zerka na kieszeń i zasuwa zamek błyskawiczny. – Nie robię takich rzeczy. Nie za pieniądze. Ja po prostu chciałam z nim być.

Czasem człowiek zmuszony jest stać się kimś innym, bo tylko w ten sposób może odczuwać tęsknotę, bliskość innej osoby, może być zawsze normalny i rozumiany. A tymczasem jest niszczony przez innego człowieka, który jego kosztem zaspokoił swoje pożądanie.

W Sofii wszystko się gotuje.

– Ulriko... – zaczyna, pochylając się nad biurkiem, żeby nadać swoim słowom większą wagę. – Czy możesz mi powiedzieć, co sprawia ci przyjemność w życiu?

Ulrika przez moment się zastanawia.

– Sen – mówi po chwili.

– Jaki jest ten twój sen? Możesz mi o nim opowiedzieć?

Ulrika nabiera głęboko powietrza.

– Jest pusty. Jest niczym.

– A więc przyjemność sprawia ci to, że niczego nie czujesz? – Sofia myśli o swoich obtartych piętach, o bólu, który jest jej potrzebny, żeby mogła odczuwać spokój. – Dla ciebie przyjemność to nicość?

Ulrika nie odpowiada, tylko prostuje się na krześle i mówi ze złością:

– Po tym, jak te bydlaki zgwałciły mnie w hotelu, przez cztery lata codziennie chlałam. W końcu postanowiłam wziąć się w garść, ale nie wiem, co z tego będzie. Przez cały czas pakuję się w jakieś gówno. – W oczach ma nienawiść. – Tak, to prawda, wszystko zaczęło się w tamtym hotelu, ale potem to piekło trwało.

– A w jakie gówno się pakujesz?

Ulrika kuli się na krześle.

– Czuję się tak, jakby moje ciało nie było moim ciałem, albo jakby ludziom się wydawało, że mogą ze mną robić, co im się tylko spodoba. Że mogą mnie bić albo pieprzyć, i to bez względu na to, co robię albo co mówię. Za każdym razem powtarzam im, że sprawia mi to ból, ale dla nich to nie ma znaczenia.

Wulwodynia, myśli Sofia. Niechciane stosunki płciowe i wysuszone błony śluzowe. Siedzi przed nią dziewczyna, która nie wie, co to znaczy chcieć, która nauczyła się tylko marzyć o tym, by nie dać się innym. Kiedy przenosi się w pustkę, którą sprowadza na nią sen, jest to dla niej oczywistym wyzwoleniem.

Być może jej postępowanie w pubie zawierało jakiś konieczny element. Była to sytuacja, w której Ulrika mogła o czymś zadecydować, mieć nad czymś kontrolę. A jest tak bardzo nieprzyzwyczajona do zachowań wynikających z własnej woli, że po prostu sama siebie nie rozpoznała.

Jeśli ktoś sądzi, że to dowód na dysocjację, może popełnić błąd. Ale przecież dysocjacja nie rozwija się u nastolatków, bo to mechanizm obronny typowy dla dzieci.

Z braku lepszych pomysłów Sofia dochodzi do wniosku, że chodzi tu raczej o zachowanie konfrontacyjne. Rodzaj autoterapii kognitywnej.

Wie, że przed dokonaniem na niej gwałtu Ulrika została odurzona narkotykami. Mięśnie jej podbrzusza uległy paraliżowi i puściły.

Już wie, że obecny stan dziewczyny – niewykluczona anoreksja, pogarda dla siebie, dość zaawansowany alkoholizm i to, że była bita i wykorzystywana przez chłopaków, z którymi się trzymała – jest najprawdopodobniej konsekwencją jednego zdarzenia sprzed siedmiu lat.

Winę za wszystko ponosi Karl Lundström.

Nagle Ulrika bladnie.

– Co to jest? – pyta.

Sofia nie wie, o co jej chodzi. Dziewczyna wpatruje się w coś, co leży na biurku.

Przez kilka sekund w pokoju panuje zupełna cisza. Potem Ulrika wstaje z krzesła i bierze do ręki kartkę leżącą na pojemniku na dokumenty. Zdjęcie Dürera wydrukowane z komputera.

Sofia nie wie, jak zareagować. Zachowała się bezmyślnie.

– To adwokat Karla Lundströma – wyjaśnia. – Znasz go?

Ulrika ogląda zdjęcie przez kilka sekund i odkłada je na biurko.

– Nieważne. Nigdy go nie widziałam. Myślałam, że to ktoś inny.

Próbuje się uśmiechać, ale nie bardzo jej to wychodzi.

Właśnie spotkała Vigga Dürera.

# Gamla Enskede

– No to co robimy z córką? – pyta Hurtig, patrząc na Jeanette.

– Jest dla nas bardzo interesująca. Dowiedz się o niej jak najwięcej. Imię i nazwisko, adres zamieszkania i tak dalej. Sam zresztą wiesz.

Hurtig kiwa głową.

– Mam ją przesłuchać?

Jeanette przez chwilę się zastanawia.

– Na razie nie. Poczekamy, aż się o niej czegoś dowiemy. – Wstaje z krzesła i idzie w stronę drzwi, by wrócić do swojego pokoju. – Zadzwonię do von Kwista i umówię spotkanie na jutro. Mam nadzieję, że dowiemy się w końcu, co się stało.

Hurtig patrzy na zegarek.

– Może coś przekąsimy przed fajrantem?

– Nie, zjem w domu. Chciałabym jeszcze zobaczyć Johana, zanim pójdzie przenocować do kolegi albo zamknie się na klucz w swoim pokoju.

Jeanette dzwoni do prokuratora i umawia się z nim na spotkanie. Chce porozmawiać o umorzonym śledztwie w sprawie Silfverberga. Potem wsiada do samochodu i odjeżdża do domu.

Wieczór jest taki bezbarwny. Sztokholm wydaje jej się bardziej szary i mokry niż zwykle. Biało-czarne miasto pozbawione kolorów.

Na szczęście chmury na horyzoncie trochę się przerzedziły i wyglądają zza nich skrawki błękitnego nieba. Kiedy Jeanette wysiada z samochodu, czuje zapach dżdżownic i wilgotnej trawy.

Jest już po piątej. Johan siedzi przed telewizorem. W kuchni stoją brudne naczynia, co oznacza, że zjadł kolację. Jeanette podchodzi do niego i całuje go w głowę.

– Cześć, kolego. Jak minął dzień?

Johan wzrusza ramionami i dalej milczy.

– Co będziesz robił wieczorem?

– Daj mi spokój – odpowiada Johan zniecierpliwionym tonem. Podciąga kolana, sięga po pilota i podkręca dźwięk. – Dostaliśmy widokówkę od dziadków. Położyłem ją na stole w kuchni.

Jeanette wraca do kuchni, bierze widokówkę i ogląda ją. Chiński Mur, wysokie góry i pofałdowane zielone krajobrazy.

Odwraca widokówkę, czyta treść pozdrowień. U dziadków wszystko w porządku, ale tęsknią za domem. Wszystko pod kontrolą. Kładzie kartkę na szafce, zbiera naczynia i ładuje do zmywarki. Potem idzie na piętro, żeby wziąć prysznic.

Kiedy wraca, Johan jest już w swoim pokoju. Słyszy, że jest zajęty jedną ze swoich gier komputerowych.

Wiele razy próbowała się nimi zainteresować, ale za każdym razem już po chwili rezygnowała, ponieważ okazywały się zbyt skomplikowane i pełne przemocy.

Zastanawiali się kiedyś z Åkem, czy nie zabronić Johanowi dostępu do najbardziej brutalnych gier, lecz szybko doszli do wniosku, że nie miałoby to sensu. Wszyscy jego koledzy je mają, więc zakaz i tak by nie działał. Pewnego razu, gdy Johan miał osiem lat, nocował u jednego z kolegów. Następnego dnia chwalił się, że oglądali słynny amerykański film pod tytułem „Lśnienie”. A przecież ani ona, ani Åke nie pozwoliliby mu tego filmu obejrzeć.

Na dodatek rodzice kolegi Johana byli nauczycielami w szkole, do której chodził.

Może jestem nadopiekuńcza?, zastanawia się Jeanette i w tym samym momencie wpada na pewien pomysł. O której to grze Johan wspominał jej ostatnio? Wszyscy z wyjątkiem niego już ją mają. Idzie do kuchni i dzwoni do Hurtiga.

– Cześć. Czy możesz mi w czymś pomóc?

– Jasne – odpowiada zdyszanym głosem Hurtig. – A o co chodzi? Może oddzwonię za chwilę? Właśnie popełniam samobójstwo, idąc po schodach na górę.

W słuchawce jego słowa odbijają się echem. Jeanette domyśla się, że Hurtig jest na klatce schodowej. Idzie piechotą do swojego mieszkania na szóstym piętrze, nie korzysta z windy.

– Na pewno odpowiesz mi od ręki. Jaka jest obecnie najpopularniejsza gra?

– Gra? – Hurtig wybucha śmiechem. – Chodzi ci o igrzyska w Pekinie, grę komputerową czy o X-box? A może jeszcze o coś innego?

– Pytam o komputerową.

– „Assasin's Creed" – odpowiada bez wahania Hurtig.

– Nie.

– Jak nie? Pytałaś, jaka gra...

– Nie chodzi mi o tę grę – przerywa mu Jeanette. – Nazywa się jakoś inaczej.

– „Call of Duty"? – zgaduje Hurtig, wkładając klucz do zamka.

– Nie.

– „Counter Strike"?

– Nie. – Jeanette zna obie te gry z tytułów. – Jeśli się nie mylę, to jakaś gra akcji.

Hurtig oddycha głośno do słuchawki. Po chwili słychać trzask zamykanych drzwi.

– Pewnie chodzi ci o „Spore"? – pyta w końcu.

– O właśnie. Dużo w niej przemocy?

– Zależy, którą drogę wybierzesz. To rodzaj gry ewolucyjnej, która polega na tym, że rozwijasz swój charakter, poczynając od maleńkiej komórki, aż na końcu stajesz się panem wszechświata, a wtedy trochę przemocy nie zawadzi.

Ewolucja. Właśnie tak to brzmiało.

– Ciekawe – mówi Jeanette. – Gdzie można ją zdobyć?

– Można kupić. Niestety, pierwsza wersja jest zainfekowana wirusami i występują w niej problemy z numerami seryjnymi. Poza tym zainstalowano w niej zabezpieczenie przed możliwością kopiowania. To miała być innowacja, ale efektem są błędy w funkcjonowaniu.

– Rozumiem – wzdycha Jeanette. – Nieważne...

– Jest jeszcze inna możliwość – kontynuuje Hurtig. – Możesz ją pożyczyć ode mnie, bo akurat mam tak zwaną *cracked version*. Czy Johan obchodzi urodziny?

– Nie. Co znaczy *cracked version*? Czy to piracka kopia?

– Powiedzmy, że rodzaj zmodyfikowanego oprogramowania. To lepsze określenie.

W tej chwili komputer w pokoju Johana cichnie. Johan otwiera drzwi, idzie do przedpokoju, wkłada buty i zaczyna zawiązywać sznurówki. Jeanette prosi, aby Hurtig poczekał, i pyta Johana, dokąd się wybiera. Chłopak nie odpowiada, tylko wychodzi z domu, zatrzaskując za sobą drzwi.

Jeanette uśmiecha się bezsilnie i ponownie sięga po słuchawkę.

– Wróciłam dziś do domu wcześniej, bo się bałam, że Johan zamknie się w swoim pokoju na klucz albo pójdzie do któregoś z kolegów. Odkąd tu jestem, zrobił najpierw jedno, a teraz drugie.

– Rozumiem. I chcesz mu zrobić niespodziankę?

– *Yes*. Wybacz moją niewiedzę, ale czy mógłbyś mi pożyczyć tę grę? Skopiuję ją na komputer Johana i potem ci oddam. Okej?

Hurtig milczy chwilę, a Jeanette słyszy coś, co przypomina z trudem tłumiony śmiech.

– Wiesz co? – mówi w końcu Hurtig. – Zróbmy tak: zaraz do ciebie przyjadę i zainstaluję grę na komputerze Johana, dzięki czemu niespodziankę sprawisz mu już dziś wieczorem.

Początkowo Jeanette była trochę naburmuszona, że Hurtig naśmiewa się z jej niewiedzy na temat gier komputerowych. Teraz jednak wszystko puszcza w niepamięć.

– Równy z ciebie facet. Jeśli nie zdążyłeś jeszcze zjeść kolacji, zapraszam na pizzę.

– Chętnie.

– Co ci zamówić?

– To zależy, który rodzaj pizzy ma akurat największe wzięcie. Na pewno odpowiesz mi od ręki.

Jeanette od razu zrozumiała aluzję.

– Prowansalską?

– Nie.

– *Quattro stagione*?

– Też nie. Żadnej pizzy dla snobów.

– No to na pewno chodzi o *vesuvio*?

– Tak jest, właśnie *vesuvio*.

***

Tego wieczoru Jeanette zasypia na kanapie w salonie. Kiedy dzwoni telefon, dźwięk dopiero po chwili dociera do jej świadomości. Na poły przebudzona wstaje z kanapy i podchodzi do aparatu.

– Halo? – mówi do słuchawki zaspanym głosem. Przy okazji zauważa dwa puste kartony po pizzy leżące na stole. No tak, stwierdza, przyszedł Hurtig, zjadł pizzę, a gdy spałam, zainstalował grę i poszedł.

– Cześć, to ja. Jak się masz?

Åke. Irytuje ją jego zdyszany głos.

– Która godzina? – pyta. Pochyla się, żeby sprawdzić czas na budziku, i widzi, że jest dopiero za pięć czwarta. – Mam nadzieję, że to coś ważnego?

– *Sorry* – odpowiada ze śmiechem Åke. – Zapomniałem o różnicy czasu. Jestem w Bostonie. Chciałem się dowiedzieć, co u Johana.

– W Bostonie? Nie w Krakowie? Chyba żartujesz... Upiłeś się? Johan śpi, a ja nie zamierzam... – Nie kończy zdania, bo nagle dostrzega strumień światła bijący ze szpary pod drzwiami pokoju Johana. – Poczekaj chwilę.

Odkłada słuchawkę, podchodzi do drzwi i uchyla je.

Hurtig i Johan siedzą tyłem do wejścia. Są całkowicie pochłonięci czymś, co przypomina niebieskiego pajęczaka, który porusza się po całym ekranie. Są tak zajęci grą, że nawet jej nie zauważyli.

– Bierz go! Bierz go! – szepcze Hurtig zduszonym, choć wyraźnie podekscytowanym głosem. A gdy pajęczak połyka coś, co przypomina czerwoną włochatą spiralę, klepie Johana po ramieniu.

W pierwszym odruchu Jeanette chce ich spytać, co tu jeszcze robią o czwartej nad ranem, i kazać im iść spać. Otwiera usta, ale w ostatniej chwili się rozmyśla.

Co tam... Niech sobie grają.

Przygląda im się przez kilka sekund, po czym nagle uświadamia sobie, że po raz pierwszy od dawna Johan cieszy się z czegoś w tym domu, chociaż pewnie myśli, że dawno zasnęła i teraz twardo śpi. Ostrożnie zamyka drzwi, wraca do salonu.

– Może mi wytłumaczysz, co się dzieje? – mówi do słuchawki.

Czuje, że za chwilę albo się zezłości, czego później będzie żałować, albo uspokoi, a wtedy pojawi się znany jej od dawna ucisk w żołądku.

– Właśnie zamierzałem to zrobić, ale zagadałaś mnie i nie zdążyłem nawet ust otworzyć. Zresztą wystarczająco długo jesteśmy małżeństwem i wiem, że nie będziesz mnie słuchać. Jesteśmy na urlopie, przylecieliśmy tu dzisiaj rano. To był spontaniczny pomysł.

– Spontaniczny? Poleciałeś do Bostonu i nawet nas o tym nie poinformowałeś?

– Dzwoniłem wczoraj do Johana – odpowiada z westchnieniem Åke. – Obiecał, że ci przekaże, że na tydzień wyjeżdżam do USA.

– Być może, ale nie powiedział mi o tym. Trudno, stało się. Życzę ci miłego pobytu. Na razie.

– Ja...

Jeanette odkłada słuchawkę. Szkoda tracić energii na kłótnie.

Ukrywa twarz w dłoniach. Nie płacze, lecz w końcu nie może się powstrzymać i zaczyna szlochać. Kuli się na kanapie, okrywa kocem i próbuje zasnąć.

Czy to, co robi Åke, jest ważniejsze od mojej pracy? Dla niego Johan jest obciążeniem, z kolei ją irytuje ciągłe milczenie syna. Czy można nie lubić własnego dziecka? To się zdarza.

Przewraca się na brzuch i słyszy zduszony śmiech dobiegający z pokoju Johana. W myślach dziękuje Hurtigowi, choć z drugiej strony dziwi ją, że jest tak nieodpowiedzialny i nie rozumie, że nastolatek potrzebuje snu, bo inaczej nie wysiedzi w szkole. Poza tym po nieprzespanej nocy jutrzejszy trening będzie stracony. Hurtig pewnie jakoś ten dzień przepracuje, ale Johan będzie się czuł jak zombie.

Dość szybko dociera do niej, że nie zaśnie. Myśli kłębią jej się w głowie, więc zamyka oczy, kładzie się na plecach i patrzy w sufit.

Nadal widać na nim trzy litery. Åke namalował je kiedyś zieloną farbą w poprzek całej powierzchni. Był wtedy pijany. Następnego dnia od razu je zamalował, lecz to nie pomogło. Potem było tak samo jak wiele razy wcześniej, gdy coś obiecywał i nie dotrzymywał słowa. Dlatego na suficie nadal widać lekko ciemniejsze od tła litery H, I oraz F, które stanowią skrót nazwy klubu sportowego Hammarby IF.

Jeśli postanowimy sprzedać dom, Åke w niczym mi nie pomoże, myśli.

Czeka ją mnóstwo papierkowej roboty i rozmów z pośrednikami, którzy będą jej opowiadać o stylowym urządzaniu mieszkań. A on? Wyjedzie sobie do Polski, gdzie będzie popijał szampana i sprzedawał swoje stare obrazy, których kiedyś nie pozwoliła mu zniszczyć.

Potem będzie miał jeden urlop za drugim. Jak teraz, gdy poleciał z Alexandrą do Bostonu.

Określony ustawowo na sześć miesięcy okres próbny przed orzeczeniem rozwodu zaczyna jej nagle przypominać piekielną otchłań. Później czeka ją kolejne piekło – podział majątku. Na myśl o tym, że posiada ustawowe prawo do połowy ich dóbr, Jeanette się uśmiecha. A może go trochę nastraszyć? Uda, że żąda swojej części ze sprzedaży obrazów tylko po to, by zobaczyć, jak zareaguje. Im więcej prac sprzeda przed rozwodem, tym więcej pieniędzy będzie z tego dla niej.

W pokoju Johana znowu słychać śmiech. Cieszy ją to, ale czuje się samotna. Wolałaby, żeby zadzwoniła do niej Sofia, a nie Åke. W oczekiwaniu na pizzę telefonowała do niej dwa razy – najpierw z aparatu stacjonarnego, potem z komórki – Sofia jednak nie odebrała.

Sofia... Bardzo chciałaby ją jak najszybciej zobaczyć. Jeanette kładzie się na boku i kuli pod kocem. Tęskni za jej plecami, które dotykały jej brzucha, za jej dłońmi, którymi odrzucała włosy z czoła.

Przez długą chwilę leży skulona, aż w końcu przestaje szlochać. Jak dziecko.

# Park Vita Bergen

Sofia bierze magnetofon, podchodzi do okna i wygląda na ulicę. Przestało padać. Jakaś kobieta prowadzi na smyczy czarno-białego psa rasy border collie. Na jego widok przypomina sobie, jak zaraz po jej powrocie do domu podobny pies pogryzł Hannah. Rana okazała się tak poważna, że trzeba jej było amputować palec u ręki. Mimo to nadal bardzo kocha psy.

Sofia włącza magnetofon i zaczyna mówić.

*Czy coś jest ze mną nie tak?*

*Najpierw pojawiły się patyczaki, bo były łatwiejsze w utrzymaniu niż rybki w akwarium, poza tym on był uczulony na Esmeraldę, dlatego trzeba ją było oddać komuś, kto nie ma alergii na sierść kotów. Potem próbowali załatwić coś na lato i stanęło na małym króliczku. Zdechł w samochodzie, bo nikomu nie przyszło do głowy, że króliczki też potrzebują wody. Później przyszła kolej na kozę, którą ktoś im oddał na pewien czas pod opiekę. Przez całe lato była w ciąży, aż któregoś dnia pojawiły się oblepione śluzem małe kózki. Były wszędzie, ciągle plątały się pod nogami. Była też kura, której nikt nie polubił, i przez krótki czas koń sąsiada, zanim przyszła kolej na królika. Królik był wierny i radosny, posłuszny i ciepły, zajmowała się nim przy każdej pogodzie i karmiła go przed pójściem do szkoły. Pogryzł go kiedyś owczarek sąsiada – tego od konia. Pies na początku nie był agresywny, ale jeśli zwierzę jest bite, w końcu ma tego dość i rzuca się na tego, kto jest słabszy...*

Tym razem Sofia nie jest już zmęczona własnym głosem. Wie, kim jest.

Staje przy oknie, wygląda przez opuszczone żaluzje, obserwuje, co się dzieje na zewnątrz, i pozwala pracować swojemu umysłowi.

*Królik nie miał dokąd uciec, bo wszędzie leżał śnieg. Gdyby nie to, mógłby się gdzieś ukryć... Pies capnął go nad karkiem tak samo, jak wcześniej pogryzł trzylatka, który karmił go szkłem. Pies nienawidził wszystkiego, więc nienawidził też szkła i ugryzł małego w głowę. Nikt nie zareagował, a ranę zszyto jak najlepiej. Każdy miał nadzieję, że wszystko będzie w porządku. Potem znowu pojawił się koń, szkółka jazdy, kucyki i serce w pamiętniku; przypominało jej o pewnym starszym od niej chłopcu, który jej się podobał... a może tylko na niego zerkała, gdy na przerwie chodziła po szkolnym korytarzu cała dumna z obcisłych dżinsów i piersi, które właśnie zaczęły jej się kształtować pod bluzką? Umiała się zaciągnąć papierosem i nawet przy tym nie zakaszlała; nie wymiotowała, kiedy wzięła walium albo wypiła za dużo alkoholu, choć była tak głupia, że poszła potem do domu i przewróciła się w przedpokoju; musiała się nią zająć babcia, a ona bardzo chciała jej posiedzieć na kolanach i pobyć małą dziewczynką, którą przecież była, poczuć, jak babcia mocno ją obejmuje, oddychać jej powietrzem, w którym wyczuwała słaby zapach dymu, bo babcia też się go bała i paliła w tajemnicy przed nim...*

Sofia wyłącza magnetofon, wchodzi do kuchni i siada przy stole.

Cofa taśmę, wyjmuje kasetę. Na regale w jej gabinecie jest ich wiele, zawierają mnóstwo wspomnień.

Słyszy, że z ukrytego pomieszczenia za regałem dochodzi lekkie, prawie niesłyszalne drapanie w drzwi. To Gao.

Sofia wstaje z krzesła i wchodzi do środka. To ich tajemny, przytulny i bezpieczny pokój.

Gao, siedząc na podłodze, coś rysuje. Sofia siada na łóżku i wkłada do magnetofonu nową pustą kasetę.

Ten pokój to jakby chatka, miejsce ucieczki, gdzie może być sobą.

# Jezioro Klara Sjö

Kenneth von Kwist opowiada o swoim udziale w dodatkowym przesłuchaniu Pera Silfverberga, słowa płyną mu z ust wartkim strumieniem. Jeanette zauważa, że prokurator mówi, nie sprawdzając ani jednego faktu. Wszystko ma w głowie. Jest coraz bardziej przekonana, że von Kwist zna całą tę sprawę na pamięć.

Jest wczesne przedpołudnie, biuro prokuratora. Z gabinetu rozciąga się widok na jezioro Klara Sjö. Widać na nim grupę kajakarzy, którzy, nie robiąc sobie nic z jesiennej pogody, płyną wąskim kanałem. Jeanette się dziwi, że przy tak silnych porywach wiatru potrafią zapanować nad wąskimi łupinkami. Przez cały czas uważnie słucha tego, co mówi von Kwist.

Prokurator mruży oczy i obrzuca ją krytycznym spojrzeniem, jakby chciał sprawdzić, o co jej tak naprawdę chodzi. Odchyla się lekko i pewnym siebie ruchem splata dłonie za głową.

– Z tego, co pamiętam, przed południem zadzwonił do mnie ktoś z policji w Kopenhadze – kontynuuje. – Chciał, żebym jako prokurator wziął udział w rozmowie z Silfvergiem. Przesłuchanie prowadził ówczesny komendant policji Gert Berglind, a Silfvergowi towarzyszył jego adwokat Viggo Dürer.

– To znaczy, że w rozmowie brały udział tylko te cztery osoby?

Von Kwist potwierdza skinieniem głowy i bierze głęboki oddech.

– Tak. Przesłuchanie trwało kilka godzin. Silfverberg wszystkiemu zaprzeczył. Twierdził, że ich przybrana córka zawsze miała bujną fantazję. Na pewno nie było jej łatwo. Pamiętam, jak Silfverberg opowiadał, że biologiczna matka porzuciła ją tuż po urodzeniu, więc umieszczono ją w rodzinie zastępczej. Właśnie u nich, Silfverbergów. Zapamiętałem, że było mu bardzo przykro, bo córka oskarżyła go o molestowanie seksualne. Czuł się tym strasznie urażony.

Kiedy Jeanette pyta, jak to możliwe, że pamięta tyle szczegółów sprawy sprzed lat, von Kwist odpowiada z uśmiechem, że ma wspaniałą pamięć i szybko myśli.

– Czy istniały podstawy, żeby mu wierzyć? – drąży Jeanette.

– Przecież zaraz po tym, jak Silfverberg został zwolniony z aresztu, razem z żoną wyjechali do Szwecji. Dla mnie wygląda to tak, jakby próbowali coś ukryć.

– Przyjęliśmy założenie, że to, co mówi, jest prawdą – odpowiada z głębokim westchnieniem von Kwist.

Jeanette kręci z rezygnacją głową.

– Chociaż jego córka twierdziła, że dopuścił się wobec niej takich czynów? Dla mnie jest rzeczą zupełnie niezrozumiałą, że po takich oskarżeniach ze wszystkiego się wywinął.

– Dla mnie nie – mówi prokurator, mrużąc oczy za szkłami okularów. Na jego ustach pojawia się blady uśmiech. – Pracuję w tym zawodzie od wielu lat i wiem, że zdarzają się błędy, że ciągle dochodzi do różnego rodzaju zaniedbań.

Widząc, że niczego więcej się nie dowie, Jeanette zmienia temat.

– Czy możesz mi coś powiedzieć o sprawie Ulriki Wendin?

Uśmiech błyskawicznie gaśnie na twarzy von Kwista, który dostaje nagłego ataku kaszlu. Przeprasza ją na chwilę i wychodzi z pokoju. Kiedy wraca, trzyma w rękach dwie szklanki i karafkę z wodą. Stawia je na biurku, nalewa i jedną podaje Jeanette.

– A co chcesz o niej wiedzieć? – pyta, pijąc długi łyk wody. – To sprawa sprzed siedmiu lat.

– Tak, ale mając tak dobrą pamięć, na pewno sobie przypominasz, że śledztwem kierował ten sam Gert Berglind, który prowadził śledztwo w sprawie Lundströma. Ta sprawa też została umorzona. Nie widzisz związku?

– Nie, nigdy się nad tym nie zastanawiałem.

– Kiedy Annette Lundström zapewniła mężowi alibi na wieczór, gdy Ulrika została zgwałcona, wypuściłeś go na wolność. Nawet nie sprawdziłeś, czy jej zeznanie się zgadza. Mam rację?

Jeanette czuje, jak ogarnia ją złość, i stara się nad sobą zapanować. Wie, że nie wolno jej wybuchnąć. Musi zachować spokój bez względu na to, co myśli o postępowaniu prokuratora.

– Sprawdziłem – odpowiada spokojnie von Kwist. – Przejrzałem cały materiał dowodowy. W przesłuchaniu skupiłem się na tym, czy Lundström tam był. Z zeznań wynikało, że nie. Proste. Nie miałem żadnych podejrzeń, że kłamie.

– A czy dzisiaj nie czujesz, że powinieneś był sprawdzić wszystko o wiele dokładniej?

– Zeznanie jego żony było tylko jedną z kilku informacji, które zawierały akta, ale zgadzam się, że wszystko powinienem był sprawdzić dokładniej. Zawsze wszystko można sprawdzić dokładniej.

– Tak się jednak nie stało?

– Nie.

– Zasugerowałeś Berglindowi i kierownictwu ekipy prowadzącej śledztwo, żeby je dalej prowadzić?

– Oczywiście.

– Mimo to sprawa została umorzona?

– Taką decyzję podjęło kierownictwo na podstawie zgromadzonego materiału.

Jeanette widzi na jego twarzy uśmiech. Głos prokuratora przypomina syczenie węża.

Jeszcze przyjdzie taki dzień, że własny spryt cię zgubi, myśli.

# Wzgórze Jutas backe

Reforma opieki psychiatrycznej, która weszła w życie 1 stycznia 1995 roku, była złą reformą. Na ironię zakrawa fakt, że dostało się za to przewodniczącemu komisji, ministrowi spraw społecznych Bo Holmbergowi. Jego żonę, minister spraw zagranicznych Annę Lindh, zamordował niejaki Mijailo Mijailović. Sąd apelacyjny uznał, że sprawca jest niepoczytalny i powinien zostać skazany na pobyt w zamkniętym zakładzie psychiatrycznym.

Tymczasem Mijailović przebywał na wolności, traktując ulice Sztokholmu jak pole bitwy, na którym walczył z dręczącymi go niewidzialnymi demonami.

W Szwecji wiele szpitali psychiatrycznych zamknięto w latach 70., ale warto byłoby się zastanowić, co by się stało, gdyby wyniki badań psychiatrycznych dały inny rezultat od ustaleń, do których ostatecznie doszli lekarze.

Schroniska w Sztokholmie dysponują mniej więcej dwoma tysiącami łóżek. Pięć tysięcy bezdomnych, z których większość ma problemy z alkoholem albo narkotykami, toczy nieustanną wojnę o dach nad głową.

Prawie połowa z nich cierpi na choroby psychiczne, przez co często dochodzi do bójek o wolne miejsca. Dlatego część z nich woli nocować gdzie indziej.

W podziemiach kościoła Świętego Jana w dzielnicy Norrmalm powstała nowa społeczność ludzi. Łączy ich to, że funkcjonują poza oficjalnym systemem opieki, którą państwo otacza zwykłych obywateli.

W wilgotnych salach przypominających wyglądem katedrę znaleźli coś, co daje im pewne poczucie bezpieczeństwa.

Obok plastikowych albo brezentowych szałasów są tam także kartony i śpiwory. Jakość tych miejsc znacznie różni się między sobą, niektóre można by nawet określić mianem całkiem znośnych.

Skręca w ulicę Johannesgatan na szczycie wzgórza Jutas backe i idzie wzdłuż ogrodzenia cmentarnego.

Każdy krok przybliża ją do miejsca, w którym mogłaby już zostać i być szczęśliwa. Zmienić nazwisko, włożyć nowe ubranie i odciąć się od własnej przeszłości. W jej życiu mogłaby się tam dokonać przemiana.

Wyjmuje z kieszeni kurtki czapkę i nakłada ją na głowę w taki sposób, aby jak najlepiej ukryć swoje jasne włosy.

Odzywa się ból żołądka. Znowu się zastanawia, co zrobi, jeśli będzie musiała iść do toalety.

Ostatnim razem wszystko poszło całkiem dobrze, bo ofiara wpuściła ją bez oporu. Per-Ola okazał się dość naiwny i zbyt pewny siebie, co bardzo ją zdziwiło, bo przecież obracał się w kręgach biznesowych i był zaprawiony w bojach.

Stał do niej odwrócony plecami, gdy wyjęła wielki nóż i przecięła mu tętnicę na prawym przedramieniu. Opadł na kolana, odwrócił się, spojrzał na nią zdumionym wzrokiem. Potem popatrzył na kałużę krwi, która rozlewała się powoli na jasnym parkiecie. Ciężko oddychał, ale próbował się podnieść. Pozwoliła mu na to, bo i tak nie miał szans. Wyjęła polaroid, a on zrobił jeszcze bardziej zdumioną minę.

Dopiero po dwóch tygodniach udało jej się ustalić, że ta, której szuka, przebywa w podziemiach kościoła. Pewien żebrak z placu Sergels Torg opowiadał, że mimo obecnych trudności kobieta zachowuje się, jak przystało szlachetnej damie, za którą nadal się uważała.

Mimo swojego pochodzenia Fredrika Grünewald znalazła się na ulicy. Od dziesięciu lat jest tam znana jako Hrabina. Rodzina Grünewaldów straciła cały majątek. Powodem były ryzykowne i błędne inwestycje.

Dlatego przez pewien czas wahała się, czy powinna się na niej mścić, bo przecież jej przyszła ofiara i tak znajdowała się w strasznej sytuacji. Uznała jednak, że powinna skończyć to, co zaczęła.

Klamka zapadła. Koniec, kropka. Nie ma miejsca na współczucie. Bez względu na to, czy ma się do czynienia z bezdomnym wyrzutkiem czy z zamożną damą z klasy wyższej.

Znowu wracają wspomnienia związane z Fredriką Grünewald. Widzi brudną podłogę i słyszy oddech. Smród potu, wilgotnej ziemi i smaru do maszyn.

Nie ma znaczenia, czy Fredrika tylko podżegała albo wykonywała powierzone jej zadanie. Jest winna. Jeśli ktoś nie reaguje, też jest współwinny.

Każdy, kto milczy, staje się współsprawcą.

Skręca w lewo w ulicę Kammakargatan, a potem znowu w lewo w Döbelnsgatan. Teraz jest już po przeciwnej stronie cmentarza, gdzie powinno być wejście. Zwalnia kroku i szuka metalowych drzwi, o których opowiadał jej żebrak.

Widząc nadchodzącą starszą parę, mocniej naciąga czapkę na czoło. Pięćdziesiąt kilka metrów dalej widzi ciemną postać stojącego pod drzewem mężczyzny. Obok niego są uchylone metalowe drzwi. Ze środka dobiega słaby gwar.

W końcu znalazła to miejsce.

– Coś ty za jedna?

Mężczyzna wysuwa się z cienia pod drzewem.

Jest pijany. I bardzo dobrze, bo słabo ją zapamięta, a może nawet o niej w ogóle zapomni.

– Znasz Hrabinę? – pyta, patrząc mu w oczy. Niestety, mężczyzna ma rozbieżnego zeza, więc nie wie, w które oko powinna mu spojrzeć.

– A bo co? – pyta mężczyzna i też na nią patrzy.

– Jestem jej przyjaciółką. Muszę się z nią spotkać.

Mężczyzna rechocze pod nosem.

– O kurwa, to ta jędza ma przyjaciółki? Nie miałem pojęcia. – Wyciąga z kieszeni pomiętą paczkę i zapala niedopalonego papierosa. – A jak powiem, gdzie jej szukać, to co będę z tego miał?

Już wie, że mężczyzna wcale nie jest pijany. W jego oczach po-

210

jawia się nagle coś, co świadczy o tym, że umysł ma jasny. Przeraża ją to. Co będzie, jeśli ją zapamięta?

– A co pan by chciał? – pyta ściszonym głosem, prawie szeptem. Lepiej, żeby nikt nie usłyszał ich rozmowy.

– Powiedzmy, dwie stówki. Tak, to odpowiednia cena – mówi z uśmiechem mężczyzna.

– Dam trzysta, jeśli wskaże mi pan miejsce, w którym przebywa. Zgoda?

Mężczyzna kiwa głową i cmoka ustami.

Patrzy, jak kobieta wyciąga portfel i podaje mu trzy banknoty stukoronowe. Ogląda je z szerokim uśmiechem na twarzy. Potem otwiera drzwi i gestem zaprasza ją do środka.

Od razu przy wejściu w nozdrza uderza słodkawy duszący zapach. Wyciąga z kieszeni chusteczkę i przykłada do nosa, by nie zwymiotować. Mężczyzna wybucha śmiechem.

Schody są długie, ale gdy jej wzrok przyzwyczaił się do ciemności, zauważa słabą smugę światła.

– Niech pani uważa, żeby się nie potknąć. Bywa tutaj dosyć ślisko.

Mężczyzna bierze ją ostrożnie za rękę. Czując jego dotyk, instynktownie się wzdryga.

– Kapuję – mówi obrażonym tonem mężczyzna i odsuwa się od niej. – Pewnie pani myśli, że roznoszę jakieś choroby?

Obrzydliwe. Pewnie cały jesteś siedliskiem wszelkich chorób.

Wchodzi do ogromnej sali i z początku nie wierzy własnym oczom. Sala ma powierzchnię niewielkiego boiska piłkarskiego i co najmniej dziesięć metrów wysokości. Wszędzie stoją jakieś namioty, kartony i dziwne konstrukcje przypominające szałasy. Pomiędzy nimi płoną niewielkie ogniska, wokół których siedzi albo leży mnóstwo ludzi.

Jednak najbardziej uderzająca jest cisza.

Słychać tylko szepty i chrapanie.

W całej sali panuje atmosfera pewnego szacunku dla innych. Jakby wszyscy zawarli umowę, że nie będą sobie wzajemnie przeszkadzać, dadzą sobie spokój i będą mogli zostać sam na sam z własnymi troskami.

Przewodnik prowadzi ją przez tonącą w mroku salę. Wygląda na to, że nikt nie zwraca na nią uwagi. Mężczyzna zwalnia kroku, zatrzymuje się.

– Ta jędza mieszka tutaj – mówi, wskazując szałas zbudowany z czarnych worków na śmieci. Jest na tyle duży, że mógłby pomieścić co najmniej cztery osoby. Wejście jest zasłonięte niebieskim kocem. – Ja już spadam. Jak spyta, kto panią przyprowadził, powie pani, że Börje.

– Jasne. Dzięki za pomoc.

Mężczyzna odwraca się i wraca tą samą drogą, którą przyszli.

Tymczasem ona kuca przed wejściem. Słyszy, że w środku coś się rusza. Powoli odsuwa chusteczkę od ust i ostrożnie nabiera powietrza. Jest gęste i duszące, więc zmusza się, by oddychać przez usta. Wyciąga strunę od pianina i chowa ją w dłoni.

– Fredrika? – szepcze. – Jesteś tam? Muszę z tobą porozmawiać.

Podchodzi do wejścia, wyjmuje z torebki polaroid i ostrożnie odsuwa koc.

Jeśli wstyd jakoś pachnie, to z pewnością ma taki zapach jak ten, który uderza ją w nozdrza.

# Tvålpalatset

Ann-Britt dzwoni na wewnętrzny numer z informacją, że przyszła Linnea Lundström. Sofia wychodzi do poczekalni, żeby się z nią przywitać.

Podobnie jak w przypadku Ulriki, zamierza oprzeć psychoterapię Linnei na modelu trzystopniowym.

W pierwszym etapie chodzi wyłącznie o stabilizację i zaufanie. Kluczowe słowa to „wsparcie" i „struktura". Sofia ma nadzieję, że ani Ulrice, ani Linnei nie będzie musiała przepisywać żadnych leków, choć z góry nie może tego wykluczyć.

Drugi etap terapii to zapamiętywanie i radzenie sobie z traumą po negatywnych doświadczeniach seksualnych. To także ponowne przeżywanie ich i rozmowa o nich.

Trzeci etap polega na oddzieleniu traumatycznych przeżyć od doświadczeń seksualnych w obecnym czasie i w przyszłości.

Zdziwiła ją opowieść Ulriki o spotkaniu z obcym mężczyzną w pubie. Było to zachowanie o podłożu czysto seksualnym i najwyraźniej poprawiło jej samopoczucie.

Dziewczyna padła ofiarą kilku gwałtów i cierpi na wulwodynię. Spotkanie z nieznanym mężczyzną pomogło jej się rozluźnić. Dokonała na sobie świadomego lub nieświadomego eksperymentu, aby poznać różnicę między seksualnością a intymnością.

Przypomina jej się reakcja Ulriki, gdy zobaczyła zdjęcie Dürera, który odgrywał główną rolę w jej, Sofii, dorastaniu.

Jaką rolę odegrał w życiu Ulriki?

Linnea Lundström siada na krześle.

– Czuję się tak, jakbym tu była całkiem niedawno – mówi. – Czy jestem aż tak bardzo chora, że muszę tu przychodzić codziennie?

Sofia cieszy się, że Linnea jest rozluźniona i nawet sobie żartuje.

– Nie chodzi o to – wyjaśnia Sofia. – Lepiej jednak, żebyśmy na początku spotykały się częściej. Dzięki temu szybciej się poznamy. Pierwsze dziesięć minut rozmowy to tematy ogólne. Sofia pyta ją o samopoczucie psychiczne i fizyczne.

Potem stopniowo kieruje rozmowę na temat, który jest właściwym powodem ich spotkania: stosunek dziewczyny do jej ojca.

Chciałaby, żeby Linnea sama podjęła ten temat, tak jak poprzedniego dnia. Jej nadzieja szybko się spełnia.

– Powiedziała pani, że chodzi o to, aby sobie wzajemnie pomóc – mówi Linnea.

– Tak, to podstawowy warunek.

– Czy uważa pani, że jeśli lepiej zrozumiem jego, to także lepiej zrozumiem siebie?

Sofia zwleka z odpowiedzią.

– Być może... Przede wszystkim muszę być najzupełniej pewna, że uznasz mnie za właściwą osobę do takich rozmów.

Linnea patrzy na nią zdumionym wzrokiem.

– A czy są jakieś inne osoby? Na przykład moje kumpele albo ktoś w tym stylu? Byłoby mi cholernie wstyd...

Sofia uśmiecha się do niej.

– Nie, to niekoniecznie muszą być kumpele. Są też inni terapeuci.

– Ale to pani z nim rozmawiała. Jest pani najwłaściwszą osobą. Tak w każdym razie twierdzi Annette.

Sofia patrzy na Linneę i dochodzi do wniosku, że najlepszym słowem na opisanie jej zachowania jest krnąbrność albo przekora. Nie mogę jej stracić, myśli.

– Rozumiem – mówi. – Wróćmy do rozmowy o twoim ojcu. Gdybyś miała o nim coś powiedzieć, od czego byś zaczęła?

Linnea wyjmuje z kieszeni kurtki pognieciony papier i kładzie go na biurku. Ma przy tym taką minę, jakby się czegoś wstydziła.

– Wczoraj nie o wszystkim pani powiedziałam – zaczyna z wahaniem i po chwili przesuwa papier w stronę Sofii. – To list, który ojciec napisał do mnie wiosną.

Sofia bierze go do ręki. Papier wygląda, jakby czytano list wiele razy. Wymiętolona kartka ze zwykłego bloku w linie. Tekst pisany drobnym pismem pełnym zawijasów.

– Chcesz, żebym go teraz przeczytała? – pyta Sofia.

Linnea kiwa głową.

Charakter pisma jest dość ładny, ale trudny do rozczytania. Na liście widnieje miejsce i data: Nicea–Sztokholm, 3 kwietnia 2008 roku. Z treści wynika, że Karl Lundström wracał wtedy z podróży służbowej na francuską Riwierę. Oznacza to, że list został napisany zaledwie kilka tygodni przed zatrzymaniem Lundströma przez policję.

Początek to różne wyświechtane frazesy. Potem tekst staje się bardziej poszatkowany i nieskładny.

*Talent to cierpliwość, strach jest porażką. Masz obie te cechy, Linneo, więc posiadasz wszelkie warunki, aby Ci się udało, nawet jeśli wcale tego teraz tak nie odczuwasz.*

*Jednak dla mnie wszystko się już skończyło. W życiu są takie rany, które w samotności zżerają duszę jak trąd.*

*Nie, ja muszę poszukać cienia! Ukryć się. Czuć się niezepsuty, żywy, być bliżej dzieci, traktować je z szacunkiem i sprawić, żeby mnie polubiły. W domu cieni poszukam schronienia, bezpieczeństwa.*

Sofia przypomina sobie to sformułowanie. W czasie rozmowy w Huddinge Lundström wspomniał o domu cieni. Powiedział, że to metafora, która oznacza ukryte niedostępne miejsce.

Patrzy znad kartki na Linneę.

Dziewczyna uśmiecha się niepewnie, spuszcza wzrok na podłogę. Sofia czyta dalej.

*Podobno pragnę tego, czego tysiące, a może nawet miliony innych pragnęło przede mną. Oznacza to, że historia usprawiedliwia i sankcjonuje moje zachowanie. Impuls pożądania nie istnieje tylko w moim sumieniu, ale także w kolektywnym wzajemnym oddziaływaniu, które powstawało wspólnie z innymi. Z ich pożądaniem.*

*Robię tylko to, co robią inni, dlatego sumienie mam czyste. Mimo to podpowiada mi ono, że coś jest nie tak! Nie rozumiem tego! Mógłbym spytać o to Pytię, wyrocznię delficką. Ona nigdy nie kłamie.*

*Dzięki niej Sokrates zrozumiał, że mądry jest ten, kto wie, że nic nie wie. Człowiek niemądry sądzi, że wie to, o czym nie ma pojęcia, dlatego staje się podwójnie niemądry, bo nie wie, że nie wie! Ale ja wiem, że nie wiem!*

*Czy to znaczy, że jestem mądry?*

Sofia przebiega wzrokiem po kilku kolejnych nieczytelnych linijkach, widzi dużą czerwoną plamę, pewnie po winie. Potem zerka na Linneę i na znak zdziwienia unosi brwi.

– Wiem – mówi Linnea. – To trochę porąbane, na pewno był pijany.

Sofia czyta w milczeniu dalej.

*Jestem przestępcą tak jak Sokrates, którego oskarżano o deprawowanie młodzieży. Ale przecież on był pederastą, więc może jego oskarżyciele mieli rację? Państwo oddaje cześć swoim bożkom, a my jesteśmy oskarżani, że oddajemy cześć demonom.*

*Sokrates był dokładnie taki jak ja! Czy nie mamy racji? Wszystko jest opisane w tej książce! A wiesz chociaż, co stało się w Kristianstadzie, gdy byłaś mała? Pamiętasz Vigga i Henriettę? Wszystko jest opisane w tej książce!*

Viggo i Henrietta Dürerowie. Annette Lundström często wspominała o Dürerach, a Linnea umieściła Vigga na swoich rysunkach.

Sofia znajduje w liście ambiwalentny stosunek Lundströma do tego co słuszne i niesłuszne. Podobnie wypowiadał się w czasie rozmowy w Huddinge. Elementy układanki zaczynają w końcu tworzyć pewną całość. Czyta dalej, choć treść listu napawa ją coraz większym oburzeniem.

*Wielki sen. I ślepota. Annette jest ślepa i Henrietta też była ślepa w odniesieniu do tego, co przystoi dziewczynom ze szkoły w Sigtunie.*

Szkoła w Sigtunie. Henrietta. Kim ona jest? Sofia przerywa czytanie i odkłada list na bok. Pewne zawarte w nim treści mocno ją poruszyły.

Domyśla się, że Henrietta Dürer i Annette Lundström chodziły do tej samej klasy. Henrietta też miała na twarzy świńską maskę, szydziła i się śmiała. Wtedy nosiła inne nazwisko, jakieś takie pospolite.... Andersson? Johansson? Ale na pewno była jedną z nich – zamaskowana i ślepa.

Wyszła za mąż za Dürera.

Trochę tego za wiele. Sofia czuje ucisk w żołądku.

Linnea przerywa jej rozważania.

– Tata powiedział, że pani go rozumie. Myślę, że to, o czym pani mówiła, a on pisał w liście... że chodzi o tę Pytię... ale takie to dziwne...

– Dürer i Henrietta... jak ich zapamiętałaś?

Linnea nie odpowiada. Kuli się na krześle, na jej twarzy pojawia się wyraz pustki.

– O jakiej książce pisze twój tata?

– Nie wiem – odpowiada z westchnieniem Linnea. – On tak dużo czytał. Często wspominał o jakimś tekście, który nazywał się „Objawienia Pytii".

– „Objawienia Pytii"?

– Tak... ale nigdy mi go nie pokazywał.

– A o co mu chodziło z Kristianstadem? Jak myślisz?

– Nie wiem.

W ciągu kilku dni Sofia spotkała dwie młode kobiety, którym ten sam mężczyzna zniszczył życie. Karl Lundström nie żyje, lecz ona i tak dopilnuje, żeby obie ofiary otrzymały jakieś zadośćuczynienie.

Na czym polega słabość? Na tym, że ktoś staje się ofiarą? Kobietą? Że jest wykorzystywany?

Nie, słabością jest to, że ktoś nie obraca sytuacji na swoją korzyść.

– Pomogę ci – mówi Sofia. – Wszystko sobie przypomnisz.

– Tak pani myśli?

– Ja to wiem.

Sofia wysuwa szufladę i wyjmuje z niej rysunki. Narysowała je Linnea, gdy miała pięć, dziewięć i dziesięć lat.

# Podziemia kościoła Świętego Jana

Imię Jan pochodzi z języka hebrajskiego i oznacza „Jahwe jest łaskaw". Zakon joannitów od XII wieku działa na rzecz biednych i chorych.

To chyba zrządzenie losu, że podziemna sala kościoła Świętego Jana w dzielnicy Norrmalm stała się schronieniem dla biednych i wykluczonych.

Na drzwiach wejściowych prowadzących do wnętrza widnieje symbol, który łatwo pomylić z duńską flagą państwową. W rzeczywistości to flaga zakonu joannitów – biały krzyż na czerwonym tle. Ktoś umieścił ten znak na drzwiach, jakby chciał poinformować, że w tym miejscu każdy bez względu na to, kim jest, może się czuć bezpiecznie.

Nie jest natomiast zrządzeniem, tylko raczej szyderstwem losu, że w tym miejscu hasło to brzmi dość fałszywie – jak krzyk o pomoc, który odbija się echem od ścian krypty.

O wpół do siódmej rano w domu Jeanette dzwoni telefon. Billing każe jej natychmiast pojechać na Norrmalm, gdzie w podziemiach kościoła Świętego Jana znaleziono zamordowaną kobietę.

Jeanette zostawia Johanowi kartkę z wiadomością w kuchni na stole razem z banknotem stukoronowym. Potem cicho wychodzi z domu i wsiada do samochodu.

Wyjmuje komórkę, dzwoni do Hurtiga. Okazuje się, że ktoś już do niego dzwonił z komendy, więc jeśli nie będzie korków, zjawi się na miejscu za kwadrans. Podobno wśród ludzi zgromadzonych w podziemnej sali narasta atmosfera linczu, dlatego proponuje, aby spotkać się przed wejściem.

Jakaś ciężarówka, która złapała kapeć, blokuje tunel w Södermalmie. Od razu utworzył się korek. Widząc, że się spóźni, Jeanette dzwoni do Hurtiga i każe mu wejść do środka bez niej.

–

Na moście Centralnym samochody znowu jadą szybciej, więc pięć minut później Jeanette skręca w kolejny tunel, przejeżdża Sveavägen i mija filharmonię. Ulica Kammakargatan jest na pewnym odcinku jednokierunkowa, więc skręca w Tegnersgatan, a potem w Döbelnsgatan.

Na miejscu jest już mnóstwo gapiów. Jeanette wjeżdża na chodnik, parkuje i wysiada z samochodu. Widzi trzy radiowozy z włączonym sygnałem. Kilkunastu policjantów stara się przywrócić porządek.

Jeanette podchodzi do Åhlunda. Trochę dalej, przed masywnymi metalowymi drzwiami, widzi Schwarza.

– Co słychać? – pyta głośno, by przekrzyczeć tłum.

– Kompletny chaos – odpowiada Åhlund i rozkłada ręce. – Usunęliśmy już wszystkich ze środka, w sumie prawie pięćdziesiąt osób. Nie mają dokąd pójść – dodaje, pokazując ręką zbity tłum przed wejściem.

– Dzwoniliście do pomocy społecznej? – Jeanette odstępuje na bok, by przepuścić policjanta, którzy stara się okiełznać jednego z najbardziej agresywnych mężczyzn.

– Jasne, ale nie mają wolnych miejsc i na razie nie mogą nam pomóc.

Åhlund patrzy na nią z wyczekiwaniem. Jeanette przez chwilę się zastanawia nad odpowiedzią.

– Zrobimy tak: zamówcie jak najszybciej autobus w Zakładzie Komunikacji Miejskiej. Niech się w nim ogrzeją, a my będziemy mogli porozmawiać z tymi, którzy zechcą nam coś powiedzieć. Myślę jednak, że większość nie będzie zbyt rozmowna. Jak zwykle.

Åhlund kiwa głową i wyjmuje krótkofalówkę.

– Zejdę na dół, sprawdzę, co tam się stało. Miejmy nadzieję, że wszyscy będą mogli szybko wrócić na swoje miejsca.

Jeanette rusza w stronę metalowych drzwi. Schwarz zatrzymuje ją na chwilę, podając jej białą maseczkę na usta i nos.

– Lepiej będzie, jak to nałożysz – proponuje, marszcząc nos.

Smród jest rzeczywiście nie do wytrzymania. Jeanette zakłada gumki za uszy i przed wejściem do środka sprawdza, czy maseczka dobrze się trzyma i zasłania nos.

Wielka sala skąpana jest w ostrym świetle reflektorów. Aż w niej huczy od agregatów, które zaopatrują lampy w prąd.

Jeanette przystaje i rozgląda się dokoła. Jej oczom ukazuje się dziwna podziemna społeczność.

Całość do złudzenia przypomina slamsy w Rio de Janeiro: prowizoryczne budy zrobione ze wszystkiego, co można znaleźć na ulicy. Niektóre zostały sporządzone z pewnym poczuciem smaku i wyraźnym talentem do ciesielki. Inne przypominają zwykłe szałasy, jakie często klecą dzieci. Mimo bałaganu wszystko jest tu w pewien sposób zorganizowane. Widać w tym ukryte pragnienie porządku.

Hurtig, który stoi dwadzieścia kilka metrów dalej, macha do niej ręką. Jeanette porusza się ostrożnie między stosami śpiworów, worków, kartonów i ubrań. Przy jednym z namiotów stoi regał z książkami. Napis na kartonie mówi, że książki można wypożyczyć, ale należy je zwrócić.

Jeanette wie, że uprzedzenia dotyczące ludzi bezdomnych, bez odpowiedniego wykształcenia, są nieuzasadnione. Wystarczy jakieś niepowodzenie i człowiek ląduje na ulicy: niezapłacony rachunek, depresja...

Hurtig stoi przy namiocie zrobionym z plastikowych worków. Wejście zakrywa niebieski zniszczony koc. W środku ktoś leży.

– No dobrze, co tu się stało? – pyta Jeanette i pochyla się, by zajrzeć do wnętrza.

– Ofiara nazywa się Fredrika Grünewald. Wszyscy mówią na nią Hrabina, bo podobno pochodzi ze szlacheckiego rodu. Sprawdzamy to.

– Co jeszcze?

– Świadkowie zeznali, że wczoraj po południu zjawił się tutaj mężczyzna o imieniu Börje w towarzystwie nieznanej kobiety.

– Znaleźliście go?

– Jeszcze nie, ale ludzie go znają, więc to tylko kwestia czasu. Już go szukamy.

– Bardzo dobrze. – Jeanette podchodzi bliżej wejścia do namiotu.

– Ofiara jest w strasznym stanie. Sprawca prawie odciął jej głowę od tułowia.

– Nożem? – pyta Jeanette.

– Raczej nie. Znaleźliśmy to – odpowiada Hurtig i pokazuje reklamówkę z długą stalową struną. – To prawdopodobnie narzędzie zbrodni.

– Mógł to zrobić ktoś z tych, co tu mieszkają?

– Nie sądzę. Gdyby ją tylko zabito i obrabowano, może tak... – mówi z zamyśloną miną Hurtig. – Ale to coś innego.

– To znaczy, że nie została okradziona?

– Nie. Znaleźliśmy jej portfel, w środku miała prawie dwa tysiące koron i ważny bilet miesięczny.

– Jakie jest twoje zdanie?

– Możliwe, że to zemsta. – Hurtig wzrusza ramionami. – Sprawca najpierw pozbawił ją życia, a potem oblał fekaliami. Wlał je też kobiecie do ust.

– Fuj!

– Ivo sprawdzi, czy to jej odchody, ale jeśli będziemy mieć szczęście, okaże się, że to odchody sprawcy.

Mówiąc to Hurtig wskazuje na namiot, gdzie Andrić razem z dwoma innymi technikami wkłada zwłoki do szarego worka, aby zawieźć je na patologię szpitala w Solnie.

Technicy unieśli plastikowe worki, z których zrobiony był namiot, i dopiero teraz Jeanette może obejrzeć miejsce zbrodni ze szczegółami. Mała kuchenka spirytusowa, kilka konserw i stos ubrań. Ostrożnie podnosi jedno z nich. Chanel. Prawie nieużywane.

Napisy na nieotwartych puszkach konserw pokazują, że niektóre pochodzą z importu. Małże, pasztet z gęsiej wątróbki, *pâté*. Żadnej z tych rzeczy nie można kupić w tanim markecie.

Dlaczego więc ofiara mieszkała w tym miejscu? Wygląda na to, że nie z przyczyn finansowych. Musiała mieć jakiś inny powód. Jaki?

Jeanette rozgląda się dokoła. Coś tu się nie zgadza. Czegoś brakuje. Patrzy i zaczyna się nad tym zastanawiać.

Czego tutaj nie widzę?

– Zanim odjadę, chciałbym ci coś powiedzieć – słyszy nagle czyjś głos. To Andrić. – Odchody, które ofiara miała na twarzy, nie są ludzkie. To psi kał.

W tym momencie Jeanette już wie, czego szukała. Nie chodzi o to, że czegoś tu brakuje. Przeciwnie. Czegoś nie powinno tutaj być.

# Dawniej

*Może się odważysz dzisiaj, ty tchórzliwy bydlaku? Odważysz się? No co? Nie, nie masz odwagi! Nie odważysz się! Zbyt wielki z ciebie tchórz! Jesteś taki patetyczny! Nic dziwnego, że nikomu na tobie nie zależy!*

Zniszczone fasady domów przy Istedgade, hotele, bary i sklepy erotyczne ciągną się wzdłuż całej ulicy. Uśmiecha się na ich widok, poznaje to miejsce. Skręca w spokojniejszą przecznicę, Viktoriagade. Ostatni raz była tu niecały rok temu. Pamięta, że hotel jest gdzieś blisko, za następną przecznicą po lewej, za skrzyżowaniem. Sąsiaduje ze sklepem z płytami.

Rok temu hotel wybrała bardzo starannie. W Berlinie mieszkała w Kreuzbergu na ulicy Bergmannstrasse. Kiedy tam przyjechała, koło się zamknęło. Viktoriagade – to logiczny wybór miejsca na śmierć.

Otwiera stare drewniane drzwi prowadzące do recepcji i zauważa, że neon z nazwą hotelu nadal jest zepsuty. Za kontuarem siedzi ten sam znudzony mężczyzna co ostatnio. Wtedy palił papierosa, teraz trzyma w ustach wykałaczkę. Ma taką minę, jakby zasypiał.

Recepcjonista podaje jej klucze, a ona płaci kilkoma wymiętymi banknotami, które znalazła w pudełku po ciastkach w mieszkaniu Dürera.

W sumie ma prawie dwa tysiące duńskich koron i ponad dziewięćset koron szwedzkich. Powinno jej to wystarczyć na kilka dni. Za pozytywkę, którą ukradła z mieszkania Dürera, może dostać kolejne kilkaset koron.

Pokój numer siedem, w którym próbowała się powiesić poprzedniego lata, jest piętro wyżej.

Idzie po skrzypiących drewnianych schodach i zastanawia się, czy porcelanowa umywalka w łazience jest już naprawiona. Zanim postanowiła się powiesić, stłukła butelkę perfum o jej brzeg. Umywalka pękła aż do otworu odpływowego.

Reszta była już mało dramatyczna.

Hak w suficie się obluzował, a ona ocknęła się na podłodze z paskiem na szyi, spuchniętą wargą i wybitym przednim zębem. Krew starła tiszertem.

Otwiera drzwi i wchodzi do pokoju. Tak jak kiedyś wzdłuż prawej ściany stoi łóżko, przy lewej szafa na ubranie, a okno wychodzące na ulicę jest tak samo brudne jak wtedy. Czuć dymem i pleśnią, drzwi do niewielkiej toalety są otwarte.

Zdejmuje buty, rzuca torebkę na łóżko i otwiera okno, by przewietrzyć pokój.

Z zewnątrz dobiega uliczny szum i ujadanie bezdomnych psów.

Wchodzi do toalety, rozgląda się. Dziura w suficie została zaszpachlowana, pęknięcie w umywalce zaklejone silikonem. Teraz to brudnoszara kreska.

Zamyka drzwi i kładzie się na łóżku.

Nie ma mnie, myśli z uśmiechem.

Wyjmuje z torebki długopis, dziennik i zaczyna pisać.

*Kopenhaga, 23 maja 1988. Dania to paskudny kraj. Same wieprze i chłopi, na dodatek pełno tu niemieckich bękartów.*

*Jestem jedną wielką dziurą, pęknięciem, bezsensowną sumą zachowań. Z Viktoriagade i Bergmannstrasse. Wtedy zgwałcili mnie Niemcy na duńskiej ziemi podczas festiwalu w Roskilde, trzej niemieccy nastolatkowie.*

*A teraz zgwałcił mnie niemiecki bękart w bunkrze, który Niemcy zbudowali w Danii. Zgwałcona w Danii i Niemczech. Viggo to niemiecko-duński mieszaniec. Duński syn niemieckiej kurwy.*

Śmieje się głośno.

– Solace Aim Nut, pociesz mnie, bo oszalałam.

Jak ktoś może się tak głupio nazywać?

Odkłada dziennik. Nie, nie oszalała. To wszyscy inni oszaleli.

Myśli o Dürerze. Syn Dunki i niemieckiego żołnierza.

Zasługuje na to, żeby go udusić i wrzucić do leja po bombie w Oddesund.

Zrodziła go duńska kurwa, zdechł w niemieckiej dziurze, zżarły go świnie.

Znowu sięga po dziennik.

Przez chwilę się waha, przerzuca kilka kartek do tyłu. Dwa miesiące, cztery miesiące, pół roku.

Czyta:

*Värmdö, 13 grudnia 1987.*

*Solace nie obudziła się po tym, co jej zrobił w saunie. Obawiam się, że umiera. Oddycha i oczy ma otwarte, ale gdzieś odleciała. Brutalnie ją potraktował. Mocno ją trzymał i uderzał jej głową o ścianę. Potem wyglądała jak po partyjce mikado. Leżała zmarnowana na ławce w saunie.*

*Zwilżyłam jej twarz mokrą ścierką, ale nie wybudziła się z tego stanu.*

*Nie żyje?*

*Nienawidzę go. Dobroć i przebaczenie to tylko zewnętrzna forma ucisku i prowokacji. Nienawiść jest bardziej czysta.*

Przerzuca kolejne kartki.

*Solace nie umarła. Obudziła się, ale milczała, bolał ją brzuch i prężyła się, jakby miała rodzić. W tym momencie on wszedł do naszego pokoju.*

*Kiedy nas ujrzał, zrobił nieszczęśliwą minę. A potem się na nas wysmarkał. Po prostu przytknął palec do dziurki od nosa i wysmarkał się na nas!*

*Żeby chociaż nie plował!*

Victoria ledwie rozpoznaje własny charakter pisma.

*24 stycznia 1988.*
*Solace nie chce zdjąć maski. Jej drewniana twarz zaczyna*
*mnie nużyć. Ciągle tylko leży i jęczy. Wydaje z siebie dźwięki, któ-*
*re przypominają zgrzytanie zębów. Maska chyba jej przywarła*
*do twarzy, wżarły się w nią włókna drzewne. Wygląda jak drew-*
*niana lalka. Leży cicha i martwa, spod drewnianej maski dobie-*
*gają jęki, bo w saunie jest strasznie wilgotno.*
*Drewniane lalki nie rodzą dzieci. Pęczniejątylko w wilgoci*
*i cieple.*
*Nienawidzę jej!*

Zamyka dziennik. Słyszy, jak ktoś śmieje się za oknem.

Nocą śni jej się dom z otwartymi oknami. Jej zadanie polega na tym,
żeby je pozamykać. Niestety, gdy zamyka ostatnie, otwiera się któreś
z zamkniętych przed chwilą. Co dziwne, ona decyduje, że nie wszystkie okna będą zamknięte jednocześnie, bo wtedy zadanie byłoby
zbyt proste. Zamknąć, otworzyć, zamknąć, otworzyć i tak w kółko,
aż zmęczona siada na podłodze i patrzy spod przymkniętych powiek.
    Kiedy się budzi, w łóżku jest tak mokro, że wszystko przecie-
kło przez materac aż na podłogę.
    Jest dopiero czwarta rano, ale postanawia wstać z łóżka. Myje
się, pakuje swoje rzeczy i wychodzi z pokoju, zabierając prześcieradło, które wrzuca do pojemnika na śmieci stojącego w korytarzu.
Potem idzie do recepcji.
    Siada przy stoliku w hotelowej kawiarni i zapala papierosa.
    Zsikała się już czwarty albo piąty raz w tym miesiącu. Wcze-
śniej też jej się to zdarzało, lecz nie z taką częstotliwością. Poza tym
nie było to skutkiem snów.
    Wyjmuje z plecaka kilka książek.
    Podręcznik psychologii wykładanej na uniwersytecie i kilka
książek, których autorem jest R.J. Stoller. To śmieszne, że ktoś,
kto pisze o psychologii, ma na nazwisko Stoller, Wariat. Na ironię
zakrawa fakt, że kieszonkowe wydanie Freuda pod tytułem „Drei
Abhandlungen zur Sexualtheorie", które też spakowała do plecaka, jest takie cienkie.

Egzemplarz „Traumdeutung" jest prawie całkowicie zdarty od czytania. Zanim się za niego zabrała, miała na te sprawy inny pogląd. Teraz jest już w totalnej opozycji do teorii Freuda.

Dlaczego sny mają być wyrazem nieświadomych żądz i ukrytych konfliktów wewnętrznych?

Jaki jest sens w tym, że ktoś ukrywa przed sobą własne zamierzenia? To tak, jakby była kimś innym, gdy śni, i kimś innym, gdy nie śpi. Jaka w tym logika?

Sny odzwierciedlają po prostu myśli i fantazje. Istnieje w nich może jakaś symbolika, ale nie oznacza to, że pozna siebie lepiej, jeśli będzie zbyt często myśleć o ich sensie i znaczeniu.

To idiotyczne, kiedy ktoś próbuje rozwiązać rzeczywiste problemy poprzez tłumaczenie własnych snów. Przecież może to być niebezpieczne.

A jeśli ktoś przypisuje snom znaczenie, którego nie mają?

Najciekawsze jest to, że jej sny należą do grupy snów świadomych. Zrozumiała to po przeczytaniu pewnego artykułu na ten temat. Jest świadoma tego, że w czasie snu śni i że może wpływać na to, co się w tych snach dzieje.

Uśmiecha się, bo właśnie do niej dotarło, że ilekroć sikała do łóżka, była to jej świadoma decyzja.

Jeszcze śmieszniejsze wydaje się to, że psychologia przypisuje osobom, które doświadczają świadomych snów, niezwykle wysoką pojemność mózgu. Dlatego jako osoba, która ma bardziej wyrafinowany i lepiej rozwinięty mózg, uważa się za lepszą od innych.

Gasi papierosa, wyjmuje z plecaka kolejną książkę. To rozprawa naukowa o teorii przywiązania. Opowiada o tym, jakie konsekwencje dla przyszłości dziecka ma jego wcześniejszy związek – jako niemowlęcia – z matką.

Książka nie jest obowiązkową lekturą, działa deprymująco na Victorię, która jednak nie może się powstrzymać i od czasu do czasu do niej zagląda. Każda kolejna strona i każdy rozdział opowiadają o tym, czego pozbawili ją inni albo czego sama siebie pozbawiła.

Stosunków z innymi ludźmi.

Wszystko popsuła mama, i to już w dniu jej urodzin. Omszałe

spękane ruiny – bo tak wyglądają jej stosunki z innymi – podtrzymywał tata, który wszystkim wzbraniał dostępu do niej.

Już się nie uśmiecha.

Czy brakuje jej bliskich związków? Czy w ogóle za kimś tęskni? Za nikim nie tęskni. Nie ma też przyjaciół, którzy tęskniliby za nią.

Już dawno zapomniała o Jessice i Hannah. Czy one też o niej zapomniały? A co z obietnicami, które sobie składały? Na temat wiecznej wierności i tym podobnych rzeczy?

Mimo wszystko za kimś tęskni od przyjazdu do Danii. I nie jest to Solace. Tutaj poradzi sobie bez niej. Brakuje jej starej pani psycholog ze szpitala w Nacce.

Gdyby tu teraz była, na pewno by zrozumiała, że Victoria przyjechała do tego hotelu z konkretnego powodu: aby jeszcze raz przeżyć swoją śmierć.

Już wie, co powinna zrobić. Jeśli ktoś nie potrafi umrzeć, może się stać kimś innym. Wymyśliła, jak to uczynić.

Najpierw przeprawi się promem do Malmö, stamtąd pojedzie pociągiem do Sztokholmu, a dalej autobusem do Tyresö, gdzie mieszka stara pani psycholog.

Tym razem opowie jej wszystko, co wie o sobie. Bardzo dokładnie.

Musi to zrobić.

Bo tylko wtedy Victoria Bergman umrze naprawdę.

# Instytut Patologii

Ostatni raz Ivo Andrić wymiotował podczas oblężenia Sarajewa piętnaście lat temu, gdy po jednym z serbskich ataków na miasto wraz z grupą ochotników zbierał to, co pozostało z kilkunastu rodzin, które miały pecha znaleźć się na drodze szwadronów śmierci.

Po kwadransie spędzonym przy zwłokach Fredriki Grünewald przerywa sekcję i biegnie do najbliższej toalety.

Znowu to samo co wtedy. Nienawiść, poniżenie, chęć zemsty.

Kiedy wraca do sali, stara się nie myśleć o pewnej dziewczynie, którą wyniósł z budynku mieszkalnego w Ilidży.

– *Jebiga!* – zaklął, wchodząc do sali, gdzie utrzymywał się potworny smród bijący od zwłok.

Co tam Ilidża! Dopiero tutaj śmierdzi. Szybko przykłada maseczkę do nosa. Nic dziwnego. Na stole leży duża gruba kobieta, a nie mała dziewczynka.

Nieważne.

Rzadko zdarza mu się płakać, więc nawet nie zdaje sobie sprawy, że robi to właśnie teraz. Mózg nie informuje go, że jedną ręką ociera łzy, a drugą ściąga pokrowiec z nagiego ciała ofiary.

Bierze notes i z obrzydzeniem zapisuje w nim, że nieszczęsna kobieta się udusiła, bo ktoś napchał jej do gardła psich odchodów.

W ustach, nozdrzach i w przełyku znalazł także ślady wymiocin zawierających resztki raków i białego wina.

Po co mi taka praca?, zastanawia się, przymykając oczy.

I chociaż stara się zapomnieć, myślami wraca do dziewczynki, która przyjechała do Ilidży w odwiedziny do kuzynów.

Miała na imię Antonija i była jego najmłodszą córką.

# Tvålpalatset

Linnea Lundström siedzi na krześle przed biurkiem. Sofia dziwi się, że tak szybko udało jej się wzbudzić zaufanie dziewczyny.

Pokazuje jej zdjęcia trzech rysunków.

Linnea narysowała je kredkami, gdy miała pięć, dziewięć i dziesięć lat.

– To chyba twoje dzieła? – Sofia wskazuje fotografie. – Czy to Annette?

Linnea patrzy zdziwiona, ale się nie odzywa.

– A to chyba jakiś znajomy waszej rodziny? – Teraz Sofia pokazuje Dürera. – Z Kristianstadu w Skanii.

Odnosi wrażenie, że Linnea odetchnęła z ulgą.

– Tak – wzdycha. – Ale myślę, że to brzydkie rysunki. On tak wtedy nie wyglądał. Był szczuplejszy.

– Jak się nazywał?

Linnea przez chwilę się waha, w końcu odpowiada szeptem:

– To Viggo Dürer, adwokat taty.

– Możesz mi o nim opowiedzieć?

Linnea zaczyna oddychać krótko i nieregularnie, jakby miała kłopot z zaczerpnięciem powietrza.

– Jest pani pierwszą osobą, która się domyśliła, co narysowałam – mówi, a Sofia przypomina sobie, że Annette Lundström prawie nic z tych rysunków nie zrozumiała. – To super, że ktoś to rozumie. Czy to o pani pisał tata? Czy jest pani Pytią? Tą, która rozumie?

– Mogę nią być – uśmiecha się Sofia. – Ale bez twojej pomocy będzie to niemożliwe. Możesz mi wyjaśnić, co jest na tych rysunkach?

Linnea odpowiada wprost, bez wahania, chociaż nie na temat tego, co przedstawiają obrazki.

– On był... lubiłam go, jak byłam mała.

– Dürera?

– Tak. – Linnea spuszcza głowę. – Na początku był miły. Potem, jak skończyłam pięć lat, zachowywał się bardzo dziwnie.

Opowiada o Dürerze sama z siebie, nie trzeba jej do tego zachęcać. Sofia już wie, że w ten sposób przeszły do drugiego etapu terapii, w którym chodzi o wspomnienia i o to, jak sobie z nimi radzić.

– Chcesz powiedzieć, że dopóki nie skończyłaś pięciu lat, był dla ciebie miły?

– Chyba tak.

– A więc masz jakieś wyraźne wspomnienia z tak wczesnego okresu?

Linnea unosi wzrok i spogląda w okno.

– Hm... czy wyraźne, tego nie wiem. W każdym razie pamiętam, że lubiłam go aż do tego zdarzenia w Kristianstadzie... Kiedy przyjechali do nas z wizytą.

Sofia zastanawia się nad rysunkiem, który przedstawia Dürera z psem na działce należącej do Lundströmów w Kristianstadzie.

Karl Lundström sam wspomniał o tym zdarzeniu w liście, który pokazała jej Linnea. Linnea gardzi ojcem, za to boi się Dürera. Zrobiła, co jej kazał, a Annette i Henrietta udawały, że niczego nie widzą. Były ślepe na to, co się działo w ich bezpośrednim otoczeniu.

Jak zwykle.

Potem Lundström napisał o podwójnym braku wiedzy Dürera. Na podstawie listu można wysnuć wniosek, że chodziło mu o to, iż podwójna niewiedza Dürera polega na tym, że nie tylko nie miał racji, ale nawet o tym nie wiedział.

Pozostaje więc tylko jedno pytanie: na czym polega podwójna niewiedza Dürera?

Sofia jest absolutnie pewna, że wie, co Lundström miał na myśli. Pochyla się nad biurkiem i patrzy Linnei prosto w oczy.

– Możesz mi opowiedzieć, co się stało w Kristianstadzie?

# Jezioro Klara Sjö

Prokurator Kenneth von Kwist nie ma szlacheckiego pochodzenia. Kiedyś, gdy jeszcze chodził do liceum, po prostu dodał przyimek „von" do swojego nazwiska, żeby stać się kimś jeszcze bardziej szczególnym. Nadal jest bardzo próżnym człowiekiem, niezwykle dbałym o swój wygląd zewnętrzny i reputację.

Od niedawna ma pewien problem, co bardzo go niepokoi. Jest też do tego stopnia zaniepokojony ostatnią rozmową z Annette Lundström, że wrzody w żołądku, które od dawna mu nie dokuczały, teraz znowu dały o sobie znać.

Benzodiazepiny. Jeśli świadek jest uzależniony od tak silnych leków, jego zeznania można zakwestionować. Chyba tak właśnie jest. To, że Karl Lundström przyjmował tak silne leki, sprawiło, że snuł fantazje prawie na każdy temat.

Kenneth patrzy na stos papierów leżących na biurku.

Pięć miligramów stesolidu. Jeden miligram xanoru i do tego trzy czwarte miligrama halcionu. Codziennie! Aż trudno w to uwierzyć! Dłuższa przerwa w przyjmowaniu lekarstw mogła sprawić, że Lundström gotów był przyznać się do wszystkiego, byle tylko dostać kolejną dawkę.

Von Kwist zagłębia się w treści protokołów przesłuchań.

To obfita lektura, prawie pięćset stron maszynopisu.

Mimo to ma wątpliwości.

W sprawę zamieszanych jest zbyt wiele innych osób. To ludzie, których zna osobiście albo przynajmniej wydawało mu się, że ich zna. Na przykład Viggo Dürer.

Czy on, prokurator, był przez cały ten czas pożytecznym idiotą, który pomagał grupie pedofilów i gwałcicieli uniknąć odpowiedzialności karnej?

Czy córka Silfverberga ma rację, oskarżając swojego przybranego ojca o to, że ją molestował seksualnie?

Prawda bije w oczy. Tak, pozwolił się wykorzystać i nie może temu zaprzeczyć. Teraz będzie musiał umyć ręce. Tylko jak to zrobić, żeby jednocześnie nie zdradzić swoich tak zwanych przyjaciół?

W aktach znajduje uwagi do rozmów, które odbyły się w klinice psychiatrycznej w Huddinge. Najwyraźniej Lundström rozmawiał kilka razy z psycholog Sofią Zetterlund.

Czy całą sprawę da się jakoś wyciszyć?

Wyjmuje z szuflady lek na żołądek i prosi sekretarkę, aby znalazła numer telefonu Sofii Zetterlund.

# Tvålpalatset

Po wyjściu Linnei z gabinetu Sofia siedzi przez dłuższy czas przy biurku, notując treść rozmowy. Zazwyczaj używa długopisów w dwóch różnych kolorach – czerwonego i niebieskiego – aby oddzielić wypowiedzi pacjenta od swoich uwag i pytań. Po zapisaniu siedmiu stron formatu A4 zaczyna odczuwać paraliżujące zmęczenie. Czuje się tak, jakby spała.

Przewraca dwie kartki, by odświeżyć w pamięci to, co zapisała wcześniej, i zaczyna czytać na chybił trafił treść piątej strony. To opowieść Linnei spisana niebieskim kolorem.

*Rottweiler należący do Vigga jest zawsze na smyczy. Przywiązany do drzewa, poręczy przy schodach przed domem albo do bulgoczącego kaloryfera. Pies atakuje Linneę, więc obchodzi go łukiem. Viggo przychodzi do niej w nocy, pies siedzi w przedpokoju i pilnuje. Pamięta, że widziała w ciemnościach błyski w jego oczach. Viggo pokazuje jej albumy ze zdjęciami nagich dzieci, które są w tym samym wieku co ona; przypomina sobie błyski flesza w ciemnościach i to, że ma na sobie duży czarny damski kapelusz i czerwoną sukienkę, którą dał jej Viggo. Do pokoju wchodzi tata Linnei, Viggo złości się na niego, kłócą się ze sobą, aż w końcu tata Linnei wychodzi i zostawia ich samych.*

Sofia jest zaskoczona, że słowa dosłownie płynęły Linnei z ust. Zupełnie jakby opowieść tkwiła ukryta w jej umyśle i czekała na ujawnienie, aż w końcu znalazła swobodne ujście, gdy Linnea poznała kogoś, komu może się zwierzyć.

*Linnea bardzo się boi zostać sama w towarzystwie Vigga.*

*W ciągu dnia jest miły, za to w nocy jest dla niej niedobry. Kie-dyś coś jej zrobił, tak że o mało nie musieli wzywać pomocy. Py-tam ją, co to było, na co odpowiada, że jej zdaniem „miało to coś wspólnego z jego dłonią i kawałkiem czekolady, potem mnie sfo-tografował, a ja nie opowiedziałam o tym ani mamie, ani tacie".*

Sofia wie, że określenie „kawałek czekolady" to eufemizm.

*Linnea powtarza: „jego dłonie, kawałek czekolady, a potem błyski flesza", a następnie dodaje, że Viggo chce się bawić w poli-cjantów i złodziei, ona jest złodziejem, a on zakłada jej kajdanki. Kajdanki i kawałek czekolady ocierają ją przez cały ranek, cho-ciaż Linnea śpi; właściwie nie śpi, bo błyski flesza przebijają się przez zmrużone powieki. Wszystko jest poza nią, a nie w środku, jak brzęcząca mucha w głowie...*

Sofia oddycha coraz gwałtowniej. Przestała rozróżniać po-szczególne zdania. Zauważa, że pozostała część tekstu jest napisa-na czerwonym długopisem.

*...brzęcząca mucha, która może się stamtąd wydostać tylko wtedy, kiedy Linnea uderzy głową w ścianę. Wtedy mucha może wylecieć przez okno, przez które można się też pozbyć smrodu dłoni tego niemieckiego bękarta, bo śmierdzą wieprzem, a jego ubrania cuchną amoniakiem, chociaż bardzo dokładnie je pie-rze... jego kawałek czekolady smakuje jak końskie włosie i nadaje się tylko do tego, żeby je odciąć i rzucić świniom...*

Przerywa lekturę tekstu, bo ktoś puka do drzwi.
– Proszę – mówi nieobecnym głosem i dalej przerzuca kartki w notesie.
Do pokoju wchodzi Ann-Britt, gestem dając znak, że sprawa jest pilna.
– Mam na linii rozmowę. Dzwoni prokurator Kenneth von Kwist. Prosił, żeby pani się z nim jak najszybciej skontaktowała.
Sofia przypomina sobie dom otoczony polami.

Często siedziała przy brudnym oknie i obserwowała morskie ptaki krążące po niebie.

Morze było dość blisko domu.

– Okej. Daj mi jego numer, zadzwonię od razu.

Przypomina też sobie dotyk chłodnego metalu, gdy brała do dłoni pistolet do ogłuszania świń. Mogła nim zabić Vigga.

Gdyby to zrobiła, opowieść Linnei brzmiałaby inaczej.

Ann-Britt podaje jej kartkę, patrząc na nią z zatroskaną miną.

– Jak się pani czuje? Widzę, że chyba nie najlepiej. – Przykłada jej dłoń do czoła. Uśmiecha się przy tym po macierzyńsku. – Ale gorączki nie ma.

Wspomnienia stają się wyblakłe. To takie samo uczucie, jak przy *déjà vu*. Na początku wszystko jest jasne i wyraźne, wiadomo, co się potem stanie albo jakie padną słowa. Potem uczucie to znika i nie ma sensu go zatrzymywać. Jest z nim jak z kostką lodu: im mocniej ją ściskamy, tym szybciej się topi.

– Po prostu źle spałam – odpowiada Sofia. Jest czymś zniecierpliwiona. Ostrożnie odsuwa dłoń Ann-Britt od swojego czoła. – Zostaw mnie, proszę. Do prokuratora zadzwonię za dziesięć minut.

Ann-Britt kiwa głową i wychodzi z zatroskaną miną z pokoju.

Sofia znowu zaczyna przeglądać notatki. Ostatnie trzy strony to już tylko opowieść Victorii o Dürerze i Linnei.

*...jego wystające kręgi grzbietowe widać, nawet gdy ma na sobie garnitur. Zmusza Linnę, żeby się rozebrała, żeby brała udział w jego zabawach w jej pokoju, w którym drzwi są zawsze zamknięte na klucz, tylko raz nie były i wtedy przerwała im Annette. A może Henrietta? Linnea się zawstydziła, bo była półnaga w pozycji na czworaka na podłodze, a on był w ubraniu; wyjaśnił, że obiecała mu pokazać, jak się robi szpagat, więc poprosili, żeby im go pokazała jeszcze raz; zrobiła to, a gdy na dodatek jeszcze zrobiła mostek, oboje nagrodzili ją entuzjastycznymi brawami. Wszystko to było chore, bo miała wtedy już dwanaście lat i piersi prawie tak duże jak dorosła kobieta...*

Sofia przypomina sobie niektóre wydarzenia opisywane przez

Linneę, ale jej słowa mieszają się ze wspomnieniami Victorii. Mimo to tekst nie przywołuje żadnych nowych wspomnień.

Kartki zawierają wyłącznie pojedyncze, niepowiązane ze sobą litery.

Przegląda ostatnią stronę i postanawia przeczytać resztę notatek przy innej okazji. Potem dzwoni do prokuratora.

– Von Kwist – słyszy w słuchawce. Głos brzmi wyraźnie, przypomina barwą głos kobiecy.

– Mówi Sofia Zetterlund. Chciał pan ze mną rozmawiać. O co chodzi?

Prokurator referuje krótko swój problem – okazuje się, że Karl Lundström przyjmował benzodiazepiny. Co ona na to?

– To raczej bez znaczenia. Nawet jeśli składał zeznania pod wpływem silnie działających leków, jego słowa potwierdziła też córka. Ona jest dla nas najważniejsza.

– Silnie działających leków? – obrusza się von Kwist. – Czy pani wie, co to jest xanor?

Sofia czuje, że ogarnia ją złość. Znowu ta męska zarozumiałość.

Mimo to stara się mówić spokojnie, jak pedagog, który rozmawia z dzieckiem.

– Powszechnie wiadomo, że pacjenci, którzy przez dłuższy czas przyjmują xanor, uzależniają się od niego. Dlatego lek jest zaliczany do grupy narkotyków. Niestety, nie wszyscy lekarze o tym wiedzą.

Czeka na reakcję prokuratora, a ponieważ von Kwist milczy, kontynuuje:

– Wiele osób miało z tym lekiem problemy ze względu na negatywne skutki uboczne. Przerwa w przyjmowaniu leku źle wpływa na pacjenta. Kiedy zaczyna zażywać xanor, czuje się znakomicie. Potem, gdy chce go odstawić, czuje się fatalnie. Jeden z moich pacjentów opisywał to zjawisko jako „szybką podróż między niebem a piekłem".

W słuchawce rozlega się głębokie westchnienie.

– Bardzo dobrze. Widzę, że odrobiła pani pracę domową – mówi ze śmiechem von Kwist. Stara się nadać swoim słowom bagatelizujący ton. – Nie mogę się jednak powstrzymać od myśli, że to, co Lundström opowiadał o tym, co robił swojej córce, nie zgadza się z... – przerywa w pół zdania.

– Twierdzi pan, że miałam powód, aby niezbyt ufać jego słowom? – pyta Sofia. Czuje się już porządnie wkurzona.

– Coś w tym stylu. Tak.

– Chyba nie ma pan racji. A właściwie wiem, że jej pan nie ma – odpowiada Sofia, przypominając sobie, o czym opowiadała jej Linnea.

– Co pani ma na myśli? Czy ma pani jakieś inne dowody poza zeznaniami jego córki?

– Tak. Mam nazwisko. Linnea kilka razy opowiadała mi o pewnym mężczyźnie. Nazywa się Viggo Dürer.

Za późno ugryzła się w język. Nie powinna była tego powiedzieć.

# Ulica Glasbruksgränd

Uwagę Jeanette w namiocie, w którym mieszkała Fredrika Grünewald, zwrócił bukiet żółtych tulipanów. Nie chodziło tylko o ich
kolor, ale także o bilecik doczepiony do łodygi.

Zegar w kościele Świętej Katarzyny wybija sześć głuchych ude-
rzeń. Jeanette znowu ma wyrzuty sumienia, że nadal jest w pracy
zamiast w domu z Johanem.

Niestety, po tym, co znalazła w skromnym dobytku ofiary,
musi kontynuować postępowanie. Między innymi dlatego stoi teraz
z Hurtigiem przed wejściem do luksusowego mieszkania Silfverbergów. Wcześniej zatelefonowali, żeby się umówić na spotkanie.

Charlotte Silfverberg otwiera drzwi i wpuszcza ich do środka.

W całym mieszkaniu pachnie świeżą farbą, na podłodze nadal
leży poplamiona folia malarska. Jeanette domyśla się, że mieszkanie przeszło gruntowny remont. Konieczny ze względu na to, jak
wyglądało po zbrodni: wszędzie było pełno krwi, na podłodze leżały poćwiartowane zwłoki właściciela.

Dlaczego ta kobieta chce tu dalej mieszkać? zastanawia się Jeanette. Wchodzi do przedpokoju, wita Charlotte skinieniem głowy.
Wie, że dzieli je różnica wieku, ale bezstresowy tryb życia, zdrowe
jedzenie i operacje plastyczne sprawiły, iż pani Silfverberg nie wygląda na swoje lata.

– Domyślam się, że przychodzą państwo w sprawie zabójstwa
– mówi prawie wyzywającym tonem.

– Można tak powiedzieć – przyznaje Jeanette, rozglądając się
po przedpokoju.

Pani Silfverberg prowadzi ich do salonu. Jeanette podchodzi
do dużego panoramicznego okna i prawie zamiera zachwycona
wspaniałym widokiem na Sztokholm. Naprzeciwko widać Mu-

zeum Narodowe i Grand Hotel, po prawej stronie schronisko Af Chapmana. Dochodzi do wniosku, że z tego miejsca rozciąga się najlepszy widok na całe miasto. Odwraca się i widzi, że Hurtig usiadł już w fotelu, podczas gdy pani Silfverberg nadal stoi w miejscu.

– Mam nadzieję, że szybko to załatwimy – mówi pani Silfverberg. Staje obok drugiego fotela i chwyta obiema rękami za jego oparcie, by zachować równowagę. – Zakładam więc, że niczego państwu nie trzeba? A może kawę albo coś w tym stylu?

Jeanette kręci przecząco głową. Postanawia się wstrzymać z pokazaniem kartki zawierającej dziwne zdanie. Może to być atutem na wypadek, gdyby pani Silfverberg nie chciała odpowiadać na ich pytania.

– Nie, dziękujemy. – Jeanette bardzo się stara, by zabrzmiało to grzecznie. Musi ją zmiękczyć, żeby zaczęła z nimi współpracować. Podchodzi bliżej i siada na kanapie. – Najpierw proszę mi wyjaśnić, dlaczego nie wspomniała nam pani o waszej córce... To znaczy o przybranej córce.

Jeanette wypowiada to zdanie jakby mimochodem. Jednocześnie pochyla się i wyciąga notes. Pani Silfverberg wzdryga się mocno. Puszcza oparcie fotela, obchodzi go i siada.

– O Madeleine? A co z nią?

A więc ma na imię Madeleine, odnotowuje Jeanette.

– Dlaczego nie opowiedziała nam pani o niej podczas naszej poprzedniej rozmowy? Ani o jej oskarżeniach przeciwko mężowi?

Pani Silfverberg odpowiada bez wahania:

– Bo to zamknięty rozdział w moim życiu. Ośmieszyła się o jeden raz za dużo i nie jest już mile widziana w naszym domu.

– Co pani ma na myśli?

– To długa historia, więc przedstawię ją w skrócie. – Charlotte Silfverberg nabiera głęboko powietrza. – Madeleine trafiła do nas zaraz po przyjściu na świat. Jej matka była jeszcze bardzo młoda, a poza tym cierpiała na poważną chorobę psychiczną, przez co nie mogła zajmować się córką. Wzięliśmy więc dziewczynkę. Kochaliśmy ją jak własne dziecko, chociaż w okresie dorastania sprawiała nam sporo kłopotów. Często chorowała i była strasznie marudna.

Sama nie wiem, ile nocy przez nią zarwałam, bo ciągle płakała i krzyczała. Stale jej było źle.

– Nigdy nie próbowaliście ustalić, co jej było? – pyta Hurtig. Pochyla się i kładzie ręce na stoliku przy kanapie.

– A co niby mieliśmy ustalać? Dziewczyna była... jak to mówią... wybrakowanym towarem.

Przy tych słowach pani Silfverberg ściąga usta. Słysząc określenie „wybrakowany towar", Jeanette ma ochotę uderzyć ją w twarz.

Czy tak to się nazywa, gdy ktoś traktuje dziecko tak źle, że musi się ono uciec do jedynej metody obrony, jaką posiada? Do krzyku?

Jeanette nie spuszcza wzroku z rozmówczyni. To, co widzi, po prostu ją przeraża. Pani Silfverberg to po prostu zła kobieta. Żałoba niczego tu nie zmieni.

– W końcu poszła do szkoły. Córeczka tatusia. Per-Ola przebywał z nią tak często, jak tylko się dało, i być może na tym polegał jego błąd. Mała dziewczynka nie powinna być aż tak blisko związana z tatą.

Przy stole zapada cisza. Jeanette zgaduje, że właśnie w tym momencie cała ich trójka zastanawia się nad zarzutami Madeleine, że Per-Ola ją molestował. Zanim jednak Jeanette zdąży się odezwać, Charlotte Silfverberg kończy swoją opowieść:

– Tak bardzo się od niego uzależniła, że Peo uznał w końcu za stosowne ustalić wyraźne granice. Poczuła się w pewien sposób zdradzona i żeby się na nim zemścić, zaczęła go oskarżać o różne nieprzyjemne rzeczy.

– Nieprzyjemne rzeczy? – powtarza Jeanette. Z trudem się powstrzymuje, by nie wybuchnąć. – Cholera jasna, przecież ona zeznała, że ją gwałcił.

– Wolałabym, żeby pani w czasie rozmowy ze mną bardziej się pilnowała – upomina ją pani Silfverberg, unosząc ręce w obronnym geście. – Nie chcę już o tym więcej mówić. *End of discussion*.

– Przykro mi, ale jeszcze nie skończyliśmy. – Jeanette odkłada notes na stolik. – Musi pani w końcu zrozumieć, że ta dziewczyna jest podejrzana o zamordowanie pani męża.

Chyba dopiero teraz do Charlotte dociera powaga sytuacji, więc tylko kiwa milcząco głową.

– Czy pani wie, gdzie ona teraz przebywa? – kontynuuje Jeanette. – Czy mogłaby ją pani opisać? Może ma jakieś znaki szczególne?

– Myślę, że nadal mieszka w Danii. Kiedy nasze drogi się rozeszły, zajęła się nią opieka społeczna, która umieściła ją w klinice psychiatrycznej dla dzieci. Potem straciłam z nią kontakt.

– Okej. Coś więcej?

– Dzisiaj to już dorosła kobieta i...

Pani Silfverberg wygląda na bardzo zmęczoną. Jeanette zaczyna się obawiać, że za chwilę się rozpłacze. W końcu bierze się w garść i wraca do przerwanego wątku:

– Ma niebieskie oczy i jasne włosy, chociaż mogła je ufarbować. Jako dziecko była naprawdę śliczna, więc całkiem możliwe, że wyrosła na piękną kobietę. Ale tego już nie wiem...

– A cechy szczególne?

Charlotte kiwa energicznie głową.

– No właśnie – mruczy. – Cechy szczególne...

– Jakie? – pyta Jeanette, patrząc na Hurtiga, który tylko wzrusza ramionami.

– Ambidekstria.

Jeanette jest trochę zmieszana, bo nie wie, co to słowo znaczy. Za to Hurtig wybucha głośnym śmiechem.

– Ciekawe – mówi. – Ja też to mam.

– Znaczy co? – Jeanette jest zła, bo nie wie, czy ten szczegół ma jakieś znaczenie.

– Jestem oburęczny – wyjaśnia Hurtig. Bierze długopis i pisze coś w notesie. Najpierw prawą, potem lewą ręką. Wyrywa kartkę i podaje ją Jeanette. – Jimi Hendrix też był oburęczny, podobnie jak Shigeru Miyamoto.

Jeanette patrzy na kartkę. Hurtig napisał swoje imię dwoma rękami, ale między jedną a drugą wersją nie ma żadnej różnicy. Oba słowa wyglądają identycznie. Dlaczego dotąd nie wiedziała o tej jego umiejętności?

– Kim jest Miyamoto?

– Był dyrektorem i głównym menadżerem do spraw rozrywki i analizy w firmie Nintendo – tłumaczy Hurtig. – To on stworzył Donkeya Konga, bohatera gry komputerowej.

Jeanette macha ręką na tak nieistotne szczegóły.

– A więc Madeleine bez problemu może się posługiwać obiema rękami?

– Oczywiście – odpowiada pani Silfverberg. – Często się zdarzało, że jednocześnie lewą ręką coś rysowała, a prawą pisała.

Jeanette zastanawia się nad tym, co Andrić opowiadał jej o ranach na ciele Silfverberga. Według niego układ cięć i pchnięć wskazuje, że zbrodnię popełniły dwie osoby.

Jedna z nich była praworęczna, druga leworęczna.

Dwie osoby z różną wiedzą z zakresu anatomii.

– Okej... – mruczy nieobecna myślami.

Hurtig spogląda na nią, a ponieważ Jeanette dobrze go zna, wie, że jej partner zastanawia się teraz, czy nadszedł już czas, by wyłożyć karty na stół. Daje mu dyskretny znak głową, a wtedy Hurtig wsuwa dłoń do kieszeni i wyjmuje niewielką plastikową torebkę zawierającą materiał dowodowy.

– Czy coś to pani przypomina? – pyta, przesuwając torebkę w stronę pani Silfverberg.

Kobieta spogląda pytającym wzrokiem na znajdującą się w środku niewielką kartkę z życzeniami. Z przodu widać rysunek przedstawiający trzy małe świnki, a pod spodem napis: WSZYSTKIEGO NAJLEPSZEGO W TYM TAK WSPANIAŁYM DLA CIEBIE DNIU!

– Co to takiego? – pyta Charlotte. Bierze torebkę, odwraca kartkę i patrzy na drugą stronę. Najpierw robi zdumioną minę, a potem wybucha śmiechem. – Skąd to macie?

– Co to za kartka? – pyta Jeanette.

– Dostałam ją w dniu, w którym zdawałam maturę. Wszyscy, którzy kończyli szkołę, mieli przyczepione takie kartki. Potem wymienialiśmy się nimi między sobą.

Pani Silfverberg patrzy z uśmiechem na zdjęcie na odwrocie. Rozpoznała się na nim. Na jej twarzy pojawia się wyraz nostalgii.

– Może nam pani coś opowiedzieć o swojej szkole? Mam na myśli liceum.

– Liceum w Sigtunie? A co Sigtuna może mieć wspólnego z tą zbrodnią? A w ogóle skąd to macie? – pyta, marszcząc czoło. Patrzy na Jeanette, potem na Hurtiga. – To dlatego przyszliście tutaj?

– Tak, oczywiście, ale z różnych względów chcielibyśmy coś usłyszeć o latach, które pani spędziła w Sigtunie.

Jeanette próbuje nawiązać z nią kontakt wzrokowy, lecz Charlotte siedzi nadal zwrócona do Hurtiga.

– Nie jestem głucha! – mówi podniesionym głosem. W końcu odwraca się do Jeanette i patrzy jej głęboko w oczy. – Nie jestem też idiotką. Jeśli chcecie, żebym wam coś opowiedziała o swoich szkolnych latach, sprecyzujcie, co dokładnie chcecie wiedzieć i dlaczego akurat to.

Jeanette przez chwilę się zastanawia. Wygląda na to, że potrąciła jakąś czułą strunę. Postanawia być bardziej czujna i ostrożna.

– Przepraszam. Będę się wyrażać precyzyjniej.

Spogląda na Hurtiga, jakby spodziewała się od niego pomocy, lecz on unosi wzrok i krzywi się tylko. Jeanette domyśla się, co Hurtig teraz myśli: pieprzone babsko.

Nabiera głęboko powietrza i kontynuuje:

– Chcielibyśmy się po prostu dowiedzieć o sprawach, które nas interesują... – Robi krótką przerwę. – Mamy do zbadania kolejną zbrodnię. Tym razem zamordowano kobietę, która była z panią w jakiś sposób powiązana. Dlatego chcemy się czegoś dowiedzieć o pani nauce w szkole w Sigtunie. Ta kobieta to pani dawna koleżanka z klasy, Fredrika Grünewald. Pamięta ją pani?

– Fredrika nie żyje? – Widać, że Charlotte jest szczerze poruszona tą informacją.

– Tak. I nie wykluczamy zabójstwa. Ta kartka leżała obok zwłok.

Pani Silfverberg wzdycha głęboko i poprawia serwetę na stole.

– Wprawdzie o zmarłych nie należy mówić źle, ale Fredrika nie była dobrym człowiekiem. Już wtedy było to po niej widać.

– Co pani ma na myśli? – pyta Hurtig, pochylając się w jej stronę. – Dlaczego nie była dobrym człowiekiem?

Charlotte kręci głową.

– Fredrika była bez wątpienia najokropniejszą osobą, jaką

kiedykolwiek znałam. Nie mogę powiedzieć, żeby jej śmierć mnie zasmuciła. Wprost przeciwnie.

Milknie, ale jej słowa odbijają się echem od świeżo pomalowanych ścian.

Co z niej za człowiek?, zastanawia się Jeanette. Skąd w niej tyle nienawiści?

Cała trójka siedzi w milczeniu, zastanawiając się nad tym, co zostało powiedziane. Charlotte wierci się niecierpliwie, Jeanette rozgląda się po przestronnym pokoju.

Farba grubości milimetra pokrywa miejsca, gdzie jeszcze niedawno na ścianach widać było plamy krwi jej zamordowanego męża.

Jeanette ma trudności z oddychaniem. Niecierpliwie czeka, aż wreszcie wyjdzie z tego mieszkania.

Za oknem znowu pada deszcz. Ma nadzieję, że zdąży wrócić do domu, zanim Johan zaśnie.

– Niech nam pani opowie – odzywa się Hurtig.

Pani Silfverberg opowiada o swoich szkolnych latach w Sigtunie. Ani Hurtig, ani Jeanette jej nie przerywają.

Jeannete dochodzi do wniosku, że opowieść jest szczera. Świadczą o tym między innymi fakty, które stawiają Charlotte w niekorzystnym świetle. Nie ukrywa na przykład, że była na usługach Fredriki Grünewald. Brała udział w mobbingu uczniów i nauczycieli.

Jej opowieść trwa ponad pół godziny. W końcu Jeanette pochyla się nad stołem, by zajrzeć do notatek.

– W podsumowaniu tego, co nam pani opowiedziała, można chyba stwierdzić, że Fredrika była intrygantką. Zmuszała was do robienia rzeczy, których tak naprawdę nie chciałyście robić. Pani i dwie inne dziewczyny, Regina Ceder i Henrietta Nordlund, byłyście jej najbliższymi przyjaciółkami. Mam rację?

– Można to tak określić.

– Pewnego dnia brałyście udział w czymś, co od biedy można nazwać ceremonią inicjacyjną. Jej ofiarą padły trzy dziewczyny. Czy doszło do tego na polecenie Fredriki?

– Tak.

Jeanette patrzy na nią i dostrzega coś, co można nazwać wstydem. Pani Silfverberg się wstydzi.

– Pamięta pani ich nazwiska?

– Dwie odeszły wcześniej ze szkoły, więc tak naprawdę nie zdążyłam ich dobrze poznać.

– A trzecia? Ona chyba została do końca?

– Tak, bardzo dobrze ją pamiętam. Zachowywała się tak, jakby nic się nie stało. Była zimna jak lód, a gdy mijałyśmy się na korytarzu, robiła dumną minę. Po tym, co się stało, nikt jej już nie krzywdził. Mało brakowało, a rektor zgłosiłby całe zdarzenie na policji. Uznałyśmy, że przekroczyłyśmy dopuszczalną granicę. Zostawiłyśmy ją w spokoju.

– Jak się nazywała ta dziewczyna? – pyta Jeanette. Zamyka notes i zbiera się do wyjścia.

– Victoria Bergman.

Hurtig wydaje z siebie jęk, jakby ktoś go pchnął nożem w brzuch. Jeanette ma wrażenie, że oberwała mocno w głowę. Ze zdumienia upuszcza notes na podłogę.

# Abidżan

Późnym popołudniem Regina Ceder wychodzi z konsulatu generalnego i prosi szofera, by zawiózł ją prosto na lotnisko. Cienie rzucane przez wieżowce, zaciemnione szyby limuzyny i szum klimatyzacji sprawiają, że może w końcu złapać chwilę oddechu. Po lunchu zdążyła odbyć kilka spotkań. Żar był nie do zniesienia, ale miała nadzieję, że żaden z dyplomatów lub członków rządu nie zauważył plam potu na jej bluzce. Nie miała nawet czasu pójść do toalety, udało jej się to dopiero o piątej, bo rozmowy się przeciągnęły.

Tutaj nikt nie szanuje czasu, myśli. Nie szanują też kobiet, które mają władzę. Chodzi jej o to, jak ją traktują przedstawiciele lokalnego rządu. Nawet minister spraw zagranicznych, który zazwyczaj zachowuje się wobec niej grzecznie, dostosował się do poniżającego dla niej zachowania pozostałych osób, a w pewnym momencie, gdy wypowiadała się w jakiejś sprawie, nawet się głośno żachnął.

Wygląda na to, że obrażanie kobiet nie jest im obce. Za to z międzynarodowego punktu widzenia sprawa nie wygląda już tak samo.

Zerka przez okno i prostuje nogi. Prawie cały dzień przebywała w pomieszczeniu zamkniętym, ale i tak jej jasne spodnie są prawie szare od kurzu.

Ruch uliczny jak zwykle jest wzmożony. Zewsząd dobiega hałas. Na lotnisko dojadą nie szybciej niż za godzinę. Samolot do Paryża, gdzie ma przesiadkę do Sztokholmu, odlatuje o wpół do ósmej. Na odprawę powinna się zgłosić godzinę wcześniej. Patrzy na zegarek i stwierdza, że chyba nie zdąży. Ma nadzieję, że pomoże jej paszport dyplomatyczny. W najgorszym razie wylot się opóźni. Już się tak zdarzało.

Trąbienie ciężarówki, która mija ich w niewielkiej odległości, budzi ją z zamyślenia.

– *À gauche!* – krzyczy do kierowcy, który na skrzyżowaniu zamierzał skręcić w niewłaściwą ulicę. W ostatniej chwili, tuż przed zapaleniem się czerwonych świateł, wykonuje gwałtowny manewr i skręca w lewo.

Cholera, myśli Regina. Pewnie jeździł tędy setki razy, a mimo to o mało nie pomylił drogi.

Pół godziny później ruch uliczny słabnie. Kierowca zjeżdża na pas prowadzący do Bramy Słoni odległej o niecałe dziesięć kilometrów. To niewielka kolumnada złożona z kamiennych rzeźb przedstawiających cztery słonie stojące na tylnych nogach. Stanowią one bramę wjazdową na międzynarodowe lotnisko w Abidżanie.

Regina czuje się zupełnie wyczerpana.

Ostatni tydzień był tragiczny, ale przez cały czas dzielnie się trzymała. Metodycznie wgryzała się w zawiłości miejscowej biurokracji, znosząc docinki gońców i reszty podległego jej personelu. Wytrzymała tu kolejny miesiąc. Teraz, gdy już wreszcie może wrzucić na luz, pojawia się zmęczenie w postaci ciężkiego tropikalnego snu.

Pięć lat...

Głośno wzdycha. Pięć lat wśród nieznośnych ludzi, których cechuje brak szacunku i profesjonalizmu, ogólna niekompetencja, a czasem zwykła głupota. Do diabła z tym wszystkim. Po Nowym Roku złoży wypowiedzenie. Jeśli się uda, załatwi sobie pracę w Brukseli.

Czerwone światło. Zatrzymują się przed tablicą z reklamą zagranicznej pasty do zębów. Znowu zrobił się korek, więc przez chwilę stoją w miejscu w otoczeniu czerwonych taksówek.

Ziewa i patrzy na tablicę reklamową po drugiej stronie ulicy. Uśmiechnięta blondynka w różowej sukience trzyma w ręce tubkę pasty do zębów. Pod tablicą jakiś chłopiec rozstawił stolik z trzema klatkami dla ptaków. W rękach trzyma dwa kurczaki, które trzepoczą skrzydłami. Próbuje je sprzedać mijającym go przechodniom.

W pewnym momencie jeden kurczak mu się wyrywa, wzlatuje w górę i siada na ramce z reflektorami. W tej samej chwili Regina słyszy, że dzwoni jej telefon, który ma w kieszeni żakietu.

Widząc, że to numer jej matki, czuje niepokój. Instynkt jej podpowiada, że stało się coś złego.

Nagle odnosi wrażenie, że cały świat stanął w miejscu.

Kierowca włącza radio. Akurat lecą wiadomości po francusku. Telefon w ręce, tablica reklamowa z uśmiechniętą blondynką i chłopiec sprzedający kurczaki zlewają się nagle w jeden obraz, którego Regina nigdy nie zapomni.

Przykłada telefon o ucha i słyszy, że jej syn nie żyje.

Zginął w nieszczęśliwym wypadku na basenie.

Chłopiec z kurczakami i tablica reklamowa zostają za nimi. Kierowca odwraca się do niej i pyta:

– *Pourquoi tu pleures?*

Pyta, dlaczego płacze.

Regina patrzy przez okno i milczy.

Nie wie, jak odpowiedzieć.

# Sista Styverns Trappor

Jeśli chodzi o ciężkie przestępstwa, przypadek jest czynnikiem nieistotnym. Jeanette dobrze o tym wie, bo w ciągu lat pracy w policji miała z nim do czynienia w trakcie wielu dochodzeń.

Kiedy Charlotte Silfverberg opowiedziała im, że Victoria Bergman, córka gwałciciela Bengta Bergmana, chodziła z nią do tej samej szkoły, Jeanette od razu się domyśliła, że to nie może być zwykły zbieg okoliczności.

Po wyjściu na ulicę pyta Hurtiga, czy ma go podrzucić, bo pada deszcz. Ten odpowiada, że może się przejść. Do stacji metra jest niedaleko.

– Poza tym nie wiadomo, czy ten gruchot w ogóle dojedzie do Slussen – żartuje, wskazując czerwone zardzewiałe audi. Żegna się i rusza w stronę Sista Styverns Trappor.

Jeanette wsiada do wozu, ale zanim ruszy, wysyła jeszcze SMS do Johana z informacją, że za kwadrans będzie w domu.

W samochodzie rozmyśla o dziwnej rozmowie, którą kilka tygodni wcześniej przeprowadziła z Victorią Bergman. Zadzwoniła do niej w nadziei, że Victoria pomoże im w śledztwie dotyczącym zamordowanych chłopców, bo nazwisko jej ojca przewijało się w kilku innych śledztwach w sprawie gwałtów i seksualnego wykorzystywania dzieci. Niestety, Victoria nie okazała zainteresowania. Powiedziała tylko, że przez ostatnie dwadzieścia lat w ogóle nie kontaktowała się ze swoimi rodzicami.

Od tamtej rozmowy minął już jakiś czas, lecz Jeanette pamięta, że w głosie Victorii wyczuła silną gorycz. Victoria dała jej do zrozumienia, że ją też ojciec wykorzystywał seksualnie. Za to jedno jest oczywiste: muszą się z nią w końcu spotkać.

Deszcz jest coraz bardziej rzęsisty, widoczność słaba. Kiedy

250

przejeżdża w pobliżu Blåsut, widzi trzy samochody zaparkowane przy krawężniku. Jeden ma spore wgniecenie, prawdopodobnie doszło tu do zderzenia kilku pojazdów. Obok stoi karetka pogotowia i radiowóz na sygnale. Policjant z drogówki kieruje ruchem, bo przejazd jest w tym miejscu dosyć wąski. Jeanette już wie, że spóźni się co najmniej o dwadzieścia minut.

Co zrobić z Johanem? Może już czas, żeby się skontaktować z Biurem Pomocy Psychiatrycznej dla Dzieci i Młodzieży?

Dlaczego Åke nie dzwoni? On też powinien w przyszłości wziąć na siebie część obowiązków. Niestety, jak zwykle urzeczywistnia swoje marzenia i nie ma czasu dla nikogo prócz siebie.

Że też nigdy nie można na niego liczyć, myśli Jeanette. Jej samochód stoi zaledwie pięćdziesiąt metrów od zjazdu na Gamla Enskede.


Kolejka w policyjnym bufecie nie jest może najwłaściwszym miejscem do zajmowania się tą sprawą, ale Jeanette wie, że Billing nie zawsze jest łatwo dostępny, dlatego korzysta z okazji, że stoi tuż za nim.

– Gert Berglind, pana poprzednik. Jakie ma pan o nim zdanie? – pyta. Billing robi zakłopotaną minę, a ona czuje się tak, jakby nadepnęła mu na bolący palec. – Przez kilka lat był pańskim bezpośrednim przełożonym. W tamtych czasach byłam dopiero początkującą policjantką, więc nie miałam okazji poznać go osobiście.

– Zdolniacha – odpowiada po chwili Billing. Potem odwraca się do niej plecami, żeby nałożyć sobie ziemniaki na talerz.

Jeanette ma nadzieję, że dowie się czegoś więcej, a gdy Billing dalej milczy, klepie go w plecy.

– Zdolniacha? Co to znaczy?

Billing nadal jest zajęty nakładaniem jedzenia na talerz. Kilka pulpetów, sos śmietanowy, ogórek kiszony i trochę borówek.

– Bardziej inteligent niż policjant – wyjaśnia. – Mówiąc między nami, szef z niego był żaden. Rzadko był pod ręką, gdy go potrzebowaliśmy. Miał za dużo dodatkowych zajęć: członek zarządów kilku firm, wykładowca...

– Wykładowca?

– No właśnie... Może usiądziemy?

Billing wybiera stolik na samym końcu sali. Jeanette domyśla się, że komendant woli z jakiegoś powodu porozmawiać z nią na osobności.

– Aktywny członek Rotary Club i kilku fundacji. Zwolennik abstynencji, religijny, żeby nie powiedzieć pobożny. Wykłady, które wygłaszał w Szwecji, dotyczyły kwestii etycznych. Dwa razy miałem okazję go posłuchać i muszę przyznać, że byłem pod wrażeniem, chociaż po głębszej analizie uznałem, że wszystko, o czym mówił, to puste wyświechtane frazesy. Ale chyba tak to właśnie funkcjonuje? Ludzie chcą usłyszeć potwierdzenie tego, co już wiedzą.

Billing uśmiecha się do niej szeroko. Jeanette z trudem toleruje jego cyniczny ton, lecz w duchu musi przyznać mu rację.

– Wspomniał pan o fundacjach. Czy pamięta pan, jak się nazywały?

Billing drapie się po głowie, a jednocześnie obtacza pulpet w sosie i borówkach.

– Jakieś religijne, tak mi się zdaje. Jego łagodny charakter stał się wprost legendarny, ale ja wiem, że wcale nie był taki pobożny, za jakiego chciał uchodzić.

– Proszę mówić dalej.

Billing odkłada sztućce i nalewa sobie piwa.

– Mówię ci o tym wszystkim w zaufaniu i wolałbym, żebyś nie wyciągała z tego zbyt dosłownych wniosków, chociaż podejrzewam, że i tak to zrobisz, bo nadal zajmujesz się sprawą Lundströma.

Jasne, myśli z niewzruszoną miną Jeanette. Czuje coraz mocniejszy ucisk w żołądku.

– Lundströma? Przecież on nie żyje. Dlaczego miałabym się nim dalej zajmować?

Billing rozsiada się wygodnie na krześle i uśmiecha do niej.

– Widać to po tobie. Nie chcesz sobie odpuścić sprawy tych zamordowanych chłopców. Właściwie wcale mnie to nie dziwi. Nie ma sprawy, pod warunkiem że nie będzie to kolidować z twoją codzienną pracą. Jeśli jednak zauważę, że robisz coś za moimi plecami, będę musiał zareagować. I to zdecydowanie.

– Spokojnie – mówi z uśmiechem Jeanette. – Przecież i tak mam mnóstwo roboty. A co Berglind ma wspólnego z Lundströmem?

– Znali się. Brali udział w realizacji projektu jednej fundacji, dla której pracował Berglind. Wiem, że co roku spotykali się kilka razy w Danii. W jakiejś niewielkiej miejscowości na Jutlandii.

Jeanette czuje, jak puls jej przyspiesza. Jeśli chodzi o fundację, która przyszła jej na myśl, to być może jest na właściwym tropie.

– Po tym, czego się dowiedziałem o przestępstwach Lundströma, zaczynam powoli wierzyć, że plotki, które krążyły o Berglindzie, być może zawierały ziarno prawdy.

– Plotki? – Jeanette stara się formułować jak najkrótsze pytania. Zależy jej, by nie pokazać, jak bardzo jest podekscytowana.

– Krążyły pogłoski, że chodzi na dziwki, a nasze policjantki skarżyły się, że są przez niego molestowane. Nigdy go jednak o nic nie oskarżono. Potem nagle odszedł z policji i wkrótce zmarł na atak serca. Zrobili mu piękny pogrzeb i w jednej chwili stał się bohaterem, którego zapamiętano jako tego, który położył fundament pod nowy etyczny wizerunek policji. Wychwalano go, że uporał się z rasizmem i seksizmem w policji, chociaż oboje wiemy, że to nieprawda.

Jeanette kiwa ze zrozumieniem głową. Zaczyna postrzegać Billinga w zupełnie innym, korzystnym dla niego świetle. Nigdy nie rozmawiali ze sobą tak poufale.

– Czy Berglind i Lundström utrzymywali prywatne kontakty?

– Właśnie chciałem o tym powiedzieć... Berglind miał zdjęcie, które wisiało w jego biurze na tablicy ściennej. Na kilka dni przed przesłuchaniem Lundströma w sprawie gwałtu w hotelu zdjęcie nagle znikło. Jak się nazywała tamta dziewczyna? Wedin?

– Ulrika Wendin.

– No właśnie. Na tym zdjęciu Berglind był z Lundströmem. Spędzali gdzieś urlop, każdy trzymał w ręce wielką rybę. To była jakaś wyprawa wędkarska do Tajlandii. Kiedy prowadził przesłuchania w sprawie gwałtu na tamtej dziewczynie, zwróciłem mu uwagę na niezręczność sytuacji, oświadczył jednak, że Lundströma znał tylko pobieżnie. Był stronniczy, ale robił wszystko, żeby to ukryć.

Wtedy zdjęcie gdzieś się zapodziało, a Lundström stał się nagle dalekim znajomym.

Billing znowu zaskoczył Jeanette.

Po co jej o tym wszystkim opowiada, skoro nie chce, żeby kontynuowała dochodzenie w sprawie Lundströma i Wendin i wznowiła umorzone śledztwa? To przecież nie ma sensu.

A może tak bardzo nie znosił swojego poprzednika, że nawet sześć lat po jego śmierci ujawnienie jego świństw sprawia mu przyjemność?

– Dziękuję za interesującą rozmowę – mówi Jeanette.

Fundacja. Na pewno ta sama, którą współfinansowali Lundström, Dürer i Bergman. „Sihtunum i Diasporan".

# Wyspa Svavelsö

Jonathan Ceder poślizgnął się na posadzce basenu, uderzył o nią głową, stracił przytomność i wpadł do wody. Płuca miał wypełnione wodą, więc policja uznała, że się po prostu utopił.

Jego babka, Beatrice Ceder, przeklinała się za to, że zostawiła go samego na basenie, a sama poszła do kawiarni. Rozmowa, w której musiała poinformować swoją córkę Reginę o śmierci jej syna, była najtrudniejszą w całym jej życiu.

Przypomniała sobie, jak bardzo Jonathan płakał, gdy żegnali się z jego mamą na lotnisku w Abidżanie. Jako jedyne dziecko był dla niej wszystkim. Beatrice nalewa sobie kolejną szklaneczkę whisky i patrzy przez okno.

Jest teraz w swojej willi w miejscowości Åkersberga na wyspie Svavelsö. Na dworze jest ciemno i zimno. Nad całą okolicą zalega tak gęsta mgła, że z trudem widzi kontury swojego samochodu, który stoi zaledwie dwadzieścia metrów dalej.

Została jej już tylko Regina. Jonathana nie ma i to ona jest temu winna.

Nawet przez tydzień nie potrafiła go upilnować.

Patrzy na czerwoną huśtawkę wiszącą na jednym z drzew na działce i nie rozumie, o czym myślała, gdy ją dla niego wieszała. Po co trzynastoletniemu chłopcu huśtawka? Przecież wiesza się je dla małych dzieci.

Zła z niej babcia. Chociaż był jej jedynym wnukiem, nie spotykała się z nim zbyt często. Dorastał bez niej. Dla niej nadal miał sześć albo siedem lat, widywali się najwyżej dwa razy do roku, zazwyczaj w Boże Narodzenie, na Nowy Rok albo przy takich okazjach jak ostatnio, kiedy polecieli razem do Abidżanu, żeby się spotkać z jego mamą. Sama już nie wie, czy Jonathan chciał wrócić z nią do Szwecji. Ale przecież chodziło tylko o tydzień. Potem miała wrócić Regina i we trójkę wybierali się na dwa tygodnie na Lanzarote.

Teraz nie ma o tym mowy. Regina ląduje o północy na Arlandzie, a ona jedzie tam za godzinę, by spotkać się z nią po odprawie. Sama nie wie, co jej powiedzieć.

No właśnie, co powinna jej powiedzieć?

Przykro mi, to moja wina? Nie powinnam była... Nie powinnam była mu pozwolić... Przecież zawsze był taki ostrożny...

Dlaczego nikt mu nie pomógł, nie ratował go?

Nikt nawet nie zauważył, że Jonathan się przewrócił i wpadł do wody. A przecież zanim poszła do kawiarni, w basenie pływała jeszcze trójka innych dzieci. Poza tym na jednym z białych foteli stojących przy basenie siedziała jakaś kobieta.

Wspomniała o niej policji, lecz nie zwrócono na to uwagi.

Od dziesięciu lat nie pali, ale teraz nie może się już powstrzymać. Kiedy się dowiedziała o śmierci Jonathana na basenie, poszła do kiosku i kupiła paczkę papierosów. To samo zrobiła dziesięć lat temu, gdy lekarze poinformowali ją, że mąż Reginy umiera na raka płuc. Papierosy kupiła wtedy w szpitalu Karolinska.

Patrzy na zegar wiszący na ścianie. Dochodzi jedenasta.

Przejeżdżająca kolejka przypomina jej, że czas płynie bez względu na to, co się wydarzyło. To, że zginęło jakieś dziecko, nie ma w tym kontekście żadnego znaczenia.

Podobnie jak nic nie znaczy zdruzgotana matka, z którą spotka się za godzinę, albo ona sama.

Za kwadrans przyjedzie taksówka. Co ma powiedzieć kierowcy, gdy ją spyta, dokąd się wybiera? Hm, chyba skłamie i powie, że na wczasy na Lanzarote z córką i wnuczkiem. Ich wspólny wyjazd odbędzie się przynajmniej w świadomości kierowcy. Będzie myślał, że jest zadowoloną z życia babcią, na którą czekają dwa tygodnie słonecznego wypoczynku.

Musi spakować walizkę i bagaż podręczny.

Gasi papierosa, idzie na piętro.

Strój kąpielowy, kosmetyczka, olejek do opalania. Ręcznik,

paszport, trzy książki i ubrania. Koszule, sukienki, para długich spodni na wypadek, gdyby noce okazały się chłodne.

W pewnej chwili jednak się poddaje. Siada na łóżku i wybucha głośnym płaczem.

# Komenda policji w Kronobergu

Jeanette uważa, że Fredrikę Grünewald zamordował ktoś, kogo znała. W każdym razie doszła do wniosku, że całe śledztwo należy oprzeć właśnie na tym założeniu.

Sekcja zwłok nie wykazała, czy Grünewald próbowała się bronić. W jej nędznym namiocie panował porządek, jakiego można się było spodziewać. Zachowane ślady wskazują na to, że wcześniej doszło do bijatyki albo szamotaniny. Oznacza to, że ofiara wpuściła sprawcę, który ją potem zaskoczył. Poza tym Grünewald była w złym stanie fizycznym. Wprawdzie miała dopiero czterdziestkę, ale przeżycia, których w ciągu ostatnich dziesięciu lat doświadczyła jako bezdomna, pozostawiły na niej trwały ślad.

Andrić zbadał jej wątrobę i stwierdził, że była w tak złym stanie, iż Grünewald miała przed sobą najwyżej dwa lata życia. Zabójca zadał więc sobie niepotrzebny trud.

Jeśli jednak jest tak, jak zasugerował Hurtig – że zabójstwo było aktem zemsty – sprawcy nie chodziło o samo pozbawienie ofiary życia, tylko o poniżenie i zadanie jej bólu. Jeśli tak, to udało mu się zrealizować plan w stu procentach.

Ze wstępnych badań wynika, że ofiara umierała przez trzydzieści do sześćdziesięciu minut. Struna wcięła się w szyję tak głęboko, że głowa utrzymywała się na kręgach i ścięgnach.

Na ustach ofiary znaleziono ślady kleju. Andrić doszedł do wniosku, że pochodzi on ze zwykłej taśmy klejącej. Wyjaśnia to, dlaczego nikt niczego nie słyszał i nie widział.

Patolog dokonał też ciekawych spostrzeżeń dotyczących sposobu postępowania sprawcy. Jego zdaniem zabójstwa dokonano w nietypowy sposób.

Jeanette bierze protokół z sekcji zwłok i czyta:

*Jeśli mamy do czynienia z jednym zabójcą, musiał to być albo ktoś bardzo silny, albo ktoś, kto działał pod wpływem adrenaliny. Sprawca posiada też zdolność do sprawnego posługiwania się obiema rękami.*

Jeanette od razu przychodzi na myśl Madeleine Silfverberg. Tylko dlaczego miałaby zabić swoją ofiarę? I czy jest na tyle silna? Czyta dalej:

*Zabójstwa mogło też dokonać dwóch sprawców, co wydaje się bardziej prawdopodobne. Jeden z nich zaciska strunę i dusi nią ofiarę, drugi trzyma głowę ofiary i wkłada jej do ust odchody.*

Dwaj sprawcy?

Jeanette przegląda zeznania świadków, mieszkańców podziemnego obozowiska pod kościołem. Rozmowy wcale nie były takie łatwe. Niewielu miało ochotę mówić, a większość tych, którzy zdecydowali się zeznawać, nie wzbudzała zaufania ze względu na zmiany wywołane w ich psychice przez alkohol, narkotyki i choroby.

Za jedyną ważną informację Jeanette uznała zeznania kilku osób, które twierdziły, że mniej więcej w tym czasie, gdy doszło do zabójstwa, widziały mężczyznę o imieniu Börje idącego po schodach w towarzystwie nieznanej kobiety. Policja już go szuka, ale na razie nie udało się go znaleźć.

Jeśli chodzi o kobietę, zeznania świadków różnią się między sobą. Jedni twierdzili, że miała nakrycie głowy, inni, że miała jasne albo ciemne włosy. Kobieta mogła mieć od dwudziestu do czterdziestu pięciu lat. Takie same rozbieżności występują w odniesieniu do jej wzrostu i budowy ciała.

Kobieta? To raczej mało prawdopodobne. Jeanette nigdy wcześniej nie miała do czynienia z równie brutalnym zabójstwem popełnionym przez kobietę.

Dwaj sprawcy? Kobieta i jej wspólnik mężczyzna?

Istnieje chyba o wiele bardziej logiczne wytłumaczenie. Börje, którego szukają, na pewno nie miał z zabójstwem nic wspólnego. Wszyscy go tu od wielu lat znają, poza tym nie wykazuje skłonności do przemocy. Wprawdzie ludzie zdolni są dopuścić się dla pieniędzy najgorszych czynów, ale należy wykluczyć tezę, jakoby Börje został wynajęty jako wspólnik zbrodni. Tego typu bestialstwo jest typowe dla stuprocentowych psychopatów. Pewnie dostał od tamtej kobiety kilkaset koron za doprowadzenie jej do Grünewald, a potem poszedł je przepić.

Jeanette idzie korytarzem i zadaje sobie retoryczne pytanie: czy to ten sam sprawca, który zamordował Silfverberga, a jego ciało poćwiartował?

Niewykluczone. Bez pukania wchodzi do pokoju Hurtiga, który stoi zamyślony przy oknie. Na jej widok odwraca się i siada ciężko przy biurku.

– Zapomniałam ci podziękować za pomoc z komputerem i grą – mówi z uśmiechem Jeanette. – Johan jest wniebowzięty.

– Spodobało mu się?

– Tak, gra całkowicie go pochłonęła.

– To dobrze.

Przez chwilę mierzą się w milczeniu wzrokiem.

– Są jakieś wieści z Danii? – pyta w końcu Jeanette. – Mam na myśli Madeleine Silfverberg.

– Nie mówię zbyt dobrze po duńsku. Rozmawiałem z pewnym lekarzem z domu opieki, w którym umieszczono ją po śledztwie w sprawie gwałtu. Przez cały czas utrzymywała, że Peo Silfverberg ją zgwałcił. Twierdziła też, że w gwałcie uczestniczyło kilku innych mężczyzn i że wszystko odbywało się za wiedzą Charlotte.

– Ale i tak nikt jej nie uwierzył?

– Nie. Lekarze uznali, że cierpi na psychozę i ma urojenia, dlatego poddali ją kuracji z użyciem silnych leków.

– Czy nadal tam przebywa?

– Nie, wypisano ją dwa lata temu. Podobno przeprowadziła się do Francji, do miejscowości Blaron. Zleciłem tę sprawę Schwarzowi i Åhlundowi, myślę jednak, że to bez sensu.

– Możliwe, ale uważam, że mimo wszystko powinniśmy ją sprawdzić.

– Zwłaszcza że jest oburęczna.

– *À propos*... dlaczego nigdy mi nie mówiłeś, że też jesteś oburęczny?

– Urodziłem się jako leworęczny, w szkole tylko ja taki byłem. Inne dzieci naśmiewały się ze mnie i nazywały mnie kaleką. Dlatego nauczyłem się posługiwać także prawą ręką i dzięki temu jestem teraz oburęczny.

Jeanette przypomina sobie różne słowa, które wypowiadała w tym kontekście. Nigdy się nie zastanawiała nad ich treścią i wymową.

– Wróćmy do Madeleine Silfverberg. Rozmawiałeś z lekarzem na jej temat? Pytałeś go, czy może mieć skłonności do przemocy?

– Oczywiście, że tak. Powiedział, że jedyną osobą, której wyrządziła w szpitalu krzywdę, była ona sama.

– No tak, osobom tego pokroju coś takiego się zdarza – wzdycha Jeanette, myśląc o Ulrice Wendin i Linnei Lundström.

– Niech to diabli. Szczerze mówiąc, mam już dosyć tego ciągłego grzebania w gównie.

Jeanette zauważyła, że Hurtig za wszelką cenę próbuje ukrywać swój północny akcent. Zazwyczaj mu się to udaje, ale gdy jest wzburzony, zapomina się i wtedy od razu słychać, skąd pochodzi.

Patrzy na niego, podzielając jego bezsilność.

– Nie wolno nam się poddawać – pociesza go, choć dobrze wie, że nie zabrzmiało to zbyt przekonująco. Dlatego zdobywa się na uśmiech. – Podsumujmy, co mamy. Dwie ofiary, Silfverberg i Grünewald. Zabójstwa zostały dokonane w niezwykle brutalny sposób. Charlotte Silfverberg była szkolną koleżanką Grünewald. Możemy przyjąć, że mamy do czynienia z podwójnym mordercą. Ewentualnie z dwoma.

Hurtig ma jednak wątpliwości.

– Powiedziałaś: „ewentualnie”. Masz pewność, że sprawców było dwóch?

– Nie, ale w śledztwie powinniśmy przyjąć także taką tezę. Pamiętasz, co Charlotte opowiadała o otrzęsinach w internacie? Miały poniżający charakter.

– Victoria Bergman – kiwa potakująco głową Hurtig.

– Musimy ją za wszelką cenę odnaleźć. Ale to nie wszystko. Co jeszcze mówiła Charlotte?

Hurtig patrzy przez okno i gdy dociera do niego sens tego, co powiedziała Jeanette, na jego twarzy pojawia się nikły uśmiech.

– Rozumiem. Chodzi ci o pozostałe dwie dziewczyny, które też brały udział w otrzęsinach, a potem odeszły ze szkoły. Silfverberg nie pamięta ich nazwisk.

– Skontaktuj się ze szkołą w Sigtunie i poproś, żeby ci przysłali listę nazwisk tamtego rocznika. I szkolne albumy, jeśli je mają. Mamy tu trochę ciekawych nazwisk. Grünewald i Silfverberg, Henrietta Nordlund i Regina Ceder. Ale mnie najbardziej interesuje Victoria Bergman. Jak wygląda? Nie zastanawiałeś się nad tym?

– Zastanawiałem – odpowiada Hurtig, lecz Jeanette wie, że to nieprawda.

– Ciekawe, co Ceder i Nordlund mają do powiedzenia o Victorii, o Grünewald i Silfverberg. Jutro po południu zapraszam na odprawę, podzielę między was zadania.

Hurtig kiwa potakująco głową. Jeanette wydaje się, że coś jest z nim dzisiaj nie tak, że myślami jest gdzie indziej.

– Słuchasz, co mówię?

– Tak.

– Zanim ruszymy ze śledztwem, powinniśmy zwrócić uwagę na jeszcze jeden czynnik. Ale o tym porozmawiamy na jutrzejszej odprawie.

Hurtig otrząsa się z zamyślenia. Daje znak Jeanette, by mówiła dalej.

– Mamy Bergmana, Dürera i Lundströma. Zważywszy na fakt, że cała trójka, podobnie jak Silfverberg, działała na rzecz fundacji „Sihtunum i Diasporan", niewykluczone, że fundacja też ma z tym wszystkim coś wspólnego. Jadłam lunch z Billingiem, który powiedział coś ciekawego. Okazuje się, że Gert Berglind znał Lundströma.

– Do czego zmierzasz? – pyta Hurtig, który już całkowicie wrócił do rzeczywistości. – Spotykali się prywatnie?

– Tak, ale to nie wszystko. Znali się za pośrednictwem pewnej fundacji. Nawet idiota się domyśli, o jaką fundację chodzi.

– Masz rację – zgadza się Hurtig.

Jeanette cieszy się, że przestał krążyć myślami w chmurach.

– Wiesz co? Zauważyłam, że coś cię absorbuje, i doszłam do wniosku, że nie tylko sprawy zawodowe. Czy coś się stało?

– Hm... nic takiego... Głupia sprawa.

– Mianowicie?

– Chodzi znowu o ojca. Coraz trudniej mu rzeźbić i grać na skrzypcach.

Fatalnie, myśli Jeanette.

– Powiem wprost, bo czeka nas mnóstwo pracy. Po pierwsze, po tamtym wypadku z tarczą do cięcia drzewa lekarze przepisali mu niewłaściwe lekarstwa. Dobra wiadomość jest taka, że szpital wypłaci mu odszkodowanie, zła, że wdała się gangrena i trzeba mu było amputować palce. I po trzecie: on ciągle myśli o ferrari GF.

Jeanette robi zdumioną minę.

– Widzę, że nie wiesz, o czym mówię. Ferrari GF to po prostu jego kosiarka do trawy, całkiem duża.

Gdyby nie uśmiech na twarzy Hurtiga, Jeanette pomyślałaby, że coś jest z nim nie w porządku.

– A co się stało?

– No cóż... Ojciec zamierzał wyciągnąć kilka gałązek, które wkręciły się w płaty wirnika. Podparł maszynę drewnianym kołkiem, położył się pod nią, żeby lepiej widzieć, i nagle kołek się przewrócił. Tata musiał sobie ogolić włosy, a sąsiad zszył mu ranę na głowie. Ma chyba z piętnaście szwów.

Jeanette stoi jak zamurowana. Od razu przychodzą jej na myśl dwa nazwiska: francuskiego komika Jacques'a Tatiego i głównego bohatera szwedzkich filmów komediowych, Carla Gunnara Papphammara.

– On zawsze wychodzi z takich zdarzeń cało – mówi Hurtig, wykonując ręką obronny gest. – Zaraz skontaktuję się ze szkołą w Sigtunie. Masz dla mnie jakieś zadanie na potem? Do odprawy zostało jeszcze trochę czasu.

– Fredrika Grünewald. Zapoznaj się z historią jej życia. Zacznij od sprawdzenia, dlaczego trafiła na ulicę, a potem cofnij się w czasie. Zdobądź tyle nazwisk, ile tylko się da. Wychodzimy z założenia, że motywem zbrodni była zemsta, szukamy osób z jej bliskiego otoczenia. Ludzi, których zraniła albo z którymi miała na pieńku.

– Myślę, że tacy jak ona mają wrogów wszędzie. Wyższa sfera, machlojki, kanty, szemrane firmy. Idą po trupach i zdradzają przyjaciół, jeśli dzięki temu mogą ubić dobry interes.

– Przesadzasz. Zresztą wiem, że jesteś z przekonań socjalistą.

Jeanette wybucha śmiechem i wstaje z krzesła.

– Komunistą – odpowiada Hurtig.

– Co?

– Jestem komunistą. To cholerna różnica.

# Nieczystych części

wolno dotykać, ale trzeba się strzec przed rękami obcych ludzi, zwłaszcza tych, którzy za takie dotykanie oferują pieniądze. Jedyne dłonie, którym wolno dotykać Gao Liana, należą do jasnej kobiety.

Właśnie czesze mu włosy, które już bardzo urosły. Wydaje mu się, że są trochę jaśniejsze. Może dlatego, że tyle czasu spędza w ciemnościach? Jakby wspomnienie światła kumulowało mu się w głowie i niczym promienie słońca zabarwiało włosy na jasny kolor.

W pokoju jest teraz zupełnie jasno, toteż z trudem patrzy na oczy. Kobieta zostawiła uchylone drzwi i przyniosła do pokoju miednicę z wodą, żeby go umyć. Gao bardzo lubi, kiedy go dotyka.

Kobieta zaczyna go wycierać i w tym samym momencie słychać dzwonek w przedpokoju.

dłonie

kradną, jeśli się ich nie pilnuje. Kobieta nauczyła go, aby miał nad nimi całkowitą kontrolę. Wszystko, co dłonie robią, powinno mieć sens.

Swoje dłonie ćwiczy, rysując.

Jeśli zdoła uchwycić świat, jeśli pozwoli mu wejść w siebie, a potem wypuści go z powrotem przez dłonie, już nigdy więcej nie będzie się musiał niczego bać. Zdobędzie moc, dzięki której zmieni świat.

stopy

chodzą w zabronione miejsca. Wie o tym, bo kiedyś ją zostawił, żeby poznać świat istniejący poza pokojem. To był błąd i teraz to rozumie. Na zewnątrz nie ma niczego dobrego. Świat poza jego pokojem jest zły, dlatego kobieta chroni go przed nim.

Miasto wydało mu się czyste i piękne, ale już wie, że pod ziemią i pod wodą zalegają ludzkie prochy, które znalazły się tam w ciągu tysięcy lat. W domach i w ludziach, którzy w nich żyją, jest tylko śmierć.

Jeśli choruje serce, choruje całe ciało i człowiek umiera.

Gao Lian z Wuhanu rozmyśla o tym, co w ludzkich sercach jest czarne. Wie, że zło objawia się w nich w postaci czarnej plamy i że istnieje siedem dróg, które do serca prowadzą.

Najpierw dwie, potem jeszcze dwie i na końcu trzy. Dwie, dwie, trzy. W 223 roku powstała jego rodzinna miejscowość Wuhan.

Pierwsza droga prowadzi do czarnej plamy na języku, który kłamie i obmawia innych, druga przez oczy, które oglądają rzeczy zabronione.

Trzecia droga wiedzie przez uszy słuchające kłamstw. Czwarta wychodzi z żołądka, który trawi kłamstwa.

Piąta droga prowadzi przez nieczyste części ciała, które pozwalają się dotykać, szósta przez dłonie, które kradną, siódma rozpoczyna się w stopach, które chodzą w zabronione miejsca.

Podobno w chwili śmierci człowiek widzi wszystko to, co ma w sercu. Gao Lian zastanawia się, co on wtedy ujrzy. Ptaki? Dłoń, która pociesza? ZASTAWKI?

Rysuje i pisze. Odkłada kolejne kartki na stos innych. Praca go uspokaja, szybko więc przestaje się bać czarnej plamy.

W przedpokoju znowu słychać dzwonek.

# Gamla Enskede

Wszystko jakoś się ze sobą splata, jest ściśle powiązane. Jeanette zjeżdża windą do podziemnego garażu komendy policji. Zaraz wsiądzie do samochodu i pojedzie do domu. Wprawdzie dzień pracy formalnie dobiegł końca, ale ona i tak nie przestaje myśleć o dziwnych przypadkach i zbiegach okoliczności.

Dwie dziewczyny – Madeleine Silfverberg i Linnea Lundström. Ich ojcowie – Per-Ola Silfverberg i Karl Lundström. Obaj są podejrzani o pedofilię. Lundström jest też podejrzany o gwałt na Ulrice Wendin. Jest jeszcze Charlotte Silfverberg i zamordowana Fredrika Grünewald. Obie były koleżankami szkolnymi w Sigtunie.

Podjeżdża do bramki i macha ręką strażnikowi. On też ją pozdrawia i podnosi szlaban. Silny blask słońca oślepia ją, przez chwilę nic nie widzi.

Jest jeszcze wspólny adwokat, Viggo Dürer. Jego klientem był Bengt Bergman. Jest zaginiona córka Bergmana, Victoria. Ona też uczęszczała do szkoły w Sigtunie.

Były komendant policji, który już nie żyje, Gert Berglind. To on przesłuchiwał Silfverberga i Lundströma. Wszyscy trzej działali w tej samej fundacji. Prokurator von Kwist? Nie, on chyba nie jest w to zamieszany. To tylko pożyteczny idiota.

Silfverberg i Grünewald zostali zamordowani. Być może przez tego samego sprawcę.

Lundström zmarł w szpitalu, uznano, że na skutek choroby. Bergman zginął razem z żoną w pożarze. Uznano to za nieszczęśliwy wypadek.

Jeanette skręca w tunel i nagle uświadamia sobie, że od kilku dni nie rozmawiała z Sofią. Śledztwo wkroczyło w ciekawą fazę, poza tym była zajęta Johanem i jego życiem.

Parkuje samochód, wysiada i dociera do niej, że potrzebuje pomocy. Odczuwa silną potrzebę porozmawiania z kimś, komu ufa, przed kim może się otworzyć i komu może się zwierzyć ze swoich osobistych spraw. Obecnie tylko Sofia spełnia te warunki.

Wiatr zgina gałęzie brzozy, uderza w ściany domu. Jest groźny, wilgotny. Jeanette wdycha go głęboko. Pociąga nosem, jakby wąchała kwiaty. Żeby tylko bardziej nie padało. Patrzy na czerwone wieczorne niebo na zachodnim widnokręgu.

W domu panuje cisza, nikogo nie ma. Na kuchennym stole leży kartka od Johana. Zostawił jej informację, że przenocuje u Davida. Połączą się w sieć i będą grać w gry komputerowe.

Połączą się w sieć? Johan kiedyś jej wyjaśniał, co to znaczy. Czy jest już aż tak złą matką, że nawet nie wie, czym w wolnych chwilach zajmuje się jej syn?

Żeby pozbyć się wyrzutów sumienia, schodzi do piwnicy i włącza pranie. Potem wraca do kuchni, bierze się za zmywanie. Kiedy zlew lśni czystością, wyjmuje z lodówki piwo i siada przy stole.

Próbuje się odprężyć, zapomnieć o problemach związanych z rozwodem, a przede wszystkim nie myśleć o pracy. Mimo to z trudem odpędza od siebie takie myśli.

W ciągu dnia omawiali z Hurtigiem wszystko to, co wiedzą i czego nie wiedzą. Zaczęli od umorzonych śledztw w sprawie zamordowanych chłopców.

Hurtig rozpytywał się wśród lekarzy, którzy zajmowali się ludźmi bez tożsamości, ale niczego się nie dowiedział. Wysiłki jego znajomych pracujących w UNHCR w Genewie też nie dały rezultatu. Nie udało im się zdobyć żadnych informacji dotyczących tożsamości chłopców.

Omawiali zbrodnię dokonaną na Silfverbergu. Zgodnie uznali, że to najbrutalniejsze zabójstwo, z jakim kiedykolwiek mieli do czynienia.

To, że sprawca posłużył się rolkami do malowania, uznali za kompletny absurd. Do tego zabójstwo Grünewald w podziemiach kościoła. W sumie mają sporo materiału, być może da się coś zrobić.

Hurtig nadal był w złym nastroju. Próbowała go jakoś natchnąć nadzieją, lecz bez powodzenia. W końcu spytała, czy czegoś się dowiedział w Sigtunie, ale tylko podrapał się po głowie i odparł, że czeka na odpowiedź.

Co za snoby, stwierdza Jeanette, mając na myśli szkołę w Sigtunie. Dopija piwo.

Wyjmuje telefon i dzwoni do Sofii, która odbiera dopiero po dziesiątym sygnale. Mówi ochrypłym, podenerwowanym głosem.

– Cześć, jak się masz? – pyta Jeanette, opierając się o ścianę.
– Słyszę, że jesteś chyba przeziębiona.

Przez długą chwilę Sofia nie odpowiada. Potem chrząka i wzdycha.

– Nic z tych rzeczy. Jestem zupełnie zdrowa.

Jeanette jest zdziwiona. Sofia mówi jakimś innym głosem. W ogóle go nie rozpoznaje.

– Masz trochę czasu, żeby porozmawiać?

I znowu długa cisza.

– Nie wiem – odpowiada w końcu Sofia. – Czy to coś ważnego?

Jeanette czuje się niepewnie. Zaczyna wątpić, czy wybrała właściwy moment. Postanawia rozmawiać lżejszym tonem, żeby ją trochę rozluźnić.

– Może tak, może nie – odpowiada ze śmiechem. – Stare kłopoty, Åke i Johan. Muszę z kimś o tym pogadać... A właśnie, dziękuję za ostatnie spotkanie. A co w wiadomej sprawie?

– Wiadomej?... Nie rozumiem.

Zabrzmiało to tak, jakby Sofia się żachnęła, lecz Jeanette dochodzi do wniosku, że chyba jej się wydawało.

– Chodzi mi o to, o czym rozmawiałyśmy ostatnio u mnie w domu. O profilu sprawcy.

Znowu brak odpowiedzi. W telefonie rozlega się dźwięk, jakby Sofia przewróciła krzesło na podłogę. Słychać też brzęk szklanki stawianej na stole.

– Halo? Jesteś tam jeszcze?

Przez kilka kolejnych sekund w telefonie panuje cisza. Sofia odpowiada dopiero po dłuższej chwili. Chyba przycisnęła telefon mocniej do ucha, bo Jeanette słyszy jej oddech o wiele wyraźniej.

Sofia mówi też znacznie szybciej.

– W ciągu niecałych pięciu minut zadałaś mi pięć pytań:

„Cześć, jak się masz?", „Masz trochę czasu, żeby porozmawiać?", „A co w wiadomej sprawie?", „Halo?", „Jesteś tam jeszcze?". Odpowiadam po kolei: Dobrze. Nie wiem. Jeszcze nie zaczęłam. Halo. Tak, jeszcze tu jestem. A gdzie niby miałabym być?

Jeanette nie wie, jak zareagować. Może Sofia jest pijana?

– Przepraszam, jeśli ci przeszkadzam – mówi i wybucha śmiechem. – Możemy porozmawiać innym razem. Piłaś coś?

Głos Sofii znowu zanika. Słychać tylko lekkie uderzenie, jakby odłożyła słuchawkę na stół, kilka lekkich kroków i odgłos zamykanych drzwi.

– Halo?

– Jestem. Przepraszam.

Sofia śmieje się głośno. Jeanette bierze głęboki oddech.

– Żartowałaś sobie ze mnie? – pyta.

Sofia znowu wzdycha.

– Kolejne trzy pytania: „Piłaś?", „Halo?", „Żartowałaś sobie ze mnie?". Oto odpowiedzi: Nie. Halo. Nie.

– Jesteś pijana – śmieje się Jeanette. – Przeszkodziłam ci w czymś?

Głos Sofii jest przesadnie władczy i głęboki.

– Pytanie numer dziewięć, odpowiedź brzmi: „Nie".

Chyba sobie ze mnie żartuje, pomyślała Jeanette.

– Chciałabyś się ze mną spotkać?

– Tak. Na przykład jutro wieczorem?

– Okej, to bardzo dobra godzina.

Po zakończeniu rozmowy Jeanette idzie do kuchni i wyjmuje z lodówki kolejne piwo. Siada na kanapie, zapalniczką otwiera butelkę.

Od dawna wie, że Sofia to skomplikowana osoba, tym razem jednak przeszła samą siebie. Znowu musi przyznać w duchu, że jest nią niezdrowo zafascynowana.

Będę potrzebowała czasu, żeby poznać ją dogłębnie, myśli, popijając piwo z butelki. Ale na pewno spróbuję.

# Tvålpalatset

Sofia siedzi z telefonem na kolanach. Podnosi się, idzie do kuchni i bierze kolejną butelkę wina. Stawia ją na stole, wyjmuje korkociąg. Dopiero za drugim razem udaje jej się wyciągnąć korek. Wciska go lekko kciukiem w butelkę i wraca do salonu.

Czuje suchość w ustach, więc wypija kilka dużych łyków wprost z butelki. Na dworze jest już ciemno, w szybie widzi swoje odbicie.

– Jesteś starą zgorzkniałą kurwą – mówi. – Sprośną starą kurwą i alkoholiczką. Nie powinnaś się dziwić, że nikt cię nie chce. Sama bym się nie chciała.

Siada na podłodze. Czuje, jak wzbiera w niej nienawiść i pogarda dla siebie. Nie wie, jak sobie z tymi uczuciami poradzić.

Kiedy następnego dnia zjawia się o ósmej w swoim gabinecie, żałuje, że poprzedniego wieczoru wypiła aż dwie butelki wina, bo straciła nad sobą kontrolę. Później zadzwoniła Jeanette. Akurat to zapamiętała. Co było potem?

Nie pamięta, co powiedziała, chyba ją jednak uraziła. Ale przecież Jeanette rozmawiała z Victorią. Co powiedziała? I co działo się później?

Po wyjściu z domu zauważyła, że buty znowu ma brudne, a płaszcz mokry od deszczu.

Unosi wskazujący palec i zaczyna nim wodzić to w jedną, to w drugą stronę, z lewej w prawą. Uważnie śledzi palec wzrokiem.

Mruczy do siebie i próbuje ożywić w świadomości obrazy z wczorajszego dnia. Stopniowo, bardzo powoli, wspomnienia wracają.

To Victoria rozmawiała z Jeanette. Była naprawdę bezczelna.

Uświadamia sobie, że jej osobowości to mieszanka masochizmu i dysocjacji. Sama się dręczy, gdy przejmuje cechy osobowe tej, która ją dręczy, i ponownie przeżywa własne piekło.

Jednocześnie trwa w niej proces dysocjacji, w którego trakcie to piekło od siebie oddala.

Istnieje też inny wymiar Victorii. Czasem jest tak, że rozumie Sofię lepiej, niż Sofia rozumie siebie.

Ale nie powie o tym Jeanette. Nie otworzy się przed nią.

Zapada w szarą ciemność, w której czas nie istnieje, a świat zewnętrzny stoi w miejscu. Żadnych dźwięków, zero ruchu. Wszędzie spokój i cisza.

W tej kompletnej ciszy uderzenia pulsu przypominają dźwięki wydawane przez kafary, które w równych odstępach czasu odbijają się echem w jej głowie. Trzeszczą synapsy, słychać skrzypienie w mózgu, a krew, która przepływa przez jej ciało, zamienia się w gorącą strugę złości.

Jednocześnie docierają do niej odgłosy procesu leczenia.

Spod zmrużonych powiek obserwuje, jak rany się zabliźniają. Ich ostre brzegi zamykają się wokół bolesnej, pulsującej przeszłości. Sofia przeciera oczy i podchodzi do okna, żeby wpuścić trochę świeżego powietrza.

Czuje swędzenie w klatce piersiowej. Coś się w niej właśnie goi.

Postanawia się zabrać za to, o co prosiła ją Jeanette. Musi sporządzić profil sprawcy. Siada przy biurku, zdejmuje buty i widzi, że pończochy zabarwiły się na czerwono.

# Gamla Enskede

Jeanette spotyka Johana w drzwiach. Jej syn idzie do kolegi pograć w gry komputerowe i obejrzeć film. Potem u niego przenocuje. Jeanette prosi, żeby nie kładł się spać zbyt późno.

Johan bierze rower i prowadzi go piaszczystą alejką. Kiedy znika za rogiem, Jeanette idzie do salonu, skąd obserwuje, jak Johan wsiada na rower i odjeżdża.

Oddycha z ulgą. Wreszcie jest sama.

Jest teraz szczęśliwa, a gdy zaczyna myśleć o spotkaniu z Sofią, czuje się jak prawdziwa grzesznica.

Idzie do kuchni po butelkę whisky. Nalewa trochę trunku do szklanki i pije powoli. Nie spieszy się, pozwala, żeby żółty napój rozlał się po ustach, żeby palił ją w język i przełyk. Połyka go powoli, czuje pieczenie w oczach i ciepło w piersi.

Ze szklanką idzie na piętro, by wziąć prysznic. Potem owija się w duży ręcznik kąpielowy i przegląda w lustrze. Otwiera szafkę, wyjmuje z niej kosmetyczkę pokrytą cienką warstwą kurzu.

Ostrożnie podkreśla brwi.

Gorzej idzie jej ze szminką. Górna kreska wystaje trochę poza linię wargi, więc ściera wszystko ręcznikiem i zaczyna od nowa. Kiedy jest już gotowa, zaciska usta na kawałeczku papieru toaletowego.

Wygładza sukienkę, pieści sobie biodra. To ma być jej wieczór.

Kwadrans po siódmej dzwoni do Johana, by sprawdzić, czy wszystko w porządku. Syn odpowiada półsłówkami, podobnie jak zawsze ostatnimi czasy. Jeanette mówi, że go kocha, ale Johan odpowiada tylko „Tak, tak", a potem się rozłącza.

Jeanette od razu czuje się strasznie samotna.

Wszędzie panuje cisza, tylko z piwnicy dobiega lekki szum pralki. Przypomina sobie ostatni telefon do Sofii. Rozmawiała z nią inaczej, jakby chciała ją odepchnąć. Postanawia do niej zadzwonić i upewnić się, czy na pewno chce przyjść.

Z ulgą słyszy, że Sofia znowu mówi radosnym głosem – potwierdza, że już do niej wyjeżdża.

Sofia wygląda na zszokowaną. Wybucha głośnym śmiechem.

– Mówisz poważnie? – pyta.

Siedzą naprzeciwko siebie przy kuchennym stole. Jeanette otworzyła właśnie butelkę wina. Nadal czuje na języku słodki smak whisky.

– Martin? Twój syn twierdzi, że nazwałam go Martinem? – upewnia się Sofia. Z początku ma rozbawioną minę, ale wkrótce uśmiech gaśnie jej na twarzy. – Paniczny strach. Podejrzewam, że to chyba ten sam problem co z Johanem. Twój syn doznał panicznego strachu, gdy ujrzał cię z butelką w ręce.

– Chcesz powiedzieć, że to trauma? A jak wyjaśnić luki w pamięci?

– Właśnie trauma je wywołuje. Zdarza się, że taka luka obejmuje też chwile sprzed samej traumy. Motocyklista, który wypadł z drogi, najczęściej nie pamięta tego, co się wydarzyło bezpośrednio przed wypadkiem. Czasem luka w pamięci obejmuje nawet kilka godzin.

Jeanette zaczyna rozumieć. Paniczny strach, nastolatek i burza hormonów. Jak widać, wszystko można wytłumaczyć za pomocą zjawisk chemicznych.

– A nowe przypadki? – pyta Sofia. Widać, że ją to interesuje. – Opowiedz w skrócie, na czym stoicie. Co macie?

Jeanette opowiada jej przez dwadzieścia minut o dwóch ostatnich przypadkach. Robi to wyczerpująco i szczegółowo, Sofia ani razu jej nie przerywa. Słucha z wytężoną uwagą, od czasu do czasu kiwając głową.

– Pierwsze, co zwraca uwagę w sprawie Grünewald, to fekalia – mówi Sofia, gdy Jeanette skończyła swoje sprawozdanie. – Mówiąc brzydko: kał.

– A...

– Tak, wydaje mi się, że coś symbolizuje. Kojarzy mi się to z jakimś rytuałem. Jakby sprawca chciał nam coś przekazać.

Jeanette przypomina sobie kwiaty znalezione obok namiotu ofiary. Lundström też dostał żółte kwiaty, lecz to chyba przypadek.

– Macie jakiegoś podejrzanego?

– Nie, nikogo konkretnego. Ale ślady prowadzą do Dürera, tego prawnika, którego właśnie sprawdzamy. Lundströma, Silfverberga i Dürera łączą wspólne interesy w fundacji o nazwie „Sihtunum i Diasporan".

Jeanette zauważa jakiś błysk w oczach Sofii.

– Odbyłam niedawno dziwną rozmowę... – Sofia robi taką minę, jakby nie wiedziała, od czego zacząć.

– Dlaczego dziwną?

– Zadzwonił do mnie prokurator von Kwist. Dał mi do zrozumienia, że Lundström kłamał, że wszystko, co powiedział, wymyślił pod wpływem lekarstw.

– O cholera. Na pewno chciał zasięgnąć twojej opinii w tej sprawie?

– Tak, ale nie zrozumiałam, do czego tak naprawdę zmierza.

– To proste. Facet ratuje własny tyłek. Powinien był się upewnić, czy w czasie przesłuchań Lundström nie był pod działaniem lekarstw. Jeśli tego nie dopilnował, będzie miał za swoje.

– Myślę, że popełniłam błąd.

– Jaki?

– Podałam mu nazwisko jednego z mężczyzn, który zdaniem Linnei wykorzystywał ją seksualnie. Odniosłam wrażenie, że wcześniej go nie znał. Od razu zamilkł.

– A jakie to nazwisko, jeśli wolno spytać?

– Ty też je znasz. Vigga Dürera.

Jeanette w ułamku sekundy pojmuje, dlaczego prokurator rozmawiał z nią dziwnym głosem. Sama nie wie, czy powinna odczuwać radość z cudzego nieszczęścia – bo Dürer to kawał gnoja – czy też raczej odnieść się do tego ze smutkiem, bo przecież wykorzystywał seksualnie małą dziewczynkę.

Przez chwilę zbiera myśli.

– Dam sobie rękę uciąć, że von Kwist będzie próbował ściemniać. Jeśli jego kontakty z pedofilami i gwałcicielami wyjdą na jaw, poważnie mu to zaszkodzi.

Sięga po butelkę z winem.

– Co to za jeden ten von Kwist? – pyta Sofia. Podsuwa pusty kieliszek, który Jeanette napełnia.

– Prokuratorem jest od dwudziestu lat. Sprawa Ulriki Wendin to niejedyne śledztwo, które zakończyło się niepowodzeniem. A ponieważ pracuje dla nas, oznacza to, że na uczelni nie należał do najlepszych studentów. – Wybucha śmiechem. Widząc pytającą minę Sofii, wyjaśnia: – To żadna tajemnica, że ci, którzy nie są orłami, po obronie pracy magisterskiej trafiają do policji, pracują dla komorników albo zatrudniają się w firmach ubezpieczeniowych.

– Dlaczego?

– To proste. Nie są na tyle zdolni, żeby pracować na przykład dla jakiejś dużej firmy eksportowej, ani na tyle sprytni, żeby założyć własną kancelarię prawniczą, w której mogliby zarobić o wiele więcej. Von Kwist pewnie marzy o tym, że kiedyś zostanie gwiazdą palestry w zakresie spraw kryminalnych, ale moim zdaniem nigdy do tego nie dojdzie, bo facet ma nie po kolei w głowie.

Jeanette przychodzi od razu na myśl jej przełożony, komendant wojewódzki w Sztokholmie, jedna z najbardziej znanych w kraju postaci, prawdziwy policyjny celebryta. Rzadko bierze udział w dyskusjach dotyczących przestępczości, za to chętnie występuje w tabloidach i pokazuje się na różnego rodzaju galach, na które przychodzi w drogich ubraniach.

– Jeśli chcesz przycisnąć Dürera, chętnie przekażę ci materiały, które go dotyczą – mówi Sofia, bębniąc palcem w kieliszek. – Linnea dała mi list, w którym Lundström sugeruje, że Dürer ją molestował. Z kolei Annette Lundström pozwoliła mi sfotografować kilka rysunków, które Linnea narysowała, gdy była małą dziewczynką. Widać na nich sceny będące opisem molestowania. Mam je ze sobą. Chcesz zobaczyć?

Jeanette kiwa głową. Sofia wyjmuje z torebki trzy fotografie przedstawiające rysunki Linnei i list od Lundströma.

– Dzięki. Na pewno mi się przydadzą. Obawiam się jednak, że list może zostać potraktowany jako poszlaka, nie dowód.

– Rozumiem.

Przez chwilę siedzą w milczeniu. W końcu odzywa się Sofia:

– Masz jeszcze jakieś nazwiska poza von Kwistem?

– Tak, jest jeszcze jedno, które stale przewija się w śledztwie.

– Jakie?

– Bengta Bergmana.

– Co takiego?

– Oskarżony o wykorzystywanie seksualne chłopca i dziewczynki z Erytrei. Nie mieli żadnych dokumentów, więc oficjalnie nie istnieli. Sprawa umorzona. Na decyzji podpisał się von Kwist. Adwokat Bergmana nazywał się Viggo Dürer. Dostrzegasz związek?

Jeanette rozsiada się wygodniej na kanapie i wypija trochę wina.

– Była jeszcze jedna osoba o nazwisku Bergman – ciągnie. – Victoria, córka Bengta.

– Powiedziałaś: była?

– Tak. Mniej więcej dwadzieścia lat temu przestała nagle istnieć. Po listopadzie 1988 roku nie ma na jej temat żadnych danych. A przecież rozmawiałam z nią przez telefon. Podczas rozmowy wyjawiła mi pewne tajemnice dotyczące relacji z ojcem. Uważam, że wykorzystywał ją seksualnie i właśnie dlatego znikła. Jedyny posiadany przez nas ślad to numer telefonu, który od niedawna też jest nieaktualny. Rodzice Victorii nie żyją. Nie tak dawno zginęli w pożarze. Wystarczyła chwila i ich też nie ma.

Sofia uśmiecha się niepewnie.

– Ich też? Wybacz, ale nie rozumiem.

– No tak. Nie ma Bergmanów, podobnie jak nie ma Lundströmów – wyjaśnia Jeanette. – Wspólnym mianownikiem łączącym te dwie rodziny jest to, że już ich nie ma. Ich historie są pełne tajemnic. Uważam, że zarówno Dürer, jak i von Kwist uczestniczyli w zaciemnianiu tych spraw.

– A Ulrika Wendin?

– Ją przecież znasz. Siedem lat temu została zgwałcona w hotelu przez kilku mężczyzn, w tym przez Lundströma. Wstrzyknęli jej środek znieczulający. Pod decyzją o umorzeniu sprawy podpisał się Kenneth von Kwist. To kolejna próba zatuszowania sprawy.

– Środek znieczulający? Taki sam jak u tamtych zamordowanych chłopców?

– Nie wiemy, czy taki sam. Nie przeprowadzono odpowiednich badań.

– A dlaczego? – pyta poirytowanym głosem Sofia.

– Bo Ulrika złożyła doniesienie na Lundströma dopiero po dwóch tygodniach.

Sofia zaczyna się nad czymś zastanawiać. Jeanette domyśla się, że jej przyjaciółka rozważa coś ważnego, dlatego czeka w milczeniu na jej odpowiedź.

– Uważam, że Dürer próbuje zapłacić jej za milczenie – mówi w końcu Sofia.

– Dlaczego tak sądzisz?

– Kiedy u mnie była, miała kupę kasy. W pewnej chwili wypadło jej na podłogę kilka pięćsetek. Poza tym zauważyła zdjęcie Dürera, które wydrukowałam i położyłam na biurku. Aż się wzdrygnęła na jego widok. Jak ją spytałam, czy go zna, zaprzeczyła, ale jestem prawie pewna, że skłamała.

# Gamla Enskede

Dzielnica willowa Gamla Enskede powstała na początku dwudziestego wieku. Zaprojektowano ją z myślą o zwykłych ludziach, których stać było na zakup domku z dwiema sypialniami, kuchnią, piwnicą i ogrodem za tę samą cenę, za którą mogli nabyć dwupokojowe mieszkanie w centrum miasta.

Jest wczesny wieczór, na niebie zbierają się groźne chmury. Przedmieście otula szary mrok, zielone klony przybierają czarną barwę. Tuż nad trawnikiem utrzymuje się stalowoszara mgła.

*Ona wie, kim jesteś.*

Niby skąd? Przestań. Skąd może wiedzieć? To niemożliwe.

Nie chce się do tego przed sobą przyznać, ale podświadomie czuje, że Jeanette ma jakiś cel i dlatego coraz głębiej wciąga ją w śledztwo.

Sofia przełyka ślinę. W ustach czuje coraz większą suchość.

Jeanette miesza w kieliszku resztkę wina i dopiero potem je wypija.

– Uważam, że kluczem do całej sprawy jest Victoria – mówi. – Jeśli ją znajdziemy, rozwiążemy zagadkę.

*Tylko spokojnie. Oddychaj.*

Sofia nabiera głęboko powierza.

– Dlaczego tak uważasz?

– To tylko przeczucie – odpowiada Jeanette, drapiąc się po głowie. – W drugiej połowie lat osiemdziesiątych Bengt Bergman pracował dla SIDA, mieszkał wtedy w Sierra Leone. To kolejny zbieg okoliczności.

– Nie bardzo rozumiem.

– Victoria też tam mieszkała, gdy była młodsza. Stamtąd pochodził Samuel Bai. Na dodatek ty tam byłaś. Widzisz, jaki ten świat jest mały?

Co ona ma na myśli? Czyżby coś sugerowała?

– Być może – przyznaje w zamyśleniu Sofia, chociaż jest pełna niepokoju.

– Jedna z osób, które prześwietlamy, musiała znać mordercę. Lundström, Dürer albo Silfverberg. Ktoś z rodziny Bergmanów albo Lundströmów. Zabójca może pochodzić równie dobrze z tego kręgu, jak i spoza niego. To może być każdy. Myślę jednak, że Victoria wie, kto jest mordercą.

– Na czym opierasz to twierdzenie?

– Instynkt mi podpowiada – wyjaśnia ze śmiechem Jeanette.

– Instynkt?

– Tak. W moich żyłach płynie krew policjantki w trzecim pokoleniu. Instynkt rzadko mnie zawodzi, a w tym wypadku krew pulsuje mi szybciej na sam dźwięk imienia i nazwiska Victorii Bergman. Możesz to nazwać instynktem gliniarza.

– Przygotowałam dla ciebie wstępny profil sprawcy. Chcesz go obejrzeć? – Sofia sięga ręką do torebki, lecz Jeanette ją powstrzymuje.

– Chętnie, ale najpierw chciałabym usłyszeć, co sądzisz o Linnei Lundström.

– Widziałyśmy się niedawno na spotkaniu terapeutycznym. Uważam, że wykorzystywał ją nie tylko ojciec, ale także wielu innych mężczyzn.

– Wierzysz jej? – Jeanette z natężeniem wpatruje się w Sofię.

– Jak najbardziej. – Sofia przez chwilę nad czymś się zastanawia. Czuje, że nadszedł wreszcie moment, w którym może się trochę odsłonić i ujawnić część rzeczy dotąd ukrywanych. – Kiedy byłam młodsza, też chodziłam na seanse terapeutyczne. Dlatego sama wiem najlepiej, jaką ulgę przynosi możliwość wyrzucenia z siebie wszystkiego, gdy nikt ci nie przerywa i nie kwestionuje twoich słów, gdy możesz swobodnie opowiedzieć o tym, przez co przeszłaś, gdy ktoś cię słucha i nie przeszkadza ci. Być może ta osoba niekoniecznie przeżyła to samo co ty, ale poświęciła mnóstwo czasu i pieniędzy, żeby zdobyć specjalistyczne wykształcenie, dzięki czemu lepiej rozumie ludzką psychikę, poważnie podchodzi do ludzkich przeżyć i analizuje je, nawet jeśli ma przed sobą zwykły rysunek albo list. Taka osoba potrafi wyciągać wnioski, a potem nie tylko wybiera odpowiednie lekarstwa i niekoniecznie szuka błędów albo kozła ofiarnego, ale także...

– Moment! – przerywa jej Jeanette. – Co się z tobą dzieje?

– Co? – Sofia otwiera oczy i patrzy na Jeanette.

– Na chwilę odleciałaś. – Jeanette pochyla się nad stołem, bierze Sofię za ręce i ostrożnie je gładzi. – Czy mówienie o tym sprawia ci przykrość?

Sofia czuje łzy w oczach. Najchętniej by się rozpłakała, lecz kryzys mija, toteż kręci przecząco głową.

– Nie. Chciałam tylko powiedzieć, że moim zdaniem Dürer jest w to zamieszany.

– Tak, to by nam sporo wyjaśniło – przyznaje Jeanette. Robi przerwę, jakby zasysała słowa.

*Odczekać, niech mówi.*

– Mów dalej. – Sofia słyszy własny głos, jakby stała obok siebie. Już wie, co teraz powie jej Jeanette.

– Silfverberg mieszkał w Danii, tak jak Dürer. Dürer bronił go, gdy Silfverberg został oskarżony o wykorzystywanie swojej przybranej córki. Dürer był też adwokatem Lundströma, kiedy go oskarżono o zgwałcenie Ulriki Wendin.

– Przybranej córki? – wtrąca Sofia. Z trudem oddycha. Sięga po kieliszek, żeby ukryć podekscytowanie, i przystawia go do ust. Dłoń jej drży.

*Ma na imię Madeleine, jasne włosy i lubi, kiedy ktoś ją łaskocze po brzuszku.*

*Krzyczała i płakała, gdy po przyjściu na świat powitano ją badaniem krwi.*

*Mała rączka, która odruchowo chwyta palec wskazujący.*

# Dawniej

*Nie musiała się specjalnie wysilać, bo wspomnienia napływa-*
*ły same z siebie. Czasem nawet wyprzedzały prawdę. Potrafi-*
*ła skłamać w jakiejś sprawie, która później rzeczywiście miała*
*miejsce. Uważała, że posiadła dziwną moc. Wyglądało to tak,*
*jakby potrafiła sterować swoim otoczeniem poprzez kłamstwa,*
*aby potem przeforsować swoją wolę.*

Pieniędzy wystarczy na całą drogę z Kopenhagi do Sztokholmu,
a pozytywkę z siedemnastego wieku, którą ukradła w Struerze,
oddała jakiemuś pijakowi przed Dworcem Centralnym. Kwadrans
po ósmej rano Victoria wsiada do autobusu odjeżdżającego z placu Gullmarsplan do Tyresö. Zajmuje miejsce na samym końcu
i otwiera swój dziennik.

Z powodu prac drogowych przejazd jest utrudniony. Kierowca
jedzie dość szybko, więc trudno jej pisać. Litery są krzywe.

Zastanawia się nad swoimi dawnymi notatkami z rozmów ze
starą panią psycholog. Dziennik zawiera opis każdej sesji. Victoria
wkłada długopis do torebki i zaczyna czytać.

*3 marca.*
*Jej oczy mnie rozumieją, czuję się bezpieczna. Rozmawiamy*
*o inkubacji. Inkubacja to oczekiwanie na coś. Może mój czas in-*
*kubacji dobiegnie wkrótce końca?*
*Czy ja czekam, aż zachoruję?*
*Oczy pytają mnie o Solace, więc wyjaśniam, że wyprowadzi-*
*ła się z garderoby. Śpimy teraz w jednym łóżku. Smród z sauny*
*dotarł aż do łóżka. Czy jestem już chora? Wyjaśniam, że okres*

*inkubacji rozpoczął się w Sierra Leone. Przywiozłam stamtąd chorobę, która teraz jest we mnie.*

*Kiedy wróciliśmy do domu, nie udało mi się jej pozbyć.*

*Infekcja nadal we mnie tkwi i doprowadza mnie do szaleń-stwa.*

*Jego infekcja.*

Victoria woli nie wymieniać nazwiska pani psycholog. Na myśl o jej oczach robi jej się ciepło na duszy, dzięki tym oczom czuła się bezpiecznie. Takie oczy są jak terapeuta i dlatego tak ją będzie nazywać. Odnajduje w nich siebie.

*10 marca.*

*Opowiedziałam Oczom, jak skrzy się zimowy poranek. Czarny asfalt i białe lasy, drzewa przypominające kolczaste szkielety. Jest czarno i biało, brzozy pokrywa szron. Ciemne gałęzie uginają się pod ciężarem świeżego śniegu, przez zachmurzone niebo przebija białe światło. Wszystko jest czarno-białe!*

Autobus zatrzymuje się na przystanku, kierowca wysiada, by otworzyć luk bagażowy. Coś się jednak zacięło. Victoria korzysta z okazji, wyjmuje długopis i zaczyna pisać.

*25 maja.*

*Niemcy i Dania tworzą jedną całość. Północna Fryzja, Szlezwik-Holsztyn. Zgwałcona przez kilku chłopaków z Niemiec na festiwalu w Roskilde, a potem przez niemieckiego bękarta. Dwa kraje w czarno-biało-czarnym kolorze. Nad płaskimi polami latają orły, załatwiają się na szare kołdry i lądują na Helgolandzie. To wyspa we Fryzji Północnej, na którą uciekły wszystkie szczury, gdy Drakula zawlókł zarazę do Bremy. Wyspa przypomina duńską flagę, skalne klify są rdzawoczerwone, morze spienione.*

W końcu autobus rusza.

– Przepraszam za postój. Kontynuujemy podróż do Tyresö.

W ciągu ostatnich dwudziestu minut Victoria zdążyła przeczytać cały swój dziennik. Kiedy autobus zatrzymuje się na przystanku, siada na drewnianej ławce i pisze dalej.

*U BB rodzi się dziecko, BB to skrót od Bengt Bergman. Jeśli przystawimy literę „B" do lusterka, robi się z niej „ósemka".*
*„Ósemka" to cyfra Hitlera, bo „H" to ósma litera alfabetu.*
*Teraz mamy rok 1988. Osiemdziesiąt osiem.*
*Heil Hitler!*
*Heil Helgoland!*
*Heil Bergman!*

Victoria pakuje swoje rzeczy do torby i rusza w stronę domu, gdzie mieszkają Oczy.

Salon willi w Tyresö jest skąpany w blasku, przez białe firany wiszące w otwartych drzwiach na taras prześwieca słońce. Firany kołyszą się powoli na wietrze, na dworze słychać świergot ptaków, krzyk mew i silnik kosiarki. To sąsiad kosi trawę.

Victoria leży na plecach na nagrzanej od słońca kanapie, stara kobieta siedzi naprzeciwko niej.

Rozgrzeszenie. Okres inkubacji dobiegł końca. Nigdy go nie było. Za to choroba to nie wymysł jej wyobraźni, zawsze w niej tkwiła i teraz Victoria będzie mogła o niej w końcu opowiedzieć.

Opowie o wszystkim. Czuje się tak, jakby to, o czym chce mówić, nie miało końca.

Victoria Bergman ma umrzeć.

Najpierw opowiada o zeszłorocznej podróży pociągiem. O nieznanym mężczyźnie w Paryżu, o pokoju, którego ściany były pokryte wykładziną, o karaluchach na suficie i cieknących kranach. Opowiada o czterogwiazdkowym hotelu przy nadmorskim bulwarze w Nicei, o mężczyźnie, z którym leżała w łóżku. Był agentem nieruchomości i śmierdział potem. O Zurychu, chociaż samego miasta nie pamięta. Przypomina sobie tylko padający śnieg, nocny klub i jakiegoś faceta w parku, któremu zrobiła dobrze.

Opowiada Oczom, że jej zdaniem ból zewnętrzny może uśmierzyć ból wewnętrzny. Kobieta nie przerywa, pozwala jej swobodnie mówić, jeśli zaś Victoria musi się nad czymś dłużej zastanowić, siedzą w milczeniu, a kobieta coś zapisuje. Firanki kołyszą się na wietrze, kobieta częstuje ją ciastkami i kawą. To pierwszy posiłek Victorii od wyjazdu z Kopenhagi.

Opowiada o mężczyźnie o imieniu Nikos, którego poznała poprzedniego roku w czasie pobytu w Grecji. Pamięta jego drogi rolex na prawym nadgarstku i siny paznokieć na prawym palcu wskazującym. Facet śmierdział czosnkiem i wodą po goleniu, ale nie pamięta ani jego twarzy, ani głosu.

Opowiadając, stara się być szczera. Kiedy jednak mówi o tym, co wydarzyło się w Grecji, ma problem z przekazaniem tego w sposób rzeczowy. Sama słyszy, jak głupio to brzmi.

Obudziła się w domu Nikosa i poszła do kuchni, żeby napić się wody.

– Widzę, że przy stole siedzą Hannah i Jessica, krzyczą na mnie, żebym się wzięła w garść, gadają, że śmierdzę, mam połamane paznokcie, wałki na brzuchu i żylaki. I że byłam niedobra dla Nikosa.

Victoria robi przerwę i patrzy na panią psycholog. Stara kobieta jak zwykle uśmiecha się do niej, lecz jej oczy się nie śmieją, czai się w nich niepokój. Zdejmuje okulary i kładzie je na stoliku.

– Czy naprawdę tak powiedziały?

– Tak. – Victoria potwierdza to skinieniem głowy. – Hannah i Jessica to właściwie nie są dwie osoby, tylko trzy – wyjaśnia i nagle robi taką minę, jakby dopiero teraz zrozumiała siebie.

Kobieta patrzy na nią z zainteresowaniem.

– Trzy osoby – kontynuuje Victoria. – Jedna pracuje, jest obowiązkowa i... posłuszna, moralna. Druga analizuje, jest mądra i rozumie, co powinnam robić, żeby poczuć się lepiej. Jest też trzecia osoba, która się na mnie skarży, ciągle narzeka. To przez nią mam wyrzuty sumienia, bo przypomina mi o tym, co zrobiłam.

– Pracownik, analityk i maruda... Chcesz powiedzieć, że Hannah i Jessica to dwie osoby, które posiadają różne cechy?

– Nie – odpowiada Victoria z niepewnym uśmiechem. – To dwie osoby, które są trzema osobami. Brzmi trochę dziwnie, co?

– Ależ skąd. Chyba cię rozumiem.

Kobieta siedzi przez chwilę w milczeniu, a potem prosi Victorię, żeby opisała Solace. Victoria się zastanawia, ale w końcu dochodzi do wniosku, że nie wie, jak to zrobić.

– Potrzebowałam jej – mówi wreszcie.

– A Nikos? Możesz mi o nim opowiedzieć?

Victoria wybucha śmiechem.

– Chciał się ze mną ożenić. Śmieszne, nie?

Kobieta siedzi w milczeniu, później zmienia pozycję na wygodniejszą. Chyba się zastanawia, co jej odpowiedzieć.

Victoria czuje się nagle senna i znudzona. Obserwuje, jak dzieci sąsiada bawią się latawcem na sąsiedniej działce. Na niebie pojawia się co jakiś czas czerwony trójkąt.

Z trudem snuje swoją opowieść, choć zarazem czuje, że nadal ma na to ochotę. Słowa płyną mozolnie, każde zdanie musi najpierw dokładnie zbudować. Musi też pamiętać, by nie skłamać. Wstydzi się przed Oczami.

– Chciałam go trochę podręczyć – mówi po chwili i w tym samym momencie odczuwa wielki spokój.

Nie może się powstrzymać. Na jej twarzy pojawia się szeroki uśmiech. Widząc, że kobiety wcale to nie bawi, zakrywa usta dłonią, aby go ukryć. Znowu jej wstyd. Z trudem podejmuje swoją opowieść.

Kiedy chwilę później pani psycholog wychodzi do toalety, Victoria znowu nie może się powstrzymać. Bierze do ręki jej notatki, żeby sprawdzić, co napisała. Otwiera notes i czyta:

*Obiekt przejściowy.*
*Afrykańska maska fetysz, symbolizuje Solace.*
*Szmaciany piesek, Włóczęga, symbol bezpiecznego dzieciństwa.*

*Kto? Ani matka, ani ojciec. Być może ktoś z rodziny albo kolega z dzieciństwa. Najprawdopodobniej dorosła osoba. Ciocia Elsa?*
*Luki w pamięci. Przypomina DID/MPD.*

Victoria nic z tego nie rozumie. Chwilę później słyszy kroki w korytarzu.

– Co to znaczy „obiekt przejściowy"? – pyta. Czuje się rozczarowana, bo pani psycholog pisała o rzeczach, o których nie rozmawiały.

Kobieta siada w fotelu.

– Obiekt przejściowy to przedmiot, który reprezentuje kogoś albo coś, z czym jest nam się trudno rozstać – wyjaśnia.

– Na przykład? – pyta szybko Victoria.

– Jeśli brakuje matki, może to być ulubiona zabawka albo kawałek koca, coś, co przynosi dziecku pocieszenie, ponieważ taki przedmiot zastępuje dziecku matkę. Kiedy matki przy dziecku nie ma, zastępuje ją właśnie ten przedmiot. Pomaga on dziecku przejść od uzależnienia od matki do samodzielności.

Victoria nadal nie rozumie. Przecież nie jest dzieckiem, jest już dorosła.

Czy tęskni za Solace? Czy drewniana maska była takim obiektem przejściowym? A Włóczęga, piesek z prawdziwej króliczej skóry? Nawet nie wie, skąd go ma.

– A co to jest DID i MPD?

Kobieta się uśmiecha. Victoria odnosi wrażenie, że widzi na jej twarzy troskę.

– Widzę, że czytałaś moje notatki – mówi, wskazując notes leżący na stoliku. – Nie zawierają prawdy absolutnej. To tylko moje refleksje z naszej rozmowy.

– Co znaczą te skróty?

– Że dana osoba ma w sobie kilka autonomicznych osobowości. Ale to nie jest... – Kobieta waha się, robi poważną minę, lecz po chwili kontynuuje: – To nie jest diagnoza twojego stanu zdrowia. Chcę, żebyś o tym pamiętała. To raczej cechy osobowości.

– Co pani ma na myśli?

– DID oznacza w języku medycznym zaburzenie dysocjacyjne tożsamości. Taką formę logicznej obrony, sposób, w jaki mózg radzi sobie w trudnych sytuacjach. Człowiek rozwija różne osobowości, które działają odrębnie, niezależnie od siebie. Robi to, żeby optymalnie stawić czoło trudnym sytuacjom.

Co to znaczy?, zastanawia się Victoria. Autonomiczny, dysocjacyjny, odrębny, niezależny?

Czy ona też jest odrębna i niezależna od tamtych osobowości, które w niej istnieją?

Brzmi to jak jakiś absurd.

– Przepraszam – mówi Victoria. – Czy możemy zrobić przerwę? Czuję, że muszę trochę odpocząć.

Kładzie się na kanapie i śpi kilka godzin. Kiedy się budzi, na dworze nadal jest jasno. Firanki wiszą nieruchomo, światło jest trochę bardziej blade, wokół panuje cisza. Pani psycholog siedzi w fotelu, robiąc na drutach.

Victoria pyta ją o Solace. Czy to rzeczywista postać? Kobieta wyjaśnia, że być może mają do czynienia z przypadkiem adopcji. A co to znaczy?

Hannah i Jessica istnieją naprawdę, to jej dawne koleżanki szkolne z Sigtuny. Ale obie istnieją też w niej jako Pracownik, Analityk i Maruda.

Solace również istnieje, lecz mieszka we Freetown w Sierra Leone i tak naprawdę ma na imię inaczej. Solace Aim Nut istnieje także w Victorii jako Pomocnik.

Ona, Victoria, jest Gadem, który robi, co chce, jest też Lunatykiem, który obserwuje, jak życie przemija, nic jednak z tym nie czyni. Gad je i śpi, Lunatyk stoi obok i obserwuje, co robią inne części Victorii, z tym że on też się nie wtrąca. Lunatyka lubi najmniej, wie natomiast, że to on ma największe szanse na przeżycie, toteż właśnie jego powinna najbardziej pielęgnować. Od pozostałych musi się odciąć.

Jest też Dziewrona. Victoria wie, że nie zdoła jej się pozbyć.

Dziewrona nie pozwoli się kontrolować.

W poniedziałek jadą do Nacki. Pani psycholog załatwiła jej badanie, na którego podstawie ustalą, czy Victoria jako dziecko była wykorzystywana seksualnie. Ona nie chce donosić na ojca, ale pani psycholog mówi, że takiego zgłoszenia na policji może też dokonać lekarz.

Niewykluczone, że później zostanie skierowana do Zakładu Medycyny Sądowej w Solnie na dalsze badania.

Victoria już jej wyjaśniła, dlaczego nie chce zgłosić tego na policji. Dla niej Bengt Bergman jest martwy, a na ewentualnym procesie nie będzie w stanie stanąć z nim twarzą w twarz. Chęć udokumentowania jej cierpień ma inny cel.

Chce zacząć wszystko od nowa, zdobyć nową tożsamość, nowe imię i nazwisko, nowe życie.

Pani psycholog wyjaśnia, że może zdobyć nową tożsamość, jeśli istnieją ku temu uzasadnione powody. Właśnie dlatego muszą pojechać do szpitala.

Kiedy wjeżdżają na przyszpitalny parking, Victoria zaczyna planować swoją nową przyszłość.

Jej przeszłość nigdy nie istniała, bo odebrał ją Bengt Bergman.

Za to teraz zyska szansę, by zacząć na nowo. Dostanie nowe nazwisko i nowy chroniony numer osobowy. Sama o siebie zadba, zdobędzie wykształcenie i pracę, wyjedzie do innego miasta.

Zacznie zarabiać pieniądze, sama będzie się o siebie troszczyć. Może nawet wyjdzie za mąż i urodzi dzieci?

Będzie po prostu normalna. Jak inni ludzie.

# Gamla Enskede

Jeanette i Sofia siedzą w salonie.

Zapadł wieczór, dokoła panuje prawie całkowita cisza. Z ulicy dobiegają tylko słabe głosy grupki młodzieży. Poprzez rzadki, pozbawiony liści i prawie tragiczny w swym wyglądzie żywopłot z krzaków róż przebija szaroniebieski blask światła bijącego z salonu sąsiedniego domu. Widać przez okno, że jego mieszkańcy – podobnie jak wiele innych osób o tej porze dnia – oglądają telewizję.

Jeanette wstaje, podchodzi do okna i opuszcza żaluzje. Odwraca się, okrąża kanapę, siada obok Sofii.

Milczy i czeka. To Sofia zdecyduje, czy będą rozmawiały o sprawach służbowych – bo pod takim pretekstem ją do siebie zaprosiła – czy też od razu przejdą na niwę prywatną.

Sofia sprawia wrażenie, jakby była myślami gdzieś daleko, mimo to wraca do profilu sprawcy.

– Może o nim porozmawiamy? – pyta. Pochyla się nad brzegiem kanapy i wyjmuje z torebki notes. – Przecież dlatego tu przyszłam.

– Okej. – Jeanette czuje się rozczarowana, że Sofia postanowiła zacząć od spraw służbowych.

Pociesza się, że nie jest jeszcze późno. Poza tym Johan nocuje poza domem. Na inne sprawy też im wystarczy czasu. Opiera się plecami o kanapę.

– Wiele wskazuje na to, że w tym przypadku mamy do czynienia z kimś, u kogo można by zdiagnozować zaburzenia typu borderline – zaczyna Sofia. Przerzuca przy tym kartki w notesie, jakby czegoś słuchała.

– Jakie są objawy?

– Osoba taka doświadcza niejasnej granicy między sobą a innymi ludźmi.

– Mniej więcej tak jak schizofrenicy?

Jeanette bardzo dobrze wie, na czym polega zaburzenie borderline, ale chce, żeby Sofia szerzej to wyjaśniła.

– Ależ skąd! – protestuje Sofia. – To coś zupełnie innego. To taka osoba, która postępuje na zasadzie „albo, albo", bo cały świat podzieliła na to, co czarne i białe, złe i dobre, na wrogów i przyjaciół.

– Czy to znaczy, że ci, którzy nie są przyjaciółmi takiego człowieka, automatycznie stają się jego wrogami? – pyta z uśmiechem Jeanette. – Przypomina mi to słowa, które wypowiedział George D. Bush przed inwazją na Irak.

– Mniej więcej tak. – Sofia odwzajemnia uśmiech.

– A dlaczego te zabójstwa są tak brutalne?

– Sprawca chce postrzegać swoje czyny, czyli przestępstwa, w kategorii własnego języka. Jako wyrażenie czegoś.

– Naprawdę? – pyta Jeanette, zastanawiając się nad jej słowami.

– Sprawca rozgrywa swój wewnętrzny dramat poza sobą, a my musimy się dowiedzieć, co próbuje nam powiedzieć za pośrednictwem swoich irracjonalnych uczynków.

– Jeśli tak, to łatwiej chyba zrozumieć pospolitego złodzieja. Zazwyczaj potrzebuje pieniędzy na narkotyki.

– Oczywiście. Ale i w tej sprawie wiele da się wytłumaczyć, chociaż niektóre rzeczy mnie zadziwiają.

– Na przykład?

– Przede wszystkim uważam, że te zabójstwa zostały zaplanowane.

– W pełni się z tobą zgadzam.

– Z drugiej strony tak wielkie okrucieństwo świadczy o tym, że do zbrodni doszło w chwili niekontrolowanej złości.

– O co w tym może chodzić? O władzę?

– Jak najbardziej. Jest tu silna potrzeba dominowania i przejęcia całkowitej kontroli nad innym człowiekiem. Ofiary zostały starannie wybrane, choć zarazem są przypadkowe. Młodzi pozbawieni tożsamości chłopcy.

– Wygląda mi to na prawdziwy sadyzm. Jakie jest twoje zdanie?

– Zabójca znajduje satysfakcję w wyrządzaniu ofierze krzywdy. Rozkosz sprawia mu obserwowanie, jak bardzo jest bezradna i pozbawiona możliwości działania. Możliwe, że go to nawet pobudza seksualnie. Prawdziwy sadysta nie jest w stanie doznać seksualnego zaspokojenia w inny sposób. Czasem się zdarza, że więzi ofiarę i krzywdzi ją przez dłuższy czas. Nierzadko dochodzi przy tym do śmierci ofiary. Takie uczynki są często z góry zaplanowane, co oznacza, że nie są konsekwencją nagłego wybuchu złości.

– Ale po co aż tyle przemocy?

– Jak już powiedziałam, dla niektórych sprawców doznawanie satysfakcji jest nieodłącznie związane z zadawaniem bólu. Może to być gra wstępna poprzedzająca inne formy seksualności.

– A to, że jeden z chłopców został zabalsamowany?

– Myślę, że to jakiś eksperyment. Chwilowy atak.

– Skąd się biorą tacy ludzie?

– Na to pytanie istnieje tyle odpowiedzi, ilu jest sprawców i psychologów. Ja wypowiadam się teraz ogólnie i nie analizuję szczegółowo zbrodni dokonanych na chłopcach.

– Jakie jest twoje zdanie?

– Uważam, że tego rodzaju zachowanie jest następstwem zaburzeń, do których doszło we wczesnym okresie rozwoju emocjonalnego. Doprowadziła do nich regularnie stosowana przemoc fizyczna i psychiczna.

– Przez co ofiara sama staje się potem sprawcą?

– Tak. Sprawca dojrzewa zazwyczaj w silnie autorytarnym otoczeniu z elementami przemocy, matka jest pasywna i uległa. Być może jako dziecko żył pod stałą groźbą rozwodu rodziców i być może siebie o to obwiniał. Dość wcześnie nauczył się kłamać, żeby uniknąć lania, czasem musiał interweniować, by chronić jednego albo drugiego rodzica; niewykluczone, że musiał się nimi zajmować w bardzo poniżających sytuacjach. Musiał ich wspierać, chociaż to oni powinni być mu wsparciem. Być może był świadkiem próby samobójczej. We wczesnych latach nauczył się kłócić, pić i kraść, nie napotykał przy tym żadnej reakcji ze strony dorosłych. Krótko mówiąc: zawsze czuł się niepotrzebny i wydawało mu się, że sprawia innym kłopoty.

– Uważasz więc, że wszyscy przestępcy mieli skrzywione dzieciństwo?

– Jestem tego samego zdania co Alice Miller.

– Kto?

– Miller była psychologiem. Jej zdaniem niemożliwe, aby ktoś, kto dorastał i wychowywał się w środowisku, w którym obowiązywał duch prawdy, szacunku i ciepła rodzinnego, mógł kiedykolwiek odczuwać potrzebę krzywdzenia słabszych.

– Coś w tym jest. Ale nie przekonałaś mnie.

– Rozumiem, ja też mam czasem wątpliwości. Istnieje wyraźny związek między nadprodukcją męskiego hormonu płciowego a skłonnością do popełniania przestępstw na tle seksualnym. Niedawno czytałam wyniki badań dotyczących chemicznej kastracji. Osoby poddane temu zabiegowi nie wracały już do wcześniejszych zachowań. Przemoc fizyczną i seksualną wobec kobiet i dzieci można postrzegać jako metodę, za pomocą której mężczyzna buduje swoją męskość. Dzięki przemocy zdobywa władzę i kontrolę, do której prawo daje mu tradycyjna struktura społeczna oparta na odrębności płci i na władzy.

– Trudny temat.

– Poza tym istnieje związek między normami społecznymi a stopniem perwersji. W dużym uproszczeniu polega on na tym, że im wyższy stopień relatywizmu moralnego istnieje w danym społeczeństwie, tym łatwiej się zdecydować na przekroczenie różnych granic.

Jeanette czuje się tak, jakby rozmawiała z encyklopedią. Piętrzą się przed nią coraz to nowe informacje, gołe fakty i proste jak drut wyjaśnienia.

– Okej. Skoro już rozmawiamy ogólnie o tym typie sprawcy, to może wrócimy do Karla Lundströma? Czy ktoś taki jak on mógł paść w dzieciństwie ofiarą przemocy seksualnej i zupełnie o tym zapomnieć?

Sofia nie waha się nawet przez chwilę. Odpowiedź pada błyskawicznie:

– Tak. Zarówno wiedza kliniczna, jak i badania naukowe dotyczące wspomnień potwierdzają, że w pamięci mogą się gromadzić silnie traumatyczne wydarzenia z okresu dzieciństwa, chociaż dla danej osoby są niedostępne. Z punktu widzenia prawa pojawia się więc problem, czy takie wspomnienia mogą doprowadzić do zgłoszenia sprawy na policji, bo trzeba sprawdzić, czy do zarzucanego czynu faktycznie doszło. Nie należy jednak wykluczyć możliwości, że ofiarą oskarżenia padnie osoba niewinna, która za taki czyn zostanie nawet skazana.

Jeanette powoli wciąga ta dyskusja. Ma już dla Sofii kolejne pytanie.

– Czy możliwe, żeby dziecko przesłuchiwane w danej sprawie poddało się sugestii i opowiedziało o akcie przemocy, do którego nie doszło?

Sofia patrzy na nią poważnym wzrokiem.

– Dzieciom trudno jest czasem ocenić aspekt czasowy, na przykład kiedy doszło do zdarzenia albo jak często do niego dochodziło. Wydaje im się, że nie mają już nic więcej do dodania, bo dorośli i tak wszystko wiedzą. Wolą więc wykluczyć ze swoich zeznań szczegóły dotyczące czynności seksualnych, niż powiedzieć o nich zbyt wiele. Pamięć każdego funkcjonuje w bliskim związku ze sposobem postrzegania albo ze zmysłami, to znaczy z tym, co widzimy, słyszymy i czujemy.

– Podaj przykład.

– Szkolny przykład to nastoletnia dziewczyna, która czuje zapach chłopięcej spermy i uświadamia sobie, że to nie jej pierwszy kontakt z tym zapachem. Doznanie uruchamia proces, w którym przypomina sobie nagle, że kiedyś padła ofiarą przemocy ze strony ojca.

– A jak wyjaśnisz to, że Lundström stał się pedofilem?

– Niektórzy ludzie potrafią wypowiadać słowa, są jednak pozbawieni mowy. Ktoś może umieć wypowiadać słowo „empatia", a nawet je przeliterować, ale nie rozumie jego treści semantycznej. Ten, kto tylko potrafi dane słowa wypowiadać, zdolny jest do najstraszniejszych czynów.

– Jak Lundström to ukrywał?

– W rodzinach kazirodczych granice między dorosłymi a dziećmi są niejasne i zatarte. Wszystkie potrzeby zaspokaja się w ramach rodziny. Często jest tak, że córka zamienia się rolą z matką i zastępuje ją nie tylko w kuchni, ale także w łóżku. Rodzina robi wszystko razem, więc z zewnątrz wydaje się, że funkcjonuje idealnie. Tymczasem wewnętrzne relacje w takiej rodzinie są silnie zakłócone, a dziecko musi zaspokajać potrzeby rodziców. Nierzadko jest tak, że to ono bierze większą odpowiedzialność za rodziców niż odwrotnie. Taka rodzina żyje w izolacji, chociaż z pozoru prowadzi życie towarzyskie. Żeby zaś nikt się w tym wszystkim nie połapał, co jakiś czas zmienia miejsce zamieszkania. Jestem pewna, że Lundström też był taką ofiarą. Miller powiedziała kiedyś, że to prawdziwa tragedia, gdy ktoś bije własne dziecko, aby nie myśleć o tym, co robili jego rodzice.

– Jak sądzisz, co się stanie z Linneą?

– Ponad pięćdziesiąt procent kobiet, które padły ofiarą kazirodztwa, popełnia samobójstwo, nierzadko jeszcze wtedy, gdy są nastolatkami.

– W takim razie ja też posłużę się cytatem: „Płakać można na wiele sposobów: głośno, cicho albo wcale".

– Kto to powiedział?

– Nie pamiętam.

– Co będziemy teraz robić?

Jeanette nawet nie zauważyła, że Sofia objęła ją ramieniem. Teraz pochyla się w jej stronę i całuje ją. To jak przedłużenie objęcia.

Jeanette doznaje tego samego uczucia, co poprzednio, gdy doszło między nimi do fizycznego zbliżenia.

Czeka na więcej, chce mieć dla siebie całą Sofię.

– Johan nocuje dziś u kolegi, a ty piłaś alkohol. Może u mnie zostaniesz?

– Chętnie – odpowiada Sofia. Bierze ją za rękę i ściąga z kanapy na podłogę.

# Komenda policji w Kronobergu

Życie w Sztokholmie bywa nieprzyjemne. Bezlitosna zima, porywiste wiatry i wdzierający się pod ubranie chłód, przed którym nie ma jak się bronić.

Przez kilka zimowych miesięcy panują ciemności zarówno rano, gdy ludzie wychodzą do pracy, jak i wieczorem, kiedy wracają do domów. Długo żyją w świecie pozbawionym światła, czekając na wiosnę, która ich wybawi. Zamykają się w sobie, życie ograniczają do prywatnej sfery, unikają niepotrzebnych kontaktów z innymi, a kontakt ze światem zewnętrznym utrzymują za pomocą różnych urządzeń, jak iPody, mp3 i telefony komórkowe.

W tunelu metra panuje przerażająca cisza. Każdy dźwięk, który ją zakłóca, każda głośna rozmowa wywołuje wrogie spojrzenia albo ostre komentarze. Przyjezdnym stolica Szwecji przypomina upiorne miasto, w którym nawet słońcu nie wystarcza energii, aby się przebić przez stalowoszare niebo i choć na godzinę rozjaśnić żyjącym tu ludziom ich zapomniany przez Boga świat.

Za to jesienią Sztokholm bywa przepiękny. Na Söder Mälarstrand cumują w ciszy przydomowe łodzie, które kołyszą się poruszane słabymi falami. Co jakiś czas przepływają w ich pobliżu motorówki, skutery wodne, napędzane silnikami żaglówki ze Skeppsholmen o wyszukanych kształtach albo białe promy, które kursują na Drottningholm lub do Björkö, miasta wikingów. Przezroczysta woda opływa szare i rdzawoczerwone strome klify na wyspach rozrzuconych wokół centrum miasta, a nakrapiane żółtymi, czerwonymi i zielonymi wzorkami drzewa wyginają się pod wpływem wiatru.

Kiedy Jeanette jedzie do pracy, niebo po raz pierwszy od kilku tygodni jest czyste. Wybrała długi objazd wzdłuż nabrzeża ciągnącego się nad Mälaren.

Jest zupełnie oszołomiona. Noc była fantastyczna. Nadal czuje zapach Sofii, jakby była tuż przy niej.

To uczucie jest wprost elektryzujące.

Na przemian rozmawiały i kochały się, trwało to aż do czwartej nad ranem. Była już cała spocona i zmęczona, więc w pewnym momencie z uśmiechem oświadczyła, że chociaż czuje się jak nowo narodzona nastolatka, to jednak musi też pamiętać, że zaraz zacznie się nowy dzień i trzeba będzie iść do pracy.

Po tych słowach zasnęła bezpiecznie w ramionach Sofii.


Jeanette wchodzi do pokoju Hurtiga i widzi, że kolega zajęty jest czyszczeniem swojej służbowej broni. To SIG-Sauer kaliber 9 mm. Hurtig nie ma zbyt szczęśliwej miny.

– Widzę, że dbasz o broń.

– Możesz się śmiać, ale ciebie też to czeka. Po południu idziesz na sprawdzian ze strzelania. Nie czytałaś komunikatu?

Hurtig wsuwa magazynek, zabezpiecza spust i wsuwa pistolet z powrotem do kabury.

– Nie, jeszcze nie. Serio dzisiaj po południu?

– Tak. Masz się stawić na strzelnicy o trzeciej.

– W takim razie mój pistolet też wyczyść. Zrobisz to o wiele lepiej niż ja.

Jeanette idzie do swojego pokoju i wyjmuje pistolet z szuflady biurka.

– Co wiemy o Fredrice Grünewald? – pyta, podając go Hurtigowi.

– Urodziła się w Sztokholmie. – Hurtig bierze od niej kaburę, rozpina ją i wyjmuje pistolet. – Rodzice mieszkają w Stocksundzie, ale od dziesięciu lat nie utrzymywali z nią kontaktów. – Hurtig rozkłada pistolet na części. – Prawdopodobnie przepuściła większą część rodzinnego majątku.

– Jak to?

– Bez wiedzy rodziców wszystkie pieniądze, jakie mieli, prawie czterdzieści milionów koron, wpompowała w kilka nowych firm. Pamiętasz portal wardrobe.com?

– Dość słabo – odpowiada po chwili zastanowienia Jeanette.
– Czy to nie była jedna z tych firm informatycznych, które naj-

pierw zdobyły duży rozgłos, a potem ich akcje poleciały na giełdzie na łeb na szyję?

Hurtig kiwa głową, nabiera na ściereczkę trochę oleju i zaczyna czyścić broń.

– Tak właśnie było. Pomysł polegał na sprzedawaniu odzieży w sieci, ale skończyło się na setkach milionów długu. Rodzina Grünewaldów była jedną z tych, które niepowodzenie kosztowało najwięcej.

– I to wszystko z winy Fredriki?

– Tak twierdzą jej rodzice, ale nie jestem pewien. Tak czy inaczej bieda im nie doskwiera. Nadal mieszkają w swojej willi, a każdy z samochodów parkujących na podjeździe przed garażem wart jest kilka milionów koron.

– Mogli mieć jakiś powód, żeby ją zabić?

– Nie sądzę. Po krachu na giełdzie zerwała z nimi wszelkie kontakty. Ich zdaniem zrobiła to, bo się wstydziła.

– Z czego żyła? Wprawdzie była bezdomna, ale chyba jakieś pieniądze miała?

– Jej ojciec powiedział mi, że mimo wszystko było im jej żal, dlatego co miesiąc przelewali na jej konto piętnaście tysięcy koron.

– Chyba nie ma w tym nic dziwnego?

– Nie, raczej nie. Miała bezpieczne dzieciństwo. Dobre oceny i liceum z internatem.

– Czy miała męża albo dzieci?

Hurtig dalej czyści broń z nieobecnym wyrazem twarzy. Jeanette dochodzi do wniosku, że znajduje w tym jakieś ukojenie.

– Dzieci nie miała – odpowiada po chwili – a zdaniem rodziców nie była też związana z żadnym facetem. W każdym razie nigdy o tym nie słyszeli.

– Może wydam ci się trochę konserwatywna, ale moim zdaniem to dość dziwna sytuacja. Przecież musiała mieć przez te wszystkie lata choćby jednego.

– Może nie chciała o nim opowiadać rodzicom? Ludzie z tych kręgów mają zazwyczaj dość ograniczony horyzont myślowy.

Hurtig kończy czyścić pistolet, montuje go i odkłada na biurko.

– Taka możliwość też istnieje, tyle że to nie powód, by od razu ją zabijać, prawda?

Jeanette patrzy na Hurtiga i dostrzega na jego twarzy charakterystyczną minę, która świadczy o tym, że ma jakiegoś asa w rękawie. Zawsze trzyma coś na sam koniec, a potem mówi o tym jakby mimochodem.

– No dobrze, co tam jeszcze chowasz? – pyta z uśmiechem. – Wyrzuć to z siebie, za dobrze cię znam.

– Zgadnij, kto chodził do tej samej klasy co Grünewald. – Hurtig wysuwa szufladę, wyjmuje z niej plik kartek i kładzie je na kolanach, z zadziorną miną wygląda przez okno, po czym kilka arkuszy podaje Jeanette. – To listy uczniów, którzy uczęszczali do szkoły w Sigtunie w tych samych latach co Grünewald.

– No dobrze, ale kogo masz na myśli? – Jeanette bierze od niego kartki i zaczyna je przeglądać. – Czy to ktoś, kto przewija się w naszym śledztwie?

– Annette Lundström.

– Co? Ona?

Jeanette patrzy pytającym wzrokiem na Hurtiga, który uśmiecha się na widok jej zdumionej miny.

Nagle poczuła się tak, jakby ktoś otworzył okno, żeby wpuścić do środka trochę świeżego powietrza.

Za oknem świeci słońce. Jeanette zaczyna czytać stos papierów, które zostawił jej Hurtig.

Listy z nazwiskami uczniów szkoły w Sigtunie, do której uczęszczały: Charlotte Silfverberg, Annette Lundström, Henrietta Nordlund, Fredrika Grünewald i Victoria Bergman.

Annette i Fredrika chodziły do tej samej klasy.

Annette ma jasne włosy. Wielu z tych, którzy zamieszkują podziemia kościoła Świętego Jana, zeznało, że w pobliżu namiotu Fredriki widzieli ładną kobietę.

Börje – mężczyzna, który pokazał jej drogę i mógłby pomóc w jej identyfikacji – nadal jest poszukiwany przez policję.

Czy powinna wezwać Annette Lundström na przesłuchanie? Sprawdzić jej alibi, a nawet doprowadzić do konfrontacji ze świadkami? Chyba nie bardzo, bo w ten sposób zdradzi, że Annette jest w kręgu osób podejrzanych, co może utrudnić dalsze śledztwo. Pierwszy lepszy adwokat bez problemu doprowadzi do tego, że od razu będą musieli ją zwolnić.

Nie, lepiej odczekać, niech Annette tkwi w niepewności, aż pojawi się Börje. Można ją natomiast wezwać na rozmowę pod pretekstem, że chodzi o akty przemocy wobec Linnei.

Skłamie jej i powie, że prosił ją o to Lars Mikkelsen, bo sam jest teraz zbyt zajęty innymi sprawami i zwrócił się o pomoc. Powinno zadziałać.

Tak zrobię, postanawia Jeanette. Nie wie jeszcze, że przez swą gorliwość przyczyni się do dalszego spowolnienia śledztwa i nieświadomie doprowadzi do niepotrzebnego cierpienia innych ludzi.

Ćwiczenia na strzelnicy wypadły dość słabo. Uzyskała wynik prawie niedostateczny. Za to Hurtig błyszczał, ponieważ prawie za każdym razem trafiał w dziesiątkę.

Hurtig śmieje się z niej i mówi, że właściwie wcale nie musi sięgać po broń, bo gdyby poszła z nim na akcję, stworzyłaby zagrożenie dla życia wszystkich ludzi biorących w niej udział.

# Jezioro Klara Sjö

Prokurator von Kwist przeciera twarz. Niewielki kłopot zamienił się w wielki problem. Być może nie do rozwiązania.

W końcu zrozumiał, że dopuścił się całego szeregu zaniedbań i błędów.

Był idiotą, że dał im się na to namówić. To wszystko przez Silfverberga i Lundströma. Tyle lat budował swoją karierę, niszcząc ludzi. I co z tego ma?

Co będzie, jeśli obaj rzeczywiście byli winni? Coraz bardziej jest co do tego przekonany.

Kiedy szefem policji był Gert Berglind, wszystko było takie proste. Każdy znał każdego i wystarczyło utrzymywać bliskie stosunki z właściwymi ludźmi, żeby dostawać najgłośniejsze sprawy, co pomagało w pokonywaniu kolejnych szczebli kariery zawodowej.

Lundström i Silfverberg byli bliskimi przyjaciółmi Berglinda i Dürera.

Potem szefem policji został Billing i we współpracy von Kwista z policją pojawiły się tarcia.

Jeśli chodzi o Jeanette Kihlberg, ma już opracowany plan. Jego celem jest poprawa stosunków z panią komisarz. Musi skierować jej zainteresowanie w inną stronę, przynajmniej na krótko. Dzięki temu zyska więcej czasu na załatwienie sprawy Dürera i Lundströmów.

Dwie sprawy za jednym zamachem. Najwyższy czas zacząć naprawiać własne błędy.

Tajemnicą poliszynela jest to, że Kihlberg i Hurtig prowadzą prywatne dochodzenie w sprawie umorzonych śledztw dotyczących zamordowanych chłopców. Plotki na ten temat dotarły także do biura prokuratora.

Von Kwist wie też, że trwają nieoficjalne poszukiwania córki Bergmana, że wszystkie akta dotyczące Victorii Bergman opatrzone są klauzulą tajności i że Kihlberg nie udało się ich ściągnąć z sądu w Nacce.

Ma nad nią przewagę, bo wie, jak pozyskać potrzebne informacje i jak je potem wykorzystać.

Kiedy wybiera numer do swojego znajomego, który pracuje w Sądzie Rejonowym w Nacce, jest już w lepszym humorze. Ma prosty, a zarazem sprytny pomysł: chodzi o to, że precedens prawny jest możliwy dopóty, dopóki wszystkie strony zachowują dyskrecję. Innymi słowy: jego znajomy w sądzie nie piśnie słówka, a Kihlberg będzie go całowała z wdzięczności po rękach.

Pięć minut później rozsiada się wygodnie na krześle, zakłada ręce za głowę i kładzie nogi na biurku. Udało się. Teraz zostały mu już tylko sprawy Ulriki Wendin i Linnei Lundström.

Co one powiedziały policji i tamtej psycholog?

Musi przyznać szczerze, że nie ma pojęcia, przynajmniej jeśli chodzi o Wendin. Lundström musiała opowiedzieć o czymś kompromitującym Dürera, ale na razie nie wie co, chociaż obawia się najgorszego.

Pieprzona suka. Von Kwist wie, że Wendin spotkała się z Kihlberg i z Sofią Zetterlund, przez co złamała nieformalną umowę. Najwidoczniej pięćdziesiąt tysięcy koron, które miały ją skłonić do milczenia, okazało się zbyt małą kwotą.

Muszą się z nią spotkać i w końcu jej uświadomić, z kim ma tak naprawdę do czynienia. Viggo się tym zajmie.

Von Kwist zdejmuje nogi z biurka, poprawia garnitur i prostuje się na krześle. Szuka czegoś w książce telefonicznej, a gdy to znajduje, wykręca numer swojego starego znajomego. Muszą w jakiś sposób uciszyć Ulrikę i Linneę.

Bez względu na koszty.

# Plac Greta Garbos Torg

Dawny przedsiębiorca Ralf Börje Persson, założyciel spółki handlowej Perssons Bygg, jest bezdomny od czterech lat. Jego los nie różni się zbytnio od losów podobnych mu ludzi. Na początku jego firma odnosiła sukcesy, zawierał kolejne kontrakty, zbudował dom, kupił nowy samochód i miał coraz więcej pracy. Miał też piękną żonę i córkę, z której był niesłychanie dumny. Czas płynął, życie toczyło się powoli. Z czasem pojawiła się konkurencja, a branżą budowlaną zaczęła rządzić mafia, która oferowała tanią siłę roboczą z Polski i republik nadbałtyckich. Interesy szły coraz gorzej. Pieniądze nie wpływały już na konto tak szerokim strumieniem jak kiedyś, a stos niezapłaconych rachunków rósł z każdym dniem. W końcu długów było tyle, że Börje musiał sprzedać dom i samochód.

Potem opuściła go żona. Zabrała córkę i wyprowadziła się, a on wylądował w niewielkiej kawalerce w Hagsätrze.

Telefon, który dawniej dzwonił co chwilę, teraz milczał. Ci, którzy kiedyś nazywali się jego przyjaciółmi, przestali go znać i nie chcieli mieć z nim do czynienia.

Pewnego wieczoru przed czterema laty wyszedł na zakupy i już nigdy nie wrócił. Chciał się wybrać na krótką przechadzkę po rynku w Hagsätrze, ale stanęło na długim spacerze, który jeszcze się nie skończył.

Teraz stoi przed sklepem monopolowym na ulicy Folkungagatan. Jest kilka minut po dziewiątej, a on trzyma w ręce niewielką reklamówkę, w której ma sześć puszek mocnego piwa. To norrlands guld, zawartość alkoholu siedem procent. Otwiera pierwszą puszkę i wmawia sobie, że po raz ostatni w życiu spożywa śniadanie w płynie i że potem, gdy tylko opanuje drżenie rąk, uporządkuje swoje życie. Musi się tylko napić piwa, by wrócić do równowagi. Tak, teraz będzie mógł zacząć wszystko od nowa.

Taką składa sobie obietnicę i od razu zamierza ją spełnić.

Kiedy tylko wypije piwo, a życie stanie się prostsze, pojedzie metrem na komendę policji na ulicy Bergsgatan i opowie, co się stało w podziemiach kościoła Świętego Jana.

Oczywiście widział gazety informujące o śmierci Hrabiny i od razu zrozumiał, że to on wskazał zabójczyni drogę do jej namiotu. Ale czy to możliwe, że tej bestialskiej zbrodni na jego nieszczęsnej towarzyszce dopuściła się tamta jasnowłosa kobieta niewiele starsza od jego córki? Na to wygląda. Taka młoda, a już tak pełna nienawiści.

Piwo jest letnie, lecz spełnia swoje zadanie. Börje wysącza je duszkiem.

Potem powoli kieruje się na wschód, przy Bröderna Olssons skręca w prawo w ulicę Södermannagatan i idzie dalej w stronę Greta Garbos Torg, aż do budynku szkoły. Właśniej do niej uczęszczała nieśmiała gwiazda światowego kina.

Plac ma kształt koła i jest wyłożony kostką. Porastają go buki i kasztany. Börje wybiera jedną z ławek stojących w cieniu, siada na niej i zaczyna się zastanawiać, co powie policji.

Jakkolwiek na to spojrzeć, za każdym razem wychodzi mu, że jest jedyną osobą, która widziała zabójczynię Fredriki.

Może opisać jej płaszcz, opowiedzieć o mrocznym głosie, obcym akcencie i niebieskich oczach, które znacznie ją postarzały.

Przeczytał wszystkie gazety, które pisały o tej zbrodni, i wie, że śledztwo prowadzi Jeanette Kihlberg. Kiedy więc przyjdzie na policję, zapyta o nią. Ciągle się jednak waha. Życie na ulicy nauczyło go nie ufać policji.

Może lepiej będzie napisać list i wysłać go do niej?

Z wewnętrznej kieszeni wyjmuje kalendarz, wyrywa z niego czystą kartkę i kładzie na skórzanej okładce. Znalazłszy długopis w kieszeni płaszcza, zaczyna się zastanawiać, co napisać. Jak ułożyć zdania? Co tak naprawdę jest ważne?

Tamta kobieta dała mu pieniądze, bo pokazał jej zejście do podziemi kościoła. Kiedy wyjęła portfel, zauważył coś, co przykuło jego uwagę. Gdyby był policjantem i prowadził śledztwo, właśnie ten szczegół miałby dla niego największe znaczenie z tej prostej przyczyny, że liczba podejrzanych uległaby znacznej redukcji.

Pisze na kartce tak jasno, żeby nikt nie zrozumiał jego słów opacznie. Pochyla się, by wyjąć z reklamówki kolejną puszkę piwa, i czuje, jak pasek wrzyna mu się w brzuch. Wyciąga się, sięga do reklamówki i w tej samej chwili czuje mocne uderzenie w klatkę piersiową. Widzi potężny błysk, przekręca się na bok, zsuwa z ławki i upada na plecy. Kartkę nadal trzyma w dłoni.

Chłód bijący od ziemi wypiera z jego ciała całe ciepło, które się w nim zagnieździło po wypiciu alkoholu. Börje trzęsie się z zimna i nagle wszystko w nim eksploduje. Czuje się tak, jakby w głowę wjechał mu pociąg.

# Komenda policji w Kronobergu

Annette Lundström wpadła w zastawioną pułapkę i następnego dnia stawiła się na komendzie.

Kiedy Jeanette do niej zadzwoniła, pytając, czy mogłaby z nią porozmawiać o tym, co łączyło jej męża z córką, była trochę zdziwiona i zajęła wyczekującą postawę.

Jeanette wita się z nią i podsuwa jej krzesło.

– Kawy?

Pani Lundström kręci głową i siada. Jeanette od razu zauważa, że jest podenerwowana.

– Czy śledztwo nie zostało umorzone? Przecież Karl nie żyje. A dlaczego to nie Mikkelsen...

– Zaraz wszystko pani wyjaśnię – przerywa jej Jeanette. – Kontaktowała się ze mną Sofia Zetterlund. To terapeutka, która zajmuje się Linneą.

– Oczywiście. Linnea była u niej dwa dni temu, a potem ona odwiedziła nas w domu.

– Pani Zetterlund była u was w domu?

– Tak. Najpierw rozmawiałyśmy, a potem pokazałam jej kilka rysunków, które kiedyś narysowała Linnea.

– No tak, oczywiście... Domyślam się, że to część terapii.

Jeanette przez chwilę się nad czymś zastanawia. Z początku zamierzała wstrzymać się z pytaniami dotyczącymi Fredriki Grünewald i tego, co ją łączyło z Annette, ale teraz trafia się okazja, by od razu o to zagadnąć.

– Jest jeszcze jedna sprawa, o której chciałabym z panią porozmawiać. Skąd zna pani Fredrikę Grünewald? – Uważnie obserwuje, jak rozmówczyni zareaguje na pytanie.

Annette marszczy czoło i kręci głową.

– Ją? – W jej głosie brzmi szczere zdumienie.

– Tak. To pani dawna koleżanka szkolna z Sigtuny.

– Co u niej słuchać? Co ona ma wspólnego z Karlem i Linneą?

– Pani Lundström odchyla się na krześle i krzyżuje ręce na piersi. Jeanette kiwając głową, czeka. – Cóż mogę powiedzieć? Chodziłyśmy trzy lata do tej samej klasy, potem już jej nie spotkałam.

– Nigdy?

– Z tego, co pamiętam, to nie. W zeszłym roku miałyśmy spotkanie klasowe, ale nie przyszła, więc nie wiem...

– Jeśli dobrze zrozumiałam, nie wie pani także, co dzieje się z nią teraz?

– Nie, nie wiem. A powinnam?

– To zależy, czy pani czyta gazety. Co może mi pani o niej powiedzieć?

– Na przykład? O latach szkolnych? To było ćwierć wieku temu.

– Mimo wszystko proszę spróbować. Może jednak napijemy się kawy?

Pani Lundström kiwa głową. Jeanette dzwoni do Hurtiga i prosi, żeby przyniósł dwa kubki kawy.

– Nie utrzymywałyśmy ze sobą zbyt bliskich kontaktów. Należałyśmy do różnych grup klasowych, Fredrika była w tej, która cieszyła się większą popularnością. Twardziele, jeśli mogę to tak nazwać.

Jeanette potwierdza skinieniem głowy, że wie, o co chodzi, i daje znak, by sobie nie przerywała.

– Pamiętam, że Fredrika stała na czele grupy o nazwie „Potakiwacze” – zaczyna pani Lundström, lecz na widok notesu, który Jeanette wyjmuje z szuflady, milknie. – Czy to przesłuchanie?

– Ależ nie, po prostu potrzebuję pani pomocy, żeby...

Do pokoju wchodzi Hurtig, stawia na biurku dwa kubki z gorącą kawą.

– Dzięki. Albumy szkolne już przyszły? – pyta Jeanette.

– Jutro rano będziesz je miała na biurku – odpowiada Hurtig.

Jeanette widzi po jego minie, że nie podoba mu się rola chłopca na posyłki.

– Pani chce usłyszeć, co myślę o Fredrice – mówi syczącym głosem Annette Lundström po wyjściu Hurtiga. Jej głos staje się agresywny. – To była zwykła świnia, zawsze chciała postawić na swoim. Miała własny dwór lokajów, którzy byli na każde jej skinienie.

– Pamięta pani ich nazwiska? – Jeanette nalewa sobie mleczka do kawy, a potem podaje je pani Lundström.

– Ciągle się zmieniały, ale do najwierniejszych należały Regina, Henrietta i Charlotte.

Pani Lundström nalewa mleczka do kawy, bierze łyżeczkę i miesza.

– Jak miały na nazwisko?

– Niech pomyślę... Henrietta Nordlund i Charlotte... – odpowiada w zamyśleniu pani Lundström. – To było jakieś popularne nazwisko... Hansson, Larsson albo Karlsson. Nie, nie pamiętam.

– A Regina? Jak brzmiało jej nazwisko? – Jeanette pochyla się nad biurkiem. Czuje, że to ważny moment, lecz zachowuje się tak, jakby pytanie nie miało dla niej zbyt wielkiego znaczenia.

– Ceder! – woła pani Lundström i po raz pierwszy w trakcie tej rozmowy uśmiecha się. – Właśnie tak. Regina Ceder...

Jeanette spuszcza wzrok na papiery i niby mimochodem pyta:

– Przed chwilą nazwała pani Fredrikę świnią. Dlaczego?

Patrzy na nią, próbując wyczytać jej reakcję z twarzy, jednakże pani Lundström dobrze nad sobą panuje.

– Nic konkretnego nie przychodzi mi na myśl, ale to były tak złe dziewczyny, że inne bały się wchodzić im w drogę.

– Bały się wchodzić w drogę? Chyba nie ma pani na myśli czegoś poważnego?

– Nie. I w większości przypadków tak właśnie było. Właściwie tylko raz przekroczyły granicę.

– Co się wtedy stało?

– Dwie albo trzy nowe dziewczyny w szkole miały brać udział w otrzęsinach. W pewnym momencie sytuacja wymknęła się spod kontroli. Szczegółów nie pamiętam. Dlaczego zadaje mi pani tyle pytań?

– Fredrika Grünewald nie żyje. Została zamordowana. Prowadzimy śledztwo w tej sprawie.

Annette Lundström siedzi zesztywniała, jakby trafił w nią piorun.

– Zamordowana? To okropne! Kto mógł zrobić coś takiego? – pyta, a w jej oczach Jeanette dostrzega coś w rodzaju wahania.

Już wie, że jej rozmówczyni wie więcej, niż pokazuje, ale po kilku kolejnych pytaniach pozwala jej wrócić do domu.

Kobieta, która odebrała telefon, ma zmęczony głos.

– Dom państwa Ceder. Mówi Beatrice.

Jeanette odnosi wrażenie, że kobieta mówi bełkotliwym głosem, jakby była pijana albo pod wpływem silnie działających leków.

– Dzień dobry, nazywam się Jeanette Kihlberg i chciałabym rozmawiać z panią Reginą Ceder.

Przez chwilę w słuchawce panuje cisza.

– Niestety, Regina wyjechała. Ale może ja będę mogła pomóc? O co chodzi?

W tle słychać telewizor albo radio. Dźwięk miesza się z dźwiękiem czegoś, co przypomina szum kosiarki do trawy.

– Jestem komisarzem policji kryminalnej w Sztokholmie. Muszę się z nią skontaktować bezpośrednio. Kiedy wraca?

– Regina pojechała na urlop do Francji. Od wypadku syna przeżywa trudny okres...

Kobieta przerywa i wyciera głośno nos.

– Bardzo mi przykro. Czy do wypadku doszło niedawno?

– Tak. Jej syn... Jonathan... utopił się...

Kobieta znowu przerywa, nie mogąc opanować płaczu. Jeanette czeka, aż się uspokoi.

– Ale chyba nie dzwoni pani w tej sprawie? Czego pani od niej chce?

Jeanette bierze głęboki oddech i dopiero potem odpowiada:

– Właściwie chciałam porozmawiać z panią Reginą, skoro jednak jej nie ma... Proszę mi powiedzieć, czy uczęszczała do szkoły w Sigtunie?

– Oczywiście. Cała rodzina chodziła do tej szkoły. To bardzo porządna uczelnia.

– Tak właśnie myślałam – mówi Jeanete i zastanawia się, czy kobieta wyczuła jej sarkastyczny ton. – Słyszałam, że w trzeciej klasie zdarzyło się coś bardzo niemiłego.

– A co pani słyszała? – dopytuje kobieta takim tonem, jakby zdążyła się już wziąć w garść.

– Właśnie tego chciałam się dowiedzieć. Ale może pani coś wie?

– Chodzi pani o to, co się przydarzyło tamtym dziewczynom? O to, co wymyśliła Fredrika Grünewald?

– Tak. Co tam się naprawdę stało?

– To była okropna historia, a oni zamietli wszystko pod dywan, chociaż nie powinni tego robić. Z tego, co wiem, ojciec Fredriki był dość bliskim znajomym rektora szkoły, a przy tym jednym z najbardziej szczodrych sponsorów. Chyba dlatego o sprawie nie było głośno. Ale to już pani wie.

– Oczywiście – kłamie Jeanette. – Mimo to wolałabym, żeby pani podała mi dokładne szczegóły tych wydarzeń. Jeśli jest pani w stanie to zrobić.

Jeanette pochyla się nad biurkiem i włącza magnetofon.

To, o czym opowiada Beatrice Ceder, jest historią ludzkiego poniżenia. Kilkunastoletnie dziewczyny podpuszczone przez despotyczną przywódczynię grupy nakręcają się wzajemnie do zrobienia czegoś, czego w normalnych okolicznościach nigdy by nie zrobiły. Podczas pierwszego tygodnia nauki w nowym roku szkolnym Fredrika i jej koleżanka zmusiły trzy nowe uczennice do udziału w ohydnych otrzęsinach. Nałożyły ciemne kaptury i domowej roboty maski, zaprowadziły trzy ofiary do szopy na narzędzia i oblały je lodowatą wodą.

– Moja Regina uczestniczyła w tym do samego końca, ale to, co stało się później, było wyłącznie z poduszczenia Fredriki. To był jej pomysł.

– Mianowicie?

– Zmusiły te biedaczki do zjedzenia psich odchodów – wyjaśnia drżącym głosem kobieta.

Informacja jest tak okropna, że Jeanette prawie odbiera mowę.

– Co takiego? – pyta po chwili.

Cisza w słuchawce.

– Odchody – powtarza Beatrice. Jej głos brzmi już bardzo pewnie. – Na samą myśl o tym robi mi się niedobrze.

To, co usłyszała Jeanette, sprawia, że jej mózg na chwilę przestaje pracować. Musi się ponownie skupić i zacząć od nowa.

Psie kupy. Charlotte Silfverberg nie wspomniała o tym ani słowem. Właściwie nie ma się czemu dziwić.

– Proszę kontynuować. Słucham.

– To właściwie wszystko. Dwie dziewczyny zemdlały, a trzecia zjadła i zwymiotowała.

Beatrice Ceder ciągnie swoją opowieść, a Jeanette słucha z obrzydzeniem. Victoria Bergman i dwie inne dziewczyny. Na razie nie zna ich tożsamości.

– Razem z moją Reginą były wtedy trzy koleżanki: Fredrika Grünewald, Henrietta Nordlund i Charlotte Hansson. Ale to na moją córkę spadło całe odium. W sprawę było zamieszanych kilka dziewczyn, tyle że nie Regina była ich przywódczynią.

– Powiedziała pani, że Charlotte nazywała się Hansson?

– Tak. Z tym że dzisiaj nazywa się inaczej. Wyszła za mąż jakieś piętnaście, dwadzieścia lat temu i...

– I co?

– O Boże, że też tego nie skojarzyłam!

– Czego?

– Wyszła za mąż za niejakiego Silfverberga, tego, który niedawno został zamordowany. To niezbyt mądre, jeśli...

– A Henrietta? – przerywa jej Jeanette, żeby rozmowa nie zeszła na konkretny przypadek.

Odpowiedź pada błyskawicznie.

– Wyszła za mąż za Vigga Dürera. W zeszłym roku zginęła w Skanii w nieszczęśliwym wypadku.

Dwie wiadomości w jednej.

Znowu ten Dürer.

A więc jego żoną była Henrietta, która już nie żyje.

Elementy układanki trafiają stopniowo na swoje miejsca, obraz robi się coraz bardziej klarowny.

Jeanette jest pewna, że zabójca Silfverberga i Grünewald związany jest w jakiś sposób z grupą osób, którą uzupełniły właśnie dwa dodatkowe nazwiska. Zagląda do notesu.

*Charlotte Hansson, obecnie Silfverberg.*

*Żona / wdowa po Peo-Oli Silfverbergu.*

*Henrietta Nordlund, później Dürer.*

*Żona Vigga Dürera. Nie żyje.*

Fredrika, Regina, Henrietta i Charlotte. Grupa rozpieszczonych niegrzecznych dzieciaków.

Musi zapytać panią Ceder o jeszcze jedną ważną rzecz.

– Czy pamięta pani, jak nazywały się te trzy dziewczyny, które brały udział w otrzęsinach?

– Niestety, nie... To było tak dawno temu.

Tuż przed końcem rozmowy pani Ceder obiecuje, że jeśli coś sobie przypomni, zadzwoni. Obiecuje też, że poprosi córkę, aby po powrocie z urlopu skontaktowała się z Jeanette.

Jeanette odkłada telefon, wyłącza magnetofon. Otwierają się drzwi i Hurtig wsuwa głowę do pokoju.

– Przeszkadzam? – pyta z poważną miną.

– Nie – odpowiada Jeanette i odwraca się w jego stronę.

– Jak ważny jest nasz ostatni świadek w sprawie śmierci Grünewald?

– Co masz na myśli?

– Börje Persson, mężczyzna, którego widziano w podziemiach kościoła tuż przed śmiercią ofiary, nie żyje.

– Co takiego?

– Przed południem zmarł na zawał serca. Dzwonili ze szpitala w Södermalmie, gdy skojarzyli, że jest poszukiwany. W chwili śmierci trzymał w ręce kartkę. Wysłałem tam Åhlunda i Schwarza, żeby ją przywieźli. Właśnie wrócili.

– Co to za kartka?

Hurtig wchodzi w końcu do pokoju i zbliża się do biurka.

– Ta – mówi, kładąc przed Jeanette kartkę z kalendarza.

Wiadomość napisana jest eleganckim charakterem pisma i zawiera następującą treść:

*Do Jeanette Kihlberg, policja w Sztokholmie.*

*Chyba wiem, kto zabił Fredrikę Grünewald, zwaną także Hrabiną, w podziemiach kościoła św. Jana. Zastrzegam sobie jednak prawo do pozostania osobą anonimową, jako że niechętnie zadaję się z policją.*

*Ta, której szukacie, to kobieta z długimi jasnymi włosami, która w chwili, gdy doszło do zabójstwa, miała na sobie niebieski płaszcz. Jest średniego wzrostu, ma niebieskie oczy i szczupłą budowę ciała.*

*Uważam, że wypowiadanie się na temat szczegółów jej wyglądu nie miałoby sensu, bo taki opis byłby oparty bardziej na osobistych ocenach niż na faktach. Miała jednak pewną charakterystyczną cechę, która powinna Was zainteresować. Brakowało jej serdecznego palca u prawej ręki.*

# Park Vita Bergen

Sofia uważa, że umiejętność wybaczania to wielka rzecz. Jednakże zrozumienie bez wybaczenia to coś znacznie większego.

Jeśli ktoś nie tylko wie, dlaczego cały łańcuch zdarzeń ostatecznie doprowadza do czegoś, co na samym końcu okazuje się chore, ale także potrafi to zrozumieć, doznaje zawrotu głowy. Jedni nazywają to grzechem pierworodnym, inni predestynacją, lecz w gruncie rzeczy jest to tylko zimna, pozbawiona sentymentów konsekwencja.

Przypomina to lawinę albo kręgi na wodzie po wrzuceniu do niej kamienia. Napięta stalowa struna rozciągnięta nad nieoświetlonym fragmentem ścieżki rowerowej, rzucone w pośpiechu słowo lub policzek wymierzony komuś w trakcie ożywionej rozmowy.

Czasem chodzi o świadome, wykonane z całą premedytacją działanie, w którym konsekwencje są tylko jednym z parametrów. Drugi to własne zadowolenie. W stanie pozbawionym uczuć, gdy empatia jest tylko pozbawionym treści słowem złożonym z siedmiu liter, człowiek popada w bezpośrednią styczność ze złem.

Odrzuca wszystko co ludzkie i zamienia się w dzikie zwierzę. Zaczyna mówić chrapliwym głosem, porusza się inaczej, jego spojrzenie staje się martwe.

Sofia zastanawia się nad tym wszystkim, krążąc niespokojnie po salonie. W końcu idzie do toalety i wyjmuje z szafki pudełeczko zawierające lek na uspokojenie. Nalewa wody do kubka, bierze dwie tabletki paroksetyny i połyka je szybko, popijając wodą. Już wkrótce będzie po wszystkim. Jeanette wie, że zabójcą jest Victoria Bergman.

– Nie, nie wie – mówi do siebie Sofia podniesionym głosem. – Poza tym Victoria Bergman nie istnieje.

Nie ma się jednak co oszukiwać. Znowu słyszy w sobie ten głos, lecz tym razem silniejszy niż zwykle.

*...właściwie wystarczy zamknąć oczy i wstrzymać oddech, udając, że na zewnątrz tego nie ma; to tak samo jak z chłodem – istnieje na zewnątrz, ale chronią nas przed nim drzwi, więc można siedzieć na kanapie w przytulnym pokoju wyłożonym drewnianymi panelami, jeść popcorn i pić sok Rose's Lime, choć właściwie nie jest to sok, tylko rodzaj zaczynu, z którego potem robi się grog.*

Sofia przechodzi do kuchni. Czuje, że zaczyna się migrena, robi jej się czarno przed oczami.

Lampka świeci na czerwono, dyktafon jest włączony.

Trzyma go przed sobą, ręce jej drżą i jest mokra od potu. Widzi siebie przy stole, jakby wyszła z własnej powłoki cielesnej i patrzyła na nią z zewnątrz.

*...ale to działa, wystarczy tylko dodać więcej cukru i powiedzieć kumplom, że właśnie tak ma smakować prawdziwy sok, chociaż oni i tak wiedzą, że to nieprawda, kiedyś przyjdzie taki dzień, że za coś takiego ktoś da po gębie. Teraz jednak nie ma to znaczenia, bo jest fajnie, zaraz zacznie się dobry film w telewizji, wszyscy są zadowoleni i szczęśliwi, że wojna nie toczy się tutaj, tylko w mrocznej Afryce. Na stole jest jedzenie, chociaż jeśli się nad tym dobrze zastanowić, to smakuje trochę dziwnie, ale lepiej tego nie mówić, bo akurat wtedy zaczyna boleć brzuch i trzeba jechać na pogotowie, a to aż trzydzieści kilometrów...*

Sofia czuje się tak, jakby przebywała w dwóch miejscach jednocześnie.

Jakby stała obok stołu, zamiast być w głowie dziewczynki. Głos jest mroczny i monotonny, odbija się w niej echem, które potem odbija się echem między ścianami kuchni.

*...bo akurat wtedy zaczyna boleć brzuch i trzeba jechać na pogotowie, a to aż trzydzieści kilometrów, mimo że tam i tak ni-*

*czego nie znajdą, tylko odeślą do domu na tylnym siedzeniu zim-*
*nego samochodu. Człowiek jest cholernie osłabiony, ledwo żyje*
*i robi z siebie głupka, chociaż ma gości i w ogóle... grog już dawno*
*wystygł, goście zaczynają się pewnie zastanawiać, co jest grane,*
*chociaż lepiej, żeby nie wiedzieli. Skąd ten nieustanny potwor-*
*ny ból brzucha, skąd ten ciągły krzyk, w końcu jednak podjeżdża*
*samochód i pada obietnica: „Zaraz wracamy", bo to zazwyczaj*
*przejściowy ból, a ona jest trochę podenerwowana i spięta, ale*
*proszę jeść, wszystko będzie dobrze i nastąpi poprawa, tak jak*
*przy zaparciu, które mija, gdy się wypije trochę oleju figowego...*

Podczas sesji terapeutycznych, kiedy chodziło o zrozumienie
Victorii, nagrane monologi pełniły rolę katalizatorów. Teraz jest
wprost przeciwnie.

Wspomnienia zawierają zarówno wyjaśnienia, jak i odpowiedzi. To rodzaj podręcznika, instrukcji, jak sobie radzić w życiu.

*...potem jest już okej, impreza może się toczyć dalej, są gitary*
*i skrzypce, wszędzie słychać to pieprzone „cześć", ktoś klepie kogoś*
*po tyłku, lecz nikt się z tego powodu nie krzywi... po imprezie jest*
*późna kolacja, słońce wschodzi za kibelkiem Sjömbloma, w zatoce*
*harcują szczupaki... ktoś trzyma w ręce ostry nóż. Wszyscy krzyczą*
*i pytają, co ten gówniarz wyrabia, dlaczego tnie ich nożem po rę-*
*kach, z ran tryska świeża czerwona krew... można przeżyć coś wię-*
*cej niż to, co ktoś czuje, gdy pada wspaniały rekord w skoku w dal,*
*gdy jedyny przeciwnik jest o trzy lata młodszy i ma zajęczą wargę,*
*chociaż o tym jeszcze nie wie, tylko twierdzi, że tak ma być... a po-*
*nieważ wszyscy wiedzą, że on też wiedział, że sok nie był sokiem,*
*tylko mieszanką, z której sporządza się grog, to każdy trzyma gębę*
*na kłódkę... skakało się tak, jakby to była walka o życie, mimo że cho-*
*dziło tylko o sam udział w zabawach, które dorośli lubili obserwo-*
*wać, bo maluchy były wtedy jeszcze takie słodkie, a do tego cholernie*
*zdolne i być może w przyszłości wyrosną z nich prawdziwe talenty...*

Przerywa jej jakiś hałas z ulicy. Głos milknie. Czuje, że kręci
jej się w głowie, więc wyłącza magnetofon i rozgląda się po pokoju.

Na kuchennym stole leży pomięta kartka z opakowania po paroksetynie, podłoga jest zabłocona, widać na niej ślady stóp. Sofia wstaje, wychodzi do przedpokoju i widzi, że jej buty są wilgotne i ubrudzone ziemią i piaskiem.

A więc znowu była na dworze.

Wraca do kuchni, gdzie stwierdza, że ktoś – najprawdopodobniej ona – nakrył stół dla pięciu osób. Od razu zauważa, że poszczególne miejsca przydzielono według określonego porządku.

Pochyla się nad stołem i ogląda kartki z nazwiskami. Solace będzie siedzieć na lewo od Hannah, po prawej Sofia z Jessicą. Przy krótkim boku posadziła Victorię.

Hanah i Jessica? A co one tu robią? Nie widziała ich od dnia, gdy przed dwudziestu laty rozstały się na dworcu w Paryżu.

Osuwa się na podłogę i widzi, że trzyma w dłoni czarny flamaster. Kładzie się na boku, patrzy w biały sufit. Słyszy, że w przedpokoju dzwoni telefon, ale nie ma ochoty odbierać. Zamyka oczy.

Włącza magnetofon, zanim krzyk w głowie zagłuszy wszystkie inne dźwięki.

*...i być może w przyszłości wyrosną z nich prawdziwe talenty, staną się inżynierami i naukowcami, na pewno nie trafią na kasę w Konsumie, bo tam zakupy robią tylko komuniści, więc raczej pojadą samochodem do ICA, gdzie kupują ci, co głosowali poprawnie, nie na czerwonych, bo mają poczucie smaku i gustu. W ich domach na ścianach nie będą wisiały jakieś bohomazy z Ikei, tylko prawdziwe ryciny i obrazy, w których namalowanie trzeba włożyć sporo wysiłku, bo sztuka to coś, na czym trzeba się znać, nie wystarczy tylko rozlać farby na płótno, jak tamten Amerykanin, który na dodatek chodził po tym swoim malowidle, palił papierosa i chwalił się, jaki to z niego geniusz. Na pewno nie był żadnym geniuszem, tylko nadętym bufonem, źródłem zła, bo uważał, że fajnie jest żyć na luzie, rozlewać farby, palić, chlać i prowadzić szalony tryb życia albo nie mieć pieniędzy i uważać, że kobiety powiny być niezależne, mieć prawo do wypowiadania własnego zdania, i wcale nie twierdził, że fajnie jest pieprzyć swoją córkę jak tamten Szwed w Kopenhadze...*

Po chwili zapada ciemność i cisza. Krzyk w głowie ustaje, znowu odczuwa spokój. Może odpocząć, tabletki bowiem zaczynają działać.

Zapada w coraz głębszy sen. Wspomnienia Victorii nadchodzą falami, najpierw w postaci dźwięków i zapachów, potem jako obrazy.

Zanim straci świadomość, widzi jeszcze dziewczynkę w czerwonej kurtce, która stoi na plaży w Danii. Teraz już wie, kim jest ta dziewczynka.

# Komenda policji w Kronobergu

– Zabójczyni nie ma palca u prawej dłoni – powtarza Jeanette. W myślach dziękuje zmarłemu Perssonowi za pomoc.

– To chyba ważny szczegół. – Hurtig uśmiecha się szeroko.

– Przełomowa informacja – odpowiada ucieszona Jeanette. – Najgorsze w tym wszystkim jest to, że najlepszy świadek, jakiego mieliśmy, już niczego nam nie powie. Być może była to nie tylko ostatnia, ale także najważniejsza rzecz, jaką Börje zrobił w swoim życiu.

– No to co? – pyta Hurtig, patrząc na zegarek.

– Bierzemy się do roboty. Billing dał mi do pomocy absolwentów szkoły policyjnej. Teraz sprawdzają listy nazwisk uczniów szkoły w Sigtunie, jeden rocznik po drugim. Zaczęli obdzwaniać absolwentów i nauczycieli, więc mam nadzieję, że jeszcze dziś wieczorem poznamy nazwiska tamtych trzech dziewczyn.

Hurtig robi zamyśloną minę.

– Mówisz o ofiarach otrzęsin? O Victorii Bergman i dwóch pozostałych?

– Właśnie. Muszę też zadzwonić w jedno miejsce. To najważniejsza sprawa, dlatego zlecam ją tobie. Na podstawie tego, co powiedziała mi Beatrice Ceder, nietrudno będzie ustalić nazwiska tych kobiet. Nie ma ich na listach klasowych, ponieważ zrezygnowały z nauki w szkole zaledwie po dwóch tygodniach. Na pewno jest jednak ktoś, kto wie, kim są, i nie mówię tu o Victorii Bergman.

– A kim jest Beatrice Ceder?

Dopiero teraz Jeanette zauważa, że Hurtig nie nadąża za nią myślami.

Wyszedł z jej pokoju najwyżej pół godziny temu. W tym czasie ona zdążyła się spotkać z Annette Lundström i porozmawiać przez telefon z matką Reginy Ceder.

319

– Później o tym porozmawiamy. Pani, do której masz zadzwonić, była kiedyś rektorem szkoły w Sigtunie. Teraz jest na emeryturze i mieszka w Uppsali. Najwidoczniej wiedziała, co się stało, i brała aktywny udział w zamiataniu sprawy pod dywan. W każdym razie pomoże nam zdobyć brakujące nazwiska. Jeśli ich nie pamięta, musi nam pomóc w dotarciu do podań o przyjęcie, które uczennice składały. Dzwoń, bo ja mam już dosyć. Idę teraz do kafeterii, kupię sobie kawę z ciastkiem. Przynieść ci coś?

– Nie, dzięki. Podzwonię, a ty w tym czasie wypij w spokoju kawę.

Jeanette kupuje sobie kawałek „zielonego tortu" zwanego w Szwecji „tortem księżniczki" i duży kubek kawy. Wracając do pokoju, reguluje poziom cukru we krwi: już w windzie zjada marcepany z wierzchu ciastka. Równocześnie uświadamia sobie, że jest późno i nie zdąży wrócić do domu, by przygotować Johanowi kolację.

Wchodząc do pokoju, widzi, jak Hurtig odkłada słuchawkę.

– No i? Jak poszło? Co powiedziała?

– Tamte dziewczyny nazywały się Hannah Östlund i Jessica Friberg. Ich dane osobowe dostaniemy wieczorem.

– Dobra robota. Jak myślisz, która z nich ma cztery palce u prawej ręki?

– Friberg, Östlund albo Bergman? A dlaczego nie Madeleine Silfverberg?

Jeanette patrzy na niego z rozbawieniem.

– Wprawdzie miała motyw, swego ojczyma, ale oprócz tego, że razem z Grünewald chodziły do tej samej szkoły co Charlotte Silfverberg, nic więcej ich nie łączyło.

– Okej. To jednak nie wystarczy. Co jeszcze mówiła ta Ceder?

– Że Henrietta Nordlund wyszła za mąż za adwokata Vigga Dürera. Zmarła w zeszłym roku. Przejechał ją kierowca, który uciekł z miejsca wypadku. Skontaktuj się z policją w Skanii i dowiedz się więcej o tej sprawie, a potem daj mi znać.

Hurtig w milczeniu notuje jej słowa.

– Ostatnia rzecz, ale też ważna. Podczas otrzęsin w Sigtunie dziewczynom podano psie łajno. Zrobiła to Grünewald. Mam mówić dalej?

Ciężko westchnąwszy, Hurtig odpowiada zmęczonym głosem:

– Nie, dziękuję, to mi na razie wystarczy.

To był długi dzień, lecz jeszcze się nie skończył. Jeanette patrzy na Hurtiga i to, co widzi, wzrusza ją. Choćby był nie wiadomo jak zapracowany, ona zawsze może na niego liczyć.

– W jakim stanie jest twój ojciec?

– Staruszek? – Hurtig przeciera oczy i robi rozbawioną minę. – Nie licząc wypadku z kosiarką, amputowali mu kilka palców u prawej dłoni. Niedawno zaordynowano mu pijawki.

– Pijawki?

– Tak, bo wydzielają hirudynę. To substancja przeciwzakrzepowa wykorzystywana czasem przy amputacjach. Dzięki pijawkom lekarze uratowali ojcu jeden palec. Zgadnij który. – Uśmiecha się szeroko i ziewa. Dopiero po chwili sam odpowiada na własne pytanie: – Serdeczny palec u prawej ręki.

# Gamla Enskede

Jeanette postanowiła popracować w domu.

Zdążyła się już nauczyć na pamięć danych osobowych Jessiki Friberg i Hannah Östlund, podobnie jak zapamiętała informacje zebrane i dostarczone jej wieczorem przez młodych adeptów szkoły policyjnej. Kiedy wchodzi do swojej willi przy Enskedevägen, jest już tak wyczerpana, że z początku nie zauważa resztek jedzenia w całej kuchni.

Hannah i Jessica. Dwie nieśmiałe dziewczyny, których nikt nie zapamiętał.

No i Victoria Bergman, którą wszyscy znają, chociaż nie do końca.

Jutro, gdy nadejdą dzienniki szkolne, ma nadzieję zobaczyć w końcu twarz Victorii, uczennicy, która miała najwyższe oceny z wyjątkiem stopnia za sprawowanie.

Zostawia kurtkę na wieszaku, wchodzi do kuchni i dopiero teraz widzi, że zlewozmywak, który zostawiła rano w olśniewającej czystości, przedstawia sobą obraz nędzy i rozpaczy. W salonie unosi się lekka mgiełka, która świadczy o tym, że ktoś tu coś palił. Na kuchennym stole leży otwarte opakowanie paluszków rybnych, obok pojedyncze liście sałaty.

– Johan? Jesteś tam? – Jeanette idzie na korytarz i widzi, że spod drzwi pokoju syna sączy się światło.

Znowu się o niego niepokoi.

Wychowawca w szkole poinformował ją, że w ostatnim tygodniu Johan opuścił sporo lekcji, a jeśli już się pojawiał, siedział nieobecny myślami i nic go nie interesowało. Zachowywał się jak introwertyk.

Na domiar złego kilka razy wdał się w bójkę z kolegami, co nigdy wcześniej mu się nie zdarzało.

Wychodząc do przedpokoju, Jeanette omal się nie potknęła o torbę, którą miała ze sobą poprzedniego dnia podczas ćwiczeń strzeleckich.

Cholera, przecież w torbie jest jej służbowa broń! Popełniła śmiertelny grzech, nie zamykając jej w szafce na klucz.

Przygotowana na najgorsze sięga szybko po torbę i wyjmuje z niej pojemnik na broń.

Pistolet jest na swoim miejscu. Jeanette z drżeniem serca dotyka lufy.

Zimna.

Liczy pociski. Są wszystkie. Oddycha z ulgą, ale znowu robi sobie wyrzuty.

Co za zaniedbanie! Przecież to takie niebezpieczne. Zachowała się nieodpowiedzialnie.

Gdy poprzedniego wieczoru wróciła do domu, też była wykończona, więc po prostu rzuciła torbę w przedpokoju, a potem o niej zapomniała. Rano jej się spieszyło i nawet jej nie zauważyła.

Wraca pod pokój Johana.

– Puk, puk – mówi. Uchyla drzwi i widzi, że Johan leży na brzuchu na łóżku. – Jak się czujesz, kolego?

Podchodzi bliżej i siada na brzegu łóżka.

– Przygotowałem ci kolację – mruczy Johan. – Stoi w salonie.

Jeanette gładzi go po plecach, odwraca się i przez uchylone drzwi widzi, że Johan rzeczywiście przygotował dla niej kolację. Całuje go delikatnie w czoło, po czym wychodzi z pokoju.

Na stole stoi talerz ze smażonymi paluszkami rybnymi, makaronem i kilkoma listkami sałaty. Wszystko udekorowane keczupem. Sztućce leżą na serwetkach obok talerza. Jest też kieliszek wina i płonąca świeca.

Z początku nie wie, jak zareagować.

Johan przygotował dla niej kolację, chociaż nigdy wcześniej tego nie robił. Zadał sobie tyle trudu!

Do diabła z bałaganem w kuchni. Jej syn tak bardzo się starał, żeby sprawić jej przyjemność.

– Johan? – woła. Zero reakcji. – Nawet nie wiesz, jaką sprawiłeś mi radość. Zjesz ze mną?

– Już jadłem – odpowiada poirytowanym głosem Johan.

Jeanette czuje się nagle strasznie zmęczona. Nie rozumie. Jeśli chciał jej sprawić przyjemność, to dlaczego teraz zachowuje się tak niegrzecznie?

– Johan? – powtarza.

Znowu cisza. Jeanette domyśla się, że jej syn jest urażony, bo kolejny raz wróciła do domu późno. Patrzy na zegarek. Miała być o wpół do dziewiątej, a jest dziesięć po.

Staje w drzwiach i zagląda do jego pokoju.

– Przepraszam, że się spóźniłam, ale ruch był tak duży...

Boże kochany, czy ja już nie umiem znaleźć lepszego wytłumaczenia?

Przez chwilę siedzi na łóżku, aż w końcu zauważa, że Johan zasnął. Gasi światło, zamyka ostrożnie drzwi i wraca do salonu. Na widok kolacji o mało nie wybucha płaczem.

Siada do stołu. Jedzenie jest już zimne, lecz smakuje całkiem nieźle, choć wcale tak nie wygląda. Wypija łyk wina, zdrapuje resztę keczupu z listka sałaty, zjada trochę makaronu, kilka paluszków rybnych i szybko dochodzi do wniosku, że jest bardzo głodna.

Kochany Johan.

Po kolacji sprząta stół, robi porządek w kuchni i wraca na kanapę. Wpadła na pewien pomysł. Dzwoni do Åkego, ale ma wyłączony telefon. Kiedy próbuje dodzwonić się do niego za pośrednictwem Alexandry, włącza się automatyczna sekretarka. Jeanette nie ma ochoty zwierzać się jej ze swoich problemów z Johanem, więc zostawia tylko krótką wiadomość. Prosi Alexandrę o przekazanie Åkemu, żeby jak najszybciej się z nią skontaktował.

Miała nadzieję, że obejrzy w telewizji jakiś program rozrywkowy i trochę się odpręży, lecz działają tylko kanały naziemne.

Przeskakuje dwa kanały, na których lecą akurat jakieś smutne programy dokumentalne, rezygnuje z głupiutkiego programu na czwórce i dopiero teraz sobie przypomina, że nie zapłaciła za kablówkę.

Wzdycha na wspomnienie lat, kiedy razem z Åkem spędzali czas przed telewizorem, jedli czipsy i śmiali się na słabych komediach. Czuje jednak, że wcale jej tego nie brakuje. Tamten okres w jej życiu polegał na ciągłym czekaniu na coś lepszego, była to egzystencja pełna zranionych uczuć. Mijały kolejne wieczory, z których w końcu zrobiły się miesiące i lata.

Życie jest zbyt cenne, aby je marnować w oczekiwaniu na to, iż zdarzy się coś, co popchnie je dalej.

Już nie pamięta, jak wyglądały jej nadzieje ani o czym marzyła.

Za to Åke snuł wizje o przyszłych sukcesach, które stworzą im możliwość realizacji wspólnych marzeń. Obiecał jej, że jeśli tylko zechce, będzie mogła rzucić pracę w policji. Wpadł w złość, gdy zaprotestowała, mówiąc, że to jej życie i za żadne pieniądze świata niczego w nim nie zmieni. Powiedziała też, że marzenia powinny pozostać marzeniami, bo inaczej znikną. Åke nazwał jej wynurzenia „quasi-intelektualnym bełkotem z tygodnika".

Po tamtej kłótni przez kilka dni ze sobą nie rozmawiali. Być może nie był to przełomowy okres w ich wspólnym życiu, ale można go chyba nazwać początkiem końca.

# Park Vita Bergen

Sofia budzi się w salonie na podłodze. Na dworze jest ciemno, minęła siódma, ale nie wie, czy rano, czy wieczorem.

Wstaje z podłogi, wychodzi do przedpokoju i widzi napis zrobiony flamastrem na lusterku. Dziecięcym charakterem pisma ktoś napisał słowa: UNA KAM O! Sofia natychmiast rozpoznaje bazgroły Solace, która nigdy nie nauczyła się ładnie pisać.

UNA KAM O, zastanawia się Sofia. To w języku krio. Solace zwraca się do niej o pomoc.

Zmazuje napis rękawem swetra, lecz trochę dalej widzi następne słowa napisane flamastrem. Charakter pisma jest jednak inny, lekko ozdobny: RODZ. SILFVERBERG, DUNTZFELTS ALLE, HELLERUP, KOPENHAGA.

Idzie do kuchni i widzi na stole pięć brudnych talerzy i pięć kieliszków.

Obok zlewozmywaka stoją dwa pełne worki śmieci. Grzebie w odpadkach, by sprawdzić, z czego składały się posiłki. Trzy torebki czipsów, pięć batoników, dwa opakowania po schabowych, trzy duże butelki napojów chłodzących, smażony kurczak i cztery pudełka lodów.

W ustach wyczuwa charakterystyczny smak wymiocin. Nawet nie zagląda do drugiego worka, ponieważ wie, co w nim znajdzie.

Czuje ból i rwanie w brzuchu, ale zawroty głowy powoli przechodzą. Postanawia posprzątać i zapomnieć, że zachowała się nie tak, jak powinna, że opychała się jedzeniem i smakołykami.

Bierze niedopitą butelkę wina, podchodzi z nią do lodówki. Zatrzymuje się, widząc na niej karteczki, wycinki z gazet, foldery reklamowe i swoje notatki. Setki sztuk przyczepione do lodówki magnesami i taśmą klejącą.

Długi artykuł o Nataschy Kampusch, która osiem lat była przetrzymywana w piwnicy koło Wiednia. Szczegółowy szkic ukrytego pokoju, który zbudował dla niej Wolfgang Priklopil.

Po prawej lista zakupów sporządzona jej charakterem pisma: styropian, klej do podłóg, taśma klejąca, brezent, gumowe kółka, haczyk, kabel elektryczny, gwoździe, śrubokręt.

Po lewej zdjęcie. To taser, elektryczny paralizator.

Wiele notatek ma ten sam podpis: „*Unsocial mate*".

„Nietowarzyska koleżanka".

Powoli osuwa się na podłogę.

# Komenda policji w Kronobergu

Kiedy Jeanette odwozi Johana do szkoły, widać po nim, że jest w dobrym humorze. Nie ma więc sensu roztrząsać wydarzeń poprzedniego wieczoru. Przy śniadaniu jeszcze raz podziękowała mu za kolację, a on nawet się do niej uśmiechnął. To jej wystarczyło.

Po przyjeździe na komendę parkuje samochód w podziemnym garażu i dzwoni do Åkego, który tym razem odbiera.

– Cześć, to ja – mówi Jeanette jak dawniej.

– Co? – dziwi się Åke.

Jeanette uświadamia sobie, że straciła swoje naturalne miejsce w jego życiu. Zajęła je Alexandra Kowalska.

– Tak, to ja, Jeanette – mówi, wysiadając z samochodu. – Na papierze nadal jestem twoją żoną, bo mamy razem niepełnoletniego syna, dlatego sąd wyznaczył nam okres próbny. A może już o nas zapomniałeś? Twój syn ma na imię Johan i przeżywa ostatnio poważne problemy. – Zatrzaskuje głośno drzwi, zamyka je na klucz i idzie w stronę wind.

– Przepraszam – odpowiada łagodnym głosem Åke. – Jestem trochę zajęty i odebrałem dopiero wtedy, gdy zobaczyłem, kto dzwoni. Nie chciałem, żeby to zabrzmiało lekceważąco. Niech to szlag! Myślę o was każdego dnia i ciągle się zastanawiam, jak sobie radzicie.

– Jeśli tak, to wystarczy wybrać numer i zadzwonić. – Jeanette naciska guzik w windzie. – Dzwoniłam do twojej nowej partnerki i zostawiłam wiadomość na sekretarce. Nic ci nie przekazała?

– Alexandra? Nie, nie wspominała, że dzwoniłaś. Na pewno zapomniała. Co u was? Dobrze się czujesz?

– O tyle, o ile. Mam nowego kochanka, który jest ode mnie o dziesięć lat młodszy. Gorzej z twoim synem. Poza tym samochód zaczyna się sypać, a mnie nie stać, żeby go naprawić.

Jeanette czuje się zgorzkniała.

– Właśnie sprzedałem dwa obrazy, więc mogę ci wysłać trochę pieniędzy.

– To bardzo szlachetne z twojej strony. Przy okazji chcę ci przypomnieć, że połowa tych obrazów należy do mnie. To ja przez całe lata płaciłam za farby i płótno i to dzięki mnie mogłeś siedzieć w domu i się rozwijać.

– Jesteś niemożliwa! W ogóle nie można z tobą rozmawiać. Staram się być miły, a ty...

– No dobrze – przerywa mu Jeanette. – Stałam się patetyczną zgorzkniałą cipą. Wybacz. Cieszę się, że dobrze ci idzie, u mnie też wszystko w porządku. Trudno mi tylko zrozumieć, że załatwiłeś to w taki sposób. Alexandrę mam w nosie, nie znam jej i w ogóle mnie nie obchodzi, ale ty to co innego. Byliśmy razem przez dwadzieścia lat i wydawało mi się, że zasłużyłam na odrobinę szacunku.

– Przecież cię przeprosiłem. Mnie też nie jest łatwo. Jak miałem się zachować?

– No tak, zachowałeś się, jak mogłeś najlepiej – odpowiada kwaśnym tonem Jeanette, wysiadając z windy.

– Jutro wracamy do Szwecji. Mogę odebrać Johana ze szkoły, jeśli nie masz nic przeciwko temu. Niech przenocuje u nas, trochę cię w ten sposób odciążę.

Odciążę? A więc tak to postrzega?

– Wydawało mi się, że nie będzie was cały miesiąc?

– Zmiana planów. Opuszczamy Boston, bo mamy ważną sprawę do załatwienia w Sztokholmie. Później ci wyjaśnię. Zostaniemy tylko dwa dni, potem lecimy do Krakowa.

– Muszę kończyć, ale możesz zadzwonić do Johana i powiedzieć mu, że za nim tęsknisz. I że jutro przyjedziesz po niego do szkoły.

– Oczywiście. Obiecuję.

Rozmowa dobiega końca, Jeanette wkłada telefon do torebki, idzie do automatu, nalewa sobie kawy do kubka i maszeruje do pokoju.

Pierwszą rzeczą, jaką dostrzega po otwarciu drzwi, jest gruba paczka leżąca na biurku. Wchodzi do pokoju, zamyka drzwi, siada. Popija gorącą kawę i dopiero po chwili otwiera paczkę.

W środku są dzienniki szkolne trzech roczników szkoły humanistycznej w Sigtunie.

Już po dwóch minutach znajduje zdjęcie Victorii Bergman.

Czyta podpisy pod zdjęciami, przesuwając palcem po fotografiach przyszłych studentów wyższych uczelni ubranych w identyczne mundurki. W końcu ustala, że Victoria stoi w środkowym rzędzie jako przedostatnia z lewej strony, trochę niższa od pozostałych uczennic i o bardziej dziecinnym wyglądzie.

Victoria jest drobna, ma jasne włosy i chyba niebieskie oczy. Pierwsze, co zwraca uwagę, to jej poważna mina. W przeciwieństwie do pozostałych dziewczyn nie ma jeszcze biustu.

Jeanette dochodzi do wniosku, że Victoria kogoś jej przypomina.

W jej spojrzeniu jest coś, co już gdzieś widziała.

Uderza ją bardzo powaga Victorii. Sama nie wie dlaczego, ale czegoś innego się spodziewała. Przez to, że nie ma makijażu, wygląda jak szara myszka w porównaniu z pozostałymi dziewczynami, które z pewnością włożyły sporo wysiłku, aby wypaść jak najlepiej. Na zdjęciu tylko ona się nie uśmiecha.

Jeanette otwiera kolejny dziennik, z następnego roku szkolnego. Nazwisko Victorii Bergman znajduje się na liście nieobecnych. Tak samo jest w dzienniku z ostatniego roku szkolnego. Na dodatek okazuje się, że w albumach zawierających fotografie z różnych wspólnych projektów i uroczystości szkolnych nie ma ani jednego jej zdjęcia.

Victoria już wtedy potrafiła się dobrze kamuflować, stwierdza Jeanette. Ponownie bierze do ręki pierwszy album i ogląda okładkę.

Zdjęcie zostało zrobione przed dwudziestu pięciu laty, co oznacza, że dla potrzeb śledztwa jest bezużyteczne.

A może nie?

To jej spojrzenie... już gdzieś je widziała.

Jest tak bardzo zatopiona w myślach, że na dźwięk telefonu aż się wzdryga.

Patrzy na zegarek. Czyżby Hurtig? Powinien tu być już od dłuższego czasu. Może coś się stało?

Słysząc, że to Kenneth von Kwist, czuje rozczarowanie.

Prokurator przedstawia się typowym dla siebie przymilnym głosem. Jeanette od razu czuje, jak skacze jej ciśnienie.

– A, to ty. Co się stało?

– Po co ten ostry ton? – pyta von Kwist. – Mam coś, co może ci się przydać. Dopilnuj, żebyś za dziesięć minut była w swoim pokoju sama, i obserwuj faks.

– Faks? – Jeanette nie bardzo wie, do czego prokurator zmierza, i to jeszcze bardziej wzmaga jej czujność.

– Tak. Krążą pogłoski, że Victoria Bergman jest poszukiwana.

Jeanette jest tak zmieszana, że nie wie, co zrobić z oczami. W końcu jej wzrok pada na fotografię w albumie.

– Za chwilę dostaniesz informacje przeznaczone tylko dla ciebie – kontynuuje prokurator. – Dokumenty, które za dziesięć minut prześlę faksem, pochodzą z Sądu Rejonowego w Nacce i są datowane jesienią osiemdziesiątego ósmego roku. Od tamtej pory czytała je tylko jedna osoba: ja. Ty będziesz druga. Rozumiem, że wiesz, co mam na myśli?

Zdumienie prawie odbiera jej mowę.

– Tak, wiem – odpowiada niepewnie. – Możesz mi zaufać.

– To dobrze. Trzymaj się i powodzenia. Ufam, że sprawę zachowasz w tajemnicy.

Zaraz, chwileczkę. To chyba jakaś pułapka.

– Nie rozłączaj się jeszcze – zatrzymuje go Jeanette. – Dlaczego to robisz?

– Powiedzmy, że...– von Kwist przez chwilę się namyśla. – W ten sposób chciałbym cię przeprosić za to, że wcześniej utrudniałem ci prowadzenie śledztwa. To taka forma zadośćuczynienia. Jak się domyślasz, mam swoje dojścia.

Jeanette nadal nie wie, co o tym wszystkim myśleć. Prokurator sam się przed nią usprawiedliwia, lecz zwraca się do niej takim samym tonem jak zawsze, kiedy jest z siebie zadowolony.

Coś tu nie gra. Ale przecież nic nie ryzykuje? Najwyżej Billing ją skarci.

– Twoje przeprosiny zostały przyjęte.

Kończą rozmowę. Jeanette rozsiada się na krześle i ponownie bierze do ręki szkolny album. Victoria Bergman ma to samo nieprzystępne spojrzenie co przedtem. Jeanette nie wie, czy to ukryty żart czy raczej *deus ex machina*.

W tym momencie słychać pukanie do drzwi i do pokoju wchodzi Hurtig. Jest przemoczony do suchej nitki.

– Przepraszam za spóźnienie. Co za paskudna pogoda.

Faks już od dłuższego czasu wypluwa z siebie kartkę za kartką, jakby nie chciał skończyć. Jeanette podnosi z podłogi kolejne dokumenty i umieszcza je na biurku. Kiedy urządzenie przestaje w końcu pracować, Jeanette zbiera wszystkie kartki i kładzie je przed sobą.

Pierwszy dokument liczy prawie sześćdziesiąt stron, zatytułowany jest „Wniosek w sprawie ochrony danych osobowych".

Kolejny dokument to postanowienie sądu „w sprawie w/w wniosku". Jego objętość wynosi czterdzieści stron.

Jeanette potrzebuje około godziny na zapoznanie się z całym materiałem. Prosi Hurtiga, by przyniósł dwie kawy.

Wniosek dotyczy Victorii Bergman urodzonej 7 czerwca 1970 roku. Zawiera opinie trzech urzędów: Zakładu Medycyny Sądowej, Komendy Wojewódzkiej Policji w Sztokholmie i oddziału psychiatrii szpitala w Nacce. Rozpatrywał go Sąd Rejonowy w Nacce. Na samym dole znajduje się skrócony opis sprawy.

We wrześniu 1988 roku Zakład Medycyny Sądowej stwierdził w swoim raporcie, że Victoria Bergman padła ofiarą przemocy seksualnej, zanim osiągnęła pełny rozwój fizyczny, dlatego sąd rejonowy podjął decyzję o utajnieniu jej danych osobowych.

Jeanette zżyma się, widząc ten suchy oficjalny język. „Pełny rozwój fizyczny"... Co to w ogóle znaczy?

Czyta dalej i na samym dole znajduje wyjaśnienie. Zdaniem specjalistów Victoria została wykorzystana seksualnie, gdy nie miała jeszcze ukończonych czternastu lat. Ginekolog i lekarz medycyny sądowej przeprowadzili szczegółowe badania, po których wydali opinię, że dziewczyna doznała poważnych obrażeń.

Naprawdę tak to zostało określone. Poważne obrażenia.

Opinia kończy się stwierdzeniem, że nie udało się ustalić sprawcy.

Jeanette jest zdumiona. Ta drobna, chuda, poważna dziewczynka o nieśmiałym spojrzeniu postanowiła nie ujawniać, że sprawcą był jej własny ojciec.

Zastanawia się nad znaną jej wcześniej skargą złożoną na policji na Bengta Bergmana. Dwójka dzieci z Erytrei była przez niego biczowana i wykorzystywana seksualnie. Ten sam los spotkał prostytutkę, którą ciężko pobił paskiem i dokonał na niej gwałtu analnego, używając do tego nieznanego przedmiotu. Prawdopodobnie butelki.

Drugi raport, sporządzony przez Komendę Wojewódzką Policji w Sztokholmie, konstatuje, że w czasie przesłuchania powódki – Victorii Bergman – wyszły na jaw fakty, z których wynika, iż ofiarą przemocy seksualnej padała już od piątego, szóstego roku życia.

No tak, ludzka pamięć chyba dalej nie sięga.

Trudno potwierdzić wiarygodność takiego zeznania. Jeśli jednak do przemocy dochodziło, gdy Victoria była małą dziewczynką, moża założyć, że już wtedy była wykorzystywana seksualnie.

Cholera, będzie musiała pokazać te papiery Sofii bez względu na to, co obiecała von Kwistowi. Sofia wyjaśni jej, jaki wpływ na psychikę dziewczynki miało wykorzystywanie seksualne przez ojca.

Na samym końcu znajduje się uwaga, że zdaniem policjanta prowadzącego śledztwo groźby kierowane do powódki są na tyle poważne, iż za konieczne uważa on utajnienie jej danych personalnych.

Także w tej sprawie nie udało się ustalić, kto dopuścił się gróźb.

Jeanette wie, że jak najszybciej powinna się skontaktować z ludźmi, którzy prowadzili tamte śledztwa. Wprawdzie toczyły się przed dwudziestu laty, ale przy odrobinie szczęścia może się okazać, że ktoś z nich nadal jest w czynnej służbie.

Podchodzi do uchylonego lufcika, wyjmuje papierosa, zapala i głęboko się zaciąga.

Jeśli ktoś wejdzie nagle do pokoju i zacznie marudzić, że śmierdzi dymem, każe mu przeczytać całą dokumentację, z którą przed chwilą sama się zapoznała. Potem poczęstuje tę osobę papierosem i wskaże jej lufcik.

Siada za biurkiem, by zapoznać się z materiałami z oddziału psychiatrycznego szpitala w Nacce. Ich treść jest równie obszerna jak pozostałych dokumentów. Dane osobowe poszkodowanej powinny być chronione, co wynika z zapisów rozmów przeprowadzonych z nią w trakcie ponad pięćdziesięciu sesji terapeutycznych. Część z nich ujawniła przemoc, której ofiarą poszkodowana padła przed ukończeniem czternastego roku życia, część dotyczy późniejszych aktów przemocy, gdy miała już ukończone piętnaście lat.

Co za bydlę, oburza się Jeanette. Szkoda, że już nie żyjesz.

Do pokoju wchodzi Hurtig z kawą. Jeanette prosi go, aby zapoznał się z decyzją sądu, a sama zabiera się za czytanie dokumentów zawierających wniosek o rozpatrzenie sprawy.

Zbiera wszystkie kartki i zagląda na ostatnią, aby zaspokoić ciekawość i dowiedzieć się, który policjant prowadził śledztwo.

Zobaczywszy, kto się podpisał pod wnioskiem o utajnienie danych osobowych Victorii Bergman, o mało się nie krztusi kawą.

Na samym dole ostatniej strony widnieją podpisy trzech osób:

*Hans Sjöquist, lekarz medycyny sądowej*
*Lars Mikkelsen, aspirant*
*Sofia Zetterlund, psycholog.*

# Park Vita Bergen

*Mogło być zupełnie inaczej.*

Chłodne linoleum klei się do jej nagich ramion. Na dworze jest już ciemno.

Na ulicy słychać przejeżdżające samochody, a gdy zapada cisza, z parku po przeciwnej stronie jezdni dobiega szelest suchych jesiennych liści.

Sofia leży w kuchni na podłodze obok dwóch worków ze śmieciami. Są w nich resztki jedzenia i jej wymiociny. Leży i gapi się na lodówkę. Po suficie chodzi pająk. Przez otwarty lufcik w kuchni i uchylone okno w salonie wciska się wiatr, który porusza kartkami przyklejonymi do drzwi lodówki. Kiedy na nie patrzy, przypominają jej skrzydła muchy na tle moskitiery.

Spoglądając z dołu, można odnieść wrażenie, że są ich setki.

Na stole pełno jest brudnych talerzy i sztućców.

*Nature morte.*

Resztki dopalającej się świecy.

Sofia wie, że jutro niczego nie będzie pamiętać.

Tak samo było wtedy, gdy w Dala-Flodzie znalazła polanę nad jeziorem. Czas zatrzymał się tam w miejscu. Potrzebowała tygodni, żeby potem odnaleźć to miejsce. Od dzieciństwa ma luki w pamięci.

Przypomina sobie wesołe miasteczko Gröna Lund i to, co się w nim wydarzyło, kiedy Johan się zgubił. Obrazy z tamtego dnia próbują się zakotwiczyć w jej pamięci.

Coś chce do niej przemówić.

Sofia zamyka oczy i zagląda w swoje wnętrze.

Próbuje znaleźć punkt wyjścia, z którego będzie mogła spojrzeć na wszystko z odpowiedniego dystansu.

Johan siedział z nią w gondoli, którą mieli wjechać na szczyt wieży swobodnego spadania. Jeanette obserwowała ich, stojąc za ogrodzeniem. Gondola przesuwała się powoli w górę.

W połowie drogi Sofia poczuła nagle strach, a gdy znaleźli się na wysokości pięćdziesięciu metrów, zakręciło jej się w głowie. Ogarnęło ją jakieś irracjonalne wrażenie, które pojawiło się nie wiadomo skąd.

Niekontrolowany strach. Poczucie, że nie panuje nad sytuacją.

Bała się nawet poruszyć. Ledwo oddychała. Za to Johan głośno się śmiał i machał nogami. Kazała mu przestać, ale tylko się roześmiał i dalej to robił.

W pewnej chwili wyobraziła sobie, jak śruby spinające całą konstrukcję zostają naraz poddane działaniu potężnej siły i puszczają. Gdyby do tego doszło, gondola spadłaby na ziemię.

Gondola zaczęła się kiwać, a ona błagała Johana, by przestał się śmiać, lecz nawet jej nie słuchał. Czuł, że ma nad nią przewagę, i był na tyle arogancki, że jeszcze gwałtowniej zaczął machać nogami.

Raptem zamiast niej w gondoli pojawiła się Victoria.

Strach minął, umysł zaczął funkcjonować jak należy, uspokoiła się.

Potem znowu ma lukę w pamięci.

Szumiało jej w głowie i pojawiły się trudności z koncentracją. Po pewnym czasie szum powoli ucichł, pamięć także wróciła.

Leżała na boku. Piasek rozsypany na asfalcie kłuł ją w udo, czuła go przez płaszcz i sweter. Wprost się w nią wgryzał.

Z oddali dobiegały jakieś głosy.

Przypomina sobie ten moment. Chłodną dłoń na rozgrzanym czole.

Za plątaniną ludzkich nóg i butów ujrzała ławkę, a obok niej siebie, tyle że od tyłu.

Tak właśnie było. Widziała Victorię Bergman.

Czy to były halucynacje?

Przeciąga dłonią po oczach i wargach. Z ust cieknie jej strużka śliny. Dotyka uszkodzonego zęba.

Nie, to nie były majaki. Widziała siebie. Swoje jasne włosy, płaszcz i torebkę.

To była ona. Victoria.

Leżała na ziemi i patrzyła na siebie z odległości dwudziestu metrów.

Victoria podeszła do Johana, wzięła go za rękę.

Widząc to, chciała do niego zawołać, żeby się pilnował, ale gdy otworzyła usta, nie potrafiła wydobyć z siebie żadnego dźwięku.

Czuje ucisk w klatce piersiowej, chyba zaraz zwymiotuje. Ogarnia ją paniczny strach, próbuje oddychać wolniej.

Sofia Zetterlund zapamiętała, że widziała, jak naciąga Johanowi na twarz różową maskę.

Słyszy trąbienie samochodu na ulicy i otwiera oczy. Podpiera się na łokciach, powoli zaczyna się podnosić.

Sofia leży na kuchennej podłodze w budynku na ulicy Borgmästargatan i wie, że za dwanaście godzin nie będzie miała pojęcia o tym, że tu leżała. Za dwanaście godzin się obudzi i jakby nigdy nic pójdzie do pracy.

Ale już wie, że w Danii ma córkę.

Ma na imię Madeleine.

Przypomina sobie, że kiedyś ją odnalazła.

Jednak w tym momencie sama nie wie, czy jutro będzie o tym pamiętać.

# Dawniej

*Mogło być dobrze.*
*Naprawdę dobrze.*

Victoria nie wie, czy trafiła we właściwe miejsce, czuje się zagubiona, więc postanawia przejść się po dzielnicy, by pozbierać myśli.

Poznała nazwisko tych ludzi, wie, że mieszkają w Hellerup, na jednym z ładniejszych przedmieść Kopenhagi z willową zabudową. Mężczyzna jest dyrektorem firmy produkującej zabawki, mieszka z żoną na ulicy Duntzfelts Alle.

Wyjmuje walkmana i włącza kasetę. To nowe nagrania Joy Division. Idąc ulicą, słucha utworu pod tytułem „Incubation". Dźwięk muzyki rozbrzmiewa monotonnie w słuchawkach.

Inkubacja. Proces wylęgania. Wysiadywanie jajek. Porywanie młodych ptaków z gniazda.

Ona też była taką maszynką do wysiadywania jajek.

Wie tylko tyle, że chce zobaczyć swoją córkę. A potem?

Ma to w nosie, nawet jeśli wszystko pójdzie nie tak. Skręca w lewo, w równoległą ulicę. Kolejna alejka wysadzana drzewami.

Siada na niewielkiej skrzynce transformatora koło pojemnika na śmieci, zapala papierosa i postanawia, że będzie tu siedzieć tak długo, aż kaseta się skończy.

„She's Lost Control", „Dead Souls", „Love Will Tear Us Apart"... Walkman automatycznie odtwarza drugą stronę kasety, na samym końcu lecą utwory „No Love Lost" i „Failures".

Obok przechodzą ludzie. Ciekawe, czemu się tak gapią.

Nagle zatrzymuje się przed nią duży czarny samochód. Ubrany w garnitur mężczyzna z niewielką bródką opuszcza szybę i pyta, czy chciałaby, żeby ją gdzieś podwiózł.

– Duntzfelts Alle – odpowiada, nie zdejmując słuchawek.

– To właśnie ta ulica – mówi z pewnym siebie uśmiechem mężczyzna. – Czego słuchasz?

– To Kjell Lönnå.

Mężczyzna rzuca jakiś dwuznaczny dowcip. Victoria kopie butem w skrzynkę transformatora.

– Spadaj, zboczeńcu – mówi i pokazuje mu środkowy palec.

Samochód powoli odjeżdża, ale dziesięć metrów dalej znowu się zatrzymuje. Victoria wstaje i rusza w przeciwnym kierunku. Ogląda się przez ramię, a widząc, że mężczyzna otwiera drzwi i wysiada z samochodu, rzuca się do ucieczki.

Ogląda się dopiero wtedy, gdy skręca w ulicę, którą przyszła. Okazuje się, że samochód już odjechał.

Wróciwszy pod dom, obok wejściowej bramy zauważa mosiężną tabliczkę na kamiennym murze. Już wie, że trafiła pod właściwy adres.

To tu mieszkają państwo Silfverbergowie z córką Madeleine.

A więc tak ma na nazwisko?

Uśmiecha się. Zabawna sprawa. Victoria i Madeleine, takie same imiona noszą córki króla Szwecji.

Dom jest ogromny, ogród zadbany. Jest w nim także soczysty trawnik, który chyba służy za pole golfowe.

Za murem rośnie wysoki bez i trzy dęby.

Brama jest zamknięta, dostępu broni elektroniczny zamek. Przy jednym z rogów kamiennego muru rośnie niskie masywne drzewo.

Victoria rozgląda się, by sprawdzić, czy nikt jej nie widzi. Potem wspina się na mur i zeskakuje po drugiej stronie. Na parterze pali się światło, na dwóch górnych kondygnacjach jest ciemno. Drzwi balkonowe na drugim piętrze są uchylone.

Po rynnie, która pełni rolę drabiny, wspina się na górę. Podchodzi do drzwi balkonowych i uchyla je szerzej.

Znajduje się w gabinecie pełnym książek, na podłodze leży dywan.

Zdejmuje buty i ostrożnie wychodzi na korytarz. Po prawej widzi dwoje, po lewej troje drzwi, jedne są otwarte. Na końcu korytarza widać schody łączące piętra. Z głębi domu dobiegają głosy, słychać włączony telewizor. Właśnie leci mecz piłkarski.

Victoria zagląda przez otwarte drzwi. To kolejny gabinet, a w nim biurko i dwa wysokie regały pełne zabawek. Niewielkie lalki z drewna i porcelany, szczegółowo wykonane modele samochodów i samolotów. Na podłodze stoją dwa wózki dla lalek. Pozostałe pokoje jej nie obchodzą, przecież nikt nie zostawia niemowlęcia za zamkniętymi drzwiami.

Ostrożnie podkrada się do schodów i rusza na dół. Na półpiętrze schody tworzą zakręt w kształcie litery „U". Victoria zatrzymuje się na środku, widzi pokój z kamienną podłogą, a na samym końcu zamknięte drzwi. To prawdopodobnie drzwi wejściowe.

Z sufitu zwisa ogromny żyrandol. Przy ścianie po lewej stronie stoi dziecięcy wózek z postawioną budą.

Victoria działa instynktownie. Zapomina o konsekwencjach, istnieje tylko „tu" i „teraz".

Idzie po schodach i na najniższym stopniu stawia swoje buty. Już nie kryje się jak przed chwilą. Telewizor gra tak głośno, że słyszy słowa komentatora sportowego.

– *Mecz półfinałowy Włochy – Związek Radziecki, zero – zero. Neckarstadion, Stuttgart.*

Obok wózka widać podwójne oszklone drzwi. Są otwarte. Państwo Silfverbergowie oglądają telewizor, w wózku leży dziecko.

Inkubator. Urządzenie do wysiadywania jajek.

Nie jest drapieżnym ptakiem, ona tylko odbiera, co do niej należy.

Podchodzi do wózka i pochyla się nad dzieckiem. Buzię ma spokojną, ale nie rozpoznaje go. W szpitalu w Ålborgu dziewczynka wyglądała inaczej. Miała ciemniejsze włosy, chudszą buzię i cieńsze wargi. Teraz wygląda jak cherubinek.

Mała śpi, a na stadionie w Stuttgarcie nadal utrzymuje się wynik bezbramkowy.

Victoria ściąga z niemowlęcia cienki kocyk. Jej dziecko jest ubrane w niebieską piżamkę. Rączki ma wygięte, piąstki zaciśnięte.

Bierze małą na ręce. Hałas dobiegający z telewizora jest coraz większy, dzięki czemu czuje się bezpieczniej. Dziecko nadal śpi, jest takie ciepłe.

– *Protasow, Olejnikow, Litowczenko. I znowu Litowczenko...*

Robi się coraz głośniej, z pokoju dobiegają przekleństwa.

Jeden do zera dla ZSRR.

Victoria trzyma dziecko przed sobą. Jest gładkie i blade. Jego główka przypomina jajko.

Nagle staje przed nią Per-Ola Silfverberg. Przez kilka długich sekund mierzy go wzrokiem.

Nie wierzy własnym oczom.

Przecież to on! Szwed!

Okulary i krótko ostrzyżone jasne włosy. Koszula w stylu *yuppie*, jakie noszą bankierzy. Wcześniej widywała go w brudnym kombinezonie, ale nigdy w okularach.

Teraz widzi w nich swoje odbicie. I dziecko, które trzyma w ramionach.

Mężczyzna ma idiotyczną minę, twarz wyraźnie mu pobladła.

– Rosja gola! – mówi Victoria, kołysząc dziecko.

W tym momencie mężczyzna odzyskuje pewność siebie.

– Niech to szlag! Co ty tu robisz? – pyta.

Robi krok w stronę Victorii, która cofa się, chroniąc dziecko.

Inkubacja. Tak nazywa się okres między zarażeniem a pierwszymi objawami choroby. Inkubacja to także okres wylęgania. Oczekiwanie na złożenie jaj. Jak to możliwe, że tym samym słowem określa się oczekiwanie na przyjście dziecka na świat i na pojawienie się choroby? Czy to jedno i to samo?

Szwed rzuca się na nią. Victoria upuszcza dziecko.

Jego główka jest cięższa od korpusu. Victoria widzi, jak dziecko robi pół obrotu i leci w stronę kamiennej podłogi.

Główka jest jak wysiadywane jajko.

Silfverberg wykonuje gwałtowne ruchy, u jego boku pojawia się kobieta w czarnej sukience, w ręce trzyma telefon komórkowy. W jej oczach czai się strach. Victoria wybucha śmiechem, żadne z nich nie zwraca na nią uwagi.

– *Litowczenko, jeden do zera* – przypomina komentator w telewizorze.

Kolejna powtórka strzelonego gola.

– Rosja gola! – powtarza Victoria, osuwając się po ścianie na podłogę.

Dziecko to obca istota, więc postanawia, że od tej pory nie będzie się nim już przejmować.

Od tej pory to tylko jajko w niebieskiej piżamce.

# Komenda policji w Kronobergu

Niech to diabli! Jeanette czuje, jak ogarnia ją nieprzyjemne uczucie. To jakiś żart? Spisek? Różne myśli krążą jej po głowie, chwilami odnosi wrażenie, jakby siedziała na karuzeli.

To, że Lars Mikkelsen był kiedyś zaangażowany w śledztwo dotyczące Victorii Bergman, właściwie jej nie dziwi. Jednak jego wniosek o utajnienie jej danych osobowych jest zdumiewający, ponieważ w tej sprawie nie zapadł żaden wyrok.

Najdziwniejsze jest jednak to, że wśród dokumentów jest też analiza psychologiczna sporządzona przez Sofię Zetterlund. To nie może być ta sama Sofia co jej Sofia, ponieważ jej Sofia nie miała wtedy jeszcze skończonych dwudziestu lat.

Naprawdę osobliwy zbieg okoliczności.

Hurtig ma rozbawioną minę.

– Dziwny przypadek. Od razu do niej zadzwoń.

Faktycznie dziwna sprawa.

– Ja zadzwonię do Sofii, a ty do Mikkelsena. Poproś go, żeby do nas przyszedł, najlepiej w ciągu dnia.

Po wyjściu Hurtiga Jeanette wykręca prywatny numer Sofii, ale nikt nie odbiera. Dzwoni więc do jej gabinetu i dowiaduje się, że Sofia jest chora.

Sofia Zetterlund. Jak duże jest prawdopodobieństwo, że psycholog Victorii Bergman w latach osiemdziesiątych nosił to samo nazwisko co Sofia, którą ona zna osobiście i która też jest psychologiem?

Przeszukuje Internet i już po chwili wie, że w całej Szwecji mieszka piętnaście Sofii Zetterlund. Dwie są psychologami i mieszkają w Sztokholmie. Jedna z nich to „jej" Sofia, druga jest od wielu lat na emeryturze i mieszka w domu spokojnej starości w Midsommarkransen.

To na pewno ona.

Wszystkie elementy układanki do siebie pasują, jakby ktoś się bawił z Jeanette, konstruując taki przebieg wydarzeń. Nie wierzy w przypadki, tylko w logiczne myślenie, a logika jej podpowiada, że istnieje jakiś związek. Problem polega na tym, że jeszcze nie wie, na czym ten związek polega.

Znowu ten holizm. Szczegóły wydają się wprost niesamowite, niezrozumiałe. Ale zawsze istnieje naturalne wyjaśnienie. Logiczny kontekst.

W drzwiach pojawia się Hurtig.

– Mam odpowiedź od policji w Skanii. Jedyny ślad, jaki pozostawił po sobie kierowca zabójca Henrietty, to kilka odprysków czerwonego lakieru. Sprawa od dawna jest umorzona.

– Okej, dzięki.

– Mikkelsen jest w komendzie. Będzie na ciebie czekał przed automatem do kawy. A co zrobimy z Henriettą Östlund i Jessiką Friberg? Åhlund się dowiedział, że obie są niezamężne i zameldowane w tej samej dzielnicy willowej poza centrum. Obie są prawniczkami i pracują dla którejś z gmin.

– Dwie kobiety, które prawdopodobnie całe życe spędziły razem... Szukaj dalej. Sprawdź, czy udało się cokolwiek ustalić na podstawie rozmów telefonicznych. Niech Schwarz pogrzebie w bazach danych i lokalnych gazetach. Z wizytą u obu pań jeszcze się wstrzymamy. Wolałabym się nie ośmieszyć, lepiej mieć więcej informacji. W tym momencie bardziej nas interesuje Victoria Bergman.

– A Madeleine Silfverberg?

– Władze francuskie niewiele nam pomogły, muszą tam mieć niezły bałagan w papierach. Dostaliśmy jakiś adres w Prowansji, ale nie mamy kasy, żeby tam pojechać. Będziemy jednak musieli to zrobić, bo inaczej śledztwo w ogóle stanie w miejscu.

Hurtig zgadza się z jej rozumowaniem. Wychodzą z pokoju i idą do automatu z kawą, gdzie czeka Mikkelsen. W rękach trzyma dwa kubki z kawą. Uśmiecha się na widok Jeanette.

– Pewnie pijesz czarną bez cukru? – pyta, podając jej kubek.

– Ja słodzę tyle, że łyżka staje. Moja żona żartuje, że piję cukier z kawą.

Jeanette bierze od niego kubek.

– Dobrze, że przyszedłeś. Może pójdziemy do mojego pokoju?

Mikkelsen spędza w pokoju Jeanette prawie godzinę. Sprawę Victorii Bergman dostał jeszcze jako niedoświadczony śledczy.

To, czego się dowiedział o losach Victorii, wywarło na nim okropne wrażenie, ale z drugiej strony utwierdziło go w przekonaniu, że właściwie wybrał zawód. Chciał pomagać nie tylko takim dziewczynom jak Victoria, lecz także chłopcom, chociaż są zawsze słabo reprezentowani w statystykach.

– Każdego roku wpływa do nas około dziewięciuset zgłoszeń w sprawie przemocy seksualnej – wzdycha Mikkelsen, gniotąc w ręce pusty kubek po kawie. – W ponad osiemdziesięciu procentach przypadków sprawcą jest mężczyzna, który często zna wykorzystywane dziecko.

– Jak często do tego dochodzi?

– W latach dziewięćdziesiątych przeprowadzono szczegółowe badania na grupie dziewczyn w wieku siedemnastu lat. Okazało się, że co ósma padła ofiarą takiego przestępcy.

Jeanette liczy coś szybko w myślach.

– To znaczy, że w przeciętnej klasie szkolnej jest co najmniej jedna dziewczyna, a może nawet dwie, które kryją w sobie równie mroczną tajemnicę.

Jeanette myśli o dziewczynach z klasy Johana. Któraś z nich na pewno jest ofiarą przemocy seksualnej.

– Na to wychodzi. Jeśli idzie o chłopców, ocenia się, że stosunek ten wynosi jeden do dwudziestu pięciu.

Przez chwilę siedzą w milczeniu, zastanawiając się nad danymi z tej tak mrocznej statystyki.

Milczenie przerywa Jeanette:

– A więc zajmowałeś się Victorią?

– Tak. Skontaktowała się ze mną psycholog ze szpitala w Nacce. Miała pacjentkę, o którą się niepokoiła. Niestety, nie pamiętam jej nazwiska.

– Sofia Zetterlund – podpowiada Jeanette.

– Tak, chyba tak się nazywała. Na pewno.

– Czy jej nazwisko nic ci nie mówi?

– Nie – odpowiada Mikkelsen ze zdumioną miną. – A powinno?

– Psycholog, z którą kontaktowałeś się w sprawie Lundströma, też się tak nazywa.

– O cholera... Skoro tak twierdzisz... Zabawne. Rozmawiałem z nią tylko dwa razy przez telefon, mam kłopot z zapamiętywaniem nazwisk.

– W tym dochodzeniu występuje jeszcze jeden zbieg okoliczności. – Jeanette zgarnia z biurka wszystkie papiery i teczki. – Sprawa robi się naprawdę skomplikowana. Mimo to wiem, że wszystkie elementy układanki jakoś do siebie pasują. Postać Victorii Bergman pojawia się wszędzie. A co się wtedy właściwie stało?

– Zetterlund zadzwoniła do mnie, bo po rozmowie z dziewczyną uznała, że należy się nią zająć i całkowicie zmienić jej sytuację życiową. Zaproponowała nawet, żeby zastosować środki nadzwyczajne.

– Na przykład utajnienie danych osobowych? A przed kim chcieliście ją chronić?

– Przed jej ojcem. Pamiętaj, że do pierwszych aktów przemocy doszło w połowie lat siedemdziesiątych, gdy Victoria była jeszcze małą dziewczynką. Wtedy prawo było inne niż teraz. W tamtych czasach takie przestępstwo nazywało się „uprawianiem nierządu z własnym potomstwem" i zostało zmienione dopiero w osiemdziesiątym czwartym roku.

– W aktach nie ma wyroku sądu. Dlaczego Victoria nie oskarżyła ojca?

– Po prostu odmówiła. Odbyłem na ten temat wiele rozmów z psychologami, ale nic nie pomogło. Victoria zapowiedziała, że jeśli skierujemy sprawę do sądu, wszystkiemu zaprzeczy. Mieliśmy do dyspozycji jedynie wyniki badań lekarskich z opisem obrażeń, które odniosła. Wszystko inne opierało się na poszlakach, co wtedy nie wystarczyło, żeby kogoś skazać.

– Gdyby Bergmana skazano dzisiaj, jaki wyrok by otrzymał?

– Od czterech do pięciu lat. Poza tym musiałby zapłacić ofierze zadośćuczynienie w wysokości pół miliona koron.

– Czasy się zmieniają – zauważa z kwaśną miną Jeanette.

– Tak. Poza tym teraz już wiadomo, jak taka przemoc wpływa na osobowość dziecka. Autodestrukcja, próby samobójcze... to dość częste przypadki. Kiedy takie dziecko jest już dorosłe, ma stany lękowe i cierpi na bezsenność. Dotyczy to każdego dziecka, bez wyjątku. Występuje też obciążenie psychiczne, które utrudnia nawiązywanie normalnych związków uczuciowych. Dlatego sądy stosunkowo często orzekają tak wysoką karę finansową. Czyny dorosłych na zawsze kształtują osobowość i życie dziecka.

– Dlatego trzeba za to płacić – stwierdza Jeanette. Brzmi to dość ironicznie, lecz nie zamierza się tłumaczyć. Ma nadzieję, że Mikkelsen ją zrozumie. – I co zrobiła?

– Sofia Zetterberg...

– Zetterlund – poprawia go Jeanette. Mikkelsen rzeczywiście nie przesadził, wspominając o swojej ułomnej pamięci.

– No właśnie... Jej zdaniem najważniejsze było odseparowanie Victorii od ojca, żeby mogła zacząć nowe życie, w innym miejscu i pod zmienionym nazwiskiem.

– I wyście jej to umożliwili?

– Tak. Pomagał nam lekarz medycyny sądowej Hasse Sjöquist.

– Znalazłam jego nazwisko w tamtych papierach. Jak przebiegała rozmowa z Victorią?

– Staliśmy się sobie bardzo bliscy, z czasem nabrała do mnie zaufania. Może nie takiego jak do pani psycholog, ale w jakimś stopniu było to zaufanie.

Jeanette obserwuje Mikkelsena i domyśla się, dlaczego Victoria czuła się przy nim bezpiecznie. Bije od niego jakaś siła, na pewno bardzo dobrze radzi sobie z dziećmi. Jest niczym starszy brat spieszący z pomocą, gdy dziecko krzywdzone jest przez inne niedobre dzieci. Z oczu bije mu powaga, lecz jest w nich też ciekawość, którą zaraża innych. Widać po nim, że aż się pali do pracy.

Czasem Jeanette także przeżywa coś podobnego. Chce naprawiać świat, chociaż dotyczy to tylko jej własnego zakątka.

– A więc stworzyliście Victorii nową tożsamość?

– Tak. Sąd Rejonowy w Nacce podzielił nasz punkt widzenia i postanowił utajnić jej dane osobowe. Tak to funkcjonuje do dzisiaj. Niestety, nie mam pojęcia, jak Victoria się teraz nazywa i gdzie mieszka. Mam jednak nadzieję, że ma się dobrze, chociaż w to wątpię.

Po tych słowach Mikkelsen poważnieje.

– W takim razie mamy problem, bo podejrzewam, że Victoria Bergman jest osobą, której poszukuję.

Mikkelsen patrzy na nią pytającym wzrokiem, więc Jeanette opowiada mu w skrócie o ustaleniach, do których doszli razem z Hurtigiem, i podkreśla, jak ważne jest odnalezienie Victorii. Chociażby po to, by wyeliminować ją ze śledztwa. Mikkelsen obiecuje, że jeśli czegoś się dowie, zadzwoni. Na tym kończą rozmowę.

Jeanette patrzy na zegarek. Jest prawie piąta. Postanawia, że „starsza" Sofia Zetterlund może poczekać do jutra. Najpierw porozmawia ze „swoją" Sofią.

Wkłada do torebki rzeczy i schodzi do garażu, by pojechać do domu. Wyjmuje telefon, wybiera numer, przyciska telefon ramieniem do policzka i rusza. W słuchawce słychać długi sygnał, ale Sofia nie odbiera.

# Victoria Bergman, Vita Bergen

*Mogło być inaczej. Mogło być dobrze.*
*Mogło być naprawdę dobrze.*
*Gdyby tylko był inny. Gdyby był dla niej dobry.*


Sofia idzie do kuchni i siada na podłodze.

Mruczy do siebie, kołysząc się w przód i w tył:

– Ja jestem drogą i prawdą, i życiem. Nikt nie przychodzi do Ojca inaczej, jak tylko przeze Mnie.

Patrzy na drzwi lodówki. Na widok tylu notatek, karteczek i wycinków prasowych dostaje naraz napadu śmiechu. Ślina pryska jej z ust.

Zna przecież fenomen psychologiczny nazywany *l'homme du petit papier*. Człowiek karteluszka.

Chodzi o to, że człowiek czuje się zmuszony ciągle zapisywać własne spostrzeżenia. Kieszenie zawsze ma pełne pogniecionych karteczek i wycinków prasowych z interesującymi artykułami.

Ktoś taki musi mieć zawsze pod ręką długopis i notes.


*Nietowarzyska koleżanka.*
*Unsocial mate.*
*Solace Aim Nut.*


Podczas pobytu w Sierra Leone zdobyła nową przyjaciółkę. Nazwała ją Solace Aim Nut.

To anagram słów *Unsocial Mate*.

Gra słów, ale całkiem na poważnie. Strategia przeżycia Victorii polegała na tworzeniu wymyślonych osób, które mogły ją

„zastąpić", gdy żądania ojca wobec niej stawały się zbyt trudne do zniesienia.

Poczucie winy przenosiła właśnie na te tożsamości.

Każde spojrzenie, każde gwizdnięcie, każdy gest zawierający jakąś aluzję odbierała jako dowód swego braku godności.

Zawsze była brudna.

– Jeżeli wyznajemy nasze grzechy, Bóg jako wierny i sprawiedliwy odpuści je nam...

Zagubiona we własnym wewnętrznym labiryncie rozlewa na stół trochę wina.

– Bo pokrzepię spragnionego, a każdego, co łaknie, nasycę.

Nalewa sobie drugi kieliszek wina i przed pójściem do sypialni wypija go duszkiem.

– Lecz was, którzy porzucacie Pana, zapominacie o mojej świętej górze, nakrywacie stół na cześć Gada i napełniacie czarkę wina na cześć Meniego, was przeznaczam pod miecz; wszyscy padniecie w rzezi...

Wewnętrzny żar.

Jeśli zgaśnie, człowiek umiera.

Słucha szumu, który wypełnia jej wnętrze, i krwi płonącej w żyłach. W końcu ogień przygaśnie, a zwęglone serce stanie się wielką czarną dziurą.

Dolewa sobie wina, opłukuje twarz wodą, pije i szlocha, ale zmusza się do opróżnienia kieliszka. Siada na sedesie, wyciera się frotowym ręcznikiem, wstaje i nakłada szminkę na wargi.

Kiedy jest już gotowa, ogląda się w lustrze.

Wygląda ładnie.

Nadaje się, żeby zrealizować cel.

Wie, że gdy stoi przy barze ze znudzoną miną, nigdy nie czeka długo.

Robiła to już tyle razy wcześniej.

Prawie każdego wieczoru.

Od wielu lat.

Wyrzuty sumienia były pewnym pocieszeniem, bo czego jak czego, ale poczucia winy jest absolutnie pewna. Zamartwiała się i szukała potwierdzenia wśród mężczyzn, który zauważają tylko siebie, dlatego sami nie mogą niczego potwierdzić. Wyzwoleniem staje się wstyd.

Nie chce jednak, by faceci widzieli cokolwiek ponad to, co widać na zewnątrz. Nigdy nie pozwoli im zajrzeć w głąb swojej duszy.

Dlatego jej ubranie jest czasem brudne i zniszczone. Są na nim zielone plamy od leżenia na plecach na trawie w parku.

Kiedy jest już gotowa, wraca do kuchni, bierze butelkę wina i idzie do sypialni. Pije prosto z butelki, jednocześnie przeglądając ubrania w garderobie. W końcu wybiera czarną sukienkę. Wciska się w nią, potyka, chichocze, przegląda się w lustrze. Wie, że teraźniejszość to tylko chwila, jutro zostanie luka w pamięci. Często próbuje sobie przypomnieć, o czym myśli w takich chwilach, lecz myśli nigdy nie wracają.

Jak muchy na kostce cukru.

W barze faceci muszą o nią współzawodniczyć. Wygrywa ten, który postawi jej najdroższego drinka. Zwycięzca może też dotknąć jej ręki, a po trzecim drinku należą do niego jej uda i krocze. Jest sobą, uśmiech ma zawsze szczery.

Wie, czego od nich chce, i zawsze im to dokładnie wyjaśnia.

Żeby się uśmiechać, potrzebuje więcej wina. Wypija kolejny łyk.

Czuje, że płacze, ale to tylko policzek jest mokry. Wyciera go kciukiem, żeby nie rozmazać makijażu.

Nagle dzwoni telefon w kurtce. Biegnie do przedpokoju.

Dźwięk jest intensywny i wwierca jej się w głowę jak ostry gwóźdź. Znajduje telefon dopiero po dziesiątym sygnale.

Widząc, że dzwoni Jeanette, naciska klawisz „odrzuć połączenie" i od razu wyłącza telefon. Idzie do salonu, opada ciężko na kanapę. Zaczyna przeglądać czasopismo leżące na stole, dochodzi do rozkładówki w środku numeru.

Minęło tyle czasu, a to ciągle jest to samo życie, ta sama konieczność.

Kolorowe zdjęcie ośmiobocznej wieży.

Wzrok ma zamglony, więc musi się skupić. Tak, to chyba pagoda obok buddyjskiej świątyni. Tematem rozkładówki jest wycieczka do miasta Wuhan, stolicy prowincji Hubei, która rozciąga się na wschodnim brzegu rzeki Jangcy.

Wuhan.

Na rozkładówce jest reportaż poświęcony Gao Xingjianowi, laureatowi Literackiej Nagrody Nobla. I duże zdjęcie okładki jego książki pod tytułem „Biblia samotnego człowieka".

Gao.

Odkłada czasopismo i podchodzi do regału z książkami. Szuka w nim czegoś, ale ma kłopoty z rozróżnieniem małych liter. Nabiera głęboko powietrza, by złapać równowagę, opiera się o regał i w końcu znajduje to, czego szukała.

Ostrożnie wyciąga książkę z podniszczoną okładką.

„Osiem esejów o sztuce życia" z 1591 roku. Autor: Gao Lian.

Patrzy na mechanizm utrzymujący regał w stałej pozycji.

Gao Lian.

Gao Lian z Wuhanu.

Przez chwilę się waha, w końcu jednak zdejmuje haczyk.

Drzwi się odsuwają, słychać lekkie, ledwo słyszalne skrzypienie.

# Jezioro Klara Sjö

Gabinet prokuratora von Kwista urządzony jest w wyszukanym, typowo męskim stylu. Czarne skórzane fotele, duże biurko. Pełno w nim także naturalistycznych dzieł sztuki. Na ścianie za biurkiem wisi duży obraz przedstawiający pokrytą śniegiem wysoką górę. Wokół szaleje burza.

Prokurator czuje kurcze w żołądku. Mimo to wlewa w siebie kolejną szklankę whisky, a potem podaje butelkę Dürerowi. Ten potrząsa głową odmownie.

Von Kwist unosi butelkę, popija z niej i przez chwilę rozkoszuje się mocnym aromatem.

Jego rozmowa z Viggiem niczego na razie nie zmieniła, ani na gorsze, ani na lepsze. Przyznał się tylko, że jest dalekim znajomym rodziny Lundströmów.

Jego zmarła niedawno żona Henrietta była koleżanką szkolną Annette Lundström. Ich rodziny przez wiele lat utrzymywały bliskie kontakty, chociaż spotykały się najwyżej dwa razy do roku. Ostatnio kontakty w ogóle ustały.

Przed dziesięciu laty jechali z Henriettą do Kristianstadu, żeby wspólnie z Lundströmami spędzić weekend. Jedyną rzeczą, którą zapamiętał z tamtego pobytu, było niesforne zachowanie córki gospodarzy, Linnei.

Poza tym było bardzo przyjemnie.

Panowie przez dwa dni grali w golfa, a panie zajmowały się szykowaniem kolacji.

– Ostatni raz widzieliśmy się na pogrzebie Henrietty – mówi Dürer, cmokając ustami. – Potem straciłem z nimi wszelkie kontakty. A teraz także Karl nie żyje...

– Viggo – przerywa mu prokurator. – Znamy się od dawna

353

i zawsze brałem cię w obronę. Ty też stawałeś u mego boku, gdy potrzebowałem pomocy.

– Zgadza się. – Dürer kiwa głową.

– Tym razem nie wiem, czy będę w stanie ci pomóc. Prawda jest taka, że nawet nie wiem, czy chcę ci pomóc.

– O czym ty mówisz? – Dürer patrzy na niego zdziwionym wzrokiem.

– Kilka dni temu rozmawiałem z pewną psycholożką. Okazało się bowiem, że gdy Karl przyznawał się do przemocy wobec Linnei, był pod działaniem silnych leków.

– No tak, to okropna historia – stwierdza Dürer. Robi przy tym zniesmaczoną, choć niezbyt wiarygodną minę. – A co to ma wspólnego ze mną?

– Sofia Zetterlund, ta psycholog, która rozmawiała z Karlem, jest pewna, że leki nie wpłynęły na jego ocenę, tym bardziej że jego wersję potwierdziły zeznania córki. Tak przy okazji: Linnea nadal chodzi do niej na sesje terapeutyczne.

– Co takiego? Chodzi na terapię? – woła Dürer. Jego twarz wyraża prawdziwe zdumienie. – Myślałem, że Annette...

– Że Annette co?

– Nie, nic. Myślałem, że teraz, gdy jest już po wszystkim, poczują się lepiej. Rozumiem, że ze względu na śmierć Karla sprawa zostanie umorzona?

W zachowaniu Dürera jest coś, co sprawia, że prokurator coraz bardziej utwierdza się w przekonaniu, iż Sofia Zetterlund być może ma rację.

– Oczywiście, że tak. Niestety, Linnea twierdzi teraz, że ty też byłeś zamieszany w... hm, jak by to określić... w sprawki Karla.

– O kurwa!

Dürer chwyta się za serce i robi się biały jak kreda.

– Co z tobą? Źle się czujesz?

Adwokat jęczy i głęboko oddycha. Dopiero po chwili unosi rękę w obronnym geście.

– Wszystko w porządku – mówi. – Ale to, co mówisz, brzmi naprawdę niepokojąco.

– Wiem. Dlatego musisz się zachowywać pragmatycznie. Chyba rozumiesz, co mam na myśli?

Dürer kiwa głową. Wygląda na to, że odzyskał siły.

– Zajmę się tym.

# Bene vita, Victoria Bergman, Vita Bergen

Bene vita *znaczy dobre życie.*
*Mogło być inaczej. Mogło być lepiej.*
*Mogło być naprawdę dobrze.*
*Gdyby tylko był inny. Gdyby był dla mnie dobry.*
*Gdyby tylko był dla mnie dobry.*

Wszędzie te rysunki. Setki, a nawet tysiące naiwnych dziecięcych rysunków rozrzuconych po podłodze albo przymocowanych do ściany.

Są bardzo szczegółowe, chociaż narysowało je dziecko.

Widać na nich dom w Grisslinge – przed i po pożarze – i gospodarstwo w Dala-Flodzie.

Ptak i pisklęta w gnieździe przed i po tym, jak Victoria kłuła je kijkiem.

Mała dziewczynka koło latarni morskiej. Madeleine, córeczka, którą jej odebrali.

Pamięta tamto popołudnie, gdy powiedziała Bengtowi, że jest w ciąży.

Zerwał się z fotela z przerażoną miną. Podbiegł do niej i krzyknął: „Wstawaj!".

Chwycił ją za ręce, ściągnął z fotela.

– Wstawaj, do cholery! – Stali naprzeciwko siebie, a on dyszał jej prosto w twarz. Śmierdział czosnkiem. – Wstawaj! – powtórzył.

Pamięta, że podrapała się wtedy po głowie i pomyślała: nigdy mnie do tego nie zmusisz.

Chwycił ją pod pachy i podniósł z fotela. Broniła się, ale był silniejszy. Zaniósł ją aż do schodów prowadzących do piwnicy.

Płakała.

Dziko kopała nogami, bo się bała, że ją zrzuci ze schodów.

Na szczęście zanim podeszli do progu, zwolnił uchwyt, więc skuliła się pod ścianą.

– Nie dotykaj mnie!

Pamięta, że on też się rozpłakał. Usiadł w fotelu i odwrócił się do niej plecami.

Rozgląda się po pokoju, który kiedyś stał się dla niej miejscem ucieczki. Wśród rysunków i kartek na ścianie widzi artykuł z gazety na temat dzieci, które uciekają z Chin i lądują na Arlandzie z fałszywymi paszportami, o telefonie komórkowym i pięćdziesięciu amerykańskich dolarach. Potem te dzieci gdzieś znikają. Każdego roku są ich setki.

W rogu pokoju stoi rower treningowy, na którym kiedyś ćwiczyła. Robiła to godzinami, a potem smarowała się pachnącymi olejkami.

Pamięta, jak Bengt szarpnął ją za rękę i zacisnął na niej swoją dłoń.

– Na stół – rzucił, nie patrząc na nią. – Właź, kurwa, na stół!

Kiedy w końcu weszła na stół i odwróciła się w jego stronę, poczuła się tak, jak gdyby znajdowała się w innej powłoce cielesnej.

– Skacz...

Zrobiła, co kazał. Po czym znowu wdrapała się na stół i zeskoczyła.

Po kilku minutach Bengt wyszedł z pokoju, a ona dalej wchodziła na stół i zeskakiwała z niego jak w transie. Trwało to do momentu, gdy po schodach zeszła dziewczynka z Afryki. Miała na twarzy maskę, zimną, pozbawioną wyrazu. Czarne puste oczodoły.

Nie umarła, pomyślała Sofia.

Żyje.

# Dom Spokojnej Starości „Słonecznik"

Następnego ranka Jeanette jedzie od razu do Midsommarkransenu, żeby się spotkać ze „starą" Sofią Zetterlund. Udało jej się znaleźć miejsce parkingowe w pobliżu metra. Wyłącza silnik i wysiada ze swojego starego audi.

Mimo wielu napraw stale pojawiają się nowe usterki. Wygląda to tak, jakby podczas każdej kolejnej wizyty mechanicy w warsztacie nie tylko usuwali daną usterkę, ale także montowali w samochodzie nową. Jak nie agregat chłodnicy, to nakrętka albo pasek klinowy, opona, dziura w tłumiku albo jakiś problem ze skrzynią biegów. Przy wyłączaniu silnik wydaje z siebie dźwięk, jakby się czymś zachłysnął. Najpierw charknięcie, potem westchnienie. Jeanette odnosi wrażenie, że na funkcjonowanie starych mechanizmów niekorzystny wpływ ma utrzymująca się od pewnego czasu wilgoć w powietrzu.

Dom spokojnej starości, w którym przebywa Sofia Zetterlund, urządzono w jednym z żółtych funkcjonalnych budynków stojących w pobliżu parku Svandamm.

Zawsze jej się podobały takie dzielnice, jak Aspudden czy Midsommarkransen. Wzniesiono je w latach trzydziestych i funkcjonowały jak małe miasta w dużym mieście. To na pewno dobre miejsce na spędzenie ostatnich lat życia.

Wie jednak, że na tym idyllicznym obrazie istnieją rysy. Jeszcze do zeszłego roku przecznicę dalej swoją siedzibę miał Klub Motocyklowy Bandidos.

Mija kino Tellus, przechodzi kilka przecznic i skręca w prawo, w niewielką uliczkę. Na pierwszej bramie po lewej wisi tablica o treści: „Słonecznik. Dom Spokojnej Starości".

Jeanette zapala papierosa i rozmyśla o „swojej" Sofii.

Czy to przez nią zaczęła znowu tyle palić? Wypala już paczkę papierosów dziennie i kilka razy przyłapała się na tym, że pali po kryjomu przed Johanem, jak jakaś nastolatka. Prawda jest jednak taka, że dzięki nikotynie lepiej jej się myśli, szybciej i swobodniej. A teraz myśli o Sofii, w której się zakochała.

Zakochała? Miłość? Co to znaczy?

Kiedyś rozmawiała na ten temat z Sofią i spotkała się z jej strony z zupełnie innym spojrzeniem na tę kwestię. Dla Sofii zakochanie się nie ma nic wspólnego ze stanem, w którym ktoś czuje motyle w brzuchu, albo ze stanem, który jest zagadką, czymś przyjemnym. Stanem, w który Jeanette sama się wprowadziła.

Sofia chciała przez to powiedzieć, że bycie zakochanym przypomina w pewnym sensie stan psychotyczny. Przedmiotem miłości jest idealny wizerunek niezgodny z rzeczywistością. Osoba zakochana jest zakochana tylko w samym uczuciu. Sofia podała przykład dziecka przypisującego zwierzętom cechy, których nie posiadają. Jeanette zrozumiała to porównanie, mimo to poczuła się urażona, bo nie tak dawno temu wyznała Sofii, że jest w niej zakochana.

Sofia Zetterlund. Życie naprawdę sprawia nam dziwne niespodzianki. Jak to możliwe, że za chwilę spotka się z zupełnie inną Sofią Zetterlund?

Kiedy prowadziła śledztwo w sprawie ojca Victorii Bergman, korzystała z pomocy Sofii „młodszej". Teraz spotka się z Sofią „starszą", która też jest psychologiem i być może przekaże jej jakieś informacje dotyczące głównej podejrzanej w toczącym się śledztwie: Victorii Bergman.

Gasi papierosa i dzwoni do drzwi Słonecznika.

Za chwilę ujrzy Sofię „starszą". Po krótkiej rozmowie z kierowniczką ośrodka zostaje zaprowadzona do świetlicy.

Telewizor jest włączony na cały regulator, akurat leci powtórka jakiegoś amerykańskiego serialu komediowego z lat osiemdziesiątych. Na kanapie i fotelach siedzą dwaj mężczyźni i trzy kobiety. Wygląda jednak na to, że film w ogóle ich nie interesuje.

W drugim końcu pokoju, koło drzwi prowadzących na balkon, kobieta na wózku patrzy przez okno.

Jest bardzo chuda, ubrana w długą niebieską sukienkę, która zakrywa jej stopy. Siwiuteńkie włosy sięgają jej aż do pasa. Ma jaskrawy makijaż – niebieskie cienie do oczu i ostra czerwona szminka.

– Sofio – mówi kierowniczka, podchodząc do kobiety na wózku i kładąc jej rękę na ramieniu. – Masz gościa. To pani Jeanette Kihlberg z policji w Sztokholmie. Chce porozmawiać o twojej dawnej pacjentce.

– O klientce, tak to się nazywało – odpowiada od razu kobieta. W jej głosie można wyczuć pogardę.

Jeanette przysuwa krzesło i siada obok Sofii.

Przedstawia się, po czym wyjaśnia charakter sprawy, z którą przyszła. Niestety, staruszka nie obdarza jej nawet jednym spojrzeniem.

– Jak już pani wie, przyszłam tutaj, żeby zadać kilka pytań dotyczących jednej z pani dawnych klientek – zaczyna Jeanette. – To była młoda kobieta, poznała ją pani dwadzieścia lat temu.

Brak odpowiedzi.

Starsza pani siedzi z zamglonym wzrokiem utkwionym w dalekim punkcie. Może cierpi na kataraktę? A może jest niewidoma?

– Dziewczyna miała wtedy siedemnaście lat i nazywała się Victoria Bergman. Czy jej nazwisko coś pani mówi?

Kobieta odwraca wreszcie głowę i Jeanette się wydaje, że uśmiecha się blado. Twarz kobiety ma teraz łagodniejszy wyraz.

– Victoria – mówi kobieta. – Oczywiście, że ją pamiętam.

Jeanette oddycha z ulgą. Postanawia od razu przejść do rzeczy, przysuwa zatem krzesło bliżej.

– Przyniosłam jej zdjęcie – mówi Jeanette. – Nie wiem, czy pani dobrze widzi, ale może uda się ją zidentyfikować?

Sofia uśmiecha się szeroko.

– To niemożliwe. Od dwóch lat jestem ślepa. Mogę za to opisać, jaka była wtedy: blond włosy, niebieskie oczy. Ładna twarz, prosty wąski nos, pełne wargi. Jej twarz była niezwykła. Miała krzywy uśmiech, wzrok czujny, badawczy, intensywny.

Jeanette patrzy na zdjęcie w szkolnym albumie. Wygląd Victorii zgadza się z opisem przedstawionym przez starszą panią.

– Co się z nią stało, gdy sesje terapeutyczne dobiegły końca?

– Z kim? – pyta Sofia i znowu się śmieje.

– Z Victorią Bergman. – Jeanette patrzy na nią podejrzliwym wzrokiem.

Na twarzy Sofii znowu pojawia się nieobecny wyraz. Ponieważ przez kilka sekund nie odpowiada, Jeanette powtarza pytanie:

– Czy pani wie, co się stało z Victorią, gdy wasze sesje terapeutyczne dobiegły końca?

Na twarzy Sofii znowu pojawia się uśmiech.

– Z Victorią? Tak, pamiętam ją. – W jednej chwili jej uśmiech gaśnie. Sofia przeciąga ręką po twarzy. – Nie rozmazała mi się szminka?

– Nie, wszystko w porządku – zapewnia Jeanette. Zaczyna się obawiać, że stara psycholog ma kłopoty z pamięcią. To prawdopodobnie alzheimer. – Jej dane osobowe zostały utajnione. Czy pani później jeszcze ją spotkała?

– Victoria Bergman – mówi głośno staruszka i robi bezradną minę.

Jeden z mężczyzn siedzących przed telewizorem odwraca się w ich stronę.

– Victoria Bergman to śpiewaczka jazzowa – mówi. – Wczoraj pokazywali ją w telewizji.

Jeanette uśmiecha się do mężczyzny, który z zadowoleniem kiwa głową.

– Victoria Bergman – powtarza Sofia. – To niezwykła historia. Na pewno nie była śpiewaczką jazzową i nigdy nie widziałam jej w telewizji. Ale... czuję od pani dym. Poczęstuje mnie pani papierosem?

Jeanette jest zdumiona, że ich rozmowa zbacza na coraz to inny temat. Pani Zetterlund gubi wątki, choć wcale nie musi to oznaczać, że ma zaniki pamięci.

– Tu niestety nie wolno palić – odmawia grzecznie.

W odpowiedzi słyszy coś, co chyba nie może być prawdą:

– Ależ wolno. W moim pokoju. Proszę mnie tam zawieźć, razem sobie zakurzymy.

Jeanette odstawia krzesło na miejsce i ostrożnie odwraca wózek pani Zetterlund w drugą stronę.

– Gdzie jest pani pokój?

– W korytarzu ostatnie drzwi po prawej.

Jej głos brzmi teraz bardziej rześko. Być może jest to spowodowane nadzieją na papierosa, a może tym, że ma z kim porozmawiać.

Jeanette daje znać kierowniczce, że obie się na chwilę oddalą.

Po wejściu do pokoju Sofia nalega, aby usadzić ją na fotelu. Jeanette pomaga jej zająć wygodną pozycję. Sama siada przy stoliku pod oknem.

– Teraz możemy zapalić – mówi Sofia.

Jeanette podaje jej zapalniczkę i papierosy. Sofia zapala jednego wprawnym ruchem.

– Na półce na ścianie jest popielniczka, stoi obok Freuda.

Obok Freuda? Jeanette odwraca się w tamtą stronę.

Rzeczywiście jest tam duża kryształowa popielniczka. Obok niej stoi szklana śnieżna kula, rodzaj zabawki: po potrząśnięciu zaczyna w niej „padać" śnieg. Zazwyczaj w głębi takiej kuli umieszcza się figurki bawiących się dzieci, bałwanki albo jakieś inne zimowe motywy. Tymczasem w kuli należącej do Sofii Zetterlund znajduje się bardzo poważny Zygmunt Freud.

Jeanette wstaje po popielniczkę. Podchodzi do półki i nie może się powstrzymać, żeby nie potrząsnąć śnieżną kulą.

Freud zasypany śniegiem. Tak, pani Zetterlund ma specyficzne poczucie humoru.

– Dziękuję – mówi staruszka, gdy Jeanette podaje jej popielniczkę.

Jeanette kolejny raz powtarza swoje pytanie.

– Czy po tym, jak Victoria Bergman otrzymała nową tożsamość, spotkała ją pani jeszcze kiedyś?

Z papierosem w ręce Sofia Zetterlund sprawia wrażenie osoby czujnej.

– Nie, nigdy. W życie weszła nowa ustawa chroniąca dane osobowe i nikt nie wie, jak Victoria nazywa się dzisiaj.

A więc nic nowego poza tym, że z pamięcią pani Zetterlund wszystko jest w jak najlepszym porządku.

– Czy Victoria ma jakieś znaki szczególne? Odnoszę wrażenie, że zapamiętała pani jej wygląd bardzo dobrze.

– O, tak. Była bardzo ładna.

Jeanette czeka na ciąg dalszy, a widząc, że się nie doczeka, jeszcze raz zadaje to samo pytanie i dopiero wtedy słyszy odpowiedź:

– To była bardzo inteligentna dziewczyna. Właściwie nawet zbyt inteligentna, co chyba nie wyszło jej na dobre. Rozumie pani, co chcę powiedzieć?

– Nie. Co takiego?

Niestety, niewiele ma to wspólnego z jej pytaniem.

– Nie miałam z nią żadnego osobistego kontaktu od jesieni osiemdziesiątego ósmego roku. Za to dziesięć lat później dostałam od niej list.

Cierpliwości, myśli Jeanette.

– Pamięta pani jego treść?

Sofia kaszle i szuka ręką popielniczki. Jeanette podsuwa ją bliżej. Na twarzy staruszki znowu pojawia się wyraz świadczący o tym, że myślami jest gdzie indziej.

– O co ci dwoje tam się kłócą? – mówi głośno i zwraca oczy gdzieś ponad Jeanette, która odwraca się instynktownie, chociaż prawie od razu dociera do niej, że kobieta mówi o czymś, co istnieje tylko w jej wyobraźni albo należy do przeszłości.

– Pamięta pani list od Victorii Bergman? – pyta ponownie Jeanette. – Napisała go do pani już po tym, jak dostała nową tożsamość.

– List od Victorii. Ależ oczywiście. Bardzo dokładnie go pamiętam. – Na twarzy pani Zetterlund znowu wykwita radosny uśmiech.

– Pamięta pani jego treść?

– Właściwie nie wiem. Ale mogę go poszukać...

Co? Czy to znaczy, że ma ten list tutaj?

Kobieta robi taki ruch, jakby chciała wstać, i krzywi się.

– Zaraz pani pomogę – mówi Jeanette. Podchodzi do wózka i pyta, dokąd ją przewieźć.

– List jest w moim gabinecie, drzwi po prawej, idąc do kuchni. Niech mnie pani podwiezie do szafy z dokumentami, ale proszę wyjść z pokoju, jak będę ją otwierała. W szafie jest zamek szyfrowy, a jej zawartość ma charakter poufny.

Po chwili okazuje się, że we wskazanym pomieszczeniu oprócz toalety nic więcej nie ma.

Jeanette zgaduje, że pani Zetterlund przeniosła się myślami do domu, w którym kiedyś mieszkała.

– Nie musi mi go pani pokazywać – mówi. – Pamięta pani jego treść?

– Tak, ale niezbyt dokładnie. W dużej części list dotyczył jej córki.

– Córki? – pyta z zaciekawieniem Jeanette.

– Tak. Victoria zaszła w ciążę i oddała dziecko do adopcji. Była w tej kwestii bardzo tajemnicza, ale ja wiem, że na początku lata osiemdziesiątego ósmego roku wyjechała na poszukiwanie tego dziecka. Mieszkała wtedy u mnie przez prawie dwa miesiące.

– Mieszkała u pani?

Sofia Zetterlund robi poważną minę. Wygląda tak, jakby jej liczne zmarszczki nagle się wygładziły.

– Tak. Chodziło jej nawet po głowie samobójstwo, więc uznałam, że powinnam się nią zaopiekować. Nigdy bym jej od siebie nie wypuściła, gdyby odnalezienie dziecka nie było dla niej takie ważne.

– Dokąd wtedy pojechała?

Sofia Zetterlund drapie się po głowie.

– Nie chciała powiedzieć, ale po powrocie była silniejsza niż przed wyjazdem.

– Silniejsza?

– Tak. Jakby spadł jej z serca jakiś wielki ciężar. Jednak to, co jej zrobiono w Kopenhadze, było brzydkie. Nikomu nie wolno robić takich rzeczy.

# Dawniej

*Gdyby tylko był dobry.*

„Jesteście dla mnie martwe!", pisze Victoria na samym dole widokówki, którą wysyła z Dworca Centralnego w Sztokholmie. Widokówka przedstawia szwedzką parę królewską: Karol XVI Gustaw siedzi na pozłacanym tronie, a obok niego stoi uśmiechnięta królowa, która z dumą wskazuje na swego małżonka, jakby mówiła, że jest poddana władcy i wiernie mu służy.

To tak samo jak mama, myśli Victoria, schodząc na peron metra.

Jej zdaniem uśmiech królowej przypomina uśmiech Jokera: usta ma rozciągnięte od ucha do ucha. Ktoś jej kiedyś powiedział, że w życiu prywatnym król to prawdziwy drań. Zdarza mu się na przykład nazwać mieszkańców Arbogi mieszkańcami Örebro i podobno czasem strzela do królowej z zapałek, żeby ją w ten sposób poniżyć.

Jest piątek, jutro noc świętojańska. Victoria się zastanawia, jak to możliwe, że tradycja związana kiedyś ze zrównaniem dnia z nocą przypada obecnie zawsze w trzeci piątek czerwca bez względu na to, w jakim położeniu znajduje się akurat słońce.

Jesteście niewolnikami, myśli, przypatrując się z pogardą pijanym ludziom, którzy wsiadają do wagonów metra z reklamówkami pełnymi jedzenia. Posłusznymi lokajami. Lunatykami. Jej zdaniem nie ma co świętować, więc wróci do domu Sofii na ulicy Solbergavägen w Tyresö.

To dobrze, że przyjechała do Kopenhagi. Dzięki temu wie, że jej to już nie obchodzi.

Dziecko mogło równie dobrze umrzeć, nie sprawiłoby jej to różnicy.

Niezbyt dokładnie pamięta, co się działo po przyjeździe karetki pogotowia. Wie tylko, że dziecko nie umarło.

Jajko się poobijało, ale nic mu nie będzie. Nie zgłosili tej sprawy na policji. Puścili jej to płazem.

Wie dlaczego.

Za Starym Miastem przechodzi mostem nad Riddarfjärdenem. Obserwuje statki płynące do Djurgården i kolejkę górską w Gröna Lund. Uświadamia sobie, że nie była w wesołym miasteczku od trzech lat, to znaczy od dnia, w którym zaginął Martin. Tak naprawdę nie wie, co mu się wtedy przydarzyło. Chyba wpadł do wody.

Wchodzi przez bramę i widzi Sofię. Siedzi na leżaku w cieniu dużej czereśni przed niewielkim czerwonym domem z białymi węgłami. Victoria podchodzi bliżej i widzi, że starsza pani śpi. Jasne, prawie białe włosy opadają jej na ramiona jak szal. Usta ma pomalowane czerwoną szminką, oczy podkreślone niebieską kredką.

Na dworze jest chłodno, więc Victoria podnosi koc, którym Sofia owinęła stopy, i otula ją nim.

Wchodzi do budynku i po chwili znajduje jej torebkę. W zewnętrznej kieszonce jest brązowy portfel z podniszczonej skóry, a w nim trzysta koron. Victoria postanawia, że sto zostawi, resztę weźmie. Dwa banknoty stukoronowe składa na pół i wsuwa do tylnej kieszeni dżinsów.

Odkłada portfel na miejsce i wchodzi do gabinetu Sofii. Notes znajduje w jednej z szuflad biurka.

Siada, otwiera go i zaczyna czytać.

Od razu widzi, że Sofia spisała wszystko to, co powiedziała Victoria, czasem dosłownie. Jest zdumiona, że Sofia zdążyła nawet opisać, jak Victoria się porusza albo jaką ma barwę głosu.

Dochodzi do wniosku, że Sofia najpierw stenografuje i dopiero potem przepisuje notatki na czysto. Czyta powoli, zastanawiając się nad każdym zdaniem.

Jakkolwiek patrzeć, spotkały się ponad pięćdziesiąt razy.

Bierze długopis i zmienia imiona. Teraz jest już tak jak trzeba. Jeśli jest napisane, że coś zrobiła Victoria, chociaż winna była Solace, wprowadza poprawkę. Nie wolno pisać nieprawdy. Poza tym nie chce, żeby wina za to, co zrobiła Solace, spadała na nią.

Jest tak pochłonięta lekturą, że nie zauważa upływającego czasu. Czytając notatki, udaje, że jest Sofią. Marszczy czoło i próbuje postawić pacjentowi diagnozę.

Na marginesie zapisuje własne obserwacje i analizy.

W krótkich słowach zaleca, co jej zdaniem powinna zrobić Sofia i którym tropem należy podążyć.

Jeśli Sofia nie zrozumiała czegoś, o czym opowiadała jej Solace, Victoria wyjaśnia to na marginesie drobnymi wyraźnymi literami.

Dziwi się, że Sofia tak niewiele zrozumiała.

Przecież wszystko jest takie jasne.

Victoria jest tak pochłonięta lekturą, że odrywa się od notesu dopiero w chwili, gdy słyszy, jak Sofia krząta się po kuchni.

Patrzy przez okno. Po drugiej stronie drogi, nad jeziorem, grupa ludzi coś je. Rozłożyli się na pomoście i świętują nadejście nocy świętojańskiej.

Z kuchni dochodzą smakowite zapachy.

– Witaj, Victorio! – woła Sofia, wychodząc z kuchni. – Jak podróż?

Victoria odpowiada krótko, że wszystko w porządku.

Dziecko jest tylko jajkiem w niebieskiej piżamie. Niczym więcej. Tamten etap zostawiła już za sobą.


Jasny wieczór przechodzi powoli w prawie równie jasną noc. Kiedy Sofia mówi, że chce się położyć spać, Victoria nadal siedzi na kamiennych schodkach, słuchając śpiewu ptaków. Z drzewa na sąsiedniej działce dobiega żałosna skarga słowika. Victoria słyszy hałas dochodzący z pomostu, gdzie ludzie nadal świętują nadejście nocy świętojańskiej. Przypomina sobie, jak świętowanie tego dnia wyglądało w Dalarnie.

Najpierw udawali się nad rzekę, by popatrzeć na tak zwane „kościelne łodzie", którymi w czasach, kiedy jeszcze istniał taki obowiązek, przepływało się na drugi brzeg, aby wziąć udział w nabożeństwie. Następnie wszyscy szli do lasu naciąć brzozowych gałązek, żeby je potem pośród śmiechu i hałasu przyczepić obok drzwi. W końcu gromadzili się wokół udekorowanego słupa i rozpoczynały się tańce. Kobiety z wiankami na głowie śmiały się dłużej niż zwykle, ale tylko do momentu, gdy zaczynał działać alkohol, bo wtedy ich mężom nagle się wydawało, że żony innych facetów są o wiele ładniejsze, a to już mogło się skończyć siniakiem pod okiem. Lepiej było wszystkim innym, którzy mieli napalone żony, potrafiły bowiem cieszyć się życiem, były radosne i zadowolone i nie chodziły ciągle z nadąsaną miną.

A on wchodził jej do łóżka i obmacywał ją, chociaż się broniła, mówiąc, że ją boli brzuch, na co odpowiadał, że pewnie objadła się słodyczy, chociaż pieniędzy dał jej tylko tyle, że ledwo starczyło na napoje chłodzące, więc chodziła jedynie, przyglądając się z zazdrością, jak reszta młodzieży kupuje losy i objada się bez umiaru watą cukrową.

Victoria rozgląda się wokół siebie. Nad jeziorem zapadła cisza, niebo rozjaśnia słaby blask słońca. Za godzinę zniknie za horyzontem i prawie od razu znowu wzejdzie. Nawet nie zdąży się zrobić ciemno.

Zesztywniała od długiego siedzenia na kamiennych schodach.

Trochę zmarzła, dlatego zastanawia się, czy nie wejść do środka. W końcu postanawia się przejść, żeby się rozgrzać.

Nie czuje zmęczenia, chociaż wstał nowy dzień.

Ostry żwir kłuje ją w gołe stopy, więc schodzi na brzeg trawnika. Przy bramie rośnie pokryty kwieciem bez. Przekwitł, ale nadal pachnie.

Droga jest pusta, tylko w oddali słychać jakiś statek. Victoria wchodzi na pomost.

Resztkami jedzenia leżącego koło pojemnika na śmieci zainteresowało się już kilka mew. Na jej widok niechętnie unoszą się z krzykiem w powietrze.

Victoria wchodzi na pomost i klęka na nim.

Woda jest czarna i zimna, widać w niej kilka ryb, które czyhają na zdobycz w postaci owadów latających tuż nad powierzchnią.

Victoria kładzie się na brzuchu i wpatruje w ciemną wodę.

Jej powierzchnia jest pomarszczona, widok niewyraźny. Mimo to lubi patrzeć w swoje odbicie.

Wygląda na nim o wiele ładniej.

Przypomina sobie, jak oblizywała wargi jednemu z chłopaków, wsuwała mu język do ust. Wargi smakowały czymś, co przypominało wymiociny, bo dwie butelki wiśniowego likieru łatwiej jest wydalić, niż wypić. Chłopacy wzajemnie się podpuszczali i przekrzykiwali, czasem zeszło się ich tam aż piętnastu, a przecież szopa wcale nie była taka duża, zwłaszcza gdy padał deszcz i nie mogli wyjść na dwór. Grali wtedy w Czarnego Piotrusia, a przegrywający musiał iść z inną osobą do drugiego pomieszczenia. Jeśli bawili się na dworze, szli na przykład na zbocze za szkołą, po którym łatwo się było sturlać aż pod samą drogę dla pieszych, tworząc na dole plątaninę rąk, nóg i ciał... i te spojrzenia chłopaków w szopie, gdy odwracali wzrok... gdy patrzała na nich od dołu... nakrzyczała na Martina, że przecież po przejażdżce na wieży powiedział, że chce się wykąpać... Na wieży? Chyba coś poplątała. Przecież to nie była wieża, tylko diabelski młyn... Właśnie, diabelski młyn... A teraz przyszła na pomost i marznie, więc lepiej chyba poskakać, niż głędzić o nowej opiekunce do dziecka, która podobno jest taka miła...

Victoria obserwuje, jak Martin powoli opada pod wodą i w końcu znika.

Sofia budzi ją w poniedziałek rano. Jest już jedenasta, zaraz pojadą samochodem do miasta.

Kiedy Victoria wstaje z łóżka, widzi, że ma brudne stopy, zadrapania na kolanach i mokre włosy. Niestety, nie pamięta, co robiła nocą.

Sofia przygotowała śniadanie w ogrodzie. Jedząc, informuje Victorię, że umówiła ją na spotkanie z lekarzem w Solnie. Ma na imię Hans. Zbada ją i postawi diagnozę. Potem, jeśli tylko zdążą, spotkają się z pewnym policjantem, który ma na imię Lars.

– Nie znoszę glin – syczy Victoria, odsuwając demonstracyjnym ruchem kubek. – Nic złego nie zrobiłam.

– Jasne, że nie. Wyjęłaś tylko dwieście koron z mojego portfela i dlatego zapłacisz nimi za paliwo, które będę tankować.

Victoria jeszcze nie wie, co czuje, ale chyba jej żal Sofii. To dla niej nowe przeżycie.

Hans jest lekarzem medycyny sądowej i to on bada Victorię. To już drugie badanie. Pierwsze odbyło się przed tygodniem w szpitalu w Nacce.

Lekarz każe jej się położyć, rozchyla jej nogi i bada. Victoria żałuje, że lekarz nie jest kobietą jak tamta lekarka w Nacce. Miała na imię Anita albo Annika.

Już nie pamięta.

Lekarz uprzedza ją, że badanie nie będzie zbyt przyjemne, lecz jest tutaj po to, żeby jej pomóc. Pewnie. Wszyscy chcą jej tylko pomóc.

To dziwne, że wszyscy myślą tylko o niej.

Lekarz ogląda całe jej ciało, a wyniki swoich obserwacji nagrywa na niewielki magnetofon.

Zagląda jej do ust, oświetla je niewielką lampką i komentuje to, co widzi, rzeczowym monotonnym głosem.

– Usta. Popękane błony śluzowe. – Potem reszta ciała: – Podbrzusze. Wewnętrzne i zewnętrzne narządy płciowe: blizny po gwałtownym, wymuszonym rozciągnięciu we wczesnym wieku. Ujście jelita grubego: ślady bo bliznach przed osiągnięciem dojrzałości, zaleczone pęknięcia, wymuszone rozciągnięcie, rozszerzenie naczyń krwionośnych, pęknięcia mięśnia zwieracza zewnętrznego odbytu, tkanki łącznej... Blizny po użyciu ostrych przedmiotów na brzuchu, udach i ramionach, mniej więcej jedna trzecia powstała przed osiągnięciem wieku dojrzałego. Ślady krwawych wybroczyn...

Victoria zamyka oczy. Zastanawia się nad tym, co uczyniła, aby zacząć wszystko od nowa, stać się kimś innym i zapomnieć.

Tego samego dnia o czwartej ma rozmowę z policjantem Larsem.

Jest wobec niej bardzo grzeczny. Domyślił się, że podczas powitania nie będzie chciała mu podać ręki, i nawet jej nie dotknął.

Pierwsza rozmowa z Larsem Mikkelsenem odbywa się w jego biurze. Opowiada mu to samo, co wcześniej opowiedziała pani psycholog, Sofii Zetterlund.

Mikkelsen ma zatroskaną minę, gdy słyszy jej odpowiedzi na zadawane pytania, ale przez cały czas kontroluje emocje, dzięki czemu po pewnym czasie Victoria trochę się odpręża. Właściwie ją to dziwi, a zarazem ciekawi, kim jest Mikkelsen. W końcu pyta go, dlaczego zajmuje się takimi sprawami. Mikkelsen dopiero po dłuższym namyśle odpowiada:

– Uważam, że to najbardziej obrzydliwy rodzaj przestępstw. Niewiele ofiar doświadcza sprawiedliwości i niewielu sprawców trafia za kraty.

Wyjaśnienie trafia jej do przekonania.

– Chyba pan wie, że nie zamierzam posyłać nikogo do więzienia?

Mikkelsen patrzy na nią poważnym wzrokiem.

– Tak, wiem. Wielka szkoda, ale takie zachowanie nie jest rzadkie.

– Jak pan sądzi, czym jest to spowodowane?

Mikkelsen uśmiecha się lekko. Zdaje się nie słyszeć jej nonszalanckiego tonu.

– Wygląda na to, że teraz to ty mnie przepytujesz. Ale odpowiem na to pytanie. Uważam, że nadal żyjemy w średniowieczu.

– W średniowieczu?

– Tak. Czy słyszałaś kiedyś określenie „porwanie panny młodej"?

Victoria kręci przecząco głową.

– W średniowieczu można było doprowadzić do małżeństwa poprzez porwanie i seksualne zniewolenie kobiety. Taka zniewolona kobieta musiała poślubić mężczyznę, który ją zhańbił, a on przejmował prawo do jej majątku.

– No i?

– To była kwestia własności i zależności. Gwałtu nie uważano wtedy za pogwałcenie kobiecej godności, tylko raczej za przestępstwo dokonane ze względów majątkowych. Prawodawstwo regulujące kwestię gwałtów powstało w celu ochrony praw mężczyzny, który był legalnym właścicielem ciała kobiety, więc albo mógł ją wydać za mąż, albo wykorzystać dla własnych potrzeb. A ponieważ takie przestępstwo dotyczyło prawa, które zgodnie z kodeksem przysługiwało mężczyźnie, kobieta nie była nawet stroną w sprawie, tylko czyjąś własnością w sporze między mężczyznami. Wokół kwestii gwałtu nadal utrzymują się mity mające swoje źródło w średniowiecznym sposobie postrzegania kobiet. Kobieta mogła powiedzieć czy nawet powiedziała „nie", ale tak naprawdę miała na myśli „tak". Przecież była tak wyzywająco ubrana, więc pewnie chciała się tylko zemścić na mężczyźnie.

Victoria słucha z coraz większym zainteresowaniem.

– Podobnie do naszych czasów przetrwał częściowo średniowieczny pogląd na dziecko – kontynuuje Mikkelsen. – Aż do późnych lat dziewiętnastego wieku dzieci uważano za „małych dorosłych" o ograniczonych zdolnościach umysłowych. Karano je, a nawet skazywano na śmierć zazwyczaj na bazie takich samych przesłanek jak dorosłych. Resztki takiego podejścia zachowały się do naszych czasów. Nawet w Europie Zachodniej niepełnoletni trafiają do więzienia. Dzieci traktowane są jak dorośli, chociaż nie posiadają takich samych praw jak oni, na przykład do decydowania o sobie. Są niepełnoletnie, ale na tyle dorosłe, że mogą podlegać karze. Stanowią własność ludzi dorosłych.

Jego wykład zdumiewa Victorię. Nigdy nie przypuszczała, że ktoś może mieć takie podejście do tych spraw.

– Najważniejsze jest to – kończy Mikkelsen – że dorośli traktują dzisiaj dzieci jak swoją własność. Karzą je i wychowują według własnych praw. Czy jesteś zadowolona z mojej odpowiedzi? – pyta, patrząc na Victorię.

– Tak – odpowiada Victoria. Mikkelsen wywarł na niej pozytywne wrażenie. Jest chyba szczery, żyje swoją pracą. Ona właściwie nie znosi glin, lecz ten tutaj nie zachowuje się jak typowy policjant.

– W takim razie przejdźmy do twojej sprawy.

– Okej.

Pół godziny później są już po pierwszej rozmowie.

Jest noc. Sofia śpi. Victoria prześlizguje się do gabinetu i ostrożnie zamyka za sobą drzwi. Na razie Sofia nie robiła jej żadnych wyrzutów za dopiski w notesie. Może ich jeszcze nie zauważyła?

Bierze do ręki notes i zaczyna tam, gdzie poprzednio skończyła. Uważa, że Sofia ma ładny charakter pisma.

*Victoria wykazuje tendencję do zapominania o tym, co mówiła dziesięć minut wcześniej albo przed tygodniem. Czy taka utrata pamięci to typowe luki w pamięci, czy też raczej symptom DID?*

*Na razie nie jestem pewna, ale utrata pamięci w połączeniu z innymi symptomami pasuje jak ulał do jej choroby.*

*Zauważyłam, że w większości przypadków, gdy pojawia się utrata pamięci, Victoria porusza tematy, o których zazwyczaj nie jest w stanie dyskutować: okres dzieciństwa, jej najwcześniejsze wspomnienia.*

*Opowieść Victorii ma charakter asocjacyjny, to znaczy z jednego wspomnienia wyłania się następne. Czy opowiada o tym jedna z jej osobowości? A może Victoria zachowuje się jak dziecko, bo w taki sposób łatwiej jej opowiedzieć o swoich wspomnieniach, jeśli przyjmuje zachowanie, które było dla niej typowe w wieku dwunastu albo trzynastu lat? Czy wspomnienia są prawdziwe? A może są wymieszane z jej myślami o wydarzeniach z czasów współczesnych? Kim jest Dziewrona, do której tak często wraca?*

Victoria wzdycha i dopisuje własne wyjaśnienie:

*Dziewrona to mieszanka nas wszystkich z wyjątkiem Lunatyka, który nie rozumie, że Dziewrona istnieje.*

Victoria spędza nad notatkami całą noc. O szóstej zaczyna się niepokoić. Sofia może się w każdej chwili obudzić. Zanim odłoży notes do szuflady, przerzuca na chybił trafił kartki. Wcale nie ma ochoty się z nim rozstać. W pewnej chwili dostrzega, że Sofia zauważyła jednak jej komentarze.

Czyta pierwotny tekst na pierwszej stronie notesu.

*Moje pierwsze wrażenie jest takie, że Victoria to inteligentna dziewczyna. Ma szeroką wiedzę o moim zawodzie i wie, na czym polega praca terapeutyczna. Kiedy pod koniec sesji zwróciłam na to uwagę, stało się coś nieoczekiwanego. Zrozumiałam, że oprócz inteligencji Victoria posiada też gorący temperament. W pewnej chwili syknęła na mnie. Powiedziała: „Gówno wiesz" i „Jesteś zerem". Od dawna nie miałam do czynienia z takim atakiem gniewu. Jej niepohamowana złość napawa mnie niepokojem.*

Dwa dni temu Victoria dopisała do tego cytatu swój komentarz:

*Wcale nie byłam na panią zła. To nieporozumienie. Powiedziałam wtedy, że to ja gówno wiem i że to ja jestem zerem. JA, nie pani!*

Sofia zauważyła komentarz Victorii i dodała odpowiedź:

*Przepraszam, że cię nie zrozumiałam. Ale byłaś taka rozzłoszczona, że trudno było rozróżnić, co mówisz. Odniosłam wrażenie, że byłaś zła na mnie. Ta złość mnie zaniepokoiła.*
*Przy okazji: widzę, że piszesz w moim notesie. Uważam, że to naprawdę interesujące. Nie przesadzę, mówiąc, że twoje analizy w wielu przypadkach są bardzo trafne i przewyższają moje.*
*Jesteś dobrym materiałem na psychologa. Zacznij studia na uniwersytecie!*

W tym momencie zabrakło już miejsca na marginesie, dlatego Sofia narysowała strzałkę, by Victoria wiedziała, iż dalsza część znajduje się na następnej stronie. Napisała tam jeszcze:

*Wołałabym jednak, żebyś mnie najpierw poprosiła o zgodę na wpisywanie uwag w moim notesie. Może kiedyś, gdy będziesz gotowa, porozmawiamy o wszystkim, co tu napisałaś?*
*Pozdrawiam*
*Sofia.*

# Jezioro Klara Sjö

Kłamstwo jest białe jak śnieg i nie zdarza się komuś, kto jest niewinny.

Prokurator von Kwist jest z siebie zadowolony. Wmawia sobie, że we wzorowy sposób rozwiązał problemy, które niedawno się pojawiły. Wszyscy są zadowoleni i szczęśliwi.

Po taktycznym zagraniu – jak nazwał wykorzystanie do swoich celów Sądu Rejonowego w Nacce – Kihlberg ma pełne ręce roboty w sprawie Victorii Bergman. Natomiast spotkanie z Dürerem miało taki skutek, że Viggo doprowadził do nieoficjalnej ugody między Ulriką Wendin a rodziną Lundströmów. Kosztowało to trochę grosza, ale to już zmartwienie Vigga.

Stać go na to.

Po załatwieniu tej sprawy von Kwist wmawia sobie, że wszystkie kłopoty zostały przynajmniej na pewien czas zażegnane. Boi się tylko, że nagle wypłyną jakieś nowe fakty.

Nie jest to jednak naprawdę wielki problem. Prawda jest taka, że tylko on zna różne szczegóły i dopóki trzyma rękę na pulsie, nikt się o niczym nie dowie.

Tak więc nie powinien mieć podstaw do niepokoju.

Mimo to cała ta sprawa przyprawia go o ból głowy. Ostatni raz czuł się tak paskudnie w wieku trzynastu lat, gdy zdradził przyjaciela.

Ponad czterdzieści lat temu ukradli z pewnego warsztatu części zapasowe do motoweru. Kiedy wpadli, zadbał o to, aby kara go nie spotkała, i zwalił winę na przyjaciela. Trzej synowie właściciela warsztatu spuścili przyjacielowi takie lanie, że przez kilka tygodni kurował się w łóżku.

Właśnie teraz von Kwist czuje się dokładnie tak samo jak wtedy.

Nowy problem w jego życiu to wyrzuty sumienia. Siedzi w swoim gabinecie w budynku prokuratury pełen niepokoju, czy coś się nie przydarzy Ulrice Wendin.

Czy Viggo rzeczywiście zaoferował jej więcej pieniędzy?

Przecież za pierwszym razem nie pomogły. Wendin poszła zaraz na policję i do psychologa. Niby dlaczego tym razem ma się udać?

Viggo zachował wszystko w tajemnicy i nie chciał mu zdradzić, jak sobie poradzi z Ulriką. Ciekawe, czy potrafi doprowadzić do jej zniknięcia.

Przypomniały mu się akta, które przepuścił przez niszczarkę, zamieniając je w papierowe wiórki. Mogły się przydać Ulrice, ale bardzo by zaszkodziły Dürerowi, byłemu komendantowi policji Berglindowi, a w ostatecznym rozrachunku także jemu.

Czy postąpił właściwie?

Nie umie odpowiedzieć na to pytanie, dlatego czuje się tak paskudnie. Ma zgagę, odbija mu się kwaśno.

Na dodatek odezwały się wrzody żołądka.

# Dom Spokojnej Starości „Słonecznik"

– Co się przydarzyło Victorii w Kopenhadze? – pyta Jeanette. – Czy pamięta pani treść listu?

– Niech mnie pani poczęstuje papierosem, może sobie przypomnę.

Jeanette podaje jej całą paczkę.

– O czym rozmawiałyśmy? – Pani Zetterlund zaciąga się dymem.

Jeanette zaczyna tracić cierpliwość.

– O Kopenhadze i liście od Victorii, który pani dostała dziesięć lat temu. Czy pamięta pani, co Victoria w nim napisała?

– Nic nie wiem o Kopenhadze i nie zapamiętałam szczegółów listu, ale pamiętam, że wiodło jej się dobrze. Poznała mężczyznę, z którym jej się układało. Spełniła też swoje inne marzenia: zdobyła wykształcenie i znalazła pracę. Chyba gdzieś za granicą. – Sofia Zetterlund zaczyna kaszleć. – Przepraszam, dawno nie paliłam.

– Victoria pracowała za granicą?

– Tak. Ale wydaje mi się, że nie było to jej głównym zajęciem, miała też inną pracę w Sztokholmie.

– Opowiadała o niej w liście?

Pani Zetterlund wzdycha i patrzy na nią podejrzliwie.

– Kim pani właściwie jest? Czy pani wie, że nie wolno mi złamać zasad związanych z zachowaniem tajemnicy?

Jeanette jest zaskoczona, uśmiecha się ze zrozumieniem i przypomina sobie, że jej Sofia też powoływała się na tajemnicę. Powtarza więc, kim jest, i wyjaśnia, że to sprawa najwyższej wagi, ponieważ popełniono kilka zbrodni.

– Nie mogę nic więcej powiedzieć – mówi Sofia. – Ta dziewczyna jest objęta programem ochrony. Złamałabym prawo.

Jeanette reaguje instynktownie.

– Prawo się zmieniło – kłamie w żywe oczy. – Nie wiedziała pani? Stało się tak dzięki inicjatywie nowego rządu. Obecna ustawa zawiera dodatkowy paragraf mówiący o sytuacjach wyjątkowych. Zbrodnia jest jedną z nich.

– No proszę... – Sofia Zetterlund znowu jest nieobecna myślami. – Co pani ma na myśli?

– Chcę tylko powiedzieć, że złamie pani prawo, jeśli mi nie pomoże. Wolałabym nie naciskać, ale byłabym wdzięczna, gdyby zechciała mi pani podać jakąś wskazówkę.

– Jaką wskazówkę?

– Może pani wie, czym zajmowała się Victoria, albo pamięta coś, co może popchnąć nasze śledztwo dalej? Będę naprawdę wdzięczna, jeśli zechce mi pani podsunąć jakiś ślad.

Ku jej zdziwieniu Sofia Zetterlund wybucha śmiechem i prosi o jeszcze jednego papierosa.

– Jeśli tak, to nie ma sprawy. Proszę mi podać Freuda...

– Freuda?

– Tak. Słyszałam, że zdejmując popielniczkę z półki, dotknęła go pani. Może jestem ślepa, ale nie głucha.

Jeanette unosi śnieżną kulę z figurką Freuda, a pani Zetterlund zapala następnego papierosa.

– Victoria Bergman była szczególną osobą – zaczyna, bawiąc się śnieżną kulą. – Czytała pani moją opinię i postanowienie sądu w sprawie ochrony danych osobowych Victorii. Zna też pani powód takiej decyzji. Jako mała dziewczynka, a właściwie aż do osiągnięcia dojrzałości była ofiarą brutalnej przemocy seksualnej ze strony swojego ojca, a przypuszczalnie także ze strony innych mężczyzn.

Sofia robi przerwę. Jeanette jest zdumiona, że starsza pani może się pochwalić tak błyskotliwym umysłem, chociaż jednocześnie wykazuje symptomy demencji.

– Pewnie pani nie wie, że Victoria cierpiała też na wielostronne zaburzenia osobowościowe, nazywane również zaburzeniem dysocjacyjnym tożsamości?

W tym momencie ster rozmowy przejmuje pani Zetterlund.

Jeanette oba te terminy niewiele mówią. Jej Sofia opowiadała kiedyś, że takie zaburzenia osobowości miał Samuel Bai.

– Zdarzają się niezwykle rzadko, ale tak naprawdę to nic skomplikowanego – kontynuuje pani Zetterlund. – Victoria po prostu musiała odkrywać coraz to nowe wersje siebie, bo tylko tak mogła przeżyć i radzić sobie ze wspomnieniami. Kiedy więc obdarzyliśmy ją nową tożsamością, otrzymała tym samym pisemny dowód na to, że jej druga osobowość rzeczywiście istnieje. To była ta bardziej zapobiegliwa osobowość, dzięki niej Victoria zdobyła wykształcenie, pracę i tak dalej. Krótko mówiąc, mogła prowadzić normalne życie. W tamtym liście napisała, że poszła moim śladem, ale że nie jest zwolenniczką freudyzmu...

Pani Zetterlund znowu się uśmiecha, mruga do Jeanette niewidzącymi oczami i potrząsa śnieżną kulą. Jeanette czuje, jak puls jej przyspiesza.

Victoria poszła śladami Sofii...

– Freud pisał o moralnym masochizmie – kontynuuje pani Zetterlund. – Masochizm osoby cierpiącej na zaburzenie dysocjacyjne tożsamości może polegać na tym, że na nowo przeżywa ona akty przemocy, których kiedyś padła ofiarą, a robi to w taki sposób, że za pośrednictwem swojej drugiej tożsamości dokonuje takich czynów na innych ludziach. Przeczuwałam istnienie takiej cechy u Victorii. Jeśli więc nie otrzymała pomocy w dorosłym wieku, istnieje obawa, że ta druga osobowość nadal w niej żyje. Działa jako jej ojciec, żeby samą siebie dręczyć, samą siebie karać.

Pani Zetterlund gasi papierosa w doniczce z kwiatkiem stojącym na stole i odchyla się w fotelu. Na jej twarz wraca wyraz świadczący o tym, że znowu jest nieobecna myślami.

Jeanette rozstaje się z Sofią Zetterlund dziesięć minut później. Przy okazji słyszy kilka ostrych słów od kierowniczki domu opieki i od pielęgniarki, które przyłapały je na paleniu papierosów. W czasie całej rozmowy wypaliły ich aż pięć.

Kierowniczka kazała jej natychmiast opuścić teren ośrodka. Na szczęście Jeanette zdążyła się sporo dowiedzieć. Teraz ma nadzieję, że śledztwo ruszy z miejsca.

Siada za kierownicą i przekręca klucz w stacyjce. Silnik rzęzi, ale nie chce zapalić.

– Niech to diabli – przeklina Jeanette.

Po kilkunastu próbach daje za wygraną. Postanawia zadzwonić do Hurtiga i poprosić, żeby po nią przyjechał. Sama pójdzie gdzieś na kawę. Po przyjeździe Hurtiga podyskutują o tym wszystkim, co opowiedziała jej staruszka.

Idzie w stronę centrum Midsommarkransenu i wchodzi do restauracji Tre Vänner położonej naprzeciwko metra. Lokal jest wypełniony mniej więcej w połowie. Udaje jej się znaleźć wolny stolik przy oknie wychodzącym na park. Zamawia kawę, wodę mineralną i dzwoni do Hurtiga.

– Coś się stało? – pyta Hurtig takim głosem, jakby spodziewał się usłyszeć coś nowego.

Jeanette wypija z uśmiechem szklankę wody.

– Sofia Zetterlund powiedziała mi, że Victoria Bergman jest z zawodu psychologiem.

# Tvålpalatset

Ktoś powiedział, że przesyt jest jednym z najsilniejszych symptomów braku zadowolenia. Sofia Zetterlund idzie ulicą Hornsgatan
pogrążona w myślach. Ale czy brak zadowolenia nie jest też tara-
nem wszelkich zmian?

Czuje się ścigana i prześladowana, lecz nie przez jakiegoś
człowieka, tylko przez wspomnienia. Przeszłość wciska się między
codzienne rozważania dotyczące zakupów i innych praktycznych
czynności.

Na przykład z powodu jakiegoś znanego zapachu nagle robi
jej się niedobrze, a pojedynczy dźwięk sprawia, że żołądek kurczy
się konwulsyjnie.

Wie, że wcześniej czy później będzie musiała wyjawić Jeanette, kim naprawdę jest. Wyjaśnić, że kiedyś była chora, ale już
wyzdrowiała. Czy to na pewno takie proste? Czy samo opowiedze-
nie o tym wszystkim wystarczy? Jak zareaguje Jeanette?

Kiedy zgodziła się jej pomóc i sporządziła dla niej profil sprawcy, opowiedziała właściwie o sobie. Nie musiała czytać protokołów
z miejsc znalezienia zwłok, bo sama wiedziała najlepiej, jak wyglądają. Jak powinny wyglądać.

Wszystkie elementy układanki trafiają stopniowo na swoje
miejsca. W końcu zrozumiała.

Fredrika Grünewald i Per-Ola Silfverberg.

Kto jeszcze? No jasne, Regina Ceder.

No i ona, Sofia. Tak musi być. Tak właśnie musi się stać.

Przyczyna i skutek. Ma się stać ukoronowaniem całego dzieła.
Nieuniknionym finałem.

Najprościej będzie opowiedzieć o wszystkim Jeanette i zakończyć to szaleństwo. Niestety, coś jej w tym przeszkadza.

Może jest za późno? Lawina już się toczy i żadna siła na świecie nie zdoła jej zatrzymać.

Skręca na plac Mariatorget i kieruje się w stronę Tvålpalatset, wchodzi przez bramę, jedzie windą na górę.

Kiedy zjawia się w recepcji, Ann-Britt informuje, że ma dla niej ważną wiadomość. Dzwoniła Ulrika Wendin, a potem Annette Lundström i obie odwołały wszystkie umówione z nią spotkania. Sofia najpierw jest zdumiona, a potem wpada w złość.

– Wszystkie? A podały jakiś powód? – pyta, pochylając się nad recepcją.

– Nie. Pani Lundström oznajmiła, że jej córka czuje się już lepiej i wróciła do domu – wyjaśnia Ann-Britt, składając leżące przed nią gazety. – Być może odzyskała prawo do opieki nad córką. Przecież cofnięto je tylko na okres przejściowy. Teraz, gdy wszystko jest już dobrze, pewnie uznała, że Linnea nie musi już do pani przychodzić.

– Co za idiotka! – wybucha Sofia. Wszystko się w niej gotuje. – Uważa, że ma kompetencje do decydowania, jakiej kuracji potrzeba jej córce?

Ann-Brit wstaje i podchodzi do pojemnika z wodą stojącego przy kąciku kuchennym.

– Może nie do końca tak się wyraziła, ale chyba to miała na myśli.

– A z jakiego powodu wizytę odwołała Ulrika?

Ann-Britt wraca z kubkiem wody.

– Nie była zbyt rozmowna. Powiedziała tylko, że już więcej nie chce przychodzić.

– Dziwne – mówi Sofia. Odwraca się i idzie do gabinetu. – W takim razie mam dzisiaj wolne?

Ann-Britt odsuwa kubek od ust i uśmiecha się.

– Tak, ale trochę wolnego na pewno się pani przyda – mówi, napełniając kubek ponownie wodą. – Proszę zrobić to, co ja robię, kiedy mi się nudzi. Rozwiązuję wtedy krzyżówki.

Sofia zawraca do windy. Zjeżdża na dół, wychodzi z budynku i skręca w ulicę S:t Paulsgatan.

Na skrzyżowaniu z Bellmansgatan idzie w lewo, mijając po drodze cmentarz przy kościele Marii Magdaleny.

Pięćdziesiąt metrów dalej zauważa kobietę. Szerokie biodra i rozstawione na zewnątrz stopy coś jej przypominają.

Kobieta idzie z pochyloną głową, jakby się uginała pod wewnętrznym ciężarem. Ma siwe włosy splecione w węzeł.

Sofia czuje, jak nagle oblewa ją zimny pot, a żołądek kurczy jej się ze strachu. Zatrzymuje się i obserwuje, jak kobieta skręca za rogiem.

Obrazy z przeszłości, trudne do odtworzenia. Fragmentaryczne.

Przez trzydzieści lat wspomnienia związane z jej drugą tożsamością leżały głęboko pogrzebane w jej wnętrzu jak potłuczone ostre okruchy z innej epoki i z innego miejsca.

Przyspiesza, zaczyna biec. Dobiega do skrzyżowania, ale kobiety już tam nie ma.

# Wyspa Svavelsö

Samolot z Saint-Tropez ląduje punktualnie. Regina Ceder zauważa, że zbyt lekko się ubrała. W Szwecji jest już zimno, pada deszcz. Przez chwilę nawet żałuje, że przerwała urlop.

Kiedy jednak zadzwoniła mama z informacją, że policja szuka z nią kontaktu, uznała, że najlepiej będzie wrócić do domu, chociaż właściwie powinna się zająć szukaniem pracy w Brukseli. Życie musi się toczyć dalej.

Sama wie najlepiej, że ciężka praca pomaga w przezwyciężeniu kryzysu, bo już ma coś takiego za sobą. Być może inni uważają, że jest osobą pozbawioną uczuć, ale ona woli, gdy się ją określa mianem racjonalnej. Tylko nieudacznicy użalają się nad sobą, a ona absolutnie nie chce takim nieudacznikiem zostać.

Przechodzi przez halę przylotów, zabiera bagaż i idzie na postój taksówek. Akurat wsiada do jednej z nich, gdy dzwoni jej komórka. Stawia torbę na siedzeniu i rzuca kierowcy:

– Svavelsö, Åkersberga.

Numer na wyświetlaczu jest ukryty, lecz Regina przypuszcza, że to policjantka, która kilka dni temu dzwoniła do jej matki. Wypytywała ją o szkołę w Sigtunie i jej koleżanki z klasy.

– Słucham, mówi Regina.

W telefonie słychać trzaski, a potem rozlega się dźwięk przypominający bulgotanie wody. Przywodzi jej na myśl Jonathana i wypadek na basenie.

– Halo, kto mówi?

Słyszy czyjś śmiech i połączenie zostaje przerwane. Dochodzi do wniosku, że to pomyłka. Wkłada telefon z powrotem do torebki.

Taksówka zatrzymuje się przed willą. Regina płaci, zabiera

swój bagaż i idzie żwirową alejką w stronę wejścia. Zatrzymawszy się przed schodami, patrzy na dom.

Pełno w nim wspomnień związanych z życiem, którego już nie ma. Może powinna go sprzedać i na zawsze opuścić to miejsce?

Właściwie nic jej tu nie trzyma, do niczego nie tęskni. Poza tym Szwecja nie jest zbyt atrakcyjnym miejscem do życia ze względów podatkowych i nawet nowy rząd nic tu nie pomógł. Jeśli dostanie pracę w Brukseli, kupi sobie dom w Luksemburgu i tam zainwestuje swoje pieniądze.

Wyjmuje klucze, otwiera drzwi, wchodzi do środka. Wie, że Beatrice gra teraz w brydża i wróci do domu dopiero wieczorem. Ale właśnie dlatego po zapaleniu światła w przedpokoju ogarnia ją niepokój.

Podłoga jest mokra i zabłocona, jakby ktoś chodził po niej w butach.

Wszędzie czuć silny zapach chloru.

Na stole w kuchni widzi stos listów, na wierzchu leży niewielka biała koperta bez znaczka. Ktoś napisał na niej nierównym dziecięcym charakterem pisma: DLA OSOBY, KTÓREJ TEN LIST DOTYCZY.

Regina rozrywa kopertę i znajduje w niej fotografię.

Zrobione polaroidem zdjęcie przedstawia kobietę, która stoi w basenie. Twarzy nie widać. Woda sięga jej do pasa.

Regina przygląda się zdjęciu dokładniej i nagle zauważa coś pod powierzchnią wody.

Na skos od kobiety, po jej lewej stronie, widać niewyraźną twarz z pustymi martwymi oczami i ustami wykrzywionymi w krzyku.

W chwili, gdy Regina widzi swojego tonącego syna i prawą rękę kobiety, wszystko staje się dla niej jasne.

Nagle słyszy, że ktoś wchodzi do kuchni. Odkłada zdjęcie na stół, odwraca się. W tym samym momencie czuje silny ból w szyi i upada na podłogę.

# Komenda policji w Kronobergu

Późnym popołudniem Jeanette siedzi w swoim pokoju, na jej biurku leży kartka papieru formatu A3. Zawiera listę nazwisk, które pojawiły się w śledztwie.

Wszystko dzieje się równocześnie.

Jeanette grupuje nazwiska i zaznacza, co je ze sobą łączy. Właśnie przeciąga długopisem kreskę od jednego nazwiska do drugiego, gdy do pokoju wpada Hurtig. Jednocześnie dzwoni telefon.

Jeanette patrzy na wyświetlacz komórki. Widząc, że to Åke, daje Hurtigowi znak ręką, żeby poczekał.

– Musisz dziś sama odebrać Johana – mówi wzburzonym głosem Åke. – Ja nie mam jak.

Hurtig robi stanowczą minę.

– Kończ tę rozmowę. Musimy jechać – mówi do Jeanette.

– Co to znaczy, że nie masz jak? – pyta Jeanette. Wbija wzrok w Hurtiga i unosi w górę dwa palce. – Masz się, do cholery, zająć własnym synem. Ja pracuję i nie mam teraz czasu.

– To nieważne. Musimy porozmawiać o...

– Nie teraz! – przerywa mu Jeanette. – Muszę już jechać, a jeśli Johan nie może zostać u ciebie, podrzuć go do mnie. Za godzinę będę w domu.

Słysząc te słowa, Hurtig kręci przecząco głową.

– Nie, nie, nie – mówi cicho. – Do domu wrócisz po północy. Mamy nowe zabójstwo. W Åkersberdze.

– Åke, poczekaj chwilę. – Jeanette patrzy na Hurtiga. – O czym ty mówisz?

– Regina Ceder nie żyje. Ktoś do niej strzelał. Musimy...

– Chwileczkę – przerywa mu Jeanette i wraca do rozmowy z Åkem. – Tak jak mówiłam, nie mogę teraz rozmawiać.

– Jak zwykle – wzdycha Åke. – Teraz chyba rozumiesz, dlaczego nie byłem w stanie dłużej z tobą...

– Zamknij się! – krzyczy do telefonu Jeanette. – Masz tylko odwieźć Johana do domu. Chyba potrafisz to zrobić? Porozmawiamy później!

W telefonie zapada cisza. Åke już się rozłączył. Jeanette czuje, że po rozgrzanych policzkach płyną jej łzy.

Hurtig podaje jej kurtkę.

– Przepraszam, nie chciałem...

– Nic się nie stało – uspokaja go Jeanette. Gasi lampkę i oboje wychodzą z pokoju. – Efekt keczupu.

– Efekt keczupu?

– Tak. Najpierw nic się nie dzieje, a potem wszystko naraz.

Na wpół biegną do podziemnego garażu. Po drodze Hurtig informuje ją, co się stało.

Beatrice Ceder, matka Reginy, znalazła swoją córkę na podłodze kuchni. Była martwa.

Hurtig pokonuje ostatnie trzy stopnie jednym skokiem.

Jeanette nadal jest wzburzona przebiegiem rozmowy z Åkem i trudno jej się skupić na tym, co mówi Hurtig. Co będzie z Johanem? Åke i Alexandra powinni byli odebrać go ze szkoły godzinę temu, ale nawet to okazało się dla nich kłopotliwe.

Hurtig jedzie z dużą prędkością. Szybko zmienia pasy i poirytowany trąbi na samochody, które blokują im przejazd, chociaż kierowcy widzą i słyszą radiowóz na sygnale.

– Powiedz, że przyjedzie Ivo Andrić – mówi Jeanette, trzymając się mocno uchwytu na drzwiach.

– Nie wiem, może. W każdym razie Schwarz i Åhlund już tam są – odpowiada Hurtig i gwałtownie hamuje, żeby nie wpaść na autobus miejski, który zatrzymał się na przystanku.

Za rondem w Roslagstull ruch nie jest już tak intensywny. Skręcają w drogę E18.

– Åke działa ci na nerwy?

Zewnętrzny pas ruchu jest wolny, więc Hurtig przyspiesza. Na liczniku ma już sto pięćdziesiąt kilometrów na godzinę.

– Tak bym tego nie ujęła. To coś z Johanem i...

– Na pewno wszystko będzie z nim w porządku.

Jeanette widzi, że Hurtig na nią zerka i stara się być dyskretny. Czasem bywa oschły i małomówny, mimo to ona wie, że pod chłodną powłoką kryje się wrażliwy człowiek, któremu nie jest obojętne jej samopoczucie.

– Åke jest teraz w trudnym wieku. Hormony i tak dalej, sama wiesz. Do tego jeszcze rozwód... – Hurtig przerywa, jakby nagle uświadomił sobie niestosowność ostatniego komentarza. – W każdym razie to dziwna sprawa.

– Co w tym dziwnego?

– Mam na myśli wiek. Ciekawe, co wydarzyło się wtedy w Sigtunie. Hannah Östlund, Jessica Friberg i Victoria Bergman. Przecież w tym wieku każdy człowiek ma już poczucie proporcji. To tak jak wtedy, gdy ktoś jest pierwszy raz zakochany. – Hurtig uśmiecha się prawie zawstydzony.

To, czego Jeanette w tym momencie doświadcza, stanowi chyba największą tajemnicę ludzkiego umysłu. Przebłysk geniuszu.

W tej chwili wszystko wraca na swoje miejsce, pojawiają się niespodziewane więzi, łączą się przeciwności, dysonans staje się harmonią, a nonsens zyskuje nową sensowną powłokę.

# Wyspa Svavelsö

Rany postrzałowe – *vulnera sclopetaria* – powstają na skutek zabójstwa, nieszczęśliwego wypadku albo samobójstwa. W okresie pokoju ten trzeci przypadek zdarza się najczęściej. Samobójstwo przy użyciu broni palnej popełniają głównie mężczyźni.

Ivo Andrić jest pewien dwóch rzeczy: że Regina Ceder nie jest mężczyzną i że nie odebrała sobie życia. Z całą pewnością została zamordowana.

Ciało leży rozciągnięte w kuchni twarzą do podłogi, w wielkiej kałuży krwi. Ceder została trafiona trzema strzałami – jeden pocisk trafił ją w szyję, dwa w plecy. W tej chwili Andrić nie potrafi określić, w jakiej kolejności sprawca oddał strzały i który z nich był śmiertelny. Za to brak prochu na zwłokach może świadczyć o tym, że strzały padły z odległości większej niż metr. Otwory wlotowe wskazują tylko ślad po kulach. W miejscu, w którym wbiły się w ciało, skóra jest mocno rozciągnięta.

Andrić z doświadczenia wie, że po kilku godzinach otwory przybiorą barwę czerwonobrunatną.

Wychodzi z kuchni i idzie na podwórze. Technicy będą teraz zabezpieczać odciski palców i pobierać materiał DNA, więc nie ma tu nic do roboty. Nie będzie im przeszkadzał.

Najchętniej pojechałby już do domu.

# Wyspa Svavelsö

Ostatnie kilometry pokonują w milczeniu.

Teraz, gdy wszystko stało się jasne, Jeanette chce jak najszybciej spotkać się z Beatrice Ceder, aby w rozmowie z nią potwierdzić swoje podejrzenia.

Logika jest jak skała na morzu: wszystkie fale głupoty są wobec niej bezradne.

Przez cały czas fakty miała na wyciągnięcie ręki. Niestety, czasem jest tak, że człowiek widzi pojedyncze drzewa, a nie dostrzega całego lasu. Zastanawia się, czy to zaniedbanie obowiązków służbowych z jej strony. Chyba nie, raczej wynik złej pracy całej policji.

Kiedy skręcają na podjazd przed willą, Jeanette widzi Andricia. Wygląda na zmęczonego i zrezygnowanego.

Przez tę pieprzoną robotę każdy starzeje się szybciej. Za kilka lat ona też będzie tak wyglądać.

Będzie zmęczona i zrezygnowana, uginająca się pod brzemieniem trosk.

A może już teraz tak wygląda?

Przed garażem stoi zaparkowany mikrobus z otwartymi tylnymi drzwiami. Mijając go, Jeanette spodziewa się ujrzeć w środku panią Ceder. Na pewno doznała szoku i siedzi tam owinięta w koc pod opieką sanitariuszy z karetki pogotowia. Ale samochód jest pusty.

Andrić rusza w ich stronę.

– Cześć, Ivo – mówi Jeanette. – Wszystko pod kontrolą?

– Oczywiście. Czekam tylko, aż skończą – odpowiada z ponurym uśmiechem Andrić. – Zabito ją trzema strzałami z bardzo małej odległości. Najwyżej z trzech metrów. Śmierć nastąpiła natychmiast.

– Janne! – woła nagle Schwarz, który pojawił się w drzwiach.
– Najlepiej będzie, jak sama tu przyjdziesz i porozmawiasz z matką. Chyba chce nam coś powiedzieć.

– Już idę. – Jeanette zwraca się do Hurtiga: – Pogadaj z technikami, a jak skończą, wypytaj Andricia, okej?

Hurtig kiwa głową.

Z domu wychodzą dwaj sanitariusze. Jeanette zatrzymuje ich, by spytać o samopoczucie pani Ceder.

– Najgorsze ma chyba za sobą. Jeśli coś się będzie działo, jesteśmy do dyspozycji. Trauma to zawsze trauma.

– Dzięki – odpowiada Jeanette, wchodząc do willi.

Beatrice Ceder czeka na nią w bibliotece na piętrze. Siedzi ze spuszczoną głową na ciemnoczerwonej kanapie. Jeanette rozgląda się po pokoju. Ściany zastawione są regałami pełnymi książek. Większość z nich oprawiona jest w skórę, ale nie brakuje też wydań kieszonkowych.

Na stole stoi butelka koniaku, obok przepełniona popielniczka. Pani Ceder zaciąga się papierosem. W całym pokoju jest duszno od dymu.

– To tylko moja wina. Od razu powinnam była o wszystkim powiedzieć – zaczyna monotonnym głosem.

Jeanette podejrzewa, że nie tylko alkohol doprowadził ją do takiej apatii. Pewnie dostała jakieś środki uspokajające.

Bierze jeden z foteli i przysuwa go bliżej stołu.

– Mogę się poczęstować? – pyta, wskazując na papierosy. Kobieta kiwa głową, patrząc przed siebie pustym wzrokiem. – Co takiego powinna była pani powiedzieć?

Jeanette zapala i dopiero teraz zauważa, że to papieros mentolowy.

– Że widziałam ją już na basenie i że powinnam była wam o tym wcześniej powiedzieć. Ale nie wiedziałam, kim jest. To było przecież tak dawno temu...

Pani Ceder przerywa i milczy. Jeanette czeka na dalsze słowa.

– To nie był nieszczęśliwy wypadek. Ona go zabiła.

– Kogo? – Jeanette nie nadąża za tokiem jej myśli.

– Jonathana, syna Reginy. Już mówiłam, że utonął.

Jeanette przypomina sobie ostatnią rozmowę telefoniczną. Pani Ceder powiedziała, że jej córka wyjechała, bo nie chce myśleć o śmierci syna.

– Chce pani powiedzieć, że Jonathan...

– Tak, został zamordowany! – potwierdza pani Ceder i wybucha głośnym płaczem. – A teraz na dodatek zamordowała moją Reginę.

– O kim pani mówi?

Mimo przykrej sytuacji – na parterze leżą zwłoki zamordowanej kobiety, a naprzeciwko niej siedzi kobieta, która w krótkim czasie straciła córkę i wnuczka – Jeanette odczuwa coś w rodzaju ulgi.

– O tej na zdjęciu.

Na zdjęciu? Jonathan zamordowany? Sytuacja zmienia się błyskawicznie, chociaż Jeanette ma chwilami wrażenie, że to, co się dzieje, rozgrywa się w zwolnionym tempie.

– Gdzie jest ta fotografia?

– Zabrał ją... Ten policjant ją zabrał.

Jeanette domyśla się, że chodzi o Schwarza albo Åhlunda. Wstaje z fotela, podchodzi do schodów i woła:

– Åhlund!

Po kilku sekundach Åhlund zjawia się na dole i zadziera głowę.

– Tak?

– Ty albo Schwarz wzięliście od pani Ceder jakąś fotografię. Możesz mi ją przynieść?

– Za chwileczkę, muszę tylko...

– Natychmiast!

Jeanette wraca do pokoju i siada w fotelu.

– Dlaczego pani uważa, że córkę ktoś zastrzelił?

Kobieta ma zaczerwienione od płaczu oczy. Widać po niej, że myślami jest zupełnie gdzie indziej. Dopiero po dłuższej chwili odpowiada na pytanie Jeanette:

– Nie mam pojęcia, ale sądzę, że ma to coś wspólnego z przeszłością. Regina to dobra dziewczyna, nie ma wrogów. Jest... była...

Beatrice nie jest w stanie wypowiedzieć dalszych słów. Wygląda, jakby nie mogła zaczerpnąć powietrza. Jeanette zaczyna się bać, że może dojść do hiperwentylacji albo że jej rozmówczyni wpadnie w histerię.

Do pokoju wchodzi niepewnie Åhlund. W ręku trzyma niewielką plastikową koszulkę. Podaje ją Jeanette.

– Przyniósłbym ci je od razu, ale Schwarz...

– Później o tym pomówimy.

Jeanette patrzy na zdjęcie, a pani Ceder pochyla się na stołem.

– To ona!

Na fotografii jest kobieta stojąca w basenie.

Nie widać jej twarzy, bo zdjęcie zostało obcięte na wysokości ramion. Kobieta stoi w wodzie sięgającej do pasa, a pod powierzchnią widać niewielką twarz z szeroko otwartymi ustami i pustym wzrokiem.

Właściwie mógłby to być ktokolwiek. Ale tak nie jest. A najważniejsze, że kobiecie brakuje serdecznego palca u prawej ręki.

– To ona! – woła Beatrice Ceder. – Hannah Östlund!

# Komenda policji w Kronobergu

Beatrice Ceder potwierdziła podejrzenia Jeanette. Wszystkie luźne do tej pory nici udało się w końcu spleść w jeden węzeł. Wkrótce się okaże, jak bardzo jest solidny.

Instynkt bywa zwodniczy. W pracy policyjnej jest ważny, ale nie powinien przeważać nad faktami i zaciemniać perspektywy. Jeanette musiała się przyznać, że ostatnimi czasy – w obawie, aby jej nie zarzucono, że zbytnio polega na instynkcie – wyłączyła szósty zmysł i działała w oparciu o same fakty.

Przypomniał jej się kurs pod nazwą „Podstawy rysunku". Uczęszczała na niego razem z Åkem na początku ich związku. Wykładowca wytłumaczył im, że mózg przez cały czas oszukuje oczy, które z kolei oszukują rękę trzymającą węgiel. Człowiek widzi to, co swoim zdaniem powinien widzieć, niezależnie od tego, jak wygląda otaczająca go rzeczywistość.

I powstaje obraz złożony z dwóch motywów w zależności od tego, na czym ktoś się skupi.

Niektórzy ludzie posiadają zdolność postrzegania obrazów w trzech wymiarach.

Niewinne komentarze Hurtiga w drodze do Åkersbergi sprawiły, że Jeanette stanęła, opuściła gardę i ujrzała to, co powinna była dostrzec wcześniej.

Zrozumiała, co powinna była zrozumieć, i przestała się zastanawiać, jak powinno być.

Jeśli ma rację, oznacza to, że jest dobrą policjantką, która wykonała swoją robotę i zapracowała na pensję. Nic więcej.

Jeśli jednak nie ma racji, zostanie poddana krytyce, a jej kompetencje podważone. Nikt nigdy nie powie wprost, że jej błąd wynika z tego, iż jest kobietą, czyli z definicji istotą niezdolną do prowadzenia śledztwa. Będzie to powiedziane między wierszami.

Przed południem zamyka się w swoim pokoju, informuje Hurtiga, żeby nikt jej nie przeszkadzał, a potem rozsyła mailem zapytania dotyczące odcisków palców i DNA.

Andrić przygotowuje raport w sprawie śmierci Reginy Ceder. Ma go dostarczyć, gdy tylko będzie gotowy.

Na pewno stanie się to w ciągu dnia.

Teraz najważniejsze to odszukać Victorię Bergman. Jeanette czyta więc swoje notatki sporządzone podczas rozmowy z panią psycholog i zastanawia się nad losami młodej Victorii.

Przez całe dzieciństwo była gwałcona i wykorzystywana przez własnego ojca.

Dzięki nowej chronionej tożsamości mogła rozpocząć nowe życie z dala od rodziców. Dokąd się przeprowadziła? Co się z nią stało? I co miała na myśli pani Zetterlund, mówiąc, że to, co czyniono Victorii w Kopenhadze, było brzydkie? Co się tam wydarzyło?

Czy Victoria jest zamieszana w śmierć Silfverberga, Grünewald i Ceder?

Chyba jednak nie. Na razie wiadomo tylko, że Jonathana utopiła Hannah Östlund. Można zaryzykować twierdzenie, że zdjęcie zrobiła Jessica Friberg, ale to tylko przypuszczenie. Mimo to Jeanette jest tego pewna.

Pani Zetterlund zasugerowała, że Victoria poszła na studia psychologiczne. Brzmi to całkiem logicznie. Wielu sprawców przestępstw było w rzeczywistości ofiarami, nie można więc wykluczyć, że jakiś psycholog cierpiał kiedyś na choroby psychiczne. Chociaż taka teza to chyba lekka przesada. Kiedy sprawa się wyjaśni, sprawdzi tę teorię na swojej Sofii. Już się nie może doczekać, gdy jej powie, że istnieje inna psycholog, która też się nazywa Sofia Zetterlund.

Moja Sofia... Jeanette czuje nagłą falę ciepła.

Jak to Sofia wyraziła się o sprawcy przestępstw? Że może nim być osoba o rozdwojonej jaźni? Ktoś, dla kogo granica między sobą a innymi osobowościami jest zatarta. Dalsze przesłuchania wykażą, czy to prawda. W obecnej sytuacji ma to drugorzędne znaczenie.

Sofia powiedziała też, że podłożem destrukcyjnego zachowania często bywa fizyczna i psychiczna przemoc, na którą sprawca był narażony w dzieciństwie.

Gdyby nie zabójstwo Silfverberga, zrozumiałaby wszystko o wiele wcześniej.

Tak naprawdę sprawca chciał zamordować Charlotte, bo to ona dostała list z pogróżkami. Można tylko snuć przypuszczenia, dlaczego zabił jej męża. W każdym razie zemsta była potworna.

Wszystko jest jasne i oczywiste. W ludzkiej naturze leży, że to, co kryje się w zakamarkach duchowego życia, walczy, aby wydostać się na powierzchnię. Dlatego Jeanette powinna się skupić na sprawie Fredriki Grünewald i jej szkolnych koleżanek z Sigtuny, a zwłaszcza na incydencie, do którego tam doszło.

Nagle rozlega się pukanie do drzwi i do pokoju wchodzi Hurtig.

– Jak leci? – pyta. Zatrzymuje się przy drzwiach, jakby chciał pokazać, że nie zamierza zostawać zbyt długo.

– Dobrze. Czekam na pewne informacje, mam je dostać dzisiaj. Liczę, że nadejdą w każdej chwili. Potem zamierzam rozesłać list gończy.

– Uważasz więc, że to Östlund i Friberg? – zagaduje Hurtig, siadając na krześle.

– Prawdopodobnie tak. – Jeanette unosi wzrok znad papierów, odsuwa krzesło od biurka i zakłada ręce za głowę.

– Czego chciał od ciebie wczoraj Åke? – pyta Hurtig z zatroskaną miną.

– Johan ma chyba kłopot z zaakceptowaniem Alexandry.

– To nowa kobieta Åkego? – Hurtig marszczy czoło.

– Tak. Johan nazwał ją kurwą i doszło do awantury.

– Widzę, że twój syn ma ikrę – stwierdza ze śmiechem Hurtig.

# Ulica Swedenborgsgatan

Sofia Zetterlund szykuje się do wyjścia. Jest wykończona i marzy o powrocie do domu.

W powietrzu czuć zimę.

Na placu Mariatorget zebrało się stado kawek. Już wkrótce odlecą do ciepłych krajów.

Sofia mija zejście do stacji metra, szkocki pub i idzie dalej ulicą rozświetloną blaskiem bijącym od sklepowych wystaw.

Na wysokości stacji metra Södra Stationen znowu zauważa tę samą kobietę.

Rozpoznaje jej chód, szerokie kołyszące się biodra, stopy stawiane na zewnątrz, opuszczoną głowę i siwe włosy spięte w prosty kok.

Kobieta schodzi do stacji, więc Sofia podąża za nią. Przy podwójnych ciężkich drzwiach obrotowych musi zwolnić, a kiedy jest już w środku, okazuje się, że kobieta znowu gdzieś znikła.

Hala stacji przypomina kształtem ulicę. Po obu stronach stoją latarnie. Na drugim końcu znajduje się wejście na stację kolejki podmiejskiej. Po lewej widać sklep tytoniowy, po prawej restaurację Lilla Wien.

Sofia prawie biegnie w stronę kołowrotka. Niestety, kobiety już tam nie ma. Ale przecież nie mogła zdążyć przejść przez barierkę i zjechać w dół ruchomymi schodami.

Sofia zawraca. Zagląda do restauracji i do sklepu tytoniowego.

Kobiety nigdzie nie ma.

Zachodzące słońce oświetla okna i fasady domów czerwono--żółtymi promieniami.

Ogień. Zwęglone resztki ludzkiego życia, ciał i myśli.

# Komenda policji w Kronobergu

Jeanette wstaje od biurka i wygląda przez okno: słońce przebija się przez grubą warstwę chmur, rozjaśniając dachy budynków nad Kungsholmen. Przeciąga się, prostuje ramiona i bierze głęboki oddech. Napełnia płuca powietrzem, które przytrzymuje trochę dłużej niż zwykle, a potem wydycha.

Hannah Östlund i Jessica Friberg. Szkolne koleżanki Charlotte Silfverberg, Fredriki Grünewald, Reginy Ceder, Henrietty Dürer, Annette Lundström i Victorii Bergman z liceum w Sigtunie.

Przeszłość zawsze człowieka dopadnie.

Wet za wet.

Tak jak przypuszczała, policji nie udało się odnaleźć Östlund i Friberg. Przepadły jak kamień w wodę. Jeanette przedstawiła zebrane dowody von Kwistowi, który zgodził się rozesłać za nimi list gończy. Obie są podejrzane o zabójstwo Fredriki Grünewald, Jonathana Cedera i Reginy Ceder.

Jeanette i von Kwist zgodzili się też w innej kwestii, a mianowicie że istnieją uzasadnione obawy, iż Östlund i Friberg mogły zamordować również Silfverberga. Prokurator zgodził się więc rozszerzyć treść listu gończego także o ten punkt.

Von Kwist wprawdzie wątpił, by zebrany materiał dowodowy wystarczył do postawienia obu podejrzanych w stan oskarżenia, lecz Jeanette nie chciała ustąpić.

Potrzebne będą dodatkowe dowody, na przykład techniczne, ale była przekonana, że jeśli policja zatrzyma obie poszukiwane kobiety, wszystko raz-dwa się wyjaśni.

Zostaną porównane odciski palców zabezpieczone na miejscu zbrodni oraz DNA.

Obie podejrzane będą też przesłuchane, choć nie można wykluczyć, że do niczego się nie przyznają.

Nie pozostaje więc nic innego, jak tylko czekać na dalszy rozwój sytuacji, nie marnując jednak czasu.

Nadal nieznany jest motyw. Czy zemsta to wystarczający powód?

Jeanette ma swoją teorię dotyczącą przyczyny i skutku, lecz problem polega na tym, że kiedy ją składa w całość, otrzymuje wynik, który wydaje jej się całkowicie nieprawdopodobny.

Jej rozważania przerywa dzwonek interkomu stojącego na biurku. Pochyla się i naciska klawisz, by odebrać.

– Słucham?

– To ja – mówi Hurtig. – Przyjdź do mnie, zobaczysz coś ciekawego.

Jeanette zwalnia klawisz, wychodzi na korytarz i idzie do pokoju Hurtiga.

Nie zniosę kolejnej niespodzianki, myśli. Wystarczą mi te, których już doświadczyłam.

Drzwi do pokoju są szeroko otwarte. W środku są Schwarz i Åhlund. Schwarz uśmiecha się do niej szeroko i kręci głową.

– Tylko go posłuchaj – mówi Åhlund, wskazując Hurtiga.

Jeanette wchodzi między nich, przyciąga sobie krzesło i siada.

– No to słucham.

– Polcirkeln – zaczyna Hurtig. – Wydział meldunkowy Nattavaara w Laponii. Annette Lundström, z domu Lundström, i Karl Lundström są kuzynami.

– Kuzynami? – Jeanette chyba nie do końca zrozumiała.

– Tak, kuzynami – potwierdza Hurtig. – Urodzonymi w miejscach oddalonych od siebie o trzysta metrów. Ich ojcowie byli braćmi. Cała ta miejscowość to dosłownie dwa domy. Nazywa się Polcirkeln. Niesamowite, prawda?

Jeanette nie jest pewna, czy „niesamowite" to właściwe słowo.

– Raczej niespodziewane – odpowiada.

– Tak chyba brzmi lepiej.

Hurtig robi taką minę, jakby za chwilę miał wybuchnąć śmiechem.

– Adwokat Viggo Dürer urodził się w Vuollerim. To trzydzieści, czterdzieści kilometrów od Polcirkeln. Na północy to żadna odległość. Jeśli jacyś ludzie mieszkają tam tak blisko siebie, mówią, że są sąsiadami. Mam też jeszcze jedną informację o tym miejscu.

– To dopiero będzie niesamowite – wtrąca Schwarz.

Hurtig nakazuje mu gestem ręki, żeby się nie odzywał.

– W latach osiemdziesiątych prasa opisywała pewną sektę, która miała swoje odgałęzienia na terenie całej Laponii i w prowincji Norrbotten. Jej siedziba mieściła się w Polcirkeln. To byli laestadianie, którzy stracili kontrolę nad tym, co robią. Czy słyszałaś kiedyś o sekcie niejakiego Toiva Korpeli?

– Nie, ale mam nadzieję, że ty mi coś o niej opowiesz.

– To było w latach trzydziestych dwudziestego wieku – kontynuuje dramatycznym głosem Hurtig. – Sekta ze wschodnich rejonów Norrbotten głosząca nadejście dnia Sądu Ostatecznego. Wyznawcy przepowiadali zagładę i przybycie srebrnego statku, który zabierze wszystkich wierzących. Na podstawie wybranych cytatów z Biblii urządzali orgie, doszukiwali się w sobie dziecięcej natury, więc zachowywali się jak dzieci, chodzili nago i tak dalej. Tego typu zabawy nazywali „psalmami Baranka". Zdarzały się przypadki nierządu z dziećmi. Sąd przesłuchał sto osiemnaście osób, z czego czterdzieści pięć skazał na grzywny, w tym kilka za stosunki seksualne z nieletnimi.

– A co się stało w Polcirkeln?

– Podobna historia. Zaczęło się od skargi na sektę, która nazywała się Psalmy Baranka. Oskarżenie dotyczyło przemocy seksualnej wobec dzieci. Niestety, zgłoszenie było anonimowe i nikt nie został oskarżony. Autorzy artykułów, które czytałem, snują luźne spekulacje. Opierają się na plotkach, jakoby aktywnymi członkami sekty było osiemdziesiąt procent mieszkańców wsi położonych w pobliżu Polcirkeln. Autor wymienia w tym kontekście Annette i Karla Lundströmów i ich rodziców, ale dowodów nie udało się znaleźć. Śledztwo zostało umorzone.

– Nie wiem, co powiedzieć – przyznaje Jeanette.

– Ja też. Annette miała wtedy trzynaście lat, Karl dziewiętnaście. Ich rodzice byli już po pięćdziesiątce.

– Co było później?

– Nic. Historia sekty dobiegła końca. Karl i Annette przeprowadzili się na południe i kilka lat później wzięli ślub. Karl przejął firmę po ojcu, związał się z pewnym koncernem z branży budownictwa przemysłowego i w końcu awansował na stanowisko naczelnego dyrektora firmy w Umeå. Później przeprowadzali się z miejsca na miejsce, bo Karl co jakiś czas otrzymywał nowe zadanie do realizacji. Kiedy urodziła im się Linnea, mieszkali w Skanii, ale o tym już wiesz.

– A Viggo Dürer?

– Jego nazwisko przewija się w artykułach dotyczących tamtych spraw. Pracował w tartaku i wypowiadał się dla jednej z gazet. Cytuję jego słowa: „Lundströmowie są niewinni. Sekta o nazwie Psalmy Baranka nigdy nie istniała, to zwykły wymysł dziennikarzy".

– A zgłoszenie na policję?

– Dürer twierdził, że zrobił to któryś z dziennikarzy.

– Dlaczego ktoś przeprowadził z nim wywiad? Czy jego nazwisko też było w tym zgłoszeniu?

– Nie, ale myślę, że lubił się pokazywać w gazetach. Już wtedy przejawiał różne ambicje.

Jeanette myśli o Annette Lundström.

Urodziła się na dalekiej północy w dziurze zabitej dechami. Niewykluczone, że jako dziecko należała do sekty, w której mogło dochodzić do przemocy wobec dzieci na tle seksualnym. Wyszła za mąż za kuzyna Karla. Przemoc seksualna przechodzi jak trucizna z pokolenia na pokolenie. Rodziny się rozpadają, następuje samozagłada.

– Chcesz usłyszeć więcej?

– Jasne.

– Sprawdziłem konto bankowe Annette Lundström i...

– Co zrobiłeś?

– Coś mnie tknęło – wyjaśnia Hurtig. Przez chwilę milczy, a potem kontynuuje: – Zawsze mi wpajałaś, że trzeba słuchać tego, co podpowiada instynkt. Zastosowałem się do twoich słów i okazało się, że niedawno na jej konto wpłynęło pół miliona koron.

Cholera. Dürer zapłacił za milczenie Linnei. Judaszowe srebrniki.

# Ulica Johan Printz Väg

Ulrika Wendin wyłącza telefon komórkowy i schodzi do stacji metra Skanstull. Kiedy zadzwoniła do gabinetu Sofii Zetterlund, aby poinformować, że nie przyjdzie już na żadne spotkanie, odebrała sekretarka. Poczuła ulgę.

Jest jej wstyd, że pozwoliła sobie zamknąć usta.

Pięćdziesiąt tysięcy to niezbyt dużo pieniędzy, ale dzięki nim zapłaciła czynsz za mieszkanie za pół roku z góry. Mogła też sobie pozwolić na kupno nowego palmtopa.

Podchodzi do barierki i jak najdalej wysuwa nogę. Chce w ten sposób uruchomić czujniki, które odblokują przejście w odwrotnym kierunku. Będzie mogła wtedy bez problemu przejść.

Dürer się oburzył, kiedy mu powiedziała, że spotyka się z Sofią. Pewnie się bał, że na którejś sesji opowie jej prawdę o tym, jak bardzo on i Lundström ją skrzywdzili.

Za dwie minuty przyjedzie skład metra do Skarpnäck. Zielona linia.

W wagonie znajduje wolny fotel. Przypomniała jej się Jeanette Kihlberg. Policjantka, ale równa babka.

Może powinna jej była o wszystkim opowiedzieć?

Chyba jednak nie. Nie będzie w stanie znowu przez to samo przechodzić, zresztą wątpi, by ktoś jej uwierzył. Lepiej milczeć zgodnie z zasadą, że jak ktoś się za bardzo wychyla, może dostać po głowie.

Dziewięć minut później wysiada na stacji Hammarbyhöjden i bez problemu przechodzi przez barierkę.

Nikt jej nie pytał o bilet ani w pociągu, ani przy wyjściu.

Idzie ulicą Finn Malmgrens Väg. Mija szkołę i niewielki zagajnik rosnący między domami. Skręca w ulicę Johan Printz Väg. Wchodzi do budynku i po schodach na górę, otwiera drzwi.

Za nimi na podłodze leży cały stos reklam i gazet.

Zamyka drzwi na klucz, zakłada łańcuch.

Kładzie się na podłodze i zaczyna płakać. Odwraca się na bok. Przez tyle lat mieszkała z różnymi facetami, niektórzy ją bili, ale nigdy z tego powodu nie płakała.

Kiedyś, w podstawówce, po powrocie ze szkoły znalazła pobitą matkę na kanapie, lecz wtedy również nie płakała.

Babka powiedziała kiedyś, że była grzecznym cichym dzieckiem, które nigdy nie płakało. Za to teraz płacze.

Nagle słyszy jakieś szmery w kuchni. Wstaje z podłogi i podchodzi do drzwi.

W środku stoi Viggo Dürer. Tuż za nim jakiś drugi facet.

Dürer uderza ją w nos z taką siłą, że Ulrika słyszy, jak pęka jej kość.

# Zatoka Edsviken

Linnea spuszcza w toalecie spopielone resztki listów ojca i wraca do pokoju. Ubrania, których nie będzie już nosić, leżą starannie poukładane na zasłanym łóżku. Czerwona torba stoi spakowana na podłodze.

Jest gotowa.

Przyszła jej na myśl ta psycholog, Sofia Zetterlund. Kilka razy wspomniała o tym, skąd Karol Darwin zaczerpnął pomysł do swojej książki pod tytułem „O powstawaniu gatunków". Resztę życia poświęcił na gromadzenie dowodów, za pomocą których chciał udowodnić swoją tezę.

Sofia opowiedziała jej też o tym, że teoria względności Einsteina zrodziła się w jego mózgu w czasie krótszym niż potrzebny na klaśnięcie w dłonie.

Sama wie najlepiej, jakie to uczucie, bo gdy teraz patrzy na świat, ma taką samą jasność.

Życie, kiedyś stanowiące dla niej tajemnicę, teraz przypomina jej skrzeczącą rzeczywistość, w której ona jest zwykłą skorupą.

W przeciwieństwie do Darwina nie musi szukać dowodów, a w przeciwieństwie do Einsteina nie potrzebuje żadnej teorii. Niektóre dowody – na przykład różowe blizny na duszy – nosi w sobie. Inne – na przykład blizny po obrażeniach na podbrzuszu – widać na jej ciele.

Najlepszy dowód istnieje w miejscu, w którym budzi się każdego ranka. Jej łóżko jest wilgotne od moczu. Dzieje się tak za każdym razem, gdy nie może go utrzymać albo jest czymś zdenerwowana.

Jej ojciec już dawno temu sformułował ważną tezę. Stało się to jeszcze w czasach, kiedy sama nie potrafiła mówić. W brodziku stojącym w ogrodzie w Kristianstadzie zamienił tę tezę w praktykę. Później towarzyszyła jej jako nieodłączna prawda przez całe życie.

Przypomina sobie jego usypiające słowa przy swoim łóżku.

Jego ręce na swoim ciele.

Ich wspólne wieczorne modlitwy.

„Pragnę cię dotykać i zaspokajać twoje żądze. Moją radością jest widzieć, jak jesteś zaspokajana".

Linnea bierze fotel stojący przy biurku i stawia go pod hakiem przymocowanym do sufitu. Zna te zdania na pamięć.

„Chcę się z tobą kochać i dać ci całą miłość, na jaką zasługujesz. Chcę cię pieścić tak czule, jak tylko potrafię, w środku i po całym ciele".

Wyciąga pasek z dżinsów. Z czarnej skóry nabijanej nitami.

„Doznaję rozkoszy na sam twój widok, każdy fragment twojego ciała wzbudza we mnie żądze i daje mi zaspokojenie".

Jeszcze tylko pętla. Stoi na fotelu, ale za chwilę przywiąże pasek do haka.

„Doznasz ze mną rozkoszy, która zabierze cię na wyższe poziomy".

Teraz pasek założyć na szyję. W pokoju gra telewizor, leci jakiś program.

Przed telewizorem siedzi Annette. Na stole leży pudełko czekoladek, które popija winem.

Ogląda półfinał „Idola".

Jutro sprawdzian z matmy. Zakuwała przez cały tydzień i wie, że dostałaby piątkę albo szóstkę.

Zaraz wykona ostatni krok. Tymczasem publiczność wiwatuje posłusznie na widok tablicy z napisem „Aplauz!".

Ostatni krok i fotel przewraca się na podłogę.

„To naprawdę najcudowniejsze doznanie".

# Wzgórze Tantoberget

Widząc nadjeżdżający samochód, kryje się za krzakami.

Z tyłu poniżej rośnie zagajnik. Nazywa się Tantolunden. Słońce, które właśnie zaszło za horyzontem, jest teraz widoczne w postaci jasnej pręgi nad dachami domów. Wąska wieża kościoła w Essinge przypomina cienką kreskę.

Na dole na wielkim trawniku kilka osób rozłożyło koce i mimo chłodu popija wino. Dwie z nich grają we frisbee, chociaż jest już ciemno. Ktoś inny zdecydował się na wieczorną kąpiel.

Samochód się zatrzymuje, silnik milknie, gasną reflektory i zapada cisza.

Przez wszystkie minione lata, gdy przebywała w duńskich zakładach leczniczych, próbowała zapomnieć, ale nigdy jej się nie udało. Teraz dokończy to, co kiedyś postanowiła zrobić.

Zakończy to, co nieuniknione.

Umożliwią jej to kobiety, które przyjechały samochodem. Razem z nimi wróci do Francji, do swojej chatki w Blaron niedaleko Saint-Julien-du-Verdon.

Hannah Östlund i Jessica Friberg muszą ponieść ofiarę. Odejść w zapomnienie razem z innymi nazwiskami.

W odróżnieniu od tamtego chłopca w Gröna Lund tym razem chodzi o ludzi chorych. Popełniła błąd, doszło do nieporozumienia, a gdy sobie to uświadomiła, pozwoliła mu żyć.

Wstrzyknęła mu czysty alkohol i od razu stracił przytomność, a wtedy założyła mu na twarz świńską maskę. Całą noc spędzili w Waldemarsudde, kiedy zaś w końcu zrozumiała, że nie jest jej przyrodnim bratem, pożałowała tego, co mu zrobiła.

Chłopiec był niewinny. Za to winne są kobiety, które czekają na nią w samochodzie.

Ku swemu rozczarowaniu nie czuje żadnego zadowolenia, euforycznego szczęścia ani nawet ulgi. Wyjazd do Värmdö też był rozczarowaniem. Dom dziadków spłonął, oboje nie żyją.

Chciała zobaczyć, jaką zrobią minę, gdy się nagle zjawi i powie, kim jest.

Chciała zobaczyć jego wyraz twarzy, gdy mu powie, kto jest jej ojcem.

Ojciec i dziadek, prawdziwe bydlę – Bengt Bergman.

Peo, który był dla niej zastępczą rodziną, zrozumiał. Błagał ją o wybaczenie i nawet oferował jej pieniądze. Jakby miał ich wystarczająco dużo, by odpokutować za swoje czyny.

Tyle pieniędzy na pewno nie miał.

Przemądrzała Fredrika Grünewald nie od razu ją rozpoznała. Wcale jej to nie zdziwiło, w końcu minęło dziesięć lat, odkąd się ostatnio widziały. Spotkały się w posiadłości Dürera w Struerze.

Fredrika opowiedziała im o Sigtunie.

Zjawiła się też Regina Ceder. Była w ósmym albo dziewiątym miesiącu ciąży. Wyglądała jak tłusta świnia. Razem z Fredriką stały obok i przyglądały się, czerpiąc z tego przyjemność.

Zapamiętała ich błyszczące oczy, pot i podniecenie panujące w pokoju.

Otula się szczelniej płaszczem w kolorze kobaltowego błękitu i w końcu postanawia podejść do samochodu. Siedzą w nim dwie kobiety, o których wie wszystko.

Wsuwa ręce do kieszeni, żeby sprawdzić, czy zabrała polaroid, i czuje swędzenie w prawej dłoni.

Strata serdecznego palca to niezbyt wielka ofiara, jaką musiała ponieść.

Przeszłość zawsze człowieka dopadnie.

Koniec tomu drugiego

trylogii „Oblicza Victorii Bergman"